KARL MAY

Das Waldröschen

Das Waldröschen

oder

Die Verfolgung rund um die Erde

Enthüllungsroman über die Geheimnisse der menschlichen Gesellschaft

Band 1	Die Tochter des Granden
Band 2	Der Schatz der Mixtekas
Band 3	Matavase, der Fürst des Felsens Teil 1
Band 4	Matavase, der Fürst des Felsens Teil 2
Band 5	Ein Gardeleutnant
Band 6	Die Abenteuer des Schwarzen Gerard
Band 7	Kaiser Max von Mexiko
Band 8	Erkämpftes Glück Teil 1
Band 9	Erkämpftes Glück Teil 2
Band 10	Erkämpftes Glück Teil 3

KARL MAY

Das Waldröschen

oder

Die Verfolgung rund um die Erde

Enthüllungsroman
über die Geheimnisse
der menschlichen
Gesellschaft

Band 3

Matavase, der Fürst des Felsens

Teil 1

VERLAG
NEUES LEBEN

Diese Ausgabe erscheint unter Zugrundelegung der 1901/1902
im Verlag H. G. Münchmeyer, Dresden-Niedersedlitz
herausgegebenen Buchfassung
mit modernisierter Rechtschreibung

ISBN 3-355-01430-3

Einband: Peter Nagengast (Reihengestaltung)
Jörn Hennig (Bildmotiv)
Satz: Verlag Neues Leben GmbH
Lithographie: Reproanstalt/Neumünster
Druck und buchbinderische Weiterverarbeitung:
Chemnitzer Verlag und Druck GmbH, Werk Zwickau
Gedruckt auf FORTUNA-Pegasus,
Steinbeis Temming Papier GmbH & Co., Glückstadt

1. KAPITEL

Geht man in Paris am rechten Ufer der Seine vom Bassin du Canal St. Martin nach dem Boulevard Morland hinab, so kommt man nach den Quais des Célestins, des Ormes, de la Grève, Pelletier, de Gesvres und de la Mégisserie. Hinter dem letzteren zieht sich von Place des Louvres nach der Place du Châtelet als Fortsetzung der Rue des Prêtes die Straße St. Germain l'Auxerrois, an der sich die Mairie des vierten Arrondissements befindet. Gegenüber dieser Mairie, in der Rue de Lavande, Nummer 4, bewohnte Professor Letourbier die erste Etage.

Es war dies derselbe Professor, bei dem Doktor Karl Sternau assistiert hatte, ehe er nach Rodriganda ging. Er gehörte zu den berühmtesten medizinischen Größen der Metropole und hatte in Sternau ein Talent erkannt, in dem er einen würdigen Nachfolger finden konnte. Darum hatte er den Deutschen nicht gern nach Spanien gelassen und freute sich herzlich, als er ihn wiedersah.

Wir haben bereits gesehen, daß Sternau seinen Verfolgern in Spanien glücklich entkommen war; wir haben ihn sogar bereits in Rheinswalden bei dem Oberförster Rodenstein getroffen, wir wissen aber auch, daß er vorher in Paris bei Professor Letourbier war, um diesem seine geisteskranke Geliebte zu zeigen.

Zur Zeit dieses Aufenthalts in Paris war es, daß Sternau eines Abends ziemlich spät sich von dem Professor verabschiedete, um nach seinem Hotel zurückzukehren. Dieses lag in der Rue de la Barillerie, und er mußte daher durch die Saunerie über den Pont au Change gehen.

Die Brücke war infolge eines starken Nebels kaum notdürftig erleuchtet, so daß man Gesicht und Gehör anstrengen mußte, um Kollisionen zu vermeiden, und da sie jetzt nur von wenigen Passanten belebt wurde, erregte der einzelne mehr Aufmerksamkeit als zu einer bewegteren Tageszeit. Sternau hatte die Brücke fast überschritten, als er plötzlich vor sich eine halblaute Stimme hörte:

„Jesus, vergib mir!“

Von einer schnellen Ahnung getrieben, sprang er rasch vorwärts, aber er kam bereits zu spät. Eben als er den Mittelpunkt zwischen zwei Pfeilern erreichte, warf sich eine weibliche Gestalt von dem Geländer, das sie erstiegen hatte, hinab in die von dichten Nebeln überwallte Flut.

„Hilfe!“ rief Sternau, so laut er vermochte.

Mehrere Stimmen antworteten vom Ufer und von der Brücke her.

„Es ist jemand von der Brücke gestürzt!" rief er ihnen zu.

Dann hatte er aber auch bereits Hut und Rock von sich geworfen und schwang sich nun seinerseits ebenfalls über das Geländer hinab.

Er war ein ausgezeichneter Schwimmer. Die Gewalt des Sprungs tauchte ihn tief unter die Oberfläche des Wassers, aber einige Augenblicke später schwamm er bereits oben, und da er sich denken konnte, daß die Unglückliche abwärts getrieben werde, gab er sich einige Stöße in dieser Richtung hin und hatte es gerade ganz außerordentlich gut getroffen, denn bald erschien vor ihm ein Frauenrock auf den Wogen. Er griff nach ihm und hielt ihn fest, warf ihn sich auf den Rücken, ließ sich treiben und zog den leblos scheinenden Körper an sich, um ihn dann quer über sich herüberzulegen.

„Holla, hier ist ein Kahn!" rief eine Stimme. „Gibt es noch Leben?" - „Hierher!" gebot er.

Am Ufer hatten sich bereits viele Neugierige versammelt. Der Kahn kam näher; es saß nur ein Mann darin.

„Ah", sagte dieser, als er den Schwimmenden bemerkte, „das nenne ich Mut und Glück!" - „Bitte, nehmen Sie zunächst die Dame hinein", bat Sternau. - „Natürlich, her damit!"

Die Frau wurde in den Kahn gehoben, und während der Ruderer sich auf der anderen Seite bestrebte, das Gleichgewicht zu halten, schwang sich auch Sternau hinein.

„Das ist gelungen!" meinte der Fremde. „Nun schnell an das Ufer!" - „Nein", entgegnete Sternau. „Dort sind zu viele Leute!" - „Aber, das ist ja gut, mein Herr!" - „Unter diesen Umständen kaum, weil es eine Dame ist." - „Sie sprang absichtlich in das Wasser?" - „Ja." - „Dann haben Sie vielleicht recht. Man muß ihr die Beschämung ersparen. Aber die nächste Pflicht wäre es doch, für ihr Leben zu sorgen." - „Ich bin Arzt!" - „Ach so, dann ist ja alles in Ordnung. Befehlen Sie also, daß ich abwärts fahre?" - „Ich bitte darum."

Der Mann war ein Seinematrose. Während die Leute am Ufer auf die Befriedigung ihrer Neugierde warteten, lenkte er das Boot nach der Mitte des Stromarms und ließ es dort abwärts treiben. Unterdessen beschäftigte sich Sternau mit der Untersuchung der Geretteten.

„Ist sie tot?“ fragte der Matrose. - „Nein. Sie lebt; sie ist nur ohnmächtig.“ - „Gott sei Dank! Das arme Kind hätte mir leid getan.“ - „Wissen Sie nicht abwärts ein Haus, wohin wir es tragen könnten?“ - „Ich weiß eins, mein Herr“, erwiderte der Matrose. „Da links am Quai Conti, gleich am Anfang der Straße Guénégaud wohnt unsere Mutter Merveille, die sicher ein kleines Stübchen zur Verfügung hat.“ - „Wer ist diese Mutter Merveille?“ - „Sie hat einen Kaffeschank für ärmere Leute und ist eine sehr gute und anständige Frau.“ - „So führen Sie uns zu ihr.“

Der Matrose lenkte nun nach dem linken Ufer des Flusses, wo er sein Boot befestigte. Sternau nahm das Mädchen auf den Arm und ließ sich von dem Mann führen.

Sie traten in ein Haus in der angegebenen Straße. Eine Parterrehälfte desselben wurde von dem Kaffeelokal eingenommen. Der Matrose bat den Arzt, einen Augenblick zu warten, und ging in die Küche. Bald trat die Wirtin heraus, einen Schlüssel und ein Licht in den Händen.

„Mein Gott!“ sagte sie. „Ist es möglich! Eine Ertrunkene!“ - „Nein, sie lebt noch, Madame“, erwiderte Sternau. „Haben Sie nicht ein Bett übrig?“ - „Gern, sehr gern, mein Herr!“ versetzte sie mit der eifrigsten Bereitwilligkeit. „Kommen Sie nach hinten; dort ist das Schlafzimmer meiner Tochter.“

Der Matrose wollte sich anschließen, wurde aber von Mutter Merveille abgewiesen.

„Bleib, Gardon“, sagte sie. „Wir sind genug, der Herr Doktor und ich; deine Gesellschaft ist bei einer kranken Dame ganz überflüssig.“

Sternau hatte seine Gerettete noch gar nicht genauer betrachtet. Jetzt, als er sie in dem kleinen Zimmer zunächst auf das Sofa legte, damit sie von der Wirtin entkleidet werde, konnte er ihre Züge deutlich erkennen.

„Wie schön!“ sagte Mutter Merveille. „Gebe Gott, daß sie wirklich lebt.“ - „Sie lebt; sie wird genesen“, versicherte er, ergriffen von dem Ausdruck der sanften, bleichen Züge. „Legen Sie sie in das Bett.“ - „Was mag sie veranlaßt haben, in das Wasser zu springen?“

Diese Frage wurde im Ton innigster Teilnahme, aber nicht in dem der Neugierde ausgesprochen.

„Ich vermute es“, sagte Sternau. „Vielleicht ist sie vom Vater ihres Kindes verlassen worden." - „Ah", sagte die Wirtin mit einem verständnisvollen Nicken. „Sie vermuten -? Hm, Sie sind Arzt; Sie werden das wissen. Armes Kind! Was ist jetzt zu tun?" - „Sorgen Sie für eine Tasse Fliedertee. Ich werde bei ihr bleiben." - „Aber, Monsieur, Sie sind ja durch und durch naß. Wo haben Sie Ihren Rock?" - „Ah, daran denke ich jetzt erst! Wie heißt der Matrose, der mich zu Ihnen brachte?" - „Gardon." - „Senden Sie ihn nach dem Pont au Change, von welchem ich in den Fluß sprang. Dort warf ich Rock und Hut ab. Die Uhr und das Portemonnaie steckte ich in eine Tasche des Rocks. Ich vermute, daß man diese Sachen respektiert hat." - „Sicher. Er soll eilen."

Die Frau ging, und noch war sie kaum eine Minute fort, so begann das Gesicht der Geretteten sich zu röten. Ihre Hände bewegten sich, sie öffnete auch bald die Augen und blickte zunächst verwundert um sich.

„Was ist's?" fragte sie leise. „Wo bin ich?" - „Sie sind bei guten Leuten, Mademoiselle", antwortete Sternau. „Wie befinden Sie sich?" - „Ich? Mich?" fragte sie langsam und sinnend.

Dann erschien ihr das Geschehene einzufallen. Sie verbarg das Gesicht in den Händen und weinte. Er ließ sie gewähren und saß bei ihr, ohne ein Wort zu sagen.

„Oh, warum bin ich nicht tot!" sagte sie endlich. - „Ist es Ihnen so leicht geworden, in den Tod zu gehen?" fragte er in mildem Ton.

Sie sah ihn mit großen, erschrockenen Augen an.

„Leicht? Oh, schwer, so schwer!" - „Und dennoch taten Sie es!"

Wieder legte sie ihr Gesicht in die Hände, um in ein erschütterndes Schluchzen auszubrechen.

„Oh, Monsieur, hätten Sie mich doch sterben lassen!" sagte sie. - „Der Mensch soll erst sterben, wenn Gott ihn ruft. Und Sie, wissen Sie nicht, daß Sie im Begriff standen, nicht nur sich selbst, sondern auch noch ein zweites Leben zu töten?" - „Oh, woher wissen Sie das? Sie kennen mich!" - „Nein. Ich bin Arzt. Ich habe Sie im Wasser gehalten und hierher getragen."

Sie erglühte.

„Mein Herr, ich weiß, daß ich im Begriff gestanden habe, eine große Sünde zu begehen", sagte sie, „aber mein Mut ist dahin." - „Fassen Sie Vertrauen! Gott ist gut; er läßt keinen Menschen verlorengehen." - „Ja, Gott ist gut; aber die Menschen, die Menschen ...!" - „Haben Sie bereits so schlimme Erfahrungen gemacht?" - „So schlimme, daß es nur noch den Tod gab." - „Gab es keine Hilfe, keine Rettung?" - „Keine", erwiderte sie dumpf. - „Mein Kind, das ist ja eine wirkliche Verzweiflung, zu der Sie jedenfalls das Recht nicht haben." - „Nicht? Oh, wenn Sie wüßten!" - „So teilen Sie mir Ihren Kummer mit. Ich zweifle nicht, daß ich imstande sein werde, Ihnen, wenn nicht Hilfe, so doch Rat zu bringen." - „Unmöglich, mein Herr!" - „Warum unmöglich? Sie dürfen an meiner Bereitwilligkeit, Ihnen zu nützen, nicht zweifeln." - „Ich zweifle nicht; ich sehe es Ihnen an, daß es Ihr Ernst ist, daß Sie ein Herz besitzen, das mild von einer Unglücklichen denkt; aber ich vermag Ihnen nicht zu erzählen." - „Warum nicht?"

Sie errötete abermals tief und schwieg.

„Stehen Sie allein?" fragte er, um ihr die Mitteilung zu erleichtern. „Sie haben doch noch Eltern und Geschwister?" - „Nur den Vater und einen Bruder. Jener ist eigentlich Fischer, aber, ach, es ist lange her, seit er seinen Beruf nicht mehr betreibt." - „So hat er einen anderen Beruf erwählt?"

Sie schüttelte den Kopf und erwiderte nach einer Pause.

„Einen anderen? O nein, leider nein! Ach, mein Herr, wie bin ich doch so unglücklich!"

Sie hüllte ihr Gesicht in die Decke des Bettes und weinte wiederum. Er bat sie, aufrichtig zu sein, und seinem freundlichen Zureden gelang es endlich, sie zu beruhigen und zur Mitteilung zu bewegen.

„Mein Vater war ein so guter und nüchterner Mann", sagte sie. „Ja, das war er - bis meine Mutter starb. Er hatte sie liebgehabt; er grämte sich und suchte Trost im Branntwein. Ich war ein Mädchen von neun Jahren, und mein Bruder war nur drei Jahre älter als ich. Der Vater gewann den bösen Trunk immer lieber, denn er kam in schlimme Gesellschaft. Er verkehrte bald mit Männer, die er früher verachtet hatte. Er verlernte die Arbeit, er verkaufte nach und nach alles, was er hatte, und wir begannen zu hungern."

Sie hielt inne. Es wurde ihr sichtlich schwer, diese Geständnisse zu machen. Endlich fuhr sie fort:

„Mein Bruder war ein starker Knabe; er wurde Schmied. Die Schmiede sind sehr oft rohe und gewalttätige Leute; er wurde es auch, aber er hat mich immer liebbehalten, obgleich er bald in die Fußtapfen des Vaters trat, seine lohnende Arbeit aufgab und des Abends mit dem Vater ausging. Wenn sie dann des Nachts nach Hause kamen, so waren sie oft reich, oft auch arm, und ich durfte niemals fragen, woher sie die Dinge brachten, von deren heimlichem Verkauf sie lebten." - „Armes Kind!" sagte Sternau.

Sie nickte traurig und fuhr fort:

„Einst kehrten sie nicht zurück, und ich wurde des anderen Tages zur Mairie zitiert. Dort erfuhr ich, daß beide gefangen seien: Man hatte sie bei einem Einbruch ertappt. Oh, das war ein trauriger Tag! Ich habe damals viel geweint, aber ich ließ den Mut nicht sinken. Während beide viele Monate lang im Gefängnis saßen, arbeitete ich bei einer Näherin; ich hatte keine Not und legte mir etwas Geld zurück, damit die Meinen nicht hungern sollten, wenn sie wieder frei würden. Sie kamen; sie nahmen mein Erspartes und vertranken es. Ich mußte zu ihnen ziehen, das alte Leben begann von neuem, und obwohl sie wiederholt bestraft wurden, besserten sie sich nicht. Nun war ich groß geworden, und der Vater sagte, daß ich hübsch sei, und meinte, jetzt sei die Zeit gekommen, in der er sich nicht mehr zu plagen und zu sorgen brauche. Darauf brachte er junge Männer zu mir, Männer, vor denen mir graute. Ich widerstand lange, aber ich erhielt Schläge. Ich wollte gehen, fliehen, aber ich wurde eingeschlossen. Endlich zwang man mich eines Abends, starken Wein zu trinken; ich wurde sehr betrunken, alles andere können Sie sich denken."

Sie hielt abermals inne. Die Erinnerung an jene Zeit entlockte ihr ein Meer von Tränen.

Sie hatte in kurzen Worten eine Biographie gegeben, wie sie in Paris auf Tausende junger Mädchen paßte, denen die Ehrlosigkeit und Pflichtvergessenheit der Eltern zum Fluch wird.

„Haben Sie nie einen Schritt getan, um sich von der Behörde Hilfe zu verschaffen?" fragte Sternau. - „Nein", antwortete sie. „Es waren ja mein Vater und mein Bruder." - „Und nun? Was gedenken Sie nun zu tun, mein Kind?" - „Oh", klagte sie, „ich weiß, daß ich dennoch in die Seine gehen muß." - „Nein, das sollen Sie nicht. Ich werde dafür sorgen, daß Sie es nicht nötig haben."

Ihr trauriges Angesicht klärte sich auf, und mit einem hoffnungsvollen Leuchten ihrer Augen fragte sie:

„Mein Gott, ist dies Wahrheit? Sie wollen mir wirklich helfen, ohne daß es dem Vater und dem Bruder Schaden bringt?" - „Ja, ich werde helfen, und, wenn es zu umgehen ist, jeden Schaden vermeiden." - „Oh, Monsieur, wie dankbar wollte ich Ihnen sein", rief sie entzückt. „Man hat mich zu den Verachteten gezählt, aber ich bin nicht schuld daran. Ich will ja gern arbeiten; ich will gern alles tun, um Ihre Zufriedenheit zu erlangen. Glauben Sie es mir?" - „Ich glaube es Ihnen", erwiderte er. „Wo wohnen Sie?" - „Wir wohnen in einem Hinterhaus der Rue St. Cloy." - „Das ist allerdings ein schlimmes Quartier. Zu einer in dieser Winkelstraße liegenden Hinterwohnung kann man kein Vertrauen haben."

Da öffnete sich die Tür, und die Wirtin trat ein.

„Hier ist der Fliedertee", sagte sie. „Ah, Sie sind wieder zu sich gekommen, mein Kind?" - „Ja", antwortete das Mädchen. „Oh, Madame, wie dankbar bin ich Ihnen, daß Sie sich meiner so freundlich angenommen haben!" - „Ich tat es gern. Sie haben nur diesem Herrn zu danken. Trinken Sie schnell den Tee, damit die Schmerzen aufhören. Ah, da kommt ja unser braver Gardon wieder."

Wirklich trat der Matrose wieder ein. Hinter ihm befanden sich zwei Männer, die mit hereinwollten, von ihm aber bedeutet wurden, zurückzubleiben.

„Hier, mein Herr, sind Ihre Sachen", sagte er. - „Ah, sie sind nicht verlorengegangen?" fragte Sternau. - „Nein, ein Polizist hatte sie an sich genommen." - „Und er gab sie Ihnen ohne Weigerung?" - „Wie Sie sehen. Er kannte mich. Ja, Monsieur, der Matrose Gardon ist hier als ein ehrlicher Mann bekannt, man darf ihm schon etwas anvertrauen." - „Wie fanden Sie es an der Brücke?" - „Es standen viele Menschen da, die auf die Rückkehr unseres Bootes warteten. Zwei von ihnen sind mitgekommen." - „Was wollen sie?" - „Sie wollen diese Demoiselle sehen, sie vermuten, daß es eine Anverwandte von ihnen sei." - „Wie heißen sie?" fragte das Mädchen. - „Sie nannten sich Mason, Vater und Sohn." - „Sie sind es", sagte sie. „Mein Name ist Annette Mason." - „Wünschen Sie, sie zu sehen?" fragte Sternau. - „Darf ich, mein Herr?" - „Ja. Wir werden uns einstweilen entfernen." - „Die anderen mögen gehen, Sie aber bitte ich zu bleiben, Monsieur. Ich fürchte mich vor dem Vater!" - „Gut", sagte Sternau zur Mutter Merveille. „Lassen Sie die beiden eintreten."

Dieselbe entfernte sich mit dem Matrosen, und die beiden Masons traten ein.

Der Vater hatte ein wüstes, versoffenes Aussehen; es war gar nicht zu verkennen, daß er der Sünde und dem Verbrechen ohne

Rettung verfallen sei. Der Sohn war eine kräftige, robuste Gestalt und ganz sicher ein ungeschlachter, gewalttätiger und gewissenloser Mensch, aber in seinem Auge glänzte doch so etwas wie ein Freudenschimmer, als er seine Schwester erblickte. Der Vater eilte sofort auf sie zu.

„Endlich habe ich dich!“ rief er. „Heraus aus dem Bett und folge mir!“ - „Ich bin krank, Vater“, entgegnete sie bittend. - „Krank?“ fragte er. „Du bist ja wach, du kannst ja sprechen. Heraus und fort mit dir!“

Da trat ihr Bruder zu ihr heran und fragte:

„Du bist wirklich in die Seine gesprungen, wie du uns drohtest, Annette?“ - „Ja“, gestand sie leise. - „Welch eine Dummheit!“ - „Dummheit?“ rief der Vater. „Nein, eine Schlechtigkeit war es! Sie wollte uns blamieren, sie wollte uns um das Geld bringen, was sie zu verdienen hat. Sie mag uns jetzt folgen, und daheim soll sie sehen, was ihrer wartet.“ - „Du wirst ihr nichts tun“, versetzte der Sohn. - „Nichts? O nein, nichts, gar nichts!“ antwortete der Vater höhnisch. - „Nein, ich verbiete es dir!“ - „Was hättest du mir zu befehlen! Sie soll gehorchen lernen!“ - „Das wird sie, aber ohne daß du sie schlägst. Sie hat eine Dummheit begangen und wird sie bereuen. Komm, Annette!“

Das Mädchen blickte Sternau hilfesuchend an. Die beiden Männer hatten sich bisher gar nicht um ihn gekümmert. Er sagte nun mit ruhiger, aber fester Stimme:

„Die Demoiselle wird hierbleiben.“ - „Ah“, entgegnete der Vater. „Wer sind Sie?“ - „Ich habe Ihre Tochter aus der Seine geholt und hierhergebracht und glaube mir dadurch das Recht erworben zu haben, an Ihrer Unterhaltung teilnehmen zu können.“

Der Alte blickte ihn giftig an und erwiderte:

„Meinetwegen. Aber unsere Unterhaltung ist leider bereits vorüber.“ - „Wohl schwerlich“, meinte Sternau. „Sie verlangen, daß Ihnen Ihre Tochter folgt, und ich verbiete es ihr.“ - „Ah! Wirklich?“ fragte Mason höhnisch. „Mit welchem Recht?“ - „Zunächst mit dem Recht des Arztes.“ - „Oh, Sie sind Arzt? Sie holen sich Ihre Patienten selbst aus dem Wasser? Das ist außerordentlich praktisch. Leider aber steht es hier nur allein mir zu, zu bestimmen, von welchem Arzt meine Tochter behandelt werden soll.“ - „Schweig, Alter!“ gebot der Sohn. „Dieser Herr hat Annette gerettet, er ist ihr nachgesprungen und hat sein Leben gewagt, seine Kleider triefen noch jetzt vom Wasser des Flusses. Du bist ihm Dank schuldig und wirst höflich mit ihm sein. Wenn er Arzt ist, werden wir seine Meinung anhören." - „Den Teufel werde ich anhören!" entgegnete der Alte. „Das Mädchen will ich haben, weiter nichts! Vorwärts!"

Damit faßte er Annette bei der Hand, um sie aus dem Bett zu ziehen, da aber schob ihn Sternau zur Seite.

„Halt", sagte er. „Sie haben diese Patientin nicht zu berühren. Ich als Arzt muß wissen, ob sie bereits jetzt das Bett verlassen darf. Sie wird bleiben, sie wird Ihnen nicht folgen, jetzt nicht und vielleicht auch nicht später." - „Ah, wirklich?" fragte der Alte ganz erstaunt. - „Ja, wirklich!" - „Und das sagen Sie mir, mir, dem Vater?" - „Wie Sie hören. Zunächst ist Ihre Tochter krank, sie bleibt heute hier liegen. Und sodann weiß ich ganz genau, was für ein Schicksal ihrer daheim wartet, sie wird nicht nach Hause zurückkehren." - „Nicht? Gewiß nicht?" fragte der Alte zwischen maßlosem Erstaunen und aufkeimendem Zorn. - „Nein, gewiß nicht. Sie haben nicht als Vater an ihr gehandelt. Sie haben Ihre Vaterrechte verloren, es wird anderweit für sie gesorgt werden." - „Nicht als Vater an ihr gehandelt? Nicht, nicht? Wer hat dies gesagt? Sie selbst, keine andere als sie selbst. Und das soll sie mir büßen."

Er erhob den Arm, um nach seiner Tochter zu schlagen, Sternau aber gab ihm einen Stoß, daß er zurückfuhr und an die Wand taumelte. Da trat der Sohn, der sich bisher nur beobachtend verhalten hatte, vor und sagte:

„Mein Herr, Sie haben meine Schwester gerettet, aber das gibt Ihnen noch kein Recht, meinen Vater zu schlagen!"

Sternau erhob sich von dem Stuhl, auf dem er saß, und stellte sich mit seiner Herkulesgestalt dem Schmied gegenüber, der nun erst merkte, welch einen Mann er vor sich hatte.

„Monsieur Mason", sagte er, „es ist gar nicht meine Absicht, Ihren Vater zu schlagen, ich beabsichtige nur, mich dieses Mädchens anzunehmen. Ich sage Ihnen aufrichtig, daß sie Ihnen nicht folgen wird, sondern daß ich sie in die Familie braver, rechtlicher Leute bringen werde, wo sie sich glücklich fühlen wird. Das werde ich tun, und wer mich daran zu hindern versucht, der hat es sich selbst zuzuschreiben, wenn ich Gewalt anwende." - „Wie schön das klingt", höhnte der Alte. „Er will sie für sich selbst behalten." - „Pah", antwortete Sternau, „ich bin fremd, ich verlasse sehr bald diese Stadt, meine Absicht ist eine reine und ehrliche." - „Ich glaube es Ihnen", sagte der Sohn. „Sie sehen wie ein ehrlicher Mann aus. Aber was wollen Sie tun, wenn wir Ihnen die Schwester nicht lassen?"

Sternau lächelte überlegen und antwortete:

„Glauben Sie, daß Sie mir dieselbe vorenthalten können?" - „Gewiß!" - „Sie irren sich. Ich brauche nur zu beweisen, daß Sie ohne Existenzmittel sind und daß Sie es Ihrer Tochter und Schwester zumuten, Sie auf eine Weise zu ernähren, die gegen alle sittlichen Gesetzte verstößt, so wird sich die Polizei sofort Ihrer Schwester annehmen und auch auf Sie ein wachsameres Auge haben als bisher." - „Donnerwetter, Sie drohen uns?" - „Allerdings!" - „Und Sie glauben, daß wir uns fürchten?" - „Ich vermute es!" - „Ah, das hat mir noch keiner gesagt." - „Das ist möglich, also sage ich es. Ich rate Ihnen sehr, sich den gegenwärtigen Umständen gutwillig zu fügen. Ihr Widerstand würde nicht nur nutzlos, sondern Ihnen sogar schädlich sein." - „Das wollen wir sehen", meinte der Vater. „Fasse an, Junge, sie muß mit!"

Aber der Sohn folgte diesem Ruf nicht. Er sah den hohen stolzen Deutschen vor sich stehen, er blickte in dessen mildes und doch so ernstes Auge und fühlte sich durch den Blick desselben besiegt und entwaffnet. Es war der Eindruck einer reinen, festen Männlichkeit auf einen moralisch haltlosen Charakter.

„Schweige!" gebot er seinem Vater. Und dann fragte er den Arzt: „Sie meinen es mit meiner Schwester wirklich ehrlich und werden dafür sorgen, daß sie einen guten Weg durch das Leben findet, dadurch, daß Sie ihr eine Stellung in einer hiesigen Familie geben?" - „Ja, gewiß werde ich dies tun." - „Und sie nicht veranlassen, ihren Vater und Bruder zu verleugnen und zu verachten?" - „Es wird das auf sie selbst ankommen, ich werde sie in dieser Beziehung nicht im mindesten beeinflussen. Ich bahne ihr den Lebensweg; ob und wie sie ihn wandeln wird, das ist ganz allein nur ihre eigene Sache." - „Werden wir erfahren, wo sie sich befindet?" - „Sie wird es Ihnen mitteilen." - „Gut, mein Herr, so sind wir einig. Ich überlasse Ihnen meine Schwester gern." - „Aber ich überlasse ihm meine Tochter nicht!" rief der Vater. „Ich brauche sie, ich bin alt und schwach, ich kann nicht mehr arbeiten." - „Sie haben einen Sohn", sagte Sternau, „einen starken, kräftigen Sohn, der gewiß gern für Sie sorgen wird." - „Ja", sagte der Sohn. „Komm, Vater, wir gehen unseren Weg weiter, aber wir wollen uns dabei von dem Vorwurf freihalten, daß wir Annette mit uns gerissen haben." - „Nein, ich gehe nicht, ich bleibe, bis das Mädchen gehorcht", behauptete der Alte. - „Pah! Ich will es, und so wirst du es auch wollen", meinte der Sohn. „Ich will morgen wieder nachfragen, jetzt aber gehen wir. Vorwärts!"

Der Vater wollte sich sträuben, der Sohn aber faßte ihn und schob ihn zur Tür hinaus.

Annette hatte während des Verlaufs des Gesprächs wortlos im Bett gelegen, jetzt aber streckte sie dem Arzt ihre Hand entgegen.

„Mein Herr, oh, wie danke ich Ihnen", sagte sie. „Sie sind mein doppelter Retter. Sie haben mich zweimal gerettet, erst aus dem Wasser der Seine und nun aus dem Schlamm des Elendes, in das man mich zurückziehen wollte."

Sternau bemerkte, daß ihr große Schweißtropfen auf der Stirn standen.

„Was ist Ihnen?" fragte er. „Sie schwitzen infolge des Tees?" - „Ich weiß es nicht. Ich habe so große Schmerzen." - „Plötzlich?" - „Ja, ich kann sie kaum ertragen!" - „Ach, ich ahnte es. Ich werde Ihnen jemand schicken. Haben Sie nur kurze Zeit Geduld."

Damit zog Sternau seinen Rock an und setzte seinen Hut auf, um zu gehen. Draußen trat ihm bereits die Wirtin entgegen.

„Ich hörte die beiden Menschen gehen. Mein Gott, waren dies rohe Leute!" - „Sie sind bereit, Madame, das Mädchen bis zu ihrer Genesung bei sich zu behalten?" - „Von Herzen gern, mein Herr." - „Aber Sie werden viel Störung von ihr haben." - „Davor scheue ich mich nicht. Das Mädchen ist nicht schuld an seinem Elend." - „Gewiß nicht. Was Sie an ihr tun, wird Gott Ihnen lohnen. Übrigens versteht es sich von selbst, daß ich die auflaufende Rechnung auf mich nehme." - „Das ist sehr edel von Ihnen, mein Herr, obgleich ich nicht danach fragen würde, trotzdem ich selbst arm bin." - „Nun, dann nehmen Sie hier diese Börse, Madame. Ich werde jetzt gehen, morgen früh aber wieder hier sein. Gute Nacht!"

Als Sternau sein Hotel in der Rue de la Barillerie erreichte, war es bereits Mitternacht. Er besuchte zunächst seine kranke Braut, die sich in abgeschiedenen Räumen unter der Aufsicht der guten Elvira und einer barmherzigen Schwester befand, und ging dann schlafen.

Am anderen Morgen besuchte er seine Gerettete bei Mutter Merveille wieder. Es ergab sich, daß er gestern abend ganz richtig vermutet hatte, Annette befand sich aber trotz der Schwäche außer Gefahr.

Sternau begab sich hierauf zu Professor Letourbier, bei dem er zum Frühstück eingeladen war. Im Lauf des letzteren erzählte er sein gestriges Abenteuer und erregte dadurch die Teilnahme der Frau Professorin in einer solchen Weise, daß sie sich erbot, das Mädchen zu sich zu nehmen. Das hatte er beabsichtigt.

Besonders erfreut war er, als die Professorin bei seinem Fortgang bat, ihn zu seiner Patientin begleiten zu dürfen.

Sie fanden dieselbe jetzt einigermaßen gekräftigt. Das Mädchen weinte Tränen der Freude, als es hörte, daß es eine solche Beschützerin erhalten solle, und wurde von Sternau auch sofort der Professorin definitiv übergeben.

Zwei Tage später reiste er mit Rosa, Alimpo und Elvira ab, um seine Mutter und Schwester in Rheinswalden aufzusuchen. Der geehrte Leser weiß bereits, daß es ihm dort gelang, die Geliebte von ihrem Irrsinn zu heilen.

2. KAPITEL

Es war nur einen Tag nach Sternaus Abreise von Paris, als auf dem Perron der Bahn nach Orleans ein junger Herr aus einem Wagen erster Klasse stieg. Ein schwarzgekleideter Diener, der in einem Wagen zweiter Klasse gesessen hatte, eilte herbei, um ihm behilflich zu sein.

„Das Gepäck bleibt hier. Einen Wagen nach irgendeinem Hotel!"

Der Diener gehorchte, und bald rollten beide einem auf dem nahen Platz Walhubert liegenden Hotel zu. Dort verlangte der Fremde neben einer Flasche Wein das Adreßbuch der Stadt Paris und schlug da die Abteilung „L" auf. Hier glitt er mit dem Finger von Zeile zu Zeile, bis er auf den Namen „Letourbier, Charles François, Professeur de medecin" stieß.

„Dort ist seine Adresse ganz sicher zu erfahren", murmelte er. „Bei diesem Professor war er, ehe er nach Rodriganda kam, und bei ihm wird er jedenfalls auch wieder vorgesprochen haben. Also Rue de Lavande 4."

Darauf gab er seinem Diener einen Wink und sagte zu ihm mit gedämpfter Stimme:

„Du erwähntest, als ich dich in Orleans engagierte, daß du Paris kennst.“ - „Allerdings, gnädiger Herr.“ - „Weißt du, wo die Rue de Lavande liegt?“ - „Ganz genau. Sie verbindet die große Rue de Rivoli mit dem Quai de la Mégisserie.“ - „Gut. Du nimmst jetzt eine Droschke und suchst Nummer 4 dieser Straße. Dort wohnt ein Professor Letourbier, bei dem erfahren werden kann, wo ein gewisser Doktor Karl Sternau zu finden ist, der vor kurzer Zeit aus Spanien zurückkehrte.“ - „Darf ich direkt beim Professor nachfragen?“ - „Es würde mir das nicht angenehm sein, ist es aber nicht zu umgehen, so mußt du es tun.“ - „Darf man wissen, wer die Adresse dieses Arztes haben will?“ - „Nein, auf keinen Fall.“ - „Ich werde bald wieder zurück sein.“

Der Diener ging und setzte sich in eine Droschke. Da, wo die Rue de Lavande an die Straße St. Germain l'Auxerrois stößt, stieg er aus und trat in das Portal der Mairie, der die Nummer 4 gegenüberlag. Er sah da drüben zahlreiche Leute ein und aus gehen und bemerkte endlich ein Mädchen, das begann, mit einem Besen den Flur zu reinigen. Er begab sich hinüber zu ihr und grüßte höflich:

„Guten Morgen, Mademoiselle. Verzeihen Sie! Dienen Sie in diesem Haus?“ - „Ja“, antwortete sie, sichtlich geschmeichelt von dem höflichen Ton seiner Anrede. - „In welcher Abteilung desselben?“ - „Im Parterre.“ - „Ah, wie schade, ich hätte nämlich gern in der erste Etage eine kleine Erkundigung eingezogen.“ - „Darf ich es Marion sagen?“ - „Wer ist Marion?“ - „Das Stubenmädchen des Professors, der da oben wohnt.“ - „Ja, bitte, Mademoiselle. Aber es wird doch nicht auffallen?“ - „Nein, mein Herr.“

Sie hüpfte davon und die Treppe empor. In kurzer Zeit kehrte sie mit einem Mädchen zurück, das die eigentümliche Tracht der Bretagne trug.

„Das ist der Herr, Marion“, sagte sie. - „Was wünschen Sie zu wissen, Monsieur?“ fragte Marion in dem harten Dialekt der Bretagne. - „Eine kleine Auskunft, mein Fräulein.“

Dabei griff der Diener in die Tasche und offerierte einem jedem der beiden Mädchen ein blankes Frankstück.

„Sie soll Ihnen werden, mein Herr“, entgegnete Marion. „Ich sehe, daß Sie in einem gebildeten Haus dienen.“ - „Das ist allerdings wahr“, versetzte er. „Mein Herr ist der Vicomte de Rallineux, der leider bereits längere Zeit krank darniederliegt.“ - „Ah, ich bedaure“, sagte das Mädchen des Parterres höflich. - „Ich ebenso“, fügte Marion hinzu. - „Danke, meine Damen. Der Herr Vicomte bediente sich früher eines Doktors Sternau, dessen Geschicklichkeit er fast seine Heilung zu verdanken hatte, als dieser Arzt plötzlich nach Spanien verreiste.“ - „Ich weiß das“, beeilte Marion sich zu bemerken. „Monsieur Sternau erhielt einen Ruf zu dem berühmten Grafen de Rodriganda.“ - „Das war schlimm für den Herrn Vicomte, denn sein Übel wurde sofort größer, und kein Arzt brachte Hilfe. Jetzt erfährt mein Herr zufällig, daß Monsieur Sternau von Spanien zurückgekehrt sei ...“ - „Allerdings, mein Herr!“ - „So erteilte er mir den Auftrag, mich hier zu erkundigen, natürlich aber, ohne den Herrn Professor selbst zu inkommodieren.“ - „So wollen Sie also wissen, wo Monsieur Sternau wohnt? Das kann ich Ihnen ganz genau sagen. Kennen Sie die Straße de la Barillerie?“ - „Ich kenne sie“, nickte er. - „Auf der rechten Seite dieser Straße liegt der Justizpalast und die kleine Straße St. Chapelle, und an der Ecke dieser Straße steht das Hotel d'Aigle. In demselben bewohnt Monsieur Sternau einige Zimmer der ersten Etage.“

Das Mädchen hatte das in sehr umständlicher Weise gesagt, dennoch aber machte der höfliche Diener eine tiefe Verbeugung und erwiderte:

„Ich danke Ihnen, Mademoiselle. Wird Monsieur Sternau um diese Zeit zu sprechen sein?“ - „Ich weiß es nicht. Ah, da fällt mir ein, gehört zu haben, daß vorgestern von seiner Abreise die Rede war.“ - „Sie meinen also, daß ich mich beeilen muß?“ - „Gewiß, mein Herr. Ich hörte zwar nur im Vorübergehen eine Silbe fallen, aber es ist doch besser, Sie gehen sicher.“ - „Dann darf ich Ihnen nicht länger mißfällig sein. Adieu, meine Damen!“

Er verabschiedete sich mit einem Kompliment, als wenn er zwei Herzoginnen vor sich habe. Sie blickten ihm nach, und dann meinte Marion:

„Ein sehr feiner Herr!“ - „Sehr fein“, nickte die andere. - „Ich wollte, er fände den Doktor nicht. Dann käme er vielleicht wieder.“ - „Hm, ja! Ich werde den Flur ein wenig langsam kehren, damit ich noch da bin, wenn er etwa zurückkommt.“ - „Aber du wirst mich sofort rufen?“ - „Gewiß. Dieser Vicomte de Rallineux muß ein sehr feiner Herr sein!“ - „Sicherlich, denn einen Herrn erkennt man an seinem Diener. Ein Diener ist nicht immer in der Lage, Douceurs von zwei Franken zu geben.“

Die Erwartung der beiden Mädchen erfüllte sich nicht. Der Diener kehrte zu seinem Herrn zurück und teilte ihm mit, was er erfahren hatte.

„Hotel d'Aigle sagst du?" fragte dieser. - „Ja, Rue de la Barillerie." - „So werden wir dort wohnen." - „Soll ich einen Wagen besorgen, gnädiger Herr?" - „Nein."

Der Herr starrte eine Weile ins Leere und drehte sich, wie in einiger Verlegenheit, die Spitzen seines Schnurrbarts; dann sagte er:

„Du bist wirklich in Paris gut orientiert?" - „Sehr genau." - „Hm, es gilt nämlich einen Scherz."

Der Diener verbeugte sich.

„Dieser Doktor Sternau ist ein Freund von mir, soll mich aber nicht erkennen." - „Ah, ich verstehe, gnädiger Herr! Sie wünschen, sich zu verkleiden und bedürfen eines falschen Bartes und so weiter!" - „Ja, aber alles sehr fein gearbeitet. Kennst du einen Ort, wohin man sich in dieser Angelegenheit mit Vertrauen wenden könnte?" - „Hm, es ist bedenklich, der gnädige Herr verzeihen; aber das Verlangen nach einer solchen Veränderung des Äußeren ist leicht verdächtig." - „Ich weiß das!" - „Darum gestatte ich mir einen Vorschlag, der allerdings kühn ist. Es gibt hier Leute, die sehr oft ihr Äußeres verändern, doch nicht eines Scherzes halber ..." - „Ah, die Ritter des Verborgenen!" - „Ja. Ihnen stehen Künstler zu Diensten, denen selbst der gewandteste Theaterfriseur das Wasser nicht zu reichen vermag. Diese Künstler wohnen freilich nur im Dunklen, im Schmutz, und ich weiß nicht ..." - „Pah! Kennst du einen solchen Menschen?" - „Ja, es ist der alte Papa Terbillon; er wohnt im Keller eines Hauses der Rue de l'Odéon." - „Du meinst, daß er imstande sein wird, mich so zu verändern, daß mich selbst mein bester Freund nicht erkennt?" - „Ganz gewiß." - „Ist man bei ihm vor Verrat sicher?" - „Er ist stumm in solchen Dingen." - „Schlingel! Hätte doch nicht gedacht, einen Diener zu bekommen, der in diesen Dingen solche Erfahrung besitzt." - „Verzeihung, gnädiger Herr! Die Herren, denen ich diente, zwangen mich, mir Kenntnisse solcher Art anzueignen." - „So führe mich! Ist es weit?" - „Ziemlich! Es ist am Ende der Rue de Vaugirard in der Nähe von St. Sulpice."

Sie verließen das Hotel und bestiegen eine Droschke, mit der sie sich bis zur Straße Monsieur le Prince fahren ließen. Dort stiegen sie aus und begaben sich zu Fuß nach der Odéonstraße.

„Kennt der Alte dich?“ fragte der Herr. - „Ja.“ - „So magst du mit eintreten.“

Als sie das Haus erreichten, schritten sie durch den weiten Torweg desselben nach dem Hof und gelangten dort an eine Art Kellertür, neben der ein hölzerner Klingelgriff befestigt war. Der Diener klingelte, und es dauerte eine geraume Zeit, bis geöffnet wurde. Ein altes Weib erschien.

„Was wollt ihr?“ fragte sie. - „Ist Papa Terbillon daheim?“ erkundigte sich der Diener. - „Ja.“ - „So laßt uns ein! Wir sind Freunde. Sagt es ihm!“ - „Wartet!“

Sie verschwand und schloß die Tür hinter sich zu, und die beiden mußten sich abermals eine längere Weile gedulden.

Dies hatte seinen guten Grund. Papa Terbillon nämlich war nicht allein, sondern hatte Besuch. Es befand sich bei ihm ein junger, ungewöhnlich stark gebauter Mensch, in dem wir den Schmied Gerard Mason, den Bruder Annettes, wiedererkennen.

Der alte Terbillon war ein vorn und hinten ausgewachsenes Männchen mit einem vollständig kahlen Kopf. Er trug eine große Hornbrille auf der langen Nase und steckte in einem Schlafrock, der aus Flicken und Flecken zusammengesetzt war.

Das Zimmer, in dem die beiden saßen, war nur ein Loch zu nennen. Es enthielt einen alten Tisch, drei Stühle, ein Bänkchen, einen kleinen Windofen, einen alten Spiegel und eine Petroleumlampe, die immer brennen mußte, da der Raum kein Fenster besaß.

Aus diesem Meublement hätte man sicher nicht auf den Stand und die Beschäftigung des Alten zu schließen vermocht, der auf dem Schemel hockte, die Arme um die emporgezogenen Knie gelegt hatte und dem zuhörte, was ihm der Schmied mitteilte.

„Und sie rannte wirklich fort?“ fragte er. - „Ja.“ - „Und ins Wasser?“ - „Geradewegs.“ - „Welch eine Dummheit! Sie ist natürlich ertrunken?“ - „Nein.“ - „Nicht?“ Bei Gott, was denn?“ - „Sie wurde von einem Herrn gesehen; der sprang ihr nach und zog sie wieder heraus.“ - „Wieder heraus? Welch eine Albernheit! Einen Menschen, der sich ersäufen will, den läßt man im Wasser; das versteht sich ja ganz von selbst. Wer war der Kerl?“ - „Ich weiß es nicht.“ - „Hast du ihn nicht gesehen?“ - „Allerdings, sogar gesprochen habe ich ihn.“ - „Und weißt nicht, wer er war! Welch eine Dummheit!“ - „Ja, ich habe ihn gesehen, ich habe ihn gesprochen, aber ich habe ihn nicht gefragt, wer er ist. Er hatte etwas an sich, was mir den Mut zur Frage nahm." - „Dummheit!" - „Und zudem glaubte ich, daß Annette ihn fragen würde." - „Und sie hat es wohl auch nicht getan? Welch eine Albernheit!"

Der alte Terbillon schien die Worte Dummheit und Albernheit vorzugsweise gern zu gebrauchen. Sein Gesicht hatte Affenzüge, und seine ganze Gestalt zeigte etwas Meerkatzenähnliches.

„Sie hat geglaubt, ihn öfters zu sehen, aber er ist nicht wiedergekommen", entschuldigte sich der Schmied. „Er ist abgereist." - „So war er ein Fremder?" - „Jedenfalls. Er ging über die Brükke, als Annette ins Wasser sprang; er stürzte sich ihr nach und rettete sie, er trug sie zur Mutter Merveille, wo sie verpflegt wurde, und nun soll sie in die Familie des großen Letourbier kommen." - „Des Professors! Wie kommt sie zu diesem?" - „Ihr Retter hat sie empfohlen." - „Und das laßt ihr euch gefallen? Welch eine Dummheit wieder! Wißt ihr, daß sie euch eine sehr gute Revenue einbrachte? Daß ihr also gar nicht zu arbeiten brauchtet?" - „Richtig! Das ist wahr." - „Und daß ihr nun arbeiten müßt?" - „Das wollen wir; deshalb komme ich zu dir, Papa Terbillon. Du wirst mir Arbeit geben." - „Ich? Hm! Du hast bisher für den alten Gambreully gearbeitet?" - „Ja, an der Garotte."

An der Garotte arbeiten heißt nämlich, einsame Spaziergänger überfallen, ihnen die Kehle zudrücken oder zuschnüren, um ihnen die Barschaft abzunehmen. Hierzu gehören sehr kräftige Leute, und gewöhnlich arbeiten zwei miteinander. Diese Arbeit wird förmlich geschäftsmäßig betrieben. Es gibt wirkliche Entrepreneurs - Unternehmer -, die fünfzig und mehr Arbeiter in verschiedenen Fächern beschäftigen.

„Was hast du dir verdient?" - „Verdammt wenig. Sechs Franken pro Tag." - „Hm, ich würde dir acht Franken geben, denn du bist ein kräftiger Bursche. Wie oft bist du bereits gefangen gewesen?" - „Erst fünfmal." - „Und dein Vater?" - „Zwölfmal." - „Welche Dummheit! Zwölfmal! Du scheinst klüger zu sein als dein Alter. Willst du für acht Franken arbeiten, so schlage ein." - „Ich möchte doch nicht bei der Garotte stehenbleiben, vielmehr avancieren. Was gibst du einem guten Einbrecher?" - „Das ist verschieden. Bis hundert Franken pro Tag, nämlich pro Arbeitstag!" - „Ach so, hast du schon genug Kräfte?" - „So ziemlich, obgleich ein tüchtiger Kerl allezeit zu gebrauchen ist. Laß dir also etwas sagen. Ich werde dich einmal auf Probe nehmen, zunächst für zehn Franken an die Garotte. Ist's dir recht?" - „Gut, ich tue mit, habe aber kein Geld.“ - „So beginnen wir gleich heute. Ich werde dir den heutigen Tag bezahlen.“

Terbillon griff in die Seitentasche seines alten Schlafrocks und zog einen ledernen Beutel heraus; diesem entnahm er ein goldenes Zwanzigfrankenstück und gab es dem Schmied.

„Hier hast du deinen ersten Tagelohn. Bin ich mit dir zufrieden, so gehst du bald zu den Einbrechern über. Aber, du kennst unsere Gesetze und weißt, daß für den Lohn, den ich dir zahle, alles mir gehört, was du erbeutest.“ - „Ja, dies ist mir vollständig bekannt.“ - „Denke daran, daß man seine Arbeiter zu kontrollieren versteht! Es hat mich schon mancher betrügen wollen, für kurze Zeit ist ihm dies gelungen, dann aber ...“ - „Nun, dann?“ - „Dann sind sie zur Strafe stets in das Zuchthaus gewandert. Ich bezahle meine Leute gut, sind sie aber unehrlich gegen mich, so weiß ich ihnen stets die Polizei auf den Hals zu schicken. Aber da fällt mir ein, du hast einen Spitznamen?“ - „Ja.“ - „Man nennt dich Gerard l'Allemand, ‚den Deutschen‘. Warum?“ - „Weil ich deutsch spreche und verstehe.“ - „Wo hast du es gelernt?“ - „Von meiner Mutter, sie war eine Deutsche. Und vor drei Jahren habe ich das ganze Elsaß und Baden durchwandert.“ - „Das ist mir lieb; du wirst gut zu gebrauchen sein.“

In diesem Augenblick ertönte eine Klingel, und einige Zeit später trat die Alte ein.

„Was gibt es?“ fragte Papa Terbillon. - „Es sind zwei Männer draußen. Sie seien Freunde, sagte der eine; ich kenne sie aber nicht.“ - „Ich werde sie mir ansehen.“

Terbillon erhob sich und verließ den Raum. Draußen gab es vor der Kellertür einige finstere Stufen, die er emporstieg. In der Tür waren einige feine Löcher eingebohrt, durch die man blicken konnte, und so sah sich der Alte die beiden Kommenden an, kehrte dann in seine Wohnung zurück und sagte zu dem Schmied:

„Vielleicht gibt es sogleich Arbeit für dich.“ - „Ah, das sollte mich freuen!“ - „Ja. Den einen kenne ich; er ist ein Diener, der mir bereits manchen Herrn gebracht hat. Der andere scheint sein gegenwärtiger Herr zu sein, ein feiner Mann mit Ringen unter dem Handschuh und einer Fünfhundertfrankenkette an der Uhr.“ - „Donnerwetter!“

Der Alte zeigte auf eine niedrige Tür, die neben dem Ofen angebracht war.

„Gehe hier hinaus. Du kannst dir ihn durch das Glasfenster betrachten. Das übrige wird sich dann später finden."

Gerard verschwand hinter der Tür. Er befand sich jetzt in einer Art von Kammer, die allerlei Raub zu enthalten schien. Es war vollständig dunkel in ihr, aber er fühlte verschiedene Gegenstände, darunter auch einen Sack, der mit weichen Stoffen gefüllt war und gerade hinter der Tür lag, so daß er sich auf ihn setzen und dabei ganz bequem durch das Fensterchen in die Stube blikken konnte.

Eben jetzt traten die beiden Fremden ein.

„Guten Tag, Papa Terbillon!" grüßte der Diener den Alten. - „Guten Tag", dankte dieser mürrisch, ohne sich von seinem Sitz, auf dem er wieder Platz genommen hatte, zu erheben. - „Nun, stehe auf, Papa Terbillon, wenn feine Leute zu dir kommen!" mahnte der Diener. - „Das tue ich, wie ich will. Es sagt mancher hier, er sei fein, und wenn man ihm gefällig ist, erfährt man das Gegenteil." - „Aber hier wirst du es nicht erfahren. Dieser Herr ist ein Edelmann."

Der Alte machte ein sehr verwundertes Gesicht und fragte:

„Woher?" - „Das ist Nebensache." - „Für mich aber Hauptsache! Ich muß die Leute kennen, die zu mir kommen. Was wollt ihr?" - „Dieser Herr hat einen kleinen Maskenscherz vor ..." - „Es ist nicht Fastnacht!" - „Du bist bei schlechter Laune. Es handelt sich um einen Masken-, aber nicht um einen Fastnachtsscherz." - „Ich bin kein Maskenverleiher." - „Das weiß ich. Aber dieser Herr wünscht, unkenntlich gemacht zu werden. Willst du dies übernehmen? Es wird gut bezahlt!" - „Ich tue es dennoch nicht, da es verboten ist. Es kommen oft Spitzbuben nach falschen Haaren, wenn ich ihnen den Willen täte, käme ich nicht aus dem Gefängnis heraus." - „Aber hier handelt es sich doch nicht um einen Spitzbuben!" - „Weiß ich es?"

Da nahm auch der Herr das Wort:

„Papa Terbillon, wollt Ihr oder wollt Ihr nicht? Ich bin nicht gewohnt, so lange Zeit gute Worte zu geben!"

Erst jetzt erhob sich der Alte und machte eine Art Verbeugung.

„Ah, das klingt wirklich, als ob Sie ein echter Edelmann seien. Werden Sie gut zahlen, wenn ich Ihnen diene?" - „Was verlangst du?" - „Das richtet sich ganz nach der Arbeit. Was wünschen Sie also?" - „Ich wünsche, vollständig unkenntlich gemacht zu werden. Wie du das anfängst und wie du es fertigbringst, das ist deine Sache." - „Unkenntlich für welche Zeit?" - „Hm", sagte der Fremde nachdenklich. „Wenn ich es für längere Zeit sein will, und ich hätte Veranlassung, mein echtes Gesicht wieder zu zeigen, ehe diese Zeit verflossen ist, kann man dann die Imitation entfernen?" - „Sofort." - „Und welches ist die längste Zeit?" - „Fünf bis sechs Wochen. Später wird der Bart zum Verräter." - „So wollen wir es für diese Zeit versuchen. Was verlangst du?" - „Zweihundert Franken." - „Alle Teufel, das ist viel", meinte der Fremde. - „So gehen Sie zu einem anderen." - „Pah, ich bleibe! Ich werde sie zahlen, aber nach beendigter Arbeit." - „Und ich beginne die Arbeit nicht vorher. Es kommt mancher zu mir, der mich betrügt."

Der Fremde machte eine verächtliche Handbewegung und entgegnete:

„Es handelt sich nur darum, ob deine Arbeit zweihundert Franken wert ist." - „Tausend Franken ist sie wert", beteuerte der Alte. - „Nun gut, so zahle ich dir jetzt die Hälfte und die andere Hälfte dann, wenn ich mit dir zufrieden bin." - „Ich will es gelten lassen, Monsieur." - „So nimm, hier."

Der Fremde zog ein Portefeuille hervor, öffnete es und nahm eine der darin liegenden Hundertfrankennoten hervor, die er dem Alten gab.

Dieser tat gar nicht, als ob er das Portefeuille beachte, aber es war doch ein blitzschneller, scharfer Blick gewesen, den er darauf geworfen hatte.

„Ich danke", sagte er, indem er die Note in die Tasche seines Schlafrocks schob. „Setzen Sie sich gefälligst auf diesen Stuhl."

Während der Fremde Platz nahm, verschwand der Alte hinter einer dritten Tür und kehrte bald mit einem großen Kasten zurück, der Messer, Scheren, Kämme, Haare, Bartwolle, Farben und Beizen und verschiedene Flaschen, Schachteln und Büchsen enthielt.

„Sie sind dunkelblond", sagte er. „Soll ich Sie brünett oder schwarz machen?" - „So, daß man mich nicht erkennt, weiter verlange ich nichts." - „Also schwarz." - „Aber daß keine nachträglichen Spuren bleiben." - „Keine Sorge, Monsieur."

Papa Terbillon begann sein Werk. Es ging höchst langsam vorwärts, aber es gelang ihm ausgezeichnet, er mußte eine ganz besondere Übung besitzen. Endlich trat er auf einen Augenblick in den Raum, in dem der Schmied saß.

„Hast du dir ihn genau angesehen?“ flüsterte er ihm zu. - „Ja“, antwortete Gerard ebenso leise. - „Er hat Geld, viel Geld.“ - „Ich habe es gesehen.“ - „Ich muß es haben, und zwar durch die Garotte. Wenn du es mir bringst, erhältst du zweihundert Franken Gratifikation.“ - „Ich werde es versuchen und ehrlich sein.“ - „Du hast deinen Tagelohn, du hast den Mann bei mir kennengelernt, folglich gehört sein Geld nun nur mir allein.“ - „Mache dir keine Sorge, Papa Terbillon.“ - „Gut, so verlasse jetzt das Haus und warte draußen auf ihn. Dann folgst du ihm und läßt ihn heute nicht wieder aus den Augen.“ - „Wie kann ich das Haus verlassen, ohne daß er mich sieht?“ - „Komm!“

Terbillon zog Gerard weiter in das Dunkel hinein, bis an eine Treppe, die nach oben ging. Diese stieß an eine Tür, und als der Alte diese öffnete, stand Gerard auf dem Flur des Hinterhauses.

„So, nun gehe! Ich werde heute warten, bis du kommst“, sagte Terbillon. - „Und wenn er mir nun erst spät in die Hände gerät?“ - „So kommst du morgen früh.“ - „Und wenn er heute vorsichtig ist?“ - „So wird er morgen unvorsichtig sein. Adieu.“

Terbillon schloß hinter dem jungen Mann wieder zu und kehrte dann nach seinem Atelier zurück. Hier tat er, als habe er noch einiges hinzuzufügen, und endlich sagte er:

„Fertig! Das war eine tüchtige Geduldprobe.“ - „Allerdings“, entgegnete der Fremde. „Ich hoffe, daß dein Werk desto besser geraten ist.“ - „Ich bin zufrieden“, sagte der alte Terbillon wohlgefällig. - „Wie steht es?“ fragte der Fremde seinen Diener. - „Ausgezeichnet“, meinte dieser. „Der gnädige Herr sind unmöglich zu erkennen.“ - „So wollen wir sehen!“

Er trat an den Spiegel und fuhr um einen Schritt zurück.

„Verdammt“, rief er. „Es ist wahr. Ich kenne mich selbst nicht.“ - „Und welch noble Maske“, rief der Diener. - „Alter, du bist ein Virtous!“ sagte der Fremde zu Terbillon. „Hier hast du die zweiten hundert Franken. Wie lange wird das Zeug halten?“ - „Sechs Wochen.“ - „Und wie habe ich mich zu verhalten?“

Terbillon belehrte ihn, und die beiden Fremden gingen fort. Draußen auf der Straße blieb der Herr stehen und sagte zu seinem Diener:

„Jetzt gehst du nach dem Bahnhof und holst die Effekten nach dem Hotel d’Aigle. Ich komme nach.“ - „Als was soll ich Sie ankündigen, gnädiger Herr?“ - „Als das, was ich bin, als den Marchese Acrozza.“

Der Diener eilte die Rue Racine hinab, um zum Bahnhof von Orleans zu gelangen, während der Herr langsam die Rue Mazarin hinaufschlenderte und sein Bild in den großen Ladenfenstern spiegelte.

An einem derselben blieb er stehen. Er sah sich in Lebensgröße und erkannte erst jetzt, welch ein Meisterwerk Papa Terbillon geliefert hatte.

Bei Gott, es kann mich kein Mensch erkennen, dachte er. Nicht einmal dieser scharfsinnige Vater, dieser Gasparino Cortejo, würde in mir seinen unehelichen Sohn, den Grafen Alfonzo de Rodriganda vermuten.

Er ging weiter und setzte dabei seinen Gedankengang folgendermaßen fort: Wie gut ist es, daß auch dieser französische Diener meinen eigentlichen Namen nicht weiß! Er hält mich für den Marchese Acrozza. Man kann nicht vorsichtig genug sein.

Damit trat er in ein Café und blieb darin, bis er glaubte, daß sein Diener sich bereits eingerichtet habe. Dann bestieg er eine Droschke und fuhr ebenfalls nach der Rue de la Barillerie.

Vor dem Hotel d'Aigle angekommen, wurde er mit Auszeichnung empfangen und von dem Wirt selbst auf seine Zimmer begleitet. Dort fragte der letztere nach den Wünschen des Gastes.

„Diese Wünsche wird Ihnen mein Diener melden", erwiderte Alfonzo de Rodriganda. „Für jetzt habe ich nur eine Frage: Wohnt hier vielleicht in der Nähe ein tüchtiger Arzt?" - „Mein Hausarzt, der der tüchtigste des ganzen Arrondissements ist, wohnt nicht weit von hier, in der Rue de la Calaudel." - „Weiter gibt es keinen? Auch in Ihrem Haus zufällig nicht?" - „Nein." - „So bin ich falsch berichtet. Ich hörte, daß ein Doktor Sternau bei Ihnen wohne." - „Ah, das war bis gestern richtig." - „So ist er gestern ausgezogen?" fragte Alfonzo enttäuscht. - „Ausgezogen nicht, sondern abgereist nach Deutschland." - „Wo ist er abgefahren?" - „Vom Nordbahnhof. Er ließ sich sein Gepäck nach dem Bahnhof an der Barre St. Denis schaffen." - „Welche Stadt war das Ziel seiner Reise?" - „Ich glaube, daß er von Mainz gesprochen hat, er stammte ja wohl aus jener Gegend. Er erzählte beiläufig, daß er dort Mutter und Schwester hat, und zwar auf einem Dorf oder Schloß der Umgegend." - „Haben Sie den Namen desselben nicht gehört?" - „Ich glaube er nannte Rheinswalden." - „Ich danke Ihnen. Wohnte er allein hier?" - „Nein. Er hatte einen Herrn und zwei Damen bei sich, die Spanier waren." - „In welchem Verhältnis standen sie zu ihm?" - „Die jüngere Dame war krank. Er behandelte sie mit außerordentlicher Aufmerksamkeit, so daß man vermuten konnte, daß sie seine Gemahlin sei. Die beiden anderen Personen waren Diener." - „Wurden sie nicht eingetragen?" - „Nein." - „Ich denke, Sie haben jeden Gast einzutragen!" - „Monsieur Sternau war nicht mein Gast. Er wohnte bei mir bereits, ehe er nach Spanien reiste. Er hatte seine Zimmer von mir gemietet, und ich nahm mir also nicht das Recht, diejenigen Personen zu kontrollieren, die er bei sich hatte." - „So wissen Sie wohl auch keine Namen?" - „Nein." - „Beschreiben Sie mir den Diener!" - „Er war klein und trug ein sehr eigentümliches Bärtchen. Die Dienerin war auch klein, aber sehr dick. Beide schienen recht gute Menschen zu sein." - „Und die jüngere Dame?" - „Sie war von einer außerordentlichen Schönheit und - ah, ich hörte einst, daß sie von Monsieur Sternau ‚Rosa' genannt wurde." - „Sie sagten, daß sie leidend gewesen sei. Welcher Art war ihr Leiden?" - „Sie war geisteskrank. Ich sah sie nur dreimal, dann aber auch stets betend. Es war das wohl eine Monomanie." - „Ich danke Ihnen, Monsieur. Diese Auskunft genügt. Ich werde leider morgen Paris wieder verlassen, um nach Lyon zu gehen."

Der Wirt entfernte sich, und als Alfonzo sich allein sah, schritt er erzürnt im Zimmer auf und ab. Er war Sternau gefolgt, um ihn zu erreichen und zu verderben, und sah ihn nun doch nach Deutschland entkommen.

„Aber er ist noch nicht gerettet! Nein, nein! Von uns beiden kann nur einer bestehen, denn er weiß bereits zu viel. Er muß fallen. Ich reise ihm nach Deutschland nach!"

Er grübelte eine Zeitlang und murmelte:

„Ja, ich reise ihm nach. Ich kann ihm getrost begegnen, ich kann mich von ihm sehen lassen, er wird mich nicht erkennen. Und diesen Diener, der von meiner Maske weiß? Ah pah, den werde ich bald loswerden, den führe ich an der Nase bis nach - ja, bis wohin denn? Bis nach Rouen. Von ihm darf ich mir nicht in die Karten sehen lassen."

Er klingelte, und der Diener erschien.

„Warst du bereits einmal in Rouen?" fragte er ihn. - „Einmal", antwortete derselbe. - „Welches ist dort das beste Hotel?" - „Das Hotel zu den ‚Drei Kronen'." - „Wo liegt es?" - „Ganz in der

Nähe der Kirche St. Quentin." - „Es erwartet mich ein kleines Abenteuer dort. Ich muß morgen dort sein, muß aber sofort bei meiner Ankunft wissen, ob eine Gräfin Rossey sich in einem der dortigen Hotels befindet." - „Soll ich voranreisen und mich erkundigen?" - „Allerdings muß ich dir diesen Auftrag erteilen. Du magst mit dem ersten Mittagszug reisen und mich im Hotel zu den ‚Drei Kronen' erwarten." - „Soll ich dort Zimmer bestellen?" - „Nein, denn ich weiß nicht vorher, ob ich wirklich dort bleibe."

Das war nur eine Finte, den Diener loszuwerden. Er gab ihm darauf das nötige Reisegeld und ließ ihn ohne Gewissensbisse per Bahn nach Rouen reisen.

Nun erst hielt er sich in seiner Verkleidung für sicher. Als er des Nachmittags spazierenging, bemerkte er nicht, daß eine Person ihm stets von weitem folgte. Es war Gerard Mason, der Schmied, der es sich wirklich zur Aufgabe gemacht hatte, ihm seine Barschaft abzunehmen.

Alfonzo begab sich später in das Theater, nicht der Vorstellung wegen, sondern um zu sehen ob die an ihm vorgenommenen kosmetischen Manipulationen vielleicht auffällig seien. Doch es bekümmerte sich niemand um sein Äußeres, und das beruhigte ihn. Nach dem Theater besuchte er ein sehr frequentiertes Weinhaus in der Straße Montorgueil, und dann kehrte er nach seinem Hotel zurück.

Es war ziemlich spät geworden, wohl eine Stunde nach Mitternacht. Er bog daher in die Rue de la Tonnellerie ein und dann in die enge Straße de la Poterie, weil er glaubte, hier näher nach Hause zu kommen, hätte aber besser getan, durch die Rue de Gonte nach dem Quai de l'Ecole zu gehen.

Die enge Gasse war kaum notdürftig erleuchtet und fast ganz menschenleer. Indem er langsam dahinschritt, bemerkte er wohl, daß jemand mit schnellen Schritten hinter ihm herkam, aber es dünkte ihm das nicht weiter auffällig. Der Betreffende war kein anderer als Gerard, der Schmied. Er erreichte den Grafen. Dieser wollte sich zur Seite halten, um den schnellen Passanten vorüber zu lassen, fühlte sich aber in demselben Augenblick von hinten an der Kehle gepackt, die ihm gleich darauf so fest zusammengeschnürt wurde, daß er keinen Atem holen konnte, die Besinnung verlor und zur Erde stürzte.

Der Schmied garottierte dieses Mal ohne Gehilfen; er war allein. Jetzt bückte er sich über den Ohnmächtigen, nahm ihm Uhr und Kette, Börse und Brieftasche und zog ihm sogar, nachdem er die Handschuhe herabgerissen hatte, die Ringe vom Finger.

„Das ging leicht!" murmelte er vergnügt. „Nun schnell fort."

3. KAPITEL

Gerard eilte durch die Rue de la Poterie und wandte sich dann rechts in die kurzen Gassen Lenoir, Bourdonnais und Bertin Poiree, bis er zum Quai de la Mégisserie kam. Da dies aber der Weg war, den auch der Beraubte einzuschlagen hatte, um zum Hotel d'Aigle zu kommen, so drehte sich der Schmied abermals nach rechts, ging den Quai de l'Ecole und den Quai du Louvre hinab, an Port St. Nicolas vorüber bis an die große Galerie du Musee, schritt links über die Nationalbrücke hinüber und befand sich nun bei den Bateaux à vapeur - Dampfbooten.

An dieser Stelle legten die Dampfschiffe von St. Cloud an. Es gab auch leere Kähne genug hier. Gerard suchte sich einen derselben aus, der hell von einer der Quailaternen beschienen wurde, stieg hinein und setzte sich. Es sah aus, als ob er der Eigentümer sei. Nun hatte er auch Muße und Beleuchtung genug, um seinen Raub zu betrachten. Die Uhr war kostbar, und was die Kette betraf, so hatte Terbillon deren Wert heute sicherlich nicht unterschätzt. Die Ringe, deren er fünf hatte, waren sämtlich mit Brillanten besetzt; die Börse enthielt mehrere hundert Franken in Gold und wenig Silber, und in dem Portefeuille staken achtzehnhundert Franken in Staatsscheinen.

„Donnerwetter", brummte der Schmied, „ist das ein Fang! Wie heißt der Kerl?"

Damit schlug er das Notizbuch auf, das in das Portefeuille eingebunden war, und las auf der ersten Seite desselben:

„Alfonzo Graf de Rodriganda y Sevilla."

Er blätterte weiter und schüttelte den Kopf. Die Notizen waren alle in spanischer Sprache abgefaßt.

„Das verstehe ich nicht; das ist eine fremde Sprache. Soll ich das Portefeuille fortwerfen?"

Er sann einen Augenblick nach.

„Nein. Wer weiß, wozu es nützen kann! Ich werde sehen, ob es Italienisch oder Spanisch ist; dann kaufe ich mir ein Wörterbuch und schlage so lange nach, bis ich mir den Inhalt übersetzt habe. Ich brauche mir ja nur eine Zeile abzuschreiben und einen Buchhändler zu fragen, welche Sprache es ist."

Er steckte alles zu sich.

„Was nun?" fragte er sich dabei. „Gebe ich das alles wirklich an Papa Terbillon ab? Ah, daß ich ein Tor wäre! Ich habe über zweitausend Franken bar; davon kann ich längere Zeit leben, ohne daß ich diesen alten Terbillon brauche. Und die Uhr und die Ringe? Pah, die behalte ich keine Viertelstunde bei mir. Etienne Lecouvert kauft sie mir sofort ab. Also fort, zu ihm!"

Er verließ den Kahn, schritt die Quais Voltaire, Malaquais, Conti, des Augustins und St. Michel hinauf und wandte sich dann durch die hier liegenden kleinen Gassen rechts bis zur Rue de Carmes hinüber.

In dieser Straße wohnte zu jener Zeit einer der berüchtigsten Hehler von Paris. Er nannte sich Etienne Lecouvert und war der Besitzer einer viel besuchten Bier- und Branntweinkneipe. Sein Lokal zerfiel in zwei Teile; der eine war öffentlich und der andere geheim. Zu dem letzteren hatten nur seine vertrauten Kunden Zutritt, zu denen auch der Schmied gehörte.

Dieser trat in den Flur des Hauses, schritt an der eigentlichen Gaststubentür vorüber und blieb im Hintergrund des dunklen Hausgangs vor einem alten Schrank stehen, an den er auf eigentümliche Weise klopfte. Es wurde wieder geklopft, und als er eine ähnliche Antwort gab, bewegte sich der Schrank auf unsichtbaren Rollen von seiner Stelle, und es kam nun eine offenstehende Tür zum Vorschein.

Der Schmied trat ein, und sofort rückte der Schrank an seine vorherige Stelle zurück.

Der Gast befand sich in einem nicht sehr großen Zimmer, in dem mehrere Tische mit Stühlen standen. Es gab da kein einziges Fenster, sondern nur ein Loch in der Decke, durch das die ungesunde Luft abziehen sollte.

Ein Gast war noch nicht anwesend; nur der Wirt saß vor dem Schenktisch, und am Eingang stand ein gnomenartiges Geschöpf, welches das Öffnen und Schließen des Eingangs zu besorgen hatte.

„Guten Abend, Etienne Lecouvert!" grüßte Gerard. - „Ah, Gerard l'Allemand!" erwiderte der Wirt. „Willkommen!"

Er erhob sich von seinem Sitz und reichte dem Eingetretenen die Hand.

„Noch niemand hier?“ fragte dieser. - „Kein Mensch.“ - „Ist mir lieb, da ich ein Geschäft habe.“

Der Wirt hatte das Aussehen eines Biedermanns, niemand hätte in ihm so leicht einen berüchtigten Hehler vermutet. Aber bei den letzten Worten des Schmieds warf er einen Blick auf denselben, der gar nicht habgieriger sein konnte.

„Bringst du etwas, das lohnt?“ fragte er. - „Ich denke. Sind wir aber wirklich sicher?“ - „Wie im Himmel!“ - „Da, Etienne, sieh dir einmal diese Uhr an!“

Gerard zog die Uhr heraus und reichte sie dem Hehler hin.

„Verdammt!“ fluchte dieser, als er einen Blick darauf geworfen hatte. „Diese Uhr hat keinem Lumpen gehört! Seit wann hast du sie?“ - „Seit zehn Minuten.“ - „Alle Teufel, du gehst sehr schnell zu Werke. Was willst du haben?“ - „Was bietest du?“

Der Wirt drehte Uhr und Kette nach verschiedenen Richtungen, untersuchte beide genau und sagte:

„Zweihundert Franken sollst du haben. Mehr nicht.“ - „Dann verkaufe ich die Uhr an einen anderen“, entgegnete der Schmied kaltblütig. - „Es wird sie dir kein anderer abkaufen“, meinte der Wirt ebenso ruhig, „weil Papa Terbillon allen Kollegen heute verboten hat, von dir zu kaufen. Er schickte seine Alte, die sagte, daß du bei ihm in Arbeit stehst.“ - „Der Teufel soll ihn holen. Ich werde ihm seinen Tagelohn wiedergeben und mein eigener Herr bleiben. Her mit der Uhr!“

Der Hehler besah sich dieselbe abermals und sagte:

„Du weißt, daß ich mir aus dem alten Terbillon nichts mache; die anderen aber fürchten ihn. Ich bin wirklich der einzige, der sie kauft.“ - „Um dieses Lumpengeld bekommt sie keiner.“ - „Gut, so will ich dir fünfzig Franken zulegen.“ - „Die Uhr samt Kette kostet dreihundert Franken. Gibst du sie, so habe ich noch weitere und weit bessere Sachen für dich; gibst du sie nicht, so gehe ich sofort wieder!“ - „Gemach, gemach!“ sagte da der Hehler besänftigend. „Du hast noch anderes?“ - „Ja, ich habe noch Juwelen.“ - „So hast du heute eine glückliche Hand gehabt. Zeig her!“ - „Nicht eher, als bis die Uhr bezahlt ist.“ - „Höre, Gerard, das ist nicht freundschaftlich gehandelt! Zweihundertfünfzig Franken gebe ich dir!“ - „Gute Nacht!“

Gerard nahm dem Wirt schnell die Uhr aus der Hand, steckte sie ein und wandte sich zum Gehen. „Halt!“ sagte jetzt der Wirt, indem er ihn zurückhielt. „Du sollst die dreihundert haben!“

Der Schmied drehte sich kaltblütig wieder um.

„Geld her!“ sagte er. - „Aber du hast auch wirklich Juwelen?“ - „Habe ich dich einmal belogen?“ - „Nein, ich glaube dir. Hier hast du das Geld.“

Der Wirt zog einen Kasten des Schenktischs auf und nahm die Summe heraus, die der Schmied einsteckte.

„Hier, sieh dir diesen Ring an“, nahm dieser dann wieder das Wort und zog den unscheinbarsten der Ringe hervor, um ihn dem Wirt zu geben. Dieser ließ den Stein gegen das Licht spielen. - „Echt!“ sagte er nickend. „Ich gebe fünfzig Franken.“ - „Gut. Und für diesen?“

Gerard gab einen zweiten hin.

„Donnerwetter, ein Rubin, und so groß. Ich gebe zweihundert Franken.“ - „Und für diesen?“

Der Wirt hielt den Ring gegen das Licht.

„Ah, das ist ein sibirischer Smaragd, für den ich auch zweihundert Franken biete.“ - „Und dieser?“ - „Ein Saphir“, rief der Wirt, indem er den Stein betrachtete. „Du bist ja zu einer förmlichen Sammlung gekommen. Nun, für diesen bekommst du hundert Franken.“ - „Und für diesen letzten?“

Gerard gab dem Wirt den fünften und kostbarsten Ring hin. Das Auge des Hehlers blitzte auf, als er ihn erblickte, denn er erkannte einen echten, wasserhellen Diamanten.

„Ein Brillant! Alle Teufel, hast du Glück gehabt! Für den sollst du den höchsten Preis von fünfhundert Franken haben.“ - „So erbitte ich mir die Ringe zurück.“ - „Zurück? Warum?“ fragte Lecouvert mit gut gespieltem Erstaunen. - „Weil ich sie für diese Preise nicht verkaufe.“ - „Es bietet dir keiner mehr.“ - „Das wollen wir nicht untersuchen, ich verkaufe sie anderswo sicher.“ - „Hm. Wir sind Freunde, Gerard, du darfst mich nicht drücken. Sage, was du haben willst.“ - „Du kennst mich, Etienne, und weißt, daß ich nicht weiche, wenn ich einmal eine Zahl gesagt habe. Du gibst für diese Steine fünfzehnhundert Franken. Willst du?“ - „Kerl, du prellst mich!“ rief der Wirt mit scheinbarem Entsetzen. - „Her damit!“

Er wollte die Steine wieder an sich nehmen, aber Etienne wehrte sich dagegen. Er wußte, daß der Brillant allein den zehnfachen Preis des Geforderten selbst unter Hehlern bringen werde.

„Zwölfhundert gebe ich“, sagte er. - „Fünfzehnhundert.“ - „Zwölf ... ah, du bist schlecht!“

Gerard hatte nämlich mit einem kräftigen Griff seine Hand erfaßt, ihm die Ringe aus derselben gewunden und wollte sich mit einem „Gute Nacht“ entfernen.

„Vierzehnhundert will ich wagen“, erklärte der Wirt. - „Fünfzehnhundert. Keinen Sous weniger.“ - „Ah! Na, gut. Weil du es bist, sollst du sie haben. Gib die Ringe her!“ - „Erst das Geld; aber noch eins. Papa Terbillon darf nichts erfahren.“ - „Das versteht sich ganz von selbst.“ - „So sind wir einig. Hier sind die Ringe.“ - „Und hier ist das Geld.“

Der Hehler zählte Gerard aus dem Kasten fünfzehnhundert Franken auf den Tisch, so daß der Schmied sich jetzt auf einmal im Besitz von gegen viertausend Franken befand.

„Und nun sage auch, wo du den Fang gemacht hast!“ bat der Wirt. - „Auf der Rue de la Poterie.“ - „Ah, wo deine Mignon wohnt! Der Besitzer war gewiß ein Fremder. Du garottiertest ihn?“ - „Ja. Es war gerade vor der Wohnung der Mignon; ich kannte den Fremden nicht.“ - „So wünsche ich dir und mir alle Tage einen so guten Fang. Denn ich hoffe, daß er nicht bloß die Uhr und die Ringe, sondern auch eine Börse, wohl gar ein Portefeuille bei sich hatte.“ - „Es war eine Wenigkeit, und ...“

Gerard hielt inne, denn es war am Eingang gepocht worden.

„Öffne!“ befahl der Wirt dem Türhüter. „Es war das richtige Zeichen.“

Der Mensch schob den Schrank zurück, und es erschienen zwei Personen, voran ein Mädchen und hinter ihr ein Herr.

„Donnerwetter, die Mignon!“ rief der Wirt beim Anblick des Mädchens erfreut aus.

Auch der Schmied ließ einen Ruf der Freude hören, wurde aber im nächsten Augenblick leichenblaß, denn der Herr, der mit eintrat, war - Alfonzo, der von ihm Garottierte.

4. KAPITEL

Das Haus, vor dem der Schmied den Grafen gewürgt hatte, gehörte zu den dunkelsten Häusern von Paris. Es enthielt im Parterre eine Weinkneipe, deren Besitzerin zugleich die Gebieterin von ungefähr zwölf Mädchen war. Die Hübscheste unter ihnen führte den Spitznamen Mignon, den keines dieser Mädchen wurde bei seinem ursprünglichen Namen genannt.

Die zwölf Magdalenen saßen heute abend schön herausgeputzt in der Trinkstube zusammen, die sie Salon nannten. Es befand sich kein einziger Gast bei ihnen, und darum herrschte eine ungewöhnliche Stille im Gemach.

Doch diese Stille wurde plötzlich unterbrochen. Die Tür wurde geöffnet, und es trat ein junger Mensch ein, der zu den gewöhnlichen Gästen des Lokals gehörte. Die Mädchen sprangen alle auf ihn zu und umringten ihn.

„Ah, der Robert Barlemy!" riefen sie. „Willkommen, willkommen!"

Sie faßten ihn darauf von allen Seiten und wollten ihn zu einem Sitz drängen, er aber wehrte ihnen entschieden ab und sagte:

„Laßt mich, Mädels! Wir haben Notwendigeres zu tun." - „Notwendigeres? Was?" fragten zwölf Stimmen. - „Kommt und helft mir. Draußen vor der Tür liegt ein Toter!" - „Ein Toter! Oh! Ah! Mein Gott!"

So erklangen zwölf Schreckensrufe durcheinander.

„Ist's wahr?" fragte die Wirtin erschrocken. - „Ja", antwortete der Gast. „Ich fiel beinahe über ihn hinweg." - „So muß man zur Polizei laufen. Der Tote muß fort!" - „Nein", sagte der Mann. „Zunächst muß er hier hereingeschafft werden."

Die Wirtin stieß einen Ruf des Entsetzens aus.

„Sind Sie verrückt!" rief sie. „Ein Toter zu uns? Was wollen wir mit ihm?" - „Es kann ja noch Leben in ihm sein; es schien zwar, daß er tot sei, aber man muß sich doch überzeugen, ob es wirklich so ist. Eine Blutung sah ich nicht; im übrigen war er sehr fein gekleidet. Er scheint den höheren Ständen anzugehören." - „So mag man ihn bringen, aber nicht herein in den Salon, vielmehr nach dem hinteren Zimmer." - „Nein", sagte Mignon, die ein mitleidiges Herz besaß, „man trage ihn nach meiner Stube."

Der Gast trat mit dem Hausknecht hinaus auf die Gasse und hob mit Hilfe desselben den Grafen auf. Sie trugen ihn herein und nach dem kleinen Zimmer, das Mignon bewohnte. Dahin folgte die Wirtin mit den Mädchen.

„Er ist wirklich nicht verwundet", sagte sie. - „Wie hübsch er ist", meinte eins der Mädchen. - „Und noch so jung", ein zweites. - „Und so elegant", ein drittes. - „Man muß nach einem Arzt schicken", sagte die Wirtin. - „Halt!" rief der Gast. „Er lebt." - „Er lebt?" schrien alle zugleich. - „Ja. Er ist warm, und sein Puls geht." - „Mein Gott, er schlägt die Augen auf", rief Mignon.

Alfonzo kam allerdings jetzt zu sich und öffnete die Augen.

„Ja, er lebt! Er ist gerettet! Er sieht uns!" ertönte es rundum im Kreis der Mädchen.

Alfonzo mußte sich erst besinnen, was geschehen war, dann fragte er:

„Wo bin ich?"

Seine Stimme klang ganz rauh von dem Würgen.

„Sie sind in sehr guten Händen, Monsieur", antwortete die Wirtin. „Wünschen Sie etwas?" - „Um einen Schluck Wein bitte ich." - „Den sollen Sie sofort haben. Aber darf ich fragen, wer Sie sind?" - „Ich bin der Marchese Acrozza." - „Ein Marchese? O mein Gott, holt schnell ein Glas Wein, ein Glas vom besten oder vielmehr eine ganze Flasche! Schnell, schnell!" gebot die Wirtin. „Aber, Monsieur le Marchese, wie kommen Sie in eine solche Lage?" - „Man hat mich gewürgt und niedergerissen." - „Und niedergerissen! Vielleicht gar garottiert?" - „Was ist das?" fragte er. - „Man würgt die Passanten, um sie zu berauben." - „Berauben, ah!" sagte er.

Erst jetzt bemerkte er, daß ihm die Handschuhe abgezogen seien. Er griff in die Taschen und erschrak.

„Sie erschrecken", sagte die Wirtin. „Fehlt Ihnen etwas, Monsieur?" - „O ja, leider", stöhnte er. „Es fehlt mir alles. Meine Brillantringe, Uhr und Kette sowie meine Börse mit einigen hundert Franken; dann auch mein Portefeuille, das achtzehnhundert Franken enthielt." - „Das ist ja ein ganzes Vermögen", jammerten die Anwesenden. - „Ich möchte dies gern verschmerzen", sagte er, „aber es enthielt auch ein Notizbuch mit sehr kostbaren Bemerkungen, die mir ganz unersetzlich sind." - „Welch ein Unglück! Aber da kommt der Wein. Trinken Sie, Monsieur."

Alfonzo nahm das Glas, und nun erst während des Trinkens ließ er sein Auge forschend über die Umgebung schweifen. Er bemerkte sofort, in welch einem Haus er sich befand, und fragte:

„Wie komme ich zu Ihnen, Madame?" - „Sie lagen vor unserer Tür." - „Und Sie haben sich meiner angenommen?" - „Ja. Dieser Herr fand Sie." - „Ich danke Ihnen. Wem gehört dieses Zimmer?" - „Mir", antwortete Mignon. - „So bleiben Sie hier, während ich mich ein wenig erhole. Die anderen aber bitte ich, sich nicht länger zu bemühen."

Die Mädchen verschwanden sofort mit der Wirtin und dem ersten Gast, und Alfonzo befand sich nun mit Mignon allein, die ihm gegenübersaß. Er verfiel in ein finsteres Nachdenken. Die Bemerkungen seines Notizbuchs waren zwar nicht so unersetzlich, wie er gesagt hatte, aber sie enthielten gewisse Enthüllungen, die er unter Umständen fürchten mußte.

„Grämen Sie sich nicht, mein Herr", bat das Mädchen nach einer Weile. „Vielleicht ist es möglich, den Täter zu entdecken." - „Wer sollte ihn entdecken?" - „Die Polizei. Oh, wir haben in Paris eine sehr schlaue Polizei." - „Wohin müßte man sich da wenden?" - „An die Mairie des Arrondissements; sie liegt gleich hier an der Straße St. Honoré zwischen der Straße de l'Arbre sec und der Rue du Roule." - „So werde ich dort Anzeige machen. Aber ich glaube nicht, daß es etwas hilft. Dieser Garotteur wird sich nicht fangen lassen." - „So lassen Sie sich einen Vorschlag machen, Monsieur. Sie sagen, daß es Ihnen meist um das Notizbuch zu tun ist. Machen Sie in einigen Blättern bekannt, daß Sie den Diebstahl nicht verfolgen werden, wenn der Dieb wenigstens das für ihn nutzlose Taschenbuch an Ihre Adresse sendet." - „Ah", rief Alfonzo, „der Gedanke ist gut!" - „Ich glaube, daß Sie auf diese Weise Erfolg haben werden, denn diese Garotteurs sind zwar sehr gewalttätig, aber oft sonst gute Menschen." - „Meinen Sie?" - „Ja", sagte sie. „Ein Garotteur ist ehrenhafter als ein Taschendieb oder Einbrecher."

Das war nun allerdings eine eigentümliche Ansicht, und darum sagte Alfonzo mit einem leichten Lächeln:

„Das dürfte schwer zu beweisen sein." - „Nein, das ist leicht, wenn ich nur wollte." - „Ah! Erklären Sie sich, Mademoiselle." - „Nun", entgegnete sie, leicht errötend, „Sie wissen vielleicht nicht, in welch einem Haus Sie sich gegenwärtig befinden." - „Ich ahne es", antwortete er. - „So werden Sie auch glauben, daß hier Männer aller Stände verkehren, sogar Verbrecher, auch Garotteurs."

Mignon dachte dabei an Gerard, ihren Geliebten, von dem sie ganz genau wußte, daß er sich durch die Garotte seinen Unterhalt erwarb.

„Und das sind gute Menschen?" lächelte er. - „Wenigstens einer von ihnen. Er ist gut und treu, tapfer und verschwiegen. Er ist ein braver Kamerad, der zwar weiß, wie man einen festen Griff oder einen Hieb anzubringen hat, aber der Freund kann sich auf ihn verlassen!"

Alfonzo horchte auf. Bei den Worten des Mädchens kam ihm ein Gedanke. Dieser Mensch war vielleicht mit anderen Garotteurs bekannt und konnte ihm zu seinem Notizbuch verhelfen. Ja, noch weiter. Dieser Mensch war vielleicht auch später zu gebrauchen.

„Kennen sich die Verbrecher untereinander?“ fragte er. - „Meist, und die Garotteurs sicher. Eine jede Abteilung kennt ihre Angehörigen genau.“ - „Vielleicht könnte der, den Sie meinen, mir behilflich sein, mein Notizbuch zu erlangen?“ - „Ah, Monsieur, das ist sehr leicht möglich.“ - „Wenn ich ihn nur einmal sprechen könnte. Kommt er öfter zu Ihnen?“ - „Ja, aber heute nicht, denn er war erst gestern da.“

Alfonzo blickte das Mädchen schweigend an, dann sagte er:

„Aber, Mademoiselle, Sie sind unvorsichtig.“ - „Inwiefern, Monsieur?“ - „Weil Sie mir solche Geheimnisse anvertrauen. Wie leicht könnten Sie sich selbst, Ihrem Haus und auch dem betreffenden Menschen schaden.“

Sie lächelte unbesorgt und entgegnete:

„Sie irren sich, mein Herr. Auch die Polizei kennt diese Leute, aber sie weiß, daß ein Garotteur nur bestraft werden kann, wenn er ertappt oder überführt wird.“ - „Wann wird dieser Mann wieder zu Ihnen kommen?“ - „Das ist unbestimmt.“ - „Ah, wenn ich wüßte, wo er zu treffen ist.“ - „Hm. Werden Sie ihn für seine Mühe belohnen?“ - „Ja. Ich gebe ihm hundert Franken für das Portefeuille, und Ihnen gebe ich fünfzig, wenn Sie mich zu ihm bringen.“ - „Monsieur, soll ich Sie führen?“ - „Ja, jedoch sogleich?“ - „Das ginge wohl, aber es ist mit Schwierigkeiten verknüpft, denn Madame läßt so spät kein Mädchen fort.“ - „Auch nicht gegen eine Belohnung?“ - „Dann vielleicht.“ - „So rufen Sie die Frau.“

Das Mädchen ging und brachte die Wirtin mit.

„Was wünschen Sie, Monsieur?“ fragte diese. - „Würden Sie mir diese junge Dame für eine kurze Zeit anvertrauen? Sie soll mich zu einer Person bringen, die ich kennenzulernen wünsche.“ - „Zu wem?“ - „Zu Gerard l'Allemand“, antwortete Mignon. - „Ah“, sagte die Wirtin. „Du weißt ja, wo er zu finden ist. Ich werde es erlauben, Monsieur, wenn Sie dreißig Franken zahlen.“ - „Ich zahle sie.“ - „Aber Sie sind ja ausgeraubt worden!“ - „Ich habe meine Hauptkasse im Hotel. Ich werde mit dieser Demoiselle zunächst nach meinem Hotel fahren, um mich mit Geld zu versehen.“ - „Welches Hotel ist es?“ - „Hotel d'Aigle in der Rue de la Barillerie.“ - „Gut, ich vertraue und gebe meine Erlaubnis.“

Als die Frau gegangen war, fragte Mignon:

„Aber wie steht es mit der Anzeige auf der Mairie?“ - „Diese werde ich unterlassen in der Hoffnung, daß Ihr Freund mir nützlich sein wird. Wie nannten Sie ihn?“ - „Gerard l'Allemand.“ - „L'Allemand? Ist er denn ein Deutscher?“ - „Nein, sondern er spricht deutsch. Seine Mutter war eine Deutsche.“

Alfonzo horchte auf. Ein Garotteur war ein sehr brauchbarer Mann für ihn, und da dieser Garotteur des Deutschen mächtig war, so hielt er es für einen glücklichen Zufall, mit ihm bekannt zu werden. Von der Anzeige auf der Polizei sah er ab, denn die Wertsachen konnte er verschmerzen, und es wäre ihm sehr peinlich gewesen, seine Notizen in den Händen der Behörde zu sehen. Dort hätten sie ihm leicht gefährlich werden können.

„Sind Sie bereit, mit mir zu gehen?“ fragte er. - „Ja. Ich brauche nur einen Mantel überzuwerfen.“ - „So bitte ich Sie, eine Droschke holen zu lassen.“

Mignon tat es, und bald rollten sie der Rue de la Barillerie zu, wo die Droschke vor dem Hotel d'Aigle halten mußte. Dort stieg Alfonzo aus und begab sich nach seinem Zimmer. Hier öffnete er seinen Koffer, um ihm neuen Geldvorrat zu entnehmen, und steckte zugleich auch einen Revolver für den Fall ein, daß er abermals in Gefahr geraten sollte.

Hierauf setzte er mit Mignon seine Fahrt nach der Rue de Carmes fort.

„Wo werden wir Ihren Freund finden?“ erkundigte er sich. - „In einer Schenke.“ - „Da wird man aber gar nicht ungestört mit ihm sprechen können.“ - „Keine Sorge, Monsieur. Es ist dafür gesorgt, daß Sie nicht beobachtet werden.“

Mignon ließ den Wagen an der Rue des Noyers halten und führte Alfonzo dann zu Fuß nach der Branntweinschenke. Sie war hier bekannt, denn ihr Geliebter hatte sie oft mit dorthin genommen. Darum klopfte sie an den Schrank und trat, als derselbe sich bewegte, ohne Scheu in die verborgene Stube.

„Donnerwetter, die Mignon!“ rief der Wirt, als er sie erblickte. - „Weiß Gott, die Mignon!“ stimmte auch Gerard bei.

Doch im nächsten Augenblick erbleichte er, denn er erkannte Alfonzo, den von ihm Garottierten, und sein erster Gedanke war natürlich, daß dieser auf irgendwelche Weise erfahren habe, wer der Täter sei und wo man denselben finden werde.

„Alle Teufel, woher noch so spät?“ fragte der Wirt. - „Direkt von Haus.“ - „Und mit - mit einem Fremden?“

In dem Ton und Blick des Wirts lag ein Vorwurf. Mignon aber sagte rasch:

„Keine Sorge, Etienne Lecouvert! Dieser Monsieur sucht meinen Gerard l'Allemand." - „Was will er von mir?" fragte Gerard, indem sein Auge halb besorgt, halb drohend glänzte. - „Das sollst du sofort erfahren. Setze dich zu uns. Dieser Monsieur, der ein Marchese d'Acrozza ist, wird dafür sorgen, daß wir nicht dürsten." - „Ja", meinte Alfonzo mit einem verbindlichen Lächeln. „Sie erlauben, daß ich dies tue."

Gerard nickte stumm. Er konnte noch nicht klug werden. Dieser Marchese tat allerdings nicht so, als ob er wisse, wer ihn beraubt habe.

„Haben Sie Wein?" fragte Alfonzo den Wirt. - „Nein", sagte dieser. „Bei mir trinkt man Absinth oder ein Glas Bier aus dem Elsaß. Aber wenn dem Herrn Marchese der Wein lieber ist, so werde ich welchen besorgen!"

Der Wirt hatte allerdings Wein im Keller, verleugnete es aber, um ihn teurer anzubringen.

„Wird dies nicht zu schwierig sein?" fragte Alfonzo. - „Nein. Wir haben eine Weinstube in der Nähe, die wohl noch offen ist. Welche Sorte wünschen Sie, mein Herr?" - „Was gibt es?" - „Am liebsten trinkt man dort einen roten Rousillon." - „Nun gut, so lassen Sie ein Dutzend holen. Was wir nicht trinken, wird trotzdem nicht verderben. Hier sind fünfzig Franken."

Alfonzo zog die Börse und entnahm ihr die angegebene Summe.

Gerard Mason erstaunte. Woher hatte dieser Mann das Geld? Hatte er zwei Börsen einstecken gehabt? Der Wirt gab das Geld seinem Türsteher, der dabei einen heimlichen Wink bekam, was er zu tun habe. Der Mensch begab sich nun in den eigenen Keller und setzte in einen Korb zwölf Flaschen eines Rotweins, den Etienne Lecouvert gewöhnlich für achtzig Centimes verkaufte.

Unterdessen hatten sich die Gäste an einen der Tische gesetzt, und auch der Wirt nahm bei ihnen Platz.

„Also du suchtest mich?" fragte Gerard die Geliebte, den es drängte, so bald wie möglich Klarheit zu erhalten. - „Ja", erwiderte sie. „Dieser Grundbesitzer möchte mit dir über ein Geschäft sprechen. Willst du dir hundert Franken verdienen, Schatz?"

Gerard zeigte lachend seine weißen Zähne.

„Oh, tausend, wenn es sein kann", sagte er. - „Einstweilen nur hundert. Dieser Herr wird sie dir zahlen. Übrigens gibt er mir bereits fünfzig Franken dafür, daß ich ihn zu dir gebracht habe."

Mignon blickte Alfonzo dabei schalkhaft, aber erwartungsvoll an, so daß dieser schnell in die Tasche griff.

„Ah, Mademoiselle, ich hatte das fast vergessen", sagte er. „Hier, nehmen Sie."

Er legte ihr die Summe auf den Tisch.

„Ich danke Ihnen", entgegnete sie. „Ein prompter Zahler wird auch gut bedient. Sie werden sich auf Gerard l'Allemand verlassen können." - „Das sage ich selbst auch", meinte der Schmied. „Aber darf ich erfahren, um was es sich handelt? Es naht bald die Stunde, in der die Stammgäste kommen, und dann sind wir nicht mehr ungestört." - „Die Sache ist nämlich die, daß dieser Herr garottiert worden ist", sagte Mignon. „Vor vielleicht einer Stunde geschah es in der Rue de la Poterie." - „Das ist ja dort, wo du wohnst, Mignon!" - „Allerdings. Es ist sogar gerade vor unserer Tür geschehen." - „Nicht möglich!"

Gerard spielte den Erstaunten sehr gut. Der Wirt zog die Brauen zusammen und warf ihm einen unbemerkten Blick zu, der gar nicht sprechender sein konnte.

„Nicht möglich, sondern sogar wirklich", fuhr Mignon fort. „Er lag ohne Leben vor der Tür, und wir haben ihn nach meinem Zimmer geschafft." - „Welche Barmherzigkeit!" meinte der Wirt ironisch. - „Und man hat ihn unbarmherzig bestohlen." - „Das muß man anzeigen!"

Da wandte sich Gerard an Alfonzo:

„Aber, mein Herr, wie kam es, daß man Sie überfiel?" - „Es war kein Mensch auf der Straße", antwortete der Gefragte, „und ich bin hier fremd. Ich hatte keine Ahnung, daß mir Gefahr drohen könne." - „Des Nachts muß jeder vorsichtig sein, das müssen Sie sich merken. Sie wurden plötzlich überfallen?" - „Nein. Es kam ein Passant hinter mir her, ich hörte ihn kommen, also eigentlich plötzlich ist es nicht geschehen." - „So waren Sie sehr unvorsichtig. Des Nachts blickt man sich um, wenn man von jemandem verfolgt wird. Was geschah weiter?" - „Ich ging zur Seite, um ihn vorüber zu lassen, aber er faßte mich bei der Gurgel und drückte sie so zusammen, daß ich den Atem und die Besinnung verlor." - „Alle Teufel!" sagte der Wirt. „Das ist ein kräftiger, resoluter Kerl gewesen." - „Ja, Kraft hatte er", nickte Alfonzo und schloß dann seinen Bericht. „Als ich erwachte, befand ich mich in dem

Zimmer dieser Demoiselle und bemerkte, daß ich beraubt worden sei.“ - „Was hat man Ihnen genommen?“ fragte der Wirt lauernd. - „Meine fünf Ringe, dann die Uhr mit Kette, die Börse, die über zweihundert Franken enthielt, und endlich das Portefeuille, das achtzehnhundert Franken in Staatsscheinen barg.“

Der Wirt sperrte vor Erstaunen den Mund auf.

„Dieser Halunke!“ rief er. „Zweitausend Franken in Geld! Und wer weiß, wie er den armen Kerl, an den er die Pretiosen verkauft, drückt und schindet. Der Teufel soll ihn holen!“

Er warf einen ärgerlichen Blick auf den Schmied, den aber zum Glück weder Alfonzo noch das Mädchen bemerkten.

„Aber, was hat dies mit mir zu tun?“ fragte Gerard gespannt. - „Ich wollte erst Anzeige machen ...“, meinte Alfonzo. - „Ganz recht. Wird nur nicht viel nützen.“ - „Das dachte ich auch. Übrigens kann ich das Geld verschmerzen, aber um das Portefeuille ist es mir zu tun. Es enthält sehr wertvolle Notizen. Darum werde ich in einigen Blättern den Garotteur auffordern, mir wenigstens das Portefeuille zuzustellen. Er kann dies ja ganz ohne Gefahr für sich tun, und das übrige mag er behalten.“ - „Hm!“ brummte der Wirt. „Ohne Gefahr es tun zu können, daran glaube ich nicht. Wie sollte dies möglich sein?“ - „Er braucht es ja nur zur Post zu geben!“ - „Ja. Und die Postbeamten haben Ihre Annonce auch gelesen und werden, sobald sie die Adresse sehen, den Überbringer festhalten. Denn in Briefform könnte die Tasche doch nicht in den Kasten geworfen werden.“ - „Das ist richtig“, meinte Alfonzo nachdenklich. „Aber er könnte sie mir doch direkt senden.“ - „Durch einen Boten, den Sie vielleicht festhalten.“ - „Das werde ich nicht tun.“ - „Das wird er nicht glauben. Solche Leute pflegen sehr mißtrauisch und vorsichtig zu sein.“ - „Er kann ja einen Boten wählen, der ihn gar nicht kennt!“ - „Der ihn aber möglicherweise wiedererkennen wird! Nein, ich glaube nicht, daß er so unvorsichtig sein wird.“ - „Ich glaube es auch nicht“, stimmte der Schmied bei. „Er wird sich den Teufel daraus machen, ob Sie das Portefeuille brauchen oder nicht.“ - „Nun, so bleibt mir noch ein letzter Weg. Mademoiselle hat mir gesagt, daß Sie vielleicht imstande seien, gewisse Erkundigungen einzuziehen ...“ - „Ah!“ machte der Schmied mit einem finsteren Blick auf das Mädchen. - „Ja, daß Sie vielleicht besser als ein Polizist imstande seien, den Täter zu erfahren.“ - „Und Ihnen anzuzeigen?“ fragte Gerard rasch. - „Nein, das verlange ich nicht. Vielleicht aber könnten

Sie mir mein Portefeuille verschaffen.“ - „Hm! Wieviel ist es Ihnen wert?“ - „Hundert Franken.“ - „Das ist zu wenig. Wenn ich den Mann ja finden sollte, so wird er erfahren, daß das Buch Wert für den Besitzer hat. Er wird mehr als hundert Franken von mir fordern. Was bleibt mir dann für meine Mühe?“ - „Gut, so wollen wir zweihundert sagen!“ - „Das mag eher sein, obgleich ich meine gewissen Gründe habe, anzunehmen, daß ich den Mann nicht entdecken werde.“ - „Darf man diese Gründe erfahren?“ - „Ja. Der Hauptgrund ist, daß ich nicht nachforschen kann.“ - „Warum nicht?“ - „Ich muß arbeiten, um zu leben; zum Nachforschen aber gehört Zeit und Geld, und ich habe keins von beiden.“ - „So werde ich Ihnen hundert Franken auf Abschlag zahlen.“ - „Das läßt sich hören“, lachte Gerard. - „Hier sind sie!“

Der Schmied steckte das Geld gleichmütig ein und sagte:

„So werde ich bereits morgen früh sehen, was sich tun läßt. Wohin habe ich meine Nachrichten zu bringen?“ - „Nach dem Hotel d'Aigle, Rue de la Barillerie.“ - „Schön. Versprechen kann ich Ihnen nichts, aber Mühe werde ich mir geben.“

Damit war die Angelegenheit genügend besprochen, und man begann nun, dem Wein sein Recht zu geben. Es war auch Zeit gewesen, da sie nicht länger allein blieben.

Es begann jetzt nämlich die Zeit, in der die Industrieritter verschiedenster Art zu Etienne Lecouvert kamen, um ihre nächtliche Beute zu verwerten. Alfonzo sah sie kommen, einen nach dem anderen, und wußte nun, in welch ein Lokal er geraten sei. Es wollte ihm in dieser Gesellschaft etwas ängstlich werden, und darum brach er bald auf, mußte aber dem Wirt versprechen, das Geheimnis seines Lokals nicht zu verraten.

Als er fort war, wandte sich der Schmied an sein Mädchen:

„Dummkopf, was fällt dir ein, diesen Kerl hierher zu bringen!“ - „Er dauerte mich“, sagte sie. - „Der?“ - „Ja. Er sieht so vornehm und anständig aus.“ - „Vornehm und anständig? Hahaha! Ich sage dir, daß er ein Spitzbube ist, zehnmal gefährlicher als ich und hundert andere.“ - „Das ist nicht zu glauben!“ - „Oh, doch! Ich habe ihn bei Papa Terbillon gesehen.“ - „Unmöglich! Bei Papa Terbillon verkehren ja nur ...“

Sie stockte.

„Nur Spitzbuben - willst du sagen?“ lachte er. „Du hast recht, und dieser sogenannte Marchese d'Acrozza ist auch einer, weil er falsche Haare, falschen Bart und falschen Teint trägt. Sogar seine Züge sind verändert worden. Er ist ursprünglich nicht schwarz, sondern dunkelblond." - „Das hat ihm Papa Terbillon gemacht?" - „Ja, und diesen Menschen führst du zu mir!" - „Oh, ich ahnte doch nicht ..." - „Sei still. Du hast ihm sogar gesagt, daß ich ein Garotteur bin." - „Gerard ..." - „Gestehe es! Du hast ihm gesagt, daß ich den Täter entdecken werde, weil ich als ein Garotteur sämtliche Kameraden kenne." - „Vergib mir! Ich wollte mir gern die fünfzig Franken verdienen und wollte auch haben, daß du die hundert bekommst. Ah, da fällt mir ein, daß er mir die dreißig Franken für Madame nicht gegeben hat!" - „Madame forderte dreißig?" - „Ja. Was tue ich, um sie zu erhalten?" - „Ich werde sie dir geben und sie morgen von ihm zurückverlangen." - „Ich danke dir! Wird es dir Schaden machen, daß ich ihn zu dir geführt habe?" - „Hm, das muß erst noch abgewartet werden!"

In diesem Augenblick winkte der Wirt ihn zu sich hin an den Schenktisch.

„Weiß Mignon alles?" fragte er ihn. - „Nein." - „Also du selbst bist es gewesen, Halunke! Was dachtest du, als er eintrat?" - „Hm, ich glaube fast, daß ich für den ersten Augenblick erschrocken war, dann aber stand es fest: Ich hätte ihn kaltgemacht, wenn er gewußt hätte, daß ich es war, der ihn erleichterte." - „Ich traue es dir zu. Ich traue dir überhaupt seit heute abend alles, jede Schlechtigkeit, ja, jeden Verrat gegen Freunde zu!" - „Habe ich dich verraten?" - „Nein, aber betrogen im höchsten Grad!" - „Du willst doch nicht sagen, daß du mir für die Sachen zu viel bezahlt hast?" - „Ja, gerade das will ich sagen!" - „So gib sie mir wieder heraus, du erhältst dein Geld sofort zurück!" - „Das will ich dir nicht antun", sagte der Wirt verlegen. - „Oh, bitte, tue es getrost", antwortete der Schmied. „Es wird mein Schade ganz und gar nicht sein." - „Du solltest mit tausend Franken zufrieden sein." - „Fällt mir gar nicht ein!" - „Du hast ihm ja über zweitausend Franken bar abgenommen!" - „Das hat mich Arbeit gekostet!" - „So gib wenigstens die hundert Franken, die er dir vorhin auszahlte." - „Welches Recht hast du daran?" - „Als dein Mitwisser; ein Wort von mir hätte dich verraten." - „Und dich mit, Alter! Nein, nein, von mir bekommst du keinen Centime heraus. Ich liebe die glatten Geschäfte. Übrigens hast du an deinem Wein vierzig Franken verdient, abgerechnet auch, daß wir nur drei Flaschen getrunken haben, und du also, den heutigen Preis gerechnet, für fast vierzig

Franken übrigbehältst. Gute Nacht! Ich muß Mignon nach Hause bringen." - „Wann kommst du wieder?" - „Vielleicht morgen." - „Dann gute Nacht, Geizhals!"

5. KAPITEL

Der Schmied verließ mit seiner Geliebten das Lokal. Unterwegs fragte er sie:

„Mignon, wieviel bist du deiner Madame schuldig?" - „Gegen vierhundert Franken." - „Wenn du die bezahlst, so bist du frei?"

Das Mädchen blieb vor Erstaunen stehen und blickte ihn an:

„Wie kannst du so fragen!" sagte es. „Du weißt ja, daß ich dich sehr liebhabe!" - „Und daß du dich sehnst, ein braves Mädchen werden zu können?" - „Ja. Ich gäbe viel, sehr viel darum, wenn ich von Madame fort könnte. Ich kann nähen, häkeln und stikken, ich kann waschen und bügeln, ich würde nicht Hunger zu leiden brauchen. Ich würde Tag und Nacht arbeiten, damit auch du die gefährliche Garotte nicht mehr brauchtest. Aber woher diese vierhundert Franken nehmen!" - „Und du würdest mich wirklich liebbehalten und mir nicht nachtragen, daß ich ein Garotteur gewesen bin?" - „Ich würde nicht daran denken, denn du sollst ja auch vergessen, was ich war." - „Nun wohl, Mignon, ich habe die vierhundert Franken." - „Ist's wahr, ist's möglich?" fragte sie ungläubig. „Aber von wem?" - „Von diesem Marchese Acrozza." - „Du scherzt! Er hat dir ja nur hundert gegeben." - „Nein, er hat mir viertausend gegeben."

Mignon blieb abermals stehen, sie war beinahe starr vor Erstaunen.

„Das begreife ich nicht", sagte sie. - „Habe ich dir nicht erzählt, daß ich ihn bei Papa Terbillon gesehen habe?" - „Allerdings." - „Nun, dort sah ich auch seine Kette, seine Ringe und die Banknoten, die er bei sich trug." - „Weiter, weiter", bat sie dringend. - „Papa Terbillon hatte mich als Garotteur engagiert für täglich zehn Franken; er gebot mir, diesen Marquis oder Marchese nicht aus den Augen zu lassen ..." - „Oh, nun ahne ich alles. Du selbst hast ihn vor unserem Haus niedergeschlagen. Hätte ich das gewußt!" - „Ich habe ihm sein Geld abgenommen und seine Pretiosen bei Etienne Lecouvert verkauft; ich bin im Besitz von viertausend Franken." - „Mein Gott, welch ein Glück!"

Das Mädchen dachte nicht daran, daß dieses Glück eine sehr verbrecherische Grundlage habe.

„Ich werde morgen kommen und dich loskaufen."

Mignon fiel ihm entzückt um den Hals.

„Gerard ich schwöre dir, daß du es nie bereuen sollst", sagte sie. - „Auch ich werde nichts Böses mehr tun", gelobte er. - „O mein Gott, wie gut das ist!" - „Ja. Auf diesen Gedanken hat meine Schwester Annette mich gebracht. Ich habe dir bereits erzählt, daß sie in den Fluß sprang. Jetzt ist sie wieder gesund. Heute war ich bei ihr. Sie wohnt bereits bei Professor Letourbier, und ich habe eingesehen, daß es viel besser und vorteilhafter ist, dem Laster Adieu zu sagen." - „Das habe ich längst gedacht. Aber - Papa Terbillon gehören doch eigentlich die viertausend." - „Hm, er mag sie sich holen." - „Er wird sich rächen." - „Vielleicht erfährt er gar nicht, daß mir der Überfall gelungen ist." - „Oh, er ist schlau, er erfährt alles." - „Nun, ich fürchte ihn dennoch nicht. Er wird mich allerdings verfolgen, aber ich werde Paris verlassen, so daß er mich nicht findet. Du gehst mit mir." - „O Gerard, welche Seligkeit! Wohin wirst du gehen?" - „In die Provinz. Du wirst dort meine kleine Frau sein. Du wirst für die Leute nähen und sticken, und ich werde als Schmied in die Fabrik gehen. Annette soll nicht sagen, daß sie einen Bruder habe, dessen sie sich schämen muß." - „Und dein Vater?" - „Der geht mit uns." - „Gerard, werden wir dies wagen dürfen?" - „Ja. Mein Vater war ursprünglich gut. Der Gram um den Tod der Mutter hat ihn haltlos gemacht, und der Schnaps trug das übrige dazu bei. Ich werde streng mit ihm sein, und so wird er tun müssen, was ich will." - „Ich füge mich in alles, mein Gerard, nur bitte ich dich, mich wirklich aus diesem Haus zu holen, ich halte es da nicht länger aus." - „Habe keine Sorge; ich komme noch am Vormittag."

Während dieses Gesprächs waren sie bereits über die Isle de la Cité hinübergekommen, und bald standen sie vor der Wohnung des Mädchens. Es war noch Licht im Salon, denn in diesen Häusern pflegt man erst spät schlafen zu gehen.

„Gehst du mit herein?" fragte sie. - „Nein. Ich sehne mich nach Ruhe." - „Ich werde nicht ruhen können. Ich gehe sogleich auf mein Zimmer und schließe mich ein, um ungestört an unser Glück denken zu können."

Sie nahmen Abschied.

Gerard hatte einen weiten Weg, um seine Wohnung zu erreichen. Er fand dort seinen Vater vollständig betrunken auf der Matratze liegen und legte sich neben ihn, ohne ihn zu wecken. Er war bereits früh wieder munter und ging vor allen Dingen, um der Geliebten sein Wort zu halten. Sie hatte wirklich nicht geschlafen und empfing ihn mit großer Freude.

„Ist's denn wirklich wahr, daß ich frei sein soll?" fragte sie. - „Ich komme ja deshalb."

Sie fiel ihm um den Hals, und dabei hatte sie ein ganz anderes Aussehen als früher. Sie erschien ihm so lieblich, so züchtig, daß er sich ganz glücklich zu fühlen begann.

„Wo ist Madame?" fragte er. - „Sie schläft noch, wecken darf man sie aber nicht, sie wird sehr zornig." - „So warten wir", erklärte er.

Sie setzten sich darauf nebeneinander und begannen von der Zukunft zu sprechen.

„Du wirst gleich jetzt das Geld bezahlen und mich auch sofort mitnehmen?" fragte sie ihn. - „Natürlich! Wirst du überall hingehen, wohin ich dich führe?" - „Ja, gewiß." - „So höre, was ich mir ausgesonnen habe: Wir können noch nicht zusammen wohnen." - „Nein", sagte sie verschämt. - „Einesteils weil es sich nicht schickt, und sodann auch aus Vorsicht vor Papa Terbillon." - „Ja, er wird dich suchen." - „Und wenn er bemerkt, daß wir zusammenziehen, so wird er wissen, daß ich den Marchese garottiert habe. Übrigens wollen wir ja nach der Provinz gehen, und da muß ich vorher hin, um mir Wohnung und Arbeit auszumachen. Da muß ich dich an einem Ort unterbringen, wo ich dich sicher weiß, doch denke ich, daß du nicht gern hingehst." - „Ist der Ort schlimm?" - „Nein, gut. Nur für die Bösen ist er schlimm." - „So sage es, ich fürchte mich nicht." - „Hast du einmal von den Häusern gehört, in denen Mädchen aufgenommen werden, die von der Sünde nichts mehr wissen wollen?" - „Ja. Man nennt sie Magdalenenhäuser." - „Und weißt du, wie das Leben in diesen Häusern ist?" - „Es soll ernst sein. Die Zöglinge arbeiten und beten." - „Ja, aber sie sind dort sicher vor allen Verfolgungen und Versuchungen. Würdest du dich vor einem solchen Haus fürchten?" - „Nein. Wer es ernst mit seiner Besserung meint, der braucht sich doch nicht zu fürchten." - „Nun wohl, in einem solchen Haus sollst du wohnen, bis ich eine Heimat für uns gefunden habe." - „Gerard, ich will. Ich freue mich auf ein so stilles Leben."

Sie sah ihn so aufrichtig und gut an, daß er sie an sich zog und herzlich küßte.

„Wir werden sehr glücklich sein, denn wir werden uns viel zu vergeben haben", sagte er.

In dieser Weise unterhielten sie sich fort, bis die Madame kam. Sie wunderte sich, den Schmied schon bei sich zu finden.

„Mignon ist gestern gar nicht in den Salon gekommen, sondern gleich schlafen gegangen", sagte sie. „Wie steht es mit meinen dreißig Franken?" - „Hier sind sie", sagte das Mädchen, indem sie das Geld auf den Tisch legte. - „Hast du dir auch etwas verdient?" fragte die Wirtin. - „Ja, einen Führerlohn von fünfzig Franken." - „Teufel, das ist viel!" - „Ja, und Gerard hat gar hundert bekommen dafür, daß er den Garotteur entdecken helfen soll." - „Wenn das so fortgeht, so werdet ihr reich, und du wirst nicht mehr bei mir bleiben wollen." - „Das kann möglich sein." - „Ah, du sehnst dich fort?" fragte die Madame einigermaßen beleidigt. - „Wir möchten gern Mann und Frau werden." - „Das hat gute Weile. Verdient euch erst das Geld dazu. Heiraten ist teuer. Mir allein hast du dreihundertachtzig Franken zu zahlen, ehe du von mir fortdarfst." - „Dreihundertachtzig?" fragte Gerard rasch.

Er wußte, daß er sie jetzt schnell beim Wort halten müsse, da später die Rechnung jedenfalls eine weit höhere geworden wäre. So aber ahnte die Wirtin nicht, daß das Mädchen wirklich schon im Begriff stehe, fortzugehen, und darum antwortete sie:

„Ja, dreihundertachtzig." - „Das ist wohl zu viel, Madame!" sagte der schlaue Schmied. „Ich bitte, mir es vorzurechnen." - „Ah, Sie glauben, daß ich meine Mädchen übervorteile?" - „Nein, aber ich möchte gern wissen, wie eine solche Summe zusammenkommen kann." - „Sie werden es gleich erfahren."

Die Wirtin holte ein Buch herbei und zog aus demselben alle das Mädchen betreffenden Posten aus.

„Nun, addieren Sie selbst!" sagte sie.

Der Schmied rechnete genau nach und entgegnete dann:

„Wirklich, es stimmt, genau dreihundertachtzig Franken." - „Nicht wahr?" sagte die Wirtin triumphierend. „Glauben Sie nun, daß ich ehrlich bin?" - „Oh, Madame, das habe ich stets geglaubt. Also sobald Mignon diese Summe bezahlen könnte, wäre sie frei und könnte sofort gehen?" - „Gewiß."

Da griff Gerard in die Tasche, zog ein Portemonnaie hervor und sagte:

„Nun gut, so wollen wir sogleich bezahlen."

Die Wirtin riß die Augen vor unendlichem Staunen weit auf.

„Bezahlen?" rief sie, als ob sie ein Wunder sähe. „Aber das ist ja gar nicht möglich, denn woher wollen Sie das viele Geld haben?" - „Oh, wir haben es, das ist genug." - „Aber, ich begreife nicht ..." - „Es ist genug, wenn ich es begreife, Madame! Ich hatte bereits etwas gespart, dann bekam ich gestern hundert, und Mignon bekam fünfzig Franken, das machte die Summe voll. Hier ist sie."

Er zählte das Geld auf den Tisch.

„Mein Gott", rief sie. „Sie will also fort, wirklich fort? Mein liebstes, hübschestes Mädchen!" - „Eben deshalb heirate ich sie, weil sie hübsch ist." - „Das kann ich nicht zugeben", zürnte sie, „denn Sie haben mich überrascht, überrumpelt. Sie haben mich überlistet. Ich hatte keine Ahnung davon, daß sie fort wollte." - „So wissen Sie es nun jetzt." - „Ja, aber die Rechnung wird anders, und zwar höher. Ich habe hier viel zu wenig angerechnet." - „Sie werden es aber doch gelten lassen müssen", sagte der Schmied bestimmt. - „Wer will mich zwingen?" fragte sie, indem sie sich drohend erhob. - „Ich, Madame!" antwortete er ruhig. - „Und wie, wenn ich fragen darf?" - „Das will ich Ihnen erklären: Sie betreiben ein verbotenes oder höchstens sehr ungern geduldetes Gewerbe. Ein jedes Mädchen, das wünscht, Sie zu verlassen, steht unter dem Schutz der Polizei. Sie müssen ein jedes Mädchen trotz aller Schulden sofort entlassen. Ich nun aber will ehrlich sein und Sie bezahlen. Nehmen Sie das Geld nicht, so zwingen Sie mich, unter zwei Wegen denjenigen zu wählen, der mir der vorteilhafteste zu sein scheint." - „Ah! Welche wären diese Wege?" - „Entweder lasse ich Ihre Rechnungen gerichtlich prüfen, und das würde nur von großem Nachteil für Sie sein, da die Herren vom Gericht manche Angabe streichen oder wenigstens reduzieren würden." - „Und der andere Weg?" - „Ich zahle Ihnen gar nichts, nehme Mignon mit und stelle sie unter polizeilichen Schutz. Sie erhalten dann keinen Centime!"

Die Wirtin sah ein, daß er recht hatte, aber sie ergab sich doch noch nicht.

„Sie sind schlecht!" rief sie grollend. - „Und Sie unklug." - „Ich werde mich rächen. Ich werde Ihnen bei der Polizei zuvorkommen." - „Womit?" fragte er lächelnd. - „Ich werde verraten, daß Sie ein Garotteur sind." - „Oh, Madame, das weiß die Polizei bereits sehr gut. Man wird sich freuen, daß ich im Begriff stehe, ein ehrlicher Mann zu werden und auch meine Geliebte zu einer ehrlichen, braven Frau zu machen. Nehmen Sie das Geld oder nicht?" - „Ich nehme es nicht", trotzte sie. - „So stecke ich es wieder ein und nehme trotzdem Mignon mit!"

Er tat, als wolle er die Summe wieder einziehen, da aber griff sie schnell zu und strich das Geld in ihre Tasche.

„Halt!" sagte sie. „Ich sehe, daß Sie keinen Verstand annehmen, und darum werde ich großmütig sein. Aber eins müssen Sie noch bezahlen. Der Marchese hat gestern seine Flasche Wein nicht bezahlt, die kostet zehn Franken." - „Ich gebe fünf." - „Zehn!" - „Gut, so gehen Sie selbst zu ihm. Mich geht das nichts an." - „Gerard Mason, Sie haben keine Bildung!" rief sie. „Wissen Sie nicht, wie man eine Dame behandelt?" - „Man gibt ihr, was sie verlangt, dennoch handle ich in diesem Fall aber lieber ohne Bildung." - „Gut, so zahlen Sie fünf." - „Hier sind sie. Mignon, packe ein."

Gerard legte das Fünffrankenstück auf den Tisch, und das Mädchen ging, um ihre Effekten in den Koffer zu legen.

„Wo werden Sie mit ihr hingehen?" fragte ihn die Wirtin.

Er zuckte die Schultern.

„Das werde ich Ihnen nicht sagen", antwortete er. - „Warum nicht?" - „Mignon geht von hier fort, und mit diesem Schritt hat sie mit der Vergangenheit gebrochen und ein neues Leben begonnen. Es sollen alle Fäden zerrissen sein." - „So wird man sie niemals wiedersehen, und Sie auch nicht?" - „Nein." - „Dann sind Sie ein Undankbarer, und ich werde Sie ganz und gar zu vergessen suchen!" - „Tun Sie das; ich bitte darum!"

Gerard ging, um eine Droschke zu holen. Als diese kam, war Mignon fertig. Sie luden den Koffer auf, stiegen ein und fuhren fort, ohne dem Haus der Sünde nur einen einzigen Blick zuzuwerfen.

6. KAPITEL

Es war am Nachmittag desselben Tages, als Alfonzo de Rodriganda, der sich hier Marchese d'Acrozza nannte, in seinem Zimmer saß und in banger Sorge an seine Brieftasche dachte. Da wurde ihm vom Kellner ein Schmied namens Gerard gemeldet.

„Lassen Sie ihn eintreten!“ sagte er schnell.

Der Garotteur kam herein und verbeugte sich sehr höflich.

„Ah, endlich!“ sagte Alfonzo. „Haben Sie geforscht und gefunden?“ - „Das geht nicht so schnell, mein Herr. Diese Art Leute gehen sehr vorsichtig zu Werke.“ - „Also noch gar nichts?“ - „Ich habe Gelegenheit gehabt, einem der Garotteurs einen kleinen Dienst zu erweisen, und da er sich mir da zum Gegendienst verpflichtet fühlt und diese Leute einander alle kennen, so glaubte ich Hoffnung zu haben ...“ - „Papperlapapp!“ unterbrach ihn der Graf. „Machen Sie mir nichts weis! Ich weiß genau, daß Sie selbst Garotteur sind.“ - „Wirklich?“ fragte der Schmied. „Von wem wissen Sie es?“ - „Von Ihrem Mädchen.“ - „Schön, ich gebe es zu, Monsieur. Zugleich aber erkenne ich auch, daß man sich auf Sie nicht verlassen kann, denn Sie sind unvorsichtig und plauderhaft.“

Der Graf trat stolz einen Schritt zurück.

„Was wagen Sie!“ rief er. „Ich bin ein Marchese!“ - „Und ich ein Garotteur!“

Diese vier Worte waren in einem Ton gesprochen, der dem Grafen Respekt einflößte.

„Was bezwecken Sie mit Ihren Worten?“ fragte er. - „Daß ich jedem die Wahrheit sage, er mag sein, wer er will. Warum mußten Sie mir sagen, daß ich ein Garotteur bin? Warum mußten Sie es mich wissen lassen, daß mein Mädchen so unvorsichtig gewesen ist, mich Ihnen zu verraten? Kein Mensch hat Sie gezwungen, und irgendeinen Nutzen haben Sie auch nicht davon!“

Alfonzo begann Respekt vor diesem Mann zu bekommen. „Er paßt für dich; er ist kühn, rücksichtslos und verschwiegen!" dachte er, und laut fügte er hinzu:

„Sie haben recht, Gerard, ich war unvorsichtig. Also, was haben Sie erfahren?“ - „Ich will offen gestehen, daß ich alle Garotteurs der Hauptstadt kenne. Ein jeder hat seinen bestimmten Bezirk, in welchen ein anderer nur ausnahmsweise einmal kommt; daher wissen wir stets mit ziemlicher Gewißheit zu sagen, wer diese oder jene Garotte unternommen hat. Ich habe nun heute früh den Inhaber des Bezirks, in dem Sie beraubt wurden, aufgesucht, aber er ist es nicht gewesen, er liegt krank. Ich bin nun weiter forschen gegangen und glaube, den Richtigen gefunden zu haben.“ - „Ah, welch ein Glück!“ - „Ich sagte, ich glaube, den Richtigen gefunden zu haben. Ich muß mich zunächst überzeugen. Darf ich die Frage aussprechen: Sie waren gestern abend im Theater und besuchten dann ein Weinhaus in der Rue Montorgeuil, vor der Sie durch die Rue de la Tonnellerie gingen?" - „Ja, es ist so, wie Sie sagten." - „Und bogen von da in die verhängnisvolle Straße de la Poterie ein?" - „Das stimmt! Woher wissen Sie das?" fragte der Graf schnell. - „Derjenige, den ich im Verdacht habe, der Täter zu sein, war auch im Theater, auch in demselben Weinhaus und ist dann denselben Weg gegangen. Er teilte es mir mit, ohne zu ahnen, was ich eigentlich bei ihm wollte." - „Ah, er ist es, er ist es! Haben Sie ihn gefragt?" - „Nein, das wäre sehr unvorsichtig." - „Aber was kann mir das übrige nützen?" - „Sorgen Sie sich nicht! Ich habe ihm von dem Überfall erzählt. Er tat natürlich so, als ob er gar nichts davon wisse." - „Sagten Sie, daß ich keine Anzeige gemacht habe und ihn nicht bestrafen lassen will, vielmehr daß er die Wertsachen behalten darf, da es mir nur auf die Brieftasche ankommt?" - „Ja." - „Und was antwortete er?" - „Ich erzählte, daß ich Sie getroffen hätte, Monsieur, und daß ich dies alles aus Ihrem eigenen Mund erfahren hätte. Er wußte natürlich sofort, daß ich ihn für den Täter hielt und daß ich die Absicht hatte, ihn zur Herausgabe des Portefeuille zu bewegen; aber er war vorsichtig, er gestand nichts ein, er tat, als wisse er von nichts. So viel aber habe ich ganz gewiß erreicht, daß er das Portefeuille aufbewahrt, wenn er es nicht vielleicht bereits vernichtet hat." - „Aber was nützt mir das Aufbewahren? Haben muß ich es!" - „Dies Aufbewahren nützt Ihnen sehr viel, Monsieur. Sie können von dem Mann doch nicht verlangen, daß er so mir nichts dir nichts gesteht, daß er es gewesen ist, und mir dann die Brieftasche gibt." - „Nein." - „Sie können auch nicht verlangen, daß er die Brieftasche umsonst herausgibt, da er ja nun weiß, welchen Wert dieselbe für Sie hat." - „Nein. Aber ich will ihn ja bezahlen!" - „Richtig. Sie werden jedoch zugeben, daß er versuchen wird, möglichst viel zu erlangen." - „Wenn das, was ich geboten habe, noch nicht zureicht, so gebe ich mehr." - „Gut. Ich werde ihn heute abermals besuchen." - „Tun Sie Ihr Möglichstes; ich werde dankbar sein. Vielleicht habe ich dann etwas Lohnenderes für Sie, ich werde noch mit Ihnen darüber sprechen, sobald wir mit dieser Angelegenheit zu Ende sind." - „Dann wird es vielleicht zu spät sein, weil ich Paris bereits in den nächsten Tagen verlasse." - „Wirklich?" - „Ja! Ich ziehe in die Provinz." - „Das ist mir nicht lieb - das ist mir unangenehm", meinte der Graf sinnend. - „Vielleicht entschließen Sie sich zu einer vorläufigen Mitteilung!" - „Hm, ja, setzen Sie sich."

Der Schmied nahm in gespannter Erwartung Platz, der Graf schritt einige Male hin und her und sagte dann:

„Kann ein Garotteur Blut sehen?" - „Haha!" lachte Gerard statt aller Antwort verächtlich.

Er wußte, daß das, was der Graf von ihm verlangen würde, nur ein Verbrechen sein könne; er war fest entschlossen, es nicht zu begehen, aber auch ebenso entschlossen, alle sich ihm bietenden Vorteile auszunützen, denn er wollte einen neuen Hausstand gründen, und dazu war vor allen Dingen Geld nötig.

„Es kann vorkommen, daß ihm eins seiner Opfer unter den Händen stirbt, trotzdem er dies eigentlich gar nicht bezweckt hat?" - „Ja, das kommt wohl vor, Monsieur." - „Er bebt also vor einem Mord nicht zurück?" - „Fällt ihm nicht ein. Alle Menschen müssen sterben!"

Der Schmied versuchte, sich ein möglichst gewissenloses Air zu geben.

„Ist es Ihnen auch schon passiert, daß Ihnen jemand starb?" - „Hm!" machte er schulterzuckend. „Kommen Sie zur Sache, Monsieur! Ich bin kein Freund von unnützen Einleitungen." - „Nun, die Sache ist die, daß ich eines Mannes bedarf, der Blut sehen kann; nun habe ich geglaubt, daß Sie der Rechte sind." - „Möglich!"

Gerard legte dabei die Beine sorglos übereinander und lächelte so verschmitzt wie möglich.

„Sie sagen ja?" - „Wie kann ich das? Ich weiß ja noch gar nicht, um wen oder was es sich handelt!" - „So hören Sie! Ich habe einen Feind, der mir sehr zu schaden sucht, sowie meine ganze Existenz bedroht ..." - „So packen Sie ihn bei seiner Existenz an!" - „Das will ich ja, nur fragt es sich, was Sie unter seiner Existenz verstehen!" - „Sein Leben natürlich!" - „Gut, soweit sind wir eins! Wollen Sie mir behilflich sein?" - „Warum tun Sie es nicht selbst?" - „Das ist mir unmöglich. Sie verstehen die deutsche Sprache, die Sie vollkommen sprechen. Sehen Sie, das ist bei mir nicht der Fall, und daher kann ich die Rache nicht selbst übernehmen. Und Zeit, das Deutsche vorher zu erlernen, gibt es nicht." - „Was hat diese Sprache mit Ihrer Rache zu tun?" - „Der Mann, den ich meine, wohnt in Deutschland, gegenwärtig hielt er sich hier in diesem Hotel auf. Ich verfolgte ihn bis hierher, aber er ist einen Tag vor meiner Ankunft abgereist." - „So wollen Sie ihm nach?" - „Ja, und Sie sollen mit." - „Das wird schwer gehen. Ich bin vorbereitet, Paris zu verlassen und mein Mädchen zu heiraten ..." - „Dieselbe, die ich gestern gesprochen habe?" - „Ja. Sie hat das Haus, worin Sie sie trafen, verlassen. Sie sehen, daß es mich große Opfer kosten würde, Sie zu begleiten." - „Ich bin reich, ich vergüte Ihnen alles." - „Hm! Wohin soll die Reise gehen?" - „Nach Mainz. - Wie lange wir abwesend sind, das kommt ganz auf die Verhältnisse und auf Ihre Geschicklichkeit und Entschlossenheit an." - „Sie meinen, daß ich Ihnen zunächst als Dolmetscher zu dienen habe?" - „Ja, als Dolmetscher in Gestalt eines Dieners in Livree; und zweitens, daß Sie diese Person zu beseitigen haben, sowie auch eine Dame." - „Die sämtlich sich an demselben Ort befinden?" - „Ja." - „Und wenn ich Ihnen nun diese Opfer bringen möchte, was bieten Sie mir dafür?" - „Was verlangen Sie?" - „Ich habe eine Braut und einen Vater zurückzulassen, ich habe Pläne aufzuschieben oder gar aufzugeben, welche sich auf meine Zukunft beziehen; dafür sind tausend Franken wohl nicht zu viel!" - „Ich zahle sie, und zwar vor der Abreise." - „Ferner habe ich zwei Menschen verschwinden zu lassen. Was zahlen Sie für ein Menschenleben, das Sie so außerordentlich belästigt, daß sogar Ihre Existenz dadurch in Frage gestellt wird?" - „Auch tausend Franken." - „Pah, das ist zu wenig. Ich frage jetzt nicht, wer diese beiden Personen sind, denn später, wenn ich bemerke, daß sie den höheren Ständen angehören, könnte ich wohl einen sehr hohen Preis verlangen!" - „Was fordern Sie?"

„Fünfzehnhundert Franken mindestens." - „Das wäre dreitausend Franken für beide, ich gebe sie, sind Sie nun einverstanden?" - „Noch nicht." - „Was gibt es noch?" - „Ein jeder Geschäftsmann hat das Risiko zu berechnen. Ich riskiere Leben und Freiheit, das kann ich nicht umsonst tun." - „Alle Teufel, Sie sind ein guter Rechner." - „Das muß ich. Wie nun, wenn man mich in Mainz fängt und köpft? Ich muß in diesem Fall für die Meinen sorgen." - „Ich sehe, daß Sie sehr sorgfältig verfahren, und hoffe, daß Sie in meiner Angelegenheit ebenso handeln. Darum will ich auf Ihre sonst ungewöhnliche Forderung eingehen. Wieviel verlangen Sie für Ihr Risiko?" - „Tausend Franken." - „Verdammt, das ist viel!" - „Sie werden mir erlauben anzunehmen, daß mein Leben mir tausend Franken wert ist, das Glück der Meinen gar nicht mit gerechnet.“ - „Gut. Die Summe beträgt also fünftausend Franken.“ - „Ja, und zwar sind dreitausend vorher zu bezahlen, weil ich sie brauche.“

Der Graf lachte zynisch.

„Das ist allerdings ein sehr triftiger Grund. Aber wenn ich sie nun verweigere?“ - „So reisen Sie allein nach Mainz. Was ich sage, das gilt. Sie werden mich in dieser Beziehung noch kennenlernen.“ - „Gut, so will ich mich einverstanden erklären. Aber ich hoffe auch, daß Sie Ihre Pflicht erfüllen!“

Der Graf bemerkte das zweideutige Lächeln nicht, mit welchem Gerard antwortete:

„Kein Sorge, Monsieur, ich werde meiner Pflicht sicherlich richtig nachkommen.“ - „So ist dies abgemacht. Wir werden abreisen, sobald ich die Brieftasche in den Händen habe. Wann gehen Sie wieder hin zu dem Man?“ - „Vielleicht am Abend; eher würde es auffällig sein, auch fürchte ich, daß er dann eine größere Entschädigung verlangen möchte, da er meinen müßte, das Portefeuille sei von höchstem Wert.“ - „Gut. So können Sie mir jetzt helfen. Ich habe Ursache, dieses Hotel zu verlassen. Der Wirt soll denken, daß ich nach der Bahn von Orleans fahre, ich will aber in der Nähe des Nordbahnhofs wohnen. Wissen Sie dort ein gutes Hotel?“ - „Das Hotel de l’Empereur auf der Rue de St. Quentin, in der Nähe des Bahnhofs.“ - „So senden Sie mir den Kellner mit der Rechnung herauf, und holen Sie mir eine Droschke.“

Der Schmied erhob sich von seinem Sitz und ging. Draußen blieb er einen Augenblick stehen und reckte die riesigen Glieder drohend empor.

„Schuft!“ murmelte er drohend. „Warte, ich werde dir das Handwerk legen. Zunächst aber muß ich wissen, wem der Mordanschlag gilt.“

Er stieg die Treppe hinab und traf unten auf den Hausknecht.

„Ah, Freund, eine Frage“, sagte er, griff dabei in die Tasche und reichte ihm ein Frankstück hin. - „Danke! Was?“ - „Hat kürzlich ein Deutscher hier gewohnt, und zwar Herr Doktor Sternau?“ - „Ja, es war ein Deutscher aus Mainz.“ - „Hatte er Damen mit?“ - „Eine Spanierin. Außerdem waren ein Diener und eine Dienerin bei ihm.“ - „Danke! Schicken Sie den Kellner hinauf zum Marchese d’Acrozza. Er will die Rechnung haben.“

Der Schmied ging, um eine Droschke zu holen, und zwar sehr

langsam, denn die Auskunft, die er erhalten hatte, gab ihm viel zu denken.

„Ein Doktor, ein Arzt ist es", brummte er leise vor sich hin. „Und die Dame ist eine Spanierin. Was hat mir denn Annette gesagt, als ich sie gestern bei dem Professor besuchte? Ein deutscher Arzt war es, der sie gerettet hat, und eine kranke spanische Dame ist bei ihm gewesen. Das hat sie von Marion, dem Stubenmädchen, erfahren. Himmel, wenn er es wäre, dem ich an das Leben soll!"

Gerard machte eine Geste in der Luft, als ob er jemand erwürgen wolle, und brummte weiter:

„Das muß ich zu erfahren suchen. Aber wenn diese Dame eine Spanierin ist, so ist dieser unechte Marchese d'Acrozza jedenfalls ein Spanier, und sein Taschenbuch ist in spanischer Sprache geschrieben. Sein richtiger Name steht darin. Er heißt Alfonzo de Rodriganda y Sevilla, und sie ist nicht Italienisch sondern Spanisch; wenigstens liegt Sevilla in Spanien. Na warte, Bursche! Eine Droschke hole ich dir, aber zum Teufel sollst du fahren, wenn der Sternau, dem ich an das Leben soll, derselbe Arzt ist, der meine Schwester Annette aus den Fluten der Seine gezogen hat."

Gerard erreichte den Halteplatz der Fiaker und nahm einen mit zum Hotel. Dort wurden die Effekten des Marchese aufgeladen. Dieser stieg ein, der Schmied hinten auf, und nun ging es scheinbar dem Bahnhof von Orleans und Lyon zu. Bei der Brücke Notre Dame angekommen aber, gebot der Marchese, in die lange Straße Martin einzulenken und nach dem Nordbahnhof zu fahren.

So gelangten sie an das Hotel de l'Empereur auf der Straße St. Quentin, wo sie abstiegen und Alfonzo sich einige Zimmer anweisen ließ.

„Jetzt weißt du genau, wo du mich zu finden hast?" - „Gewiß, Monsieur." - „Ich werde nicht ausgehen. Sobald du das Portefeuille hast, kommst du." - „Ich gehe heute abend hin." - „Vergiß nicht, daß ich mitten in der Nacht für dich zu sprechen bin!"

Der Schmied ging. Als er außer Sicht des Hotels war, nahm er eine Droschke und ließ sich nach der Rue de Lavande Nummer 4 fahren, wo der Professor wohnte. Der Zutritt zu seiner Schwester stand ihm offen, und als er sich mit seiner Erkundigung an sie wandte, erfuhr er, daß ihr Retter allerdings jener Doktor Sternau gewesen sei, der eine spanische Dame bei sich gehabt.

Er sagte von dem Grund seiner Erkundigung nichts und ging zunächst nach Hause, um seinen Vater aufzusuchen, den er ganz ohne Mittel wußte. Er hatte sich vorgenommen, während seines Aufenthalts in Deutschland in der Weise für den Vater zu sorgen, daß dieser keine Not litt, ohne aber seiner Trunksucht weiter frönen zu können.

Er traf ihn, auf einer alten Matratze liegend, doch in vollständig nüchternem Zustand, da er keine Mittel gehabt hatte, sich Branntwein zu kaufen, und sein Kredit so erschöpft war, daß kein Budiker ihm mehr borgte.

„Kommst du endlich!" grollte der Alte. „Man könnte sterben und verderben." - „Wie ich sehe, lebt du noch", antwortete der Sohn. - „Aber wie! Hast du Geld?" - „Hm! Wenig."

Der Alte sprang von seinem Lager auf.

„Gib her!" sagte er, die vor Begierde zitternde Hand ausstrekkend.

Gerard griff in die Tasche und gab ihm einen Frank.

„Eins!" sagte der Vater mit heiserem Lachen. „Zwei -!"

Dabei streckte er die Hand abermals aus.

„Aus zwei wird nichts", antwortete der Sohn, „weil ich nicht mehr geben kann, als ich selbst habe. Das andere brauche ich für mich." - „Halunke!"

Bei diesem Wort faßte der Vater den Sohn beim Arm und schüttelte ihn.

„Du schimpfst mich?" fragte dieser. „Mit welchem Recht?" - „Du belügst mich, wenn du behauptest, du habest nichts weiter, und bist doch reich." - „Reich? Wo soll bei mir der Reichtum herkommen?" - „Pah! Von der Garotte natürlich." - „Das Geschäft geht schlecht." - „Nein, es geht gut; ich weiß es ganz genau. Du hast einen reichen Italiener garottiert." - „Ah", sagte Gerard überrascht. „Wer sagt das?" - „Papa Terbillon, der bei mir war." - „Welche Seltenheit!" - „Ja, eine Seltenheit; es konnte sich also nicht um eine Kleinigkeit handeln. Er suchte dich eben dieses Italieners wegen. Er hat dir dieses Mannes wegen zehn Franken gegeben." - „Das ist wahr." - „Du stehst also in seinem Dienst." - „So lange es mir gefällt." - „Aber du hast den Italiener garottiert in der Rue de la Poterie." - „Donnerwetter!" meinte Gerard überrascht. „Wer sagt das? Wer will das wissen?" - „Papa Terbillon. Er weiß das ganz genau." - „Pah! Es ist eine Lüge." - „Nein, Spitzbube. Der alte Terbillon geht ganz sicher. Er hat es selbst beobachtet. Er war im Theater und in der Weinstube, der Italiener auch, und du ebenso." - „Das mag sein, er wird sich verkleidet gehabt haben. Aber das beweist noch gar nichts." - „Der Beweis ist dennoch da, denn Papa Terbillon ist euch gefolgt und hat gesehen, daß du den Italiener in der Straße de la Poterie niedergeschlagen hast." - „So hat er falsch gesehen." - „Lüge nicht! Er hat gute Augen und wird dich ins Verderben bringen." - „Das wollen wir abwarten." - „Er hat mir anbefohlen, daß du sofort zu ihm kommen sollst." - „Ich werde zu ihm gehen, sobald es mir beliebt. Übrigens habe ich jetzt keine Zeit dazu; ich muß nach Italien verreisen, wohin ich als Diener eben dieses Mannes gehe, den ich garottieren sollte." - „Alle Teufel!" - „Das beweist doch zur Genüge, daß ich ihn nicht garottiert habe. Ich werde Papa Terbillon seine zehn Franken zurückerstatten, dann kann er mir nicht sagen, daß ich ihn betrogen habe." - „Gib sie mir, ich werde sie ihm bringen." - „Hopp, Alter, das werde ich bleibenlassen, weil du das Geld für dich verwenden würdest." - „Donner und Doria! Hältst du mich für einen Spitzbuben?" - „Ja, ganz gewiß", lachte Gerard. „Ich habe Erfahrung genug, um zu wissen, was du bist." - „Halunke!" rief der Alte. „Und das will mein eigener Sohn sein. Wie kommt denn der Kavalier gerade auf dich?" - „Ich habe mich gemeldet." - „Bist du des Teufels! Jetzt bist du dein eigener Herr, dann aber ein Diener, ein Sklave." - „Ich will aufhören, ein Verbrecher zu sein." - „Ah! Und was wird aus mir? Erst hast du mir Annette genommen, und nun gehst du selbst fort. Wovon soll ich leben?" - „Arbeite!" - „Bist du verrückt?" - „Nein. Hast du früher nicht auch gearbeitet?" - „Das war anders, da lebte deine Mutter noch; da war ich jung und kräftig und - und ..."

Er stockte.

„Und hattest dich dem Branntwein noch nicht ergeben", fügte Gerard hinzu. - „Hm, du magst recht haben", sagte der Alte. „Aber man glaubt gar nicht, wie gut ein Schluck dem alten Körper tut." - „Das ist Täuschung." - „Was weißt du! Du bist jung!" - „Eine Suppe, ein Glas Bier tut ganz dasselbe. Ich werde es dir beweisen, Vater." - „Ah, wie?" - „Vielleicht bin ich gar nicht sehr lange fort von hier, und ich will dafür sorgen, daß du während meiner Abwesenheit nicht zu hungern und zu dürsten brauchst." - „Also hast du Geld?" fragte der Alte rasch. - „Dazu ja; aber zum Vertrinken nicht." - „So gib her, Junge!"

Der Alte streckte abermals die Hand aus. Gerard schüttelte den Kopf.

„Nein, so nicht", sagte er. „Du würdest alles vertrinken." - „Ich sage dir, daß ich sparsam sein werde!" beteuerte der andere. - „Ich glaube es nicht." - „Ja, wie willst du denn für mich sorgen, wenn du mir nichts gibst?" - „Du kennst die Restauration der alten Mutter Merveille. Ich werde zu ihr gehen und für dich abonnieren. Du sollst täglich dort dein Frühstück, Mittags- und Abendbrot haben, das ich für dich im voraus bezahle." - „Welch eine Schlechtigkeit! Dieser Mensch hat Geld und vertraut es seinem Vater nicht an! Ich mag nicht zur Mutter Merveille!" - „Pah! Überdies werde ich Mutter Merveille noch fünfzig Franken für dich geben." - „Ah, endlich! Wann kann ich sie mir holen?" - „Täglich." - „Gut. So hole ich sie mir gleich morgen." - „Nur nicht so hitzig, Alter! Ich habe gesagt, jeden Tag einen Franken. Auf diese Weise hast du täglich ein Taschengeld; gebe ich dir die Summe sofort, so ist sie in einigen Tagen durch die Gurgel gerollt." - „Ich verspreche dir, sparsam zu sein." - „Ich glaube es nicht." - „Donnerwetter! Soll ich dich massakrieren? Welch ein Gedanke, fünfzig Franken zu besitzen und nicht anrühren zu dürfen." - „Dieser Gedanke ist ganz heilsam. Überdies werde ich die Wohnungsmiete bezahlen, die während meiner Abwesenheit fällig werden wird." - „So gib mir das Geld: Ich will es sofort zum Wirt tragen."

Der Alte steckte zum dritten Mal die Hand aus. Gerard aber lachte und erwiderte:

„Daraus wird nichts; ich werde selbst zu ihm gehen." - „Du bist ein Teufel!" - „Und du ein Engel, der nicht mit Geld umzugehen versteht. Also du wirst täglich deine Mahlzeiten und einen Franken haben; das genügt. Bist du klug, so suchst du dir etwas dazu zu verdienen; dann stehst du dich wie ein Kavalier. Adieu!" - „Du willst schon fort? So gib mir wenigstens noch fünf Franken." - „Keinen einzigen. Und nun merke dir: Komme ich zurück, und du hast gut Haus gehalten, so mache ich dir eine große Freude. Ich werde dir dann etwas schenken, und zwar eine Schwiegertochter." - „Eine Schwie...", rief der Alte ganz erstaunt. „Wie kommst du auf diesen Witz?"

Er lachte und fragte dann weiter:

„Kerl, so bist du verliebt?" - „Sehr." - „Nun, dann ist es aus mit dir, und das ganze Geschäft geht kaputt." - „Welches Geschäft meinst du? Etwa die Garotte? Dieses Geschäft soll allerdings kaputtgehen. Ich will ein ehrlicher Arbeiter werden, Vater." - „Unsinn! Das bringt kein Garotteur fertig." - „Ich werde dir das Gegenteil beweisen." - „Man wird es dir schwer werden lassen. Die Polizei kennt dich zu sehr." - „Ich werde nicht in Paris bleiben, ich gehe vielmehr in die Provinz. Wohin, das weiß ich noch nicht." - „Und wer ist dein Mädchen, he?" - „Eine Arbeiterin; doch sie hat Geld; ich glaube viertausend Franken." - „Donnerwetter, das ist etwas!" - „Für den Anfang", lächelte Gerard.

Er sagte die Unwahrheit, um den Vater für sein Mädchen gut zu stimmen, und war entschlossen, sein Geld für das ihrige auszugeben.

„Und wo wohnt sie?" fragte der Alte. - „Das erfährst du später." - „Ah, du denkst, ich besuche sie und pumpe sie an?" - „Ja." - „Alle Wetter, du bist verdammt vorsichtig. Aber was wird mit mir, wenn ihr fortzieht?" - „Du gehst mit." - „Hei! Wird sie mich mitnehmen?" - „Ja, obgleich sie weiß, daß du den Branntwein liebst und Garotteur bist." - „Und will es versuchen mit mir? Kerl, du bist dieses Mädchen gar nicht wert. Es muß dich sehr liebhaben, Gerard; darum heirate es. Es muß überdies gut und brav sein." - „Ich hoffe es." - „Gut, so will ich mir Mühe geben, ich will einmal sehen, ob ich mit dem Branntwein fertig werde." - „Versuche es, und du wirst sehen, daß es gelingt. Siehe, ich selbst gewinne ja über mich." - „Das ist etwas anderes, du bist jung. Wohin gehst du jetzt?" - „Zum Wirt und zur Mutter Merveille." - „Darf ich gleich mit?" - „Hm, ja; es ist besser, du hörst, was ich mit ihr bespreche. Komm."

Sie gingen zum Besitzer des Hauses, um die Miete zu bezahlen, und suchten darauf die Restauration der Mutter Merveille auf, wo Gerard den Vater als Tischgast anmeldete und den Betrag zweier Monate sofort pränumerando entrichtete.

Am späten Abend suchte dann Gerard einen jener alten, kleinen, aber wohl renommierten Gasthöfe auf, in denen man gut, wenn auch einfach und billig wohnt, und ließ sich ein Zimmer geben. In demselben saß er die ganze Nacht und schrieb das Notizbuch des Grafen ab. Außerdem kopierte er noch eine einzelne Seite desselben.

Mit dieser begab er sich am Morgen zu einem Buchhändler, um zu fragen, welche Sprache dies sei. Er erfuhr, daß es Spanisch sei, und wußte also nun, was er zu tun hatte.

7. KAPITEl

Gerard ging dann nach der Rue de St. Quentin, um den Grafen aufzusuchen. Er fand diesen, mit großer Ungeduld seiner wartend.

„Nun, wie steht es?“ fragte der Graf. - „Leidlich, vielleicht auch gut“, antwortete Gerard. - „Was soll dies heißen?“ - „Es soll heißen, daß ich das Buch gesehen habe, aber nicht weiß, ob Sie es bekommen werden, weil Ihnen der Preis zu hoch sein wird; er verlangt tausend Franken und sagte, daß er keinen Sous herablassen würde.“ - „Dieser Schuft! Warum verlangt er eine solche Summe? Das Buch hat ja keinen Wert für ihn!“ - „Er sagte, es habe desto mehr Wert für die Polizei.“

Der Graf verfärbte sich.

„Warum?“ fragte er. - „Er hat mir gar nichts Ausführliches darüber mitteilen wollen.“ - „So handelt es sich vielleicht um eine andere Brieftasche. Die meinige hat wohl Wert für mich, aber nicht das mindeste Interesse für die Polizei.“ - „Das kommt wohl auf eine Probe an. Er hat eine Seite des Notizbuchs abgeschrieben und mir die Abschrift mitgegeben.“ - „Ah! Zeige her!“

Gerard nahm das Blatt heraus und zeigte es dem Grafen. Dieser las es und sagte dann:

„Es stimmt; es ist mein Portefeuille. Hast du diese Zeilen gelesen?“ - „Nein; ich verstehe nicht Spanisch.“ - „Donnerwetter, aber du weißt, daß es Spanisch ist!“ - „Er sagte es mir, da er Spanisch versteht.“ - „Wirklich?“ fragte der Graf erbleichend. - „Ja; er hat in Spanien als Kaufmann konditioniert.“ - „Alle Teufel! Das ist verdammt unangenehm!“

Alfonzo zerknitterte das Papier in der geballten Faust und trat an das Fenster. Seine Mienen bewegten sich in der Reihenfolge der Gedanken und Gefühle, die über sein Gesicht gingen.

„Wie heißt er?“ fragte er, sich endlich wieder umdrehend. - „Das kann ich nicht sagen, denn ein Kamerad verrät den anderen nicht.“ - „Und wenn er nun im Weg ist?“ - „Gute Kameraden sind sich nie im Weg.“ - „Aber einem anderen?“ fragte der Graf mit eigentümlicher Betonung.

Gerard verstand ihn sofort, tat aber so, als ob er ihn nicht begriffen habe.

„Das geht mich nichts an“, sagte er. - „Aber, wenn er nun mir im Weg wäre und du tausend Franken erhieltest, wenn ...“

Erst jetzt warf Gerard dem Grafen einen verständnisvollen Blick zu und fragte:

„Dieser Mann, der Ihr Taschenbuch in der Hand hat, ist Ihnen im Weg?" - „Ja, und zwar dieses Taschenbuchs wegen." - „So enthält es Dinge, die Ihnen schaden können, und mein Kamerad hat recht gehabt, als er von der Polizei sprach ..." - „Hm, ja, vielleicht. Ich denke, daß ich dir mein Vertrauen schenken darf!" - „Ganz gewiß, Monsieur. Mein Kamerad hat Ihr Notizbuch durchgelesen." - „Ich kann es mir denken. Also dir hat er nur wenig davon gesagt? Sei aufrichtig!" - „Er sagte, wenn das Buch Ihnen gehöre, so könnten Sie unmöglich der Marchese d'Acrozza sein." - „Wer sonst?" - „Das sagte er nicht." - „Ah", meinte der Graf mit einem Atemzug der Erleichterung, „er ist verschwiegen gewesen." - „Ferner sagte er, daß Sie aus Spanien kommen." - „Sagte er weiter gar nichts?" - „Kein Wort." - „Und tausend Franken will er dafür? Das stellt mich aber nicht sicher. Jetzt zahle ich die Summe, und später plaudert er dennoch." - „Er wird mir Verschwiegenheit geloben müssen!" - „Das ist noch keine Bürgschaft. Kann ich ihn einmal sehen?" - „Nein, er hat es verboten." - „Dann kenne ich nur ein Mittel, mir Sicherheit zu verschaffen, und dies ist sein Tod." - „Alle Teufel! Er wird keine Lust haben, Ihnen zuliebe zu sterben!" - „Ich glaube es. Aber du wirst Lust haben, dir tausend Franken zu verdienen." - „Das ist wahr. Es fragt sich, wofür ich diese Summe erhalten soll." - „Nun, für sein Leben." - „Ah, Sie scherzen, Monsieur!" lachte der Schmied. - „Es ist mein voller Ernst." - „Das glaube ich nicht, weil Sie mir, wenn es Ihr Ernst wäre, etwas mehr bieten würden, als tausend Franken." - „Schlingel!" - „Rechnen Sie nach, Monsieur! Tausend Franken geben Sie diesem Mann für seinen Raub, mir aber wollen Sie dieselbe Summe für diesen Raub und für sein Leben geben. Das ist sehr unverhältnismäßig." - „Nun gut, wieviel verlangst du?" - „Es ist ein Kamerad von mir; unter zweitausend tue ich es nicht." - „Mensch, du wirst ja ein reicher Mann durch mich; fünfzehnhundert gebe ich dir." - „Zweitausend, anders nicht. Sonst sprechen wir gar nicht mehr davon." - „Gut, ich will nachgeben. Wann kann es geschehen?" - „Sobald es paßt." - „Es muß sofort geschehen. Ich muß sonst gewärtig sein, er mißbraucht meine Notizen." - „So will ich sehen, ob ich ihn treffe."

Gerard wandte sich zum Gehen, aber der Graf rief ihn zurück.

„Halt!" sagte er. „Welche Sicherheit bringst du mir, daß du ihn getötet hast?" - „Ihr Portefeuille." - „Das ist keine Bürgschaft, daß er getötet ist." - „Doch jedenfalls, Monsieur. Oder glauben Sie, daß er mir das Buch freiwillig gibt?" - „Ja, ich glaube es. Ihr seid Kameraden. Ihr teilt die zweitausend Franken!" - „Ah, Ihr Vertrauen zur mir ist kein sehr großes!" - „Das kannst du nicht übelnehmen." - „So dürfen auch Sie es nicht übelnehmen, wenn mein Vertrauen zu Ihnen schwindet." - „Was soll das heißen?" - „Wer garantiert mir meine zweitausend Franken, wenn ich meinen Auftrag ausführe?" - „Mein Wort!" - „Und wenn ich diesem Wort nicht glaube?" - „Mensch, ich bin ein Edelmann." - „Ah, schön", sagte Gerard mit versteckter Ironie. „Und von mir verlangen Sie Garantie?" - „Ja, ein Glied seines Leibes." - „Alle Teufel! Welches Glied? - „Den Kopf." - „Das geht nicht, Monsieur. Es ist mir zu gefährlich, den Kopf eines Gemordeten zu transportieren." - „Gut, so bringe die rechte Hand."

Der Schmied sann nach.

„Hm", sagte er endlich, „das würde weniger gefährlich sein. Eine Hand läßt sich eher verstecken als ein Kopf. Also, wenn ich diese Hand bringe und Ihr Portefeuille, so erhalte ich zweitausend Franken?" - „Sofort!" - „Gut, ich will mich auf Ihr Edelmannswort verlassen. Wo finde ich Sie, wenn Sie nicht hier sind, Monsieur?" - „Ich gehe gar nicht aus." - „Dann adieu, Monsieur le Marchese."

Gerard ließ den Grafen in banger Erwartung zurück und schritt der Cité zu. Sein Gesicht hatte einen außerordentlich pfiffigen Ausdruck, als er vor sich hinmurmelte:

„Ein Kunststück, ein wahres Kunststück; ich soll einen umbringen, der gar nicht lebt, den es gar nicht gibt. Wie fange ich das an? Pah, für zweitausend Franken wird es fertiggebracht."

Indem er die lange Rue de Faubourg St. Denis hinabging, griff er in die Tasche und zog sein Messer heraus, öffnete es und probierte die Schärfe an dem Nagel seines Fingers.

„Es geht", murmelte er. „Die Schärfe ist gut; sie geht durch die Flechsen und Sehnen wie durch Butter, und der Rücken ist auch stark, die Klinge wird also nicht abbrechen."

Nun steckte er das Messer wieder ein und wanderte nach der Morgue.

Die Morgue ist ein Haus, in dem die Leichen von Verunglückten oder Selbstmördern aufbewahrt bleiben, um rekognosziert zu werden. Dieses Haus ist jedermann geöffnet.

Als Gerard den Türschließer stehen sah, sagte er:

„Ist hier heute ein Mädchen eingeliefert worden, Monsieur?“ - „Ein Mädchen? Wie alt?“ - „Sechzehn Jahre, die Haare sind blond und die Gestalt voll und lang.“ - „Das dürfte stimmen. Suchen Sie ein solches Mädchen?“ - „Leider. Es ist eine Cousine von mir, seit gestern verschwunden.“ - „So gehen Sie hinein. Es ist gerade jetzt kein Mensch zugegen, und ich warte auf jemand. Nehmen Sie sich die Tücher gefälligst selbst hinweg.“

Das war dem Schmied sehr lieb. Er betrat den schauerlichen Raum, in welchem sechzehn mit weißen Tüchern bedeckte Leichen lagen, lüftete diese Tücher und erblickte bald einen Mann, der seinem Zweck geeignet war. Im Nu hatte er sein Messer gezogen, und ebenso schnell löste er der Leiche die rechte Hand vom Arm, steckte rasch die Hand und das Messer in die Tasche und zog den Ärmel des Toten weiter herab, damit man die Amputation so spät wie möglich bemerke. Hierauf verließ er die Morgue, um sich einige Stunden lang in der Stadt herumzutreiben und dann zu dem Grafen zurückzukehren. Dieser hatte ihn kommen sehen und kam ihm bis zur Zimmertür entgegen.

„Nun?“ fragte er. „Wie steht es?“ - „Schlecht!“ antwortete Gerard. „Es war gefährlich, weil ich beinahe erwischt worden wäre; der Kerl schrie wie ein Spatz und wehrte sich wie ein Bär.“ - „So verstehst du dein Handwerk nicht.“ - „Pah! Ich hatte es mit einem Garotteur zu tun.“ - „Du hast die Hand?“

Der Gauner zog sie hervor und zeigte sie dem Grafen; derselbe betrachtete sie ohne Grauen und sagte:

„Das ist ein starker Kerl gewesen! Aber ich sehe nicht die mindeste Blutspur!“ - „Das fehlte auch noch! Sollte ich mich verraten?“ - „Du hast die Hand wohl abgewaschen?“ - „Ja, im Waschtisch.“ - „Gescheit! Aber mein Portefeuille?“ - „Wo haben Sie die zweitausend Franken?“

Der Bandit zog das Portefeuille hervor und hielt es dem Grafen entgegen, dieser wollte zugreifen, aber der Schmied zog die Hand schnell zurück und sagte:

„Sachte, Monsieur, ist es Ihre Brieftasche?“ - „Ja.“ - „So erbitte ich mir das Geld.“ - „Aber ich muß doch sehen, ob alles vorhanden ist.“ - „Das heißt, wenn etwas fehlt, erhalte ich mein Geld nicht?“ - „Allerdings.“ - „Das wurde nicht ausgemacht, Monsieur.“ - „Das versteht sich ja ganz von selbst.“ - „Aber ich kann doch nicht dafür, wenn etwas fehlen sollte.“ - „Ist die Brieftasche nicht vollständig, so hat sie keinen Wert für mich." - „Das hätten Sie eher sagen sollen, Monsieur, so lebte mein Kamerad noch." - „Meinetwegen! Also her damit!"

Gerard steckte das Portefeuille jedoch behutsam wieder ein.

„Sie erhalten es nicht, Monsieur", sagte er sehr bestimmt. „Ich sehe, Sie halten nicht Wort, obgleich Sie ein Edelmann sind, und obgleich ich, der Garotteur, Wort gehalten habe."

Alfonzo wollte aufbrausen, hielt aber an sich.

„Ich hoffe nicht, daß du mir Moral predigen willst", sagte er. - „Nein", antwortete der Schmied kalt; „aber ebenso hoffe ich nicht, daß Sie glauben, ich werde mit nach Deutschland gehen." - „Alle Teufel, du opponierst!" - „Ja. Ich hantiere nur mit Leuten, auf die ich mich verlassen kann. Adieu!"

Damit wandte sich Gerard um, als ob er gehen wollte, da aber faßte ihn Alfonzo beim Arm und hielt ihn fest.

„Halt, bleib!" sagte er. - „Nein, ich gehe, Monsieur." - „Ich gebe dir die zweitausend Franken und zugleich das übrige, ausbedungene Geld." - „Gut, so bleibe ich." - „Also her das Portefeuille." - „Vorher das Geld."

Alfonzo zog die Stirn in Falten, aber er erkannte sich als den Schwächeren. Er öffnete also den Koffer, entnahm demselben das Geld und zählte es dem Schmied auf den Tisch. Als dieser nachgezählt hatte, sagte er:

„Es stimmt, Monsieur, hier ist das Buch!"

Er gab das Portefeuille hin, das der Graf sofort genau untersuchte.

„Stimmt es?" fragte Gerard. - „Ja", lautete die Antwort. - „So sind wir quitt."

Gerard strich die Summe ein, sehr zufrieden mit sich, daß er einen so feinen Spitzbuben übertölpelt hatte.

„Was geschieht mit der Hand?" fragte der Graf. - „Ich werfe sie in die Seine." - „Gut. Bist du zur Abreise fertig?" - „Nein. Ich habe Abschied von meiner Braut zu nehmen." - „Dazu wirst du nicht lange Zeit brauchen. Was hast du noch zu tun?" - „Ich muß einen Manufakturisten und einen Schneider aufsuchen, und zwar der Livree wegen." - „Ja, das ist wahr. Kann man in Paris fertige Livreen bekommen?" - „In Phantasie, ja; nach Vorschrift natürlich nicht!" - „So suche dir eine Phantasielivree aus." - „Und wer bezahlt sie?" - „Du!" sagte Alfonzo lachend. - „Ah, ich hätte nicht gedacht, daß ein Marchese d'Acrozza so ein Geizhals sein könnte!“ - „Gut, so nimm sie auf meine Kasse. Was wird sie wohl kosten?“ - „Vierhundert Franken, da sie anständig sein muß.“ - „Schelm!“ - „Pah! Da muß ich mir Wäsche und Fußzeug aus meiner Tasche dazukaufen.“ - „Hier hast du sie!“

Gerard steckte die vierhundert Franken schmunzelnd ein und fragte:

„Wie lange geben Sie mir Urlaub?“ - „Wie lange brauchst du ihn?“ - „Drei Stunden, wenn ich eine Droschke nehme.“ - „So gebe ich dir vier Stunden.“ - „Ich danke. Adieu!“

Gerard steckte die Hand ein und ging. Unten stieg er in einen Fiaker und fuhr direkt nach dem Magdalenenstift, in dem sich Mignon befand. Er ließ sich zunächst der Oberin melden und wurde sogleich vorgelassen. Sie erkannte ihn sofort und empfing ihn mit den freundlichen Worten:

„Siehe da, Monsieur Mason, dem wir den neuen Zögling verdanken!“ - „Ja, Madame“, sagte er. „Verzeihen Sie die Störung.“ - „Ich stehe Ihnen zu Diensten. Was bringen Sie?“ - „Eine Bitte, Madame. Ich habe Ihnen bereits gesagt, daß Mignon meine kleine Frau werden soll; wie urteilen Sie über sie?“ - „Oh, bis jetzt bin ich mit ihr zufrieden, obgleich ich gestehen muß, daß uns sehr oft der Schmerz bereitet wird, uns in unseren Hoffnungen und in unserem Vertrauen getäuscht zu sehen.“ - „Ich bin gewiß, daß Sie sich in ihr nicht täuschen werden!“ - „Ich wünsche dies von Herzen. Sie kommt mir vor, als ob sie sich wirklich nach einem ordentlichen Leben sehne. Haben Sie auch daran gedacht, was es heißt, ein Weib zu besitzen, das eine solche Vergangenheit hat?“ - „Ich habe mir es sehr reiflich überlegt.“ - „Und lieben Sie Mignon genug, um sie später achten zu können?“ - „Gewiß, Madame. Auch ich habe meine Fehler.“ - „Und haben Sie auch daran gedacht, daß Sie beide arm ins Leben treten werden?“

Gerard lächelte fröhlich und erwiderte:

„Oh, arm sind wir nicht, Madame, dieses Punktes wegen komme ich ja zu Ihnen. Ich habe nämlich einen kleinen Gewinn gemacht. Ich hatte ein Los in der Dombaulotterie von Besançon und habe soviel gewonnen, als wir brauchen. Ich habe Ihnen auch gesagt, daß ich Paris verlassen will, und dieser Punkt macht mir Sorgen, des Geldes wegen.“ - „Tun Sie es zu einem Bankier.“ - „Dazu habe ich keine Lust.“ - „So geben Sie es einem Verwandten in Aufbewahrung.“ - „Ich habe keinen; und mein Vater ist nicht zuverlässig - der trinkt zuweilen, deshalb komme ich zu

Ihnen." - „Zu mir ...?" - „Allerdings. Ich dachte, daß Sie vielleicht die Güte haben würden, mir das Geld aufzubewahren, bis ich wiederkomme."

Das Gesicht der Oberin wurde noch freundlicher als vorher, und sie erwiderte:

„Haben Sie denn so viel Vertrauen zu mir?" - „Gewiß! Ich habe Ihnen ja meine Braut anvertraut, die mir lieber ist als dieses Geld." - „Nun, wir wollen sehen. Wie hoch ist die Summe?"

Gerard griff in die Tasche, trat an den Tisch und zählte ihr das Geld vor. Je weiter er zählte, desto erstaunter wurde ihr Gesicht.

„Aber, Monsieur Mason, das ist ja ein Reichtum!" rief sie. - „Ja", lachte er, „das wird beinahe langen, um mir eine kleine Schmiede zu kaufen." - „Und diese große Summe soll ich Ihnen aufheben?" - „Gewiß, wenn Sie wollen!" - „Ich will. Ich werde sie Ihnen so anlegen, daß sie Zinsen bringt." - „Das werden Sie tun, wie es Ihnen gefällig ist." - „Und vor allen Dingen werde ich Ihnen einen Depositenschein einhändigen." - „Ist dies unbedingt nötig? Ich weiß ja, daß Sie mich nicht schädigen werden." - „Ja, es ist geschäftlich unbedingt notwendig." - „So tun Sie es. Dann habe ich noch eine Bitte. Mignon soll von diesem Geld nichts wissen, um sie bei unserer Hochzeit damit überraschen zu können." - „Ich bin einverstanden, Monsieur." - „Aber Sie wissen, daß auf Reisen manches Unvorhergesehene geschehen kann - auch mir kann so etwas passieren. Sollte ich in drei Monaten noch nicht zurückgekehrt sein, so geben Sie das Geld meiner Braut, und zwar unter der Bedingung, daß sie meinen Vater pflegt." - „Sie setzen ein großes Vertrauen auf sie, Monsieur." - „Ich kann es; ich weiß das genau." - „Gut, so werde ich diesen Punkt auf dem Depositenschein mit bemerken."

Sie stellte den Schein aus, den Gerard an sich nahm, und strich dann das Geld zur Aufbewahrung ein. Nachdem er Mignon gesehen und von ihr Abschied genommen hatte, ging er zunächst nach der Seine, wo er die Hand unbemerkt ins Wasser warf. Hierauf kaufte er sich eine Livree nebst Wäsche und andere Requisiten und war, ehe die vier Stunden verstrichen waren, wieder bei Alfonzo.

Dieser hatte sehr bald eingepackt. Sie fuhren nach dem Bahnhof und dampften innerhalb kurzer Zeit von Paris ab. Der Zug, in dem sie sich befanden, nahm für Doktor Sternau und Rosa von Rodriganda eine große Gefahr mit nach Deutschland.

8. KAPITEL

Es war noch im Winter, aber trotzdem sehr mildes Wetter. Zur Mittagszeit konnte man glauben, sich mitten im Mai zu befinden, und die Abende glichen jenen elegischen Oktoberabenden, die fast noch schöner sind, als die Abende des Frühlings.

Daher war es kein Wunder, daß auf allen Höhen und Gebirgen der Schnee verschwand; er verwandelte sich in Wasser, das alle Ströme, Flüsse, Seen und Bäche füllte. Der warme Sonnenstrahl lockte die Feuchtigkeit wieder empor, und so entstanden feuchter Niederschläge, die in Form von anhaltendem Regen wieder zur Erde fielen.

Dadurch wuchsen die Fluten, und alle Zeitungen berichteten von Überschwemmungen, die in ungeahnter Rapidität zu einer Höhe wuchsen, die man seit Menschengedenken nicht beobachtet hatte. Ganze Täler wurden überschwemmt, ganze Ortschaften fortgerissen. Der Verkehr stockte, denn die Flut bedeckte die Straßen und riß die Bahndämme ein.

Auch die sonst so ruhige Nahe, die bei Bingen in die linke Seite des Rheins mündet, brachte eine Wassermasse, für die ihr Bett lange, lange nicht tief und breit genug war. Die Fluten glichen den Wogen eines großen Stromes. Sie hatten die Straße überstiegen und leckten gierig am Damm der Bahn, die Bingerbrück über Neunkirchen, Saarbrücken, Forbach, Metz und Nancy mit Paris verbindet.

Die Bahnbeamten hatten Befehl erhalten, ganz außerordentlich aufmerksam zu sein, und ein jeder Bahnwärter mußte seine Strecke zwischen den einzelnen Zügen ganz genau untersuchen.

Zwischen Bingerbrück und Langenlonsheim stand ein Bahnhäuschen, dessen Inhaber heute Besuch hatte. Der Forstgehilfe Ludwig aus Rheinswalden war ein Vetter des Bahnwärters, hatte gestern einen kleinen Sprößling desselben aus der Taufe gehoben und befand sich auch heute noch hier, um seinen Urlaub tüchtig auszunützen.

Er saß mit der Familie am Tisch. Man hatte das Abendbrot gegessen; es hatte neun geschlagen, und in nicht ganz einer halben Stunde mußte der Eilzug vorüberkommen, der um fünf Uhr von Metz abgeht.

„Sieht es bei euch in Rheinswalden auch so traurig aus?“ fragte der Wärter. - „Nein, Gevatter“, antwortete Ludwig. „Wir liegen dahier nicht so nahe am Rhein, daß uns das Wasser packen könnte."

Man sieht, daß der gute Ludwig sein liebes „Dahier" auch in der Fremde nicht vergaß.

„Und es geht bei euch alles gut?" fragte der Wärter weiter. - „Es geht uns allen wohl. Der Oberförster flucht immer noch wie vorher, und die gute Frau Sternau ist mit Fräulein Helene lieb und gut wie immer; auch ist der Steuermann Helmers noch da, und sein Junge - der Tausendsapperment, aus dem wird einmal was Tüchtiges werden, er ist aber auch in tüchtigen Händen." - „Du bist noch immer sein Lehrmeister?" - „Versteht sich!" meinte der Forstgehilfe mit Selbstgefühl. - „Und die Gäste?" - „Du, da wird's dahier wohl bald eine Hochzeit geben. Ich gönne das unserem guten Herrn Sternau recht von Herzen." - „Donnerwetter, macht der da eine Partie!" - „Ja, sie ist eine Gräfin dahier." - „Und noch dazu eine spanische! Sagtest du nicht früher einmal, daß es ihr im Kopf gerappelt hätte?" - „Gerappelt? Dummes Zeug! Unter Rappeln verstehe ich verrückt sein. Das ist sie aber gar nicht gewesen." - „Aber es hieß doch überall, daß sie geisteskrank wäre?" - „Gevatter, du bist ein Schafskopf dahier. Ja, ein Schafskopf. Unsere gute, liebe Gräfin verrückt zu heißen! Da hört doch alles und Verschiedenes auf dahier. Spanisch ist sie gewesen, reineweg spanisch, aber doch nicht verrückt. Sie haben ihr etwas eingegeben, daß sie wahnsinnig ward. Und was ist das gewesen, he Gevatter?" - „Ja, das weiß doch ich nicht!" antwortete der Bahnwärter ganz verblüfft. - „Na, was denn weiter als eine spanische Fliege dahier!" „Eine spa - a... Oh!" sagte der Wärter, indem er vor Verwunderung den Mund sperrangelweit öffnete. - „Ja, eine spanische Fliege." - „Wird man denn da wahnsinnig?" - „Versteht sich. Hast du schon einmal eine solche spanische Fliege gesehen?" - „Das ist ein Pflaster." - „Dummheit, Gevatter. Eine spanische Fliege ist eine Fliege, aus der erst das Pflaster gemacht wird dahier. Eine spanische Fliege ist nicht etwa wie eine deutsche Fliege. Sie hat Flügel gerade so groß wie die Flügel einer Gans." - „Sapperment, muß die aber summsen!" - „Ja. Sechs Beine hat sie, so groß wie Storchbeine." - „Himmelelement!" - „Ja; ich als Jäger muß das wissen." - „Hast du schon mal eine geschossen?" - „Nein, aber beinahe. Ihr Kopf ist halb wie ein Pferde- und halb wie ein Krötenkopf, und einen Leib hat sie dahier, gerade wie eine große Stachelsau." - „Himmelelement!" - „Ja. Der

Schwanz klappert wie bei einer Klapperschlange, und ernähren tut sie sich nur von Leichen und Weintrauben." - „Darum ist sie so giftig!" - „Ja, Leichen und Weintrauben zusammen, das gibt das schrecklichste Gift dahier. Ein einziger Tropfen Blut von so einer Fliege in eine Netzkanne voll Wasser getan, Leinwand hinein und wieder ausgequetscht, das gibt unser spanisches Fliegenpflaster." - „Darum zieht das Zeug so." - „Ja. Ist's da ein Wunder, wenn man konfus wird, wenn man so eine ganze spanische Fliege einnehmen muß?" - „Eine ganze - mit den Flügeln und den Beinen, sowie mit dem Kopf und dem Schwanz?" - „Ja." - „Donnerwetter, da dauert mich eure Gräfin!" - „Natürlich! Sie hätte auch sterben müssen dahier, wenn unser Doktor Sternau nicht gewesen wäre. Der hat sich das mit der spanischen Fliege natürlich gleich gedacht." - „Wie hat er sie denn rausgebracht?" - „Das weiß ich nicht dahier." - „Ich denke, du warst mit dabei?" - „In der Krankenstube nicht." - „Und die Fliege, hast du sie denn nachher gesehen?" - „Nein. Ich glaube, sie haben sie in Spiritus gesetzt dahier, aber sie zeigen sie keinem Menschen. Es soll kein schöner Anblick sein." - „Hm", sagte der Bahnwärter kopfschüttelnd, „was doch in der Welt alles vorkommt! Unsereiner ist doch noch recht dumm." - „Richtig." - „Ich hatte mir eine spanische Fliege ganz anders vorgestellt." - „So geht es, wenn man kein Jäger ist." - „Ja, ihr seht mehr als andere Leute und habt viele Bücher. Bei uns gibt es bloß das Gesangbuch und die Instruktion." - „Eure Instruktion mag der Teufel holen!" - „Hm, sag das nicht so laut. Recht hast du. Sieh, in zwei Minuten kommt der Eilzug. Ich muß hinaus. Gehst du mit?" - „Ja."

Es war bereits das Zeichen gegeben, daß der Zug in Langenlonsheim abgegangen sei. Der Bahnwärter nahm daher seine Laterne und ging mit dem Gast hinaus, wo die Frau des Wärters stand, die das Signal besorgt hatte.

In kurzer Zeit hörte man das donnernde Rollen des Zuges, darauf sah man die beiden Lichter der Lokomotive, und nun brauste der Zug vorüber, wobei der Wärter das Zeichen gab, daß alles in Ordnung sei.

„Der wahre Teufel, so eine Lokomotive!" sagte Ludwig. - „Schon mehr feuerspeiender Drache", fügte der Wärter hinzu. „Ich möchte wissen, was vor hundert Jahren die Leute gedacht hätten, wenn so ein Ding vorübergesaust wäre." - „Sie wären vor Schreck rein übergeschnappt." - „Gerade wie von der spanischen Fliege. Aber jetzt muß ich meine Strecke revidieren. Weiter unten steht das Wasser am Damm." - „Ich gehe mit."

Sie schritten miteinander in die Dunkelheit hinein. Die Bahnstrecke, auf der sie sich befanden, wurde nur von dem Licht der kleinen Laterne erleuchtet, die der Wärter bei sich trug. Von der Seite her hörte man das Rauschen der Flut, und aus der Nähe erklang das bedenklich Gurgeln und Glucksen des Wassers, das den Damm bedrohte. Der Wärter ging sehr vorsichtig und sorgfältig zu Werke. Nach einer halben Viertelstunde hatte er diesen Teil seiner Strecke absolviert, und da nahte auch das Licht seines Nachbarkollegen, der ihm entgegenkam.

„Guten Abend!" grüßte derselbe, als er herangekommen war. - „Guten Abend!" dankten die beiden. - „Ah, der Herr Pate ist noch mit da?"

Da er auf dem gestrigen Tauffest mitgewesen war, so kannte er den Forstgehilfen.

„Ja", antwortete dieser. „Hören Sie die Flut? Hier scheint es gefährlicher zu werden, als droben bei meinem Gevattter." - „Allerdings; aber ich habe noch keine Angst. Das Wasser steht zwar am Damm, aber die Strecke ist gut gebaut, und solange drüben am Fluß der Damm noch hält, solange sind wir hier auch sicher."

Die Männer trennten sich und schritten nun rasch wieder zurück, denn es ertönte soeben das Signal, daß der dem Eilzug in einer Viertelstunde folgende Personenzug in Langenlonsheim abgehe. Sie kamen gerade zur rechten Zeit an das Häuschen, um den Zug kommen zu sehen. Er kam ganz mit derselben Geschwindigkeit wie der Eilzug.

Sie standen an der Bahn, und der Wärter gab ganz wie vorher das Zeichen, daß alles in Ordnung sei. Doch noch war der Zug im Vorübersausen, als sich von fernher ein Geräusch vernehmen ließ, das selbst das Rollen des Zuges übertönte. Es war ein eigentümliches Geräusch, fast ein Brüllen zu nennen, unter dem die Erde bebte, und dieses Beben unterschied sich ganz genau von dem Zittern, das durch den Zug veranlaßt wurde.

„Herrgott, was ist das?" fragte der Wärter. - „Ein Erdbeben", antwortete Ludwig. - „Nein, nein, das ist kein Erdbeben; der Damm, der Damm ist geborsten, ganz gewiß!" - „So ist der Zug verloren!" - „Vielleicht noch nicht, wenn er glücklich vor der Flut vorüberkommt. Frau, Laternen her! Fort, fort! Wir müssen sehen, wie es steht!"

So rief der brave Mann. Die Frau kam mit einer Laterne herbei, und eben setzten sie sich in Bewegung, als von weit unten herauf ein Krach erscholl, als sei die Erde geborsten und habe alles in ihren dunklen Schlund hinabgerissen.

„Das ist's! Das war's!" rief der Wärter, indem er mit doppelter Schnelligkeit vorwärts strebte. - „Der Zug verunglückt?" fragte der Forstgehilfe. - „Ja, ganz gewiß." - „So macht um Gottes willen rasch!" - „Frau, renne zurück und hole Leinwand und was sonst zum Verbinden nötig ist."

Sie gehorchte in fliegender Eile der Aufforderung, während die beiden Männer mit den Laternen weiterrannten.

Sie waren eine Wegstrecke von wohl einer Viertelstunde vorwärts gekommen und befanden sich längst auf dem Gebiet des Nachbars des Bahnwärters, als sie entsetzt halten blieben. Vor sich hörten sie ein wirres Schreien und Rufen, während ein dumpfes Tosen und Donnern zu ihnen drang, das nur von dem Wasser herrühren konnte, welches das Ufer und dann den Bahndamm durchbrochen hatte.

„Weiter, weiter!" rief der Wärter.

Da, da endlich standen sie an der Stelle.

Der Bahndamm war wirklich durchbrochen. Die Lokomotive war in den Riß hinabgestürzt und hatte sich jenseits desselben in die Erde hineingewühlt. Die vordersten Wagen waren ihr gefolgt, die hinteren aber hatten nicht mit hinab gekonnt. Im Zusammenprall waren sie teils zertrümmert, teils umgeworfen worden, und nur die allerletzten standen noch aufrecht auf den Schienen.

Der Zug war ein gemischter, und es war ein Glück, daß sich die Güterwagen vorn, die Personenwagen aber hinten befunden hatten.

Die Passagiere, die in den unversehrten Waggons gesessen hatten, waren ausgestiegen, um den Stand der Dinge zu untersuchen. Sie hatten die Wagenlampen genommen und leuchteten über die Unglücksstätte hin. Jetzt kam der Wärter mit dem Jägerburschen dazu, auch der andere war bereits da.

„Ist es schlimm?" fragte der erstere. - „Sehr. Drei Personenwagen zertrümmert, zwei umgeworfen und zwei nebst dem Postwagen unversehrt", antwortete der letztere. „Das andere liegt alles im Wasser."

Man suchte an Menschenleben zu retten, was zu retten war: aber das war nicht viel. Diejenigen, die in den zertrümmerten

Wagen gesessen hatten, waren zermalmt worden, der Maschinist, der Heizer, die Bremser, sie waren tot. Alle, die sich in den umgestürzten Waggons befunden hatten, waren mehr oder weniger, meist aber schauderhaft verletzt. Man suchte ihre Körper in das Freie zu bringen. Zu dem, was im Wasser lag, konnte man nicht kommen, da die Flut zu reißend war, als daß Menschenkräfte hier etwas vermocht hätten.

Da kam die Frau des Wärters und brachte Verbandszeug.

„Spring zurück und gib das Zeichen, damit Hilfe kommt!" gebot ihr Mann.

Auch der jenseitige Bahnwärter kam jetzt. Das Unglück war hart an seiner Grenze geschehen; er hatte sofort gewußt, woran er war, und seinerseits bereits das Signal nach Bingerbrück gegeben.

Es wurde jetzt nicht gefragt, wer Schuld sei; an diese Frage zu denken, hatte kein Mensch die Zeit; man bemühte sich nur, zu retten und zu bergen, was möglich war.

Ein junger Mann in der Livree eines Bedienten machte sich an einem der umgestürzten Waggons zu schaffen.

„Hier ist es, mein Herr", sagte er zu einem der unverletzten Passagiere, der mit ihm ein und dasselbe Kupee innegehabt hatte und ihm nun behilflich war. - „Ist es das richtige Kupee?" fragte dieser. - „Ja." - „Das Fenster ist zertrümmert. Öffnen wir die Tür."

Sie taten es, und es ertönte ihnen ein erschütterndes Ächzen und Stöhnen entgegen. Der Bahnwärter trat mit seiner Laterne heran und leuchtete hinein.

„Drei Passagiere!" sagte er. - „Alle tot?" rief der Diener. - „Nein. Sie hören ja das Ächzen." - „Ich denke, es kommt aus dem Nachbarkupee. Da liegt mein Herr; heraus mit ihm."

Der Diener faßte eine der drei Personen behutsam an und hob sie heraus. Als er sie langgestreckt auf die Erde legte, sah man, daß der Verletzte sehr fein gekleidet war; aus diesem Umstand und dem weiteren, daß er einen Diener hatte und in einem Kupee erster Klasse fuhr, konnte man schließen, daß er ein Herr von Distinktion sei.

„Und hier ist auch sein Koffer", sagte der Diener, indem er ein kleines, feines Handköfferchen zum Vorschein brachte. - „Nun auch noch die beiden anderen", mahnte der Wärter.

Ludwig war hinzugetreten und half. Es stellte sich heraus, daß der eine von ihnen tot und der andere innerlich schwer verletzt war. Der Herr des Dieners befand sich in einer tiefen Ohnmacht, aus der er erst erwachte, als der Diener ihm die Glieder bewegte, um zu sehen, ob er verletzt sei. Er schlug die Augen auf und stieß einen Ruf des Schmerzes aus.

„Oh!“ sagte er. „Hier nicht!“ - „Der Arm ist gebrochen“, meinte der Diener.

Er probierte weiter, und es fand sich, daß sonst nichts verletzt sei.

Mittlerweile war von den Nachbarstationen Hilfe angelangt. Auch einige Ärzte waren gekommen. Als einer derselben den fremden Herrn untersuchte, erklärte er, daß der Arm zweimal gebrochen sei.

„Wer ist der Herr?“ fragte er.

Der Fremde war während der Untersuchung in eine neue Ohnmacht gefallen. Der Diener antwortete:

„Marchese d'Acrozza, ein Italiener.“ - „Wünschen Sie, daß ich für ihn sorge?“ - „Ich bitte darum.“ - „Sie sind sein Diener?“ - „Ja.“ - „Sehen Sie jene Lichter da drüben?“

Der Arzt deutete in das Dunkel des Abends hinein; man erblickte aus weiter Ferne den Schein einiger Lichter.

„Ja“, antwortete der Diener. - „Das ist das Dorf Genheim. Ich kenne den Lehrer dort. Er wird den Herrn Marchese recht gern aufnehmen.“ - „Wer soll ihn benachrichtigen?“ - „Sie.“ - „Ich weiß keinen Weg und bin dem Herrn vielleicht sehr nötig.“ - „Ihr Herr braucht Sie jetzt nicht, und wir anderen sind hier nötiger als Sie. Getrauen Sie sich, durch das Wasser zu kommen?“ - „Weiter unten, ja.“ - „So gehen Sie. Sie brauchen nur die Lichter fest im Auge zu behalten.“

Gerard Mason, denn dieser war der Diener, glitt von der Böschung des Bahndamms hinab und schritt dann vorsichtig an dem sich hier weit ausbreitenden Wasser hin. Er kam nur langsam vorwärts, und daher war er hocherfreut, als er Stimmen hörte, die sich ihm näherten. Er rief.

„Holla!“ antwortete es ihm. „Wer ruft?“ - „Ein Fremder. Kommen Sie näher.“

In kurzer Zeit standen mehrere Männer vor Gerard, die Decken und Tragbahren trugen.

„Wir hörten ein Krachen und Prasseln“, sagte ihr Anführer. „Der Zug ist verunglückt, wie wir vermuteten. Wir sind sofort aufgebrochen, und hinter uns kommen noch andere, sie sind aus Genheim.“ - „Ah, das ist gut; dahin wollte ich.“ - „Zu wem?“ - „Zum Lehrer.“ - „Das paßt; der bin ich.“ - „Ah, das trifft sich glücklich. Einer der Ärzte, die sich an der Unglücksstätte befinden, sendet mich zu Ihnen. Mein Herr, der Marchese d'Acrozza, gehört zu den Verunglückten, er hat einen Doppelbruch am Arm, und der Arzt meinte, daß Sie vielleicht die Güte haben würden, ihn bei sich aufzunehmen.“ - „Das versteht sich ganz von selbst. Aber ein Marchese ...?“ - „Das ist er.“ - „Wird er mit einem armen Dorflehrer vorliebnehmen?“ - „Oh, gewiß.“ - „Und Sie werden auch bei ihm sein?“ - „Ich wünsche es.“ - „Nun, so wollen wir sehen, ob sich Platz schaffen läßt. Kehren Sie also wieder um.“

Der Lehrer schien ein sehr resoluter Mann zu sein. Er schritt voran und trat, als sie an der Unglücksstätte ankamen, zu dem Arzt, den er sogleich bemerkt hatte.

„Da bin ich, Herr Doktor“, sagte er. - „Ah, so rasch!“ - „Ich traf den Diener unterwegs.“ - „Gut, kommen Sie, mir zu helfen!“ - „Die Brüche einrichten?“ - „Nein, nur einen Notverband anlegen. Sobald ich hier entbehrt werden kann, komme ich zu Ihnen nach Genheim, wo das andere dann besser geschehen kann.“ - „Er ist nicht weiter verwundet?“ - „Vielleicht noch eine Kontusion, die ich in der Eile nicht bemerkte.“ - „So ist ja keine Gefahr.“

Als sie zu Alfonzo traten, lag dieser wieder in einer Ohnmacht. Der Arzt schüttelte den Kopf und sagte:

„Hm, ich scheine mich doch geirrt zu haben.“ - „Wieso?“ fragte der Lehrer. - „Er fällt aus einer Ohnmacht in die andere, es scheint also doch eine innerliche Verletzung vorzuliegen. Kommen Sie!“

Die beiden Männer legten den Arm in Verband, wobei Alfonzo erwachte und Zeichen des Schmerzes gab.

„Was fühlen Sie?“ fragte der Arzt. - „Im Arm sowie auch im Kopf Schmerz, ein schreckliches Drücken und Zusammenpressen.“ - „Hm! Es müssen während der Nacht fleißig Umschläge gemacht werden, kalt natürlich.“ - „Wollen Sie sich mir anvertrauen, Herr Marchese?“ fragte der Lehrer. - „Wer sind Sie?“ - „Ich bin der Lehrer aus Genheim.“ - „Werde ich dort einen Arzt haben?“ - „Ja, diesen Herrn hier.“ - „So nehmen Sie mich mit, ich werde es Ihnen lohnen.“

Natürlich war diese Unterhaltung von seiten Alfonzos nicht in deutscher Sprache geführt worden, sondern Gerard Mason machte den Dolmetscher.

Der Verletzte wurde mittels Decken auf eine der Tragen gebettet. Gerard legte auch das Köfferchen darauf, griff dann mit einem der Bauern zu, und so setzten sie sich, von dem Lehrer geführt, in Bewegung.

Unterwegs begegneten ihnen noch einige Trupps von Hilfsbereiten, die zur Unglücksstätte eilten. An ihnen vorüber erreichten sie das Dorf und bald auch das Schulhaus.

Dieses war ein nicht sehr geräumiges, aber, wie es schien, freundliches Gebäude. Eine Frau trat ihnen, mit der Lampe in der Hand, unter der Tür entgegen.

„Mein Gott, was bringt ihr da?“ fragte sie besorgt. - „Einen Verunglückten, Mutter“, antwortete der Lehrer. - „So ist also wirklich der Zug verunglückt?“ - „Ja. Mach rasch das Besuchsstübchen bereit.“ - „Oh, das ist ja stets in Ordnung. Kommt schnell herein.“

Als die Trage niedergesetzt wurde, leuchtete sie Alfonzo in das Gesicht.

„Er liegt in Ohnmacht“, sagte sie. „Das arme, junge Blut. Weißt du, was er ist?“ - „Ein Herr von Adel.“ - „O weh! Ach ja!“ rief sie, denn jetzt erst achtete sie auf die Livree Gerards. - „Er ist ein Marchese d'Acrozza, ein Italiener.“ - „Aber, Mann, wird er mit uns vorliebnehmen?“ - „Wir müssen es versuchen.“ - „So kommt. Könnt ihr die Treppe empor?“ - „Ich denke.“

Es ging langsam und schwierig, aber dennoch gelang es, mit der breiten Trage die verhältnismäßig schmale Treppe zu passieren. Die brave Lehrerin öffnete eine Tür, und nun traten sie in das kleine, aber sehr freundlich eingerichtete Besuchsstübchen, in dem der Kranke, nachdem ihn die Männer vorsichtig seiner Kleider entledigt hatten, auf das Bett gelegt wurde. Den Ärmel des Rocks hatte ihm bereits der Arzt aufgeschnitten.

Nachdem für alles gesorgt war, entfernten sie sich.

9. KAPITEL

Nur Gerard blieb bei Alfonzo zurück. Dieser betrachtete sich, während sein Herr noch in Ohnmacht lag, das Stübchen. Es enthielt außer dem Bett einen Tisch, eine Kommode, einige Stühle, einen Waschtisch, einen Spiegel und zwei Bilder.

Nach einiger Zeit machte der Graf eine Bewegung, und infolgedessen stellte Gerard die Lampe so, daß ihr Schein den Patienten nicht in das Gesicht treffen konnte. Dadurch fiel dieser Schein nun direkt auf die Bilder, so daß Gerard sie deutlich erkennen konnte.

„Alle Teufel!“ sagte er leise, sich erhebend und hinzutretend. „Wer ist denn das?“

Das eine Bild stellte einen jungen Mann und das andere ein junges Mädchen dar. Der erstere war in spanische Tracht gekleidet, und das letztere trug die Fetzen einer Zigeunerin. Obgleich es nur Kreidezeichnungen waren, erkannte man sehr deutlich, daß die Zigeunerin eine große Schönheit war.

„Wer ist denn das?“ wiederholte Gerard verwundert. „Das ist doch mein Herr!“

In diesem Augenblick bewegte Alfonzo sich, und Gerard eilte zu ihm hin. Der Kranke hatte die Augen geöffnet und blickte im Raum umher.

„Wo bin ich?“ fragte er, sich besinnend. - „Beim Lehrer“, antwortete Gerard. - „Bei welchem Lehrer?“ - „Sie wissen das nicht?“ - „Nein.“ - „Oh, dann sind Sie auch im Kopf verletzt. Sie haben ja mit dem Lehrer gesprochen.“ - „Ich? Wo?“ fragte Alfonzo verwundert. - „An der Bahn.“ - „An der Bahn? Ach so. Es kam ein Mann und wollte mich zu sich nehmen. Ich besinne mich. In welchem Ort sind wird?“ - „In einem Dorf, das Genheim heißt. Der Lehrer hat Ihnen sein bestes Zimmer angewiesen.“ - „Wo bin ich verletzt? Ah, am Arm.“

Alfonzo hatte den Arm bewegen wollen und fühlte dabei Schmerz.

„Ja, Monsieur. Sie haben ihn zweimal gebrochen.“ - „Donnerwetter! Was wird da aus unserer Reise?“ - „Sie wird auf einige Zeit unterbrochen werden.“ - „Das ist verdammt unangenehm! Aber ein Armbruch geniert ja nicht beim Gehen. Wenn er eingerichtet ist, werden wir die Reise fortsetzen.“ - „Dazu müßten wir die Erlaubnis des Arztes haben.“ - „Ich frage nicht nach seiner Erlaubnis. Wann wird er zu mir kommen?“ - „Sobald er von der Unglücksstätte fort kann.“ - „So werde ich gleich nach dem Verband abreisen.“

Gerard lächelte.

„Sie sind ja nicht nur am Arm verletzt“, sagte er. „Am Kopf ebenfalls.“ - „Dummheit! Ich fühle nur ein wüstes Pressen.“ - „Aber Sie geraten doch aus einer Ohnmacht in die andere.“ - „Wirklich?“ - „Ja. Ich denke, wir werden einige Zeit hier verweilen müssen." - „Sind mein Köfferchen und die übrigen Effekten gerettet?" - „Das muß sich erst finden. Sie waren im Gepäckwagen." - „Wie heißt der Lehrer, bei dem ich mich befinde?" - „Ich weiß es nicht. Soll ich fragen?" - „Nein."

Alfonzo drehte sich ab, und dabei fiel auch sein Blick auf die beiden Bilder. Seine Augen vergrößerten sich, und seine Lippen bebten.

„Mein Gott, was ist das?" fragte er. - „Kennen Sie die Bilder, gnädiger Herr?" - „Kennen? Oh, gewiß, ich kenne sie!" - „Wer ist es?"

Unter anderen Verhältnissen wäre es sicher nicht geschehen, jetzt aber gab der Graf doch eine Antwort. Er war jedenfalls am Kopf verletzt.

„Das ist mein Vater." - „Ihr Vater? Ah, darum sieht das Bild Ihnen so ähnlich." - „Und Zarba." - „Zarba? Wer ist das?" - „Eine Zigeunerin. Spring rasch hinunter und frag, wie der Lehrer heißt." - „Das wird auffallen, Monsieur. Es ist besser, wir warten. Die Lehrerin hat versprochen, bald wiederzukommen."

Der Kranke nickte und schloß die Augen. Nach einiger Zeit öffnete er sie wieder, fuhr sich mit Hand an den schmerzenden Kopf und fragte:

„Gerard, hast du diese Bilder bereits gesehen?"

Der Gefragte stutzte. War sein Herr denn irre?

„Ja", antwortete er. - „Hast du mich vielleicht gefragt, wen sie vorstellen?" - „Nein", sagte Gerard, um ihn auf die Probe zu stellen. - „Wirklich nicht?" - „Nein." - „Mir war es gerade so, als wenn ich mit dir darüber gesprochen hätte." - „Ich weiß nichts davon." - „So bekümmere dich nicht darum. Du brauchst nicht zu wissen, wer sie sind."

Alfonzo schloß die Augen wieder, aber über sein Gesicht zuckte und zitterte es, als ob er mit wirren Gedanken ringe. Da trat die Lehrerin vorsichtig herein und fragte leise:

„Ist er noch nicht wieder erwacht?" - „O doch", antwortete Gerard ebenso leise.

Aber der Kranke hatte das Flüstern doch vernommen.

„Wer ist da?" fragte er, ohne die Augen zu öffnen. - „Ich bin es, die Wirtin", antwortete die Lehrerin französisch.

Da öffnete der Kranke die Augen, blickte sie forschend an und sagte:

„Sie sprechen französisch?" - „Ja, mein Herr." - „Wo haben Sie es gelernt?" - „Im Institut. Ich war Erzieherin." - „Ah, das ist gut. So können wir miteinander sprechen."

Dann schloß Alfonzo die Augen wieder, und es verging fast eine Viertelstunde, ehe er sie wieder öffnete, aber er schien die Gegenwart des Dieners ganz vergessen zu haben, er richtete den Blick auf die Bilder und fragte:

„Wer ist dieses Mädchen, Madame?" - „Eine Zigeunerin", antwortete sie. - „Wohl ein Phantasiebild?" - „Nein, ein Porträt." - „Ah, sie ist eine Schönheit. Wo lebt sie?" - „Sie lebt in Spanien, in Saragossa, sie hieß Zarba." - „Zarba! Lebt sie noch?" - „Vielleicht." - „Und wer ist der Herr neben ihr?" - „Ein Spanier." - „Ja, er trägt spanische Tracht. Auch ein Porträt?" - „Ja. Es war ein gewisser Gasparino Cortejo." - „Ah! Was war er?" - „Er war Haushofmeister bei dem Herzog von Olsunna." - „Sie sind eine Deutsche?" - „Ja." - „Wie kommen Sie zu diesen Porträts?" - „Wir haben sie von einer entfernten Verwandten meines Mannes." - „Wie heißen Sie?" - „Mein Mann heißt Wilhelmi." - „Ah! Und wie heißt jene Verwandte?" - „Sie ist eine geborene Wilhelmi, jetzt aber eine verwitwete Sternau."

Alfonzo schwieg eine Weile, er hatte viel zu denken, aber sein Kopf war zu schwach dazu. Endlich aber sagte er, langsam und jedes einzelne Wort sich überlegend:

„Wo ist Sternau zu den Bildern gekommen?" - „In Spanien. Die Verwandte meines Mannes war Gouvernante dort." - „Bei wem?" - „Erst bei einem Bankier Salmonno, dann bei dem Herzog von Olsunna." - „Und sie lebt noch?" - „Ja." - „Hat sie Kinder?" - „Zwei. Einen Sohn und eine Tochter." - „Was ist der Sohn? - „Er ist Arzt, er war in der letzten Zeit in Spanien bei einem Grafen de Rodriganda."

Bei diesem Namen horchte der Diener Gerard auf.

„Ah! Wie ist sein Name?" - „Karl Sternau." - „Wo befindet er sich?" - „Auf Schloß Rheinswalden bei dem Hauptmann von Rodenstein, wo er zur Heilung seiner Braut, eine Gräfin de Rodriganda, lebt." - „Ah! Kommt er zuweilen zu Ihnen?" - „Niemals." - „Woher wissen Sie denn so genau, daß er hier ist?" - „Ein Jäger des Schlosses war in der Nähe Gevatter, er suchte mich auf, da er unsere Verwandtschaft kennt, und erzählte mir alles." - „Aber warum hat jene Frau Sternau die beiden Bilder aus der Hand gegeben?" - „Um nicht an eine Zeit erinnert zu werden, in der sie sehr unglücklich gewesen ist. Aus diesem Grund hat sie dieselben dem Vater meines Mannes zur Aufbewahrung gegeben." - „Haben Sie von den Erlebnissen dieses Doktor Sternau etwas gehört?"

Jetzt wurde Frau Wilhelmi aufmerksam. Warum fragte der Kranke so angelegentlich nach diesem allen?

„Kennen Sie ihn etwa, Monsieur?" fragte sie. - „Nein", antwortete er. - „Oder haben Sie von ihm gehört?" - „Nein. Ich interessiere mich nur für ihn, weil jemand, der als deutscher Arzt eine spanische Gräfin als Braut besitzt, sicherlich doch Interessantes erlebt haben muß."

Die Frau fühlte sich durch die Antwort beruhigt und erwiderte: „Da haben Sie recht. Es ist wahrhaft Romanhaftes, was dieser Karl Sternau erlebt hat." - „Darf man es erfahren?" - „Gern, aber Sie sind zu schwach dazu."

Die Röte des Fiebers färbte allerdings Alfonzos Wangen. Er fühlte sich auch zu Tode matt, und der Arm schmerzte ihn fürchterlich, ebenso wie sein Kopf, aber er wollte, er mußte hören, was diese Frau von der Sache wußte.

„Ich bin nicht schwach", sagte er. „Bitte, erzählen Sie immerhin!"

Während der Diener mit großer Spannung horchte, begann nun die Lehrerin:

„Der alte Graf de Rodriganda war blind, und Karl Sternau sollte ihn operieren. Die Operation gelang, aber dafür wurde der Graf wahnsinnig." - „Es wird ihm bei der Operation ein Gehirnnerv verletzt worden sein." - „Nein, man hat ihm ein Gift eingegeben, das wahnsinnig macht." - „Ah!"

Alfonzo war ganz erstarrt, in diesem versteckten Winkel Deutschlands einen Bericht über jene Vorkommnisse anhören zu müssen. Es begann ihm unheimlich zu werden, er fühlte, daß eine neue Ohnmacht die Arme nach ihm ausstreckte, aber er strengte alle seine Kräfte an, sie von sich fernzuhalten. Er mußte alles hören, was diese Frau wußte.

„Doktor Sternau hat das Gift entdeckt und auch das Gegenmittel gewußt", fuhr die Lehrerin fort, „aber da hat man den alten Grafen geraubt." - „Geraubt? Unmöglich!" - „Ja, doch!" - „So etwas kommt nur in Romanen vor." - „Oh, auch in Wirklichkeit." - „Weshalb sollte man ihn geraubt haben?" - „Man hat ihn entführt, damit er nicht wiederhergestellt werden könne. Sogar seiner Tochter hat man dieses fürchterliche Gift gegeben." - „Und ist auch sie wahnsinnig geworden?" - „Ja." - „Und jetzt ist sie Braut! Wie läßt sich dies vereinigen?" - „Man hat dann Doktor Sternau falsch beschuldigt und ihn eingesteckt, damit er sie nicht heilen könne. Aber es ist ihm gelungen, zu entkommen, er hat die Gräfin befreit und ist mit ihr nach Deutschland gekommen. Hier hat er sie wie durch ein Wunder geheilt. Sie ist seit zwei Tagen gesund, und nun wird es wohl bald eine Hochzeit geben." - „Das wird nicht so schnell gehen!" - „Warum nicht?" - „Weil Verschiedenes dazu erforderlich ist, ehe eine spanische Gräfin mit einem deutschen Arzt getraut werden kann." - „Oh, ich kenne diesen Karl Sternau, für ihn gibt es niemals Hindernisse." - „Aber, wozu hat man denn dem Grafen und der Gräfin Gift gegeben? Man muß doch einen Grund dazu gehabt haben." - „Der Erbfolge wegen." - „Ah! Sehr romanhaft!" - „Ja, es soll ein Sohn dasein, der gar nicht der Sohn des Grafen ist." - „Donnerwetter."

Dieser Fluch sollte wohl ironisch klingen, aber er klang mehr nach Überraschung. Sogar die Röte des Fiebers wich dabei aus dem Gesicht des Kranken.

„Ja", fuhr die Frau des Lehrers fort. „Der Hauptspitzbube ist ein gewisser Gasparino Cortejo, eben der, dessen Jugendbild Sie hier erblicken."

Gerard Mason horchte auf. Hatte sein Herr nicht gesagt, daß es das Bild seines Vaters sei? War dieser falsche Marchese d'Acrozza der Sohn dieses Gasparino Cortejo? Aber wie kam er da zu dem Notizbuch, in dem „Alfonzo, Graf de Rodriganda y Sevilla" zu lesen war?

„Inwiefern der Hauptspitzbube?" fragte der Kranke. - „Er hat den richtigen Sohn des alten Grafen vertauscht und seinen eigenen Bankert an dessen Stelle geschoben." - „Alle Teufel!" rief Alfonzo, jetzt noch mehr erschrocken als vorher. - „Ja, nun ist der Sohn dieses Cortejo der junge Graf de Rodriganda, aber Doktor Sternau wird dafür sorgen, daß er es nicht lange bleibt."

Gerard warf einen Blick auf das Bild und dann auf seinen Herrn, er nickte leise mit dem Kopf, er wußte nun, woran er war; da er seinen Herrn gesehen hatte, bevor er noch bei Papa Terbillon in Paris sein Äußeres verändern ließ, war ihm wohlbekannt, wie ähnlich dieser Marchese dem Gasparino Cortejo war. Die Lehrerin freilich konnte dies nicht erkennen.

„Und hat Ihnen dies alles der Jäger erzählt?" fragte Alfonzo. - „Ja." - „Von wem weiß er es?" - „Auf Schloß Rheinswalden wissen es alle.“ - „Bedientenphantasie“! - „Nein, Wahrheit! Wie der gute Ludwig es erzählte, mußte man es glauben, obgleich es allerdings einen Punkt gab, der lächerlich war. Er sagte nämlich, er kenne das Gift, das Graf und Gräfin bekommen haben.“ - „Ah! Welches sollte es sein?“ - „Die sogenannte spanische Fliege.“ - „Bringt diese etwa Wahnsinn hervor?“ - „Möglich, obgleich die Wirkung vorher eine andere ist, aber der Wahnsinn des Grafen und der Gräfin scheint mir nicht derart gewesen zu sein, daß er durch den Genuß von Kanthariden hervorgebracht worden sein könnte.“ - „Eine Geschichte, ein Roman“, meinte Alfonzo, indem seine Stimme immer müder wurde. - „Oh, Monsieur, Sie werden ohnmächtig!“ rief erschreckt die Lehrerin und wollte beispringen, aber Gerard hielt sie zurück. - „Lassen Sie!“ flüsterte er. „Die Ohnmacht wird ihn stärken. Bitte, kommen Sie heraus.“

Damit führte er die Frau leise aus dem Zimmer und fuhr fort: „Madame, wollen Sie mir versprechen, meinem Herrn nichts zu sagen, daß ich dieser Unterredung beigewohnt habe. Ich habe triftige Gründe zu dieser Bitte.“ - „Und diese Gründe darf ich nicht erfahren?“ - „Jetzt noch nicht, aber später werde ich sie Ihnen mitteilen.“ - „Ihr Herr scheint der Familie Rodriganda nicht fernzustehen, vielleicht ist er verwandt mit ihr?“ - „Das ist mir nicht wahrscheinlich. Sie sprachen von einem Jäger, von dem Sie das Erzählte erfahren haben, ist er noch in der Nähe?“ - „Er wollte erst nächsten Mittag abreisen. Sie wollen mit ihm sprechen in dieser Angelegenheit?“ - „Vielleicht.“ - „Er hat Gevatter gestanden bei dem zweiten Bahnwärter von der Unglücksstätte aufwärts, und dort ist er jedenfalls noch zu finden.“ - „Ah, es war auf der Unglücksstelle ein Mann, der Jägeruniform trug. Er kam mit einem Bahnwärter herbei.“ - „Das ist er ganz sicher gewesen.“ - „So werde ich warten, bis der Arzt hiergewesen ist, und dann zu ihm gehen.“ - „Ich habe nichts dagegen einzuwenden, da ich glaube, Ihren Herrn bis zu Ihrer Rückkehr allein pflegen zu können.“

Als jetzt Gerard wieder in das Zimmer trat, lag Alfonzo mit offenen Augen im Bett. Er hatte einen abwesenden Blick, der aber wieder zu sich kam, als er auf den Diener fiel.

„Gerard?“ fragte Alfonzo leise. - „Monsieur!“ - „Warst du fort?“ - „Ja.“ - „War die Wirtin jetzt bei mir?“ - „Ja.“ - „Hast du gehört, was ich mit ihr gesprochen habe?“ - „Sie sehen ja, daß ich nicht hiergewesen bin." - „Hm! Gib mir einmal deinen Taschenspiegel her!"

Gerard griff in die Tasche und gab ihm das Verlangte hin. Als Alfonzo nun sich sehr aufmerksam in dem Spiegel betrachtete, dachte sein Diener bei sich: Jetzt will er sehen, ob bei dem Zusammenprall die Toilettenkünste gelitten haben.

Der Graf schien das Resultat seiner Forschung für ein befriedigendes zu halten, denn er gab den Spiegel zurück und meinte:

„Ich sehe nicht so leidend aus, als ich glaubte. Hast du schon einmal ein Glied gebrochen oder einer deiner Bekannten? Das Einrichten muß sehr weh tun ..." - „Hm! Jacques Guijard, mein Meister, brach einst den Arm. Und als der Arzt denselben zurechtgezogen hatte, meinte er, das hätte nicht weher getan, als ob einen ein Floh sticht." - „Das war ein Schmied?" - „Ja." - „Aber kein Marchese. Du hättest das viel besser ausgehalten als ich. Warum mußte doch mein Wagen umstürzen und nicht der deinige! Du bist ja auch ein Schmied." - „Sie fuhren erster Klasse und ich dritter, Monsieur, und der gute Gott scheint der dritten günstiger zu sein als der ersten."

Das lange Gespräch mit der Wirtin hatte die Kräfte des Grafen doch zu sehr angestrengt. Er fiel wieder in seine Apathie zurück. Es war dieses Mal keine wirkliche Ohnmacht, sondern eine Stumpfheit, eine Unempfänglichkeit gegen äußere Eindrücke.

Erst gegen Morgen kam der Arzt. Auch er sah außerordentlich angegriffen aus, er hatte sich über seine Kräfte anstrengen müssen und kam nun doch noch zu dem entfernten Patienten, dem er seine Hilfe versprochen hatte, und zwar in Begleitung des Lehrers, der bis jetzt an der Unglücksstätte mitgearbeitet hatte, um den Verunglückten die erste Hilfe zu bringen.

Die Lehrerin empfing sie.

„Wie steht es?" fragte sie. „Ist das Unglück groß?" - „Es sind der Opfer weit mehr, als wir erwarteten", antwortete Wilhelmi. „Wie geht es unserem Marchese?" - „Er fällt aus einer Ohnmacht in die andere." - „So sind edle Teile verletzt", sagte der Arzt. „Wir haben glücklicherweise alles bei uns, was wir brauchen. Kommen Sie, Wilhelmi!" - „Soll ich mit?" fragte die Frau. - „Nein, das ist nichts für Sie."

Die beiden Männer gingen nach oben, und bald hörte die lauschende Lehrerin das laute Wimmern des Patienten, der nicht die Kraft besaß, seiner Schmerzen Herr zu werden.

Nach langer Zeit kamen die Herren wieder herab. Gerard war bei ihnen.

„Das war ein böser Akt", sagte der Arzt. „So ein feiner Herr hat keine Widerstandsfähigkeit. Er wird aufopfernder Pflege bedürfen." - „Daran soll es nicht fehlen", erwiderte die Lehrerin. „Ist die Einrichtung des Armes gelungen?" - „Ich glaube. Aber sein Kopf macht mir Sorgen, er hat eine mehr als kräftige Kontusion erlitten. Wir müssen unausgesetzt Eisumschläge machen. Haben Sie Eis?" - „Ja", entgegnete der Lehrer. „Im Wald draußen gibt es trotz des milden Wetters dessen mehr als genug. Wir haben da Schluchten, wohin keine Sonne dringen kann. Ich werde mir sogleich welches holen lassen." - „Darf ich jetzt einmal fort?" fragte Gerard. - „Ja", versetzte der Arzt. „Ihr Herr ist so angegriffen, daß er vor einigen Stunden sicher nicht erwachen wird." - „Bis dahin bin ich zurück." - „Ich werde mich seiner in Ihrer Abwesenheit annehmen", meinte die brave Lehrerin.

Gerard ging. Es war Tag geworden, so daß er den Weg finden konnte. Je mehr er sich der Bahn näherte, desto deutlicher sah er, welche Verwüstung der Fluß angerichtet hatte. Der fürchterliche Aufprall der Wogen hatte den Bahndamm gerade in dem Augenblick zerrissen, in dem der Zug an die gefährliche Stelle kam. Jetzt waren zahlreiche Arbeiter beschäftigt, den Durchbruch zu verstopfen. Das war bei der Macht, mit der sich die Fluten hindurchdrängten, eine sehr schwierige Arbeit. Man rollte schwere Baumstämme hinab, die sich vor die Dammöffnung legten und so dem Wasser Halt geboten. Darauf warf man riesige Quaderstücke, die die Kraft des Wassers zum großen Teil brachen und nun durch Steinschutt verbunden wurden, der die Wogen vollends zur Seite lenkte, so daß man zur Ausfüllung durch Erde schreiten konnte. Oben auf dem Damm war man bereits beschäftigt, die beschädigten Schienen zu entfernen und durch neue zu ersetzen.

Das sah Gerard, als er kam. Am Fuß des Dammes standen die Herren der Kommission, die gekommen waren, den Sachverhalt zu untersuchen und zu ermitteln, wen die Schuld treffe. Es hatte sich bereits herausgestellt, daß der Wärter, auf dessen Strecke das Unglück geschehen war, seine Pflicht getan habe. Die Hauptzeugen waren sein Kollege und der Jäger Ludwig, der auch vernommen worden war. Beide konnten beschwören, daß der Betreffende vor der Ankunft des Zuges seine Strecke besichtigt habe.

Die einzige Ursache bildete der Fluß, der seine Ufer durchbrochen und sich nun mit aller Macht gegen den Bahndamm geworfen hatte.

Aus fernen Maschinenwerkstätten waren kräftige Eisenarbeiter herbeigeeilt, die mit ihren schweren Werkzeugen unter den Wagentrümmern aufräumten. Ihnen sah Gerard eine Weile zu, bis er bemerkte, daß der Jäger sich einmal allein befand und nun zu sprechen sei, dann trat er zu ihm und sagte höflich:

„Erlauben Sie, daß ich mich bei Ihnen bedanke!" - „Warum?" fragte Ludwig, aber er besann sich sofort und fügte hinzu. „Ah, ich habe Sie heute nacht bereits gesehen."

„Ja, Sie kamen sofort, nachdem das Unglück geschehen war, um uns zu helfen." - „Sie sind unverletzt hier?" „Ja, Gott sei Dank. Aber mein Herr hat den Arm zweimal gebrochen und auch eine Kontusion am Kopf." - „Das ist schlimm dahier! Wo liegt er?" - „Drüben im Dorf Genheim, beim Lehrer Wilhelmi." - „Da ist er an einem guten Ort." - „Sie kennen diese braven Leute?" fragte Gerard. - „Sehr gut. Sie sind ja mit meiner Herrschaft daher verwandt. Ich war gestern dort." - „Mit Ihrer Herrschaft? Darf ich fragen, wer das ist?" - „Jawohl. Ich stehe da drüben in Rheinswalden beim Oberförster Hauptmann von Rodenstein in Dienst. Er ist verwitwet, und seinem Haus steht eine Frau Sternau vor, die mit dem Lehrer Wilhelmi verwandt ist." - „Diese Dame ist nicht verheiratet?" - „Nein, sie ist Witwe dahier." - „Sternau, Sternau ...!" sagte Gerard nachdenklich. - „Ist dieser Name Ihnen bekannt?" - „Ja, von Paris her." - „Ah! Möglich!" - „Ich kannte dort einen Doktor Sternau, der ein Deutscher war." - „Vielleicht ist dies der Sohn unserer Frau Sternau." - „Er war bei Professor Letourbier ..." - „Das stimmt, das stimmt dahier! Der junge Herr war bei diesem Professor." - „Ah! Wo befindet er sich jetzt?" - „In Rheinswalden, bei uns." - „Er hat eine Dame aus Spanien bei sich?" - „Ja. Er hat sie von einer fürchterlichen Fliege geheilt dahier." - „Und einen Spanier nebst einer Spanierin als Dienerschaft?" - „Ja, das ist unser Alimpo und unsere Elvira. Woher wissen Sie das?"

Gerard durfte nicht zu viel sagen, er antwortete also:

„Ich erfuhr es ganz zufällig. Ich sprach mit einer Dienerin des Professors, die mir es im Lauf des Gesprächs erzählte." - „So sind Sie ein Franzose dahier?" - „Ja." - „Und Ihr Herr auch?" - „Nein; er ist ein Italiener, ein Marchese d'Acrozza." - „Ein

Marchese? Das ist so viel wie ein Marquis dahier?" - „Ja." - „So freut es mich, daß er sich in so guten Händen befindet. Bei Wilhelmis ist er so gut aufgehoben, daß er gewiß zufrieden sein wird dahier. Ich denke, daß er sich ..."

Der Jäger wurde unterbrochen.

Droben auf dem Damm war eine Schiene gesprungen, und die eine Hälfte derselben stürzte herab, gerade in der Richtung, in der die beiden Sprechenden standen.

„Vorsicht! Weg da unten!" rief es von oben.

Es war bereits zu spät. Sie sprangen zwar beide zur Seite, aber das Schienenstück traf auf einen Stein auf, dadurch wurde die Richtung seines Falls verändert, und es schlug mit seiner ganzen Schwere auf Gerard hernieder, der augenblicklich zusammenbrach.

„Mein Gott, den hat es erschlagen dahier!" rief Ludwig erschrokken.

In der Zeit von einer Minute waren alle Anwesenden um den Bewußtlosen versammelt.

„Es ist ein Diener. Wer kennt ihn?" fragte ein Herr der Untersuchungskommission. - „Ich", sagte der Jägerbursche. - „Nun?" - „Er steht bei einem italienischen Marchese in Diensten, der heute nacht mit verunglückt ist." - „Und wo befindet sich dieser Herr?" - „Drüben in Genheim beim Lehrer Wilhelmi."

Der Herr bog sich nieder und untersuchte den Verletzten.

„Er ist nicht tot", sagte er, „er atmet noch. Der Schlag hat ihn auf die Schulter getroffen. Welch eine Unvorsichtigkeit, sich hierher zu stellen!"

Ein anderer Herr schnitt den Livreerock auf und untersuchte die Schulter.

„Die Knochen dieses Mannes müssen von Panzerstahl geschmiedet sein. Ich glaube, daß nur das Schlüsselbein verletzt ist", sagte er.

Die Schmerzen dieser etwas derben Untersuchung erweckten Gerard aus seiner Betäubung, er schlug die Augen auf und blickte sich im Kreis um.

„Wie befinden Sie sich?" fragte ihn der Herr, der ihn zuletzt untersucht hatte.

Gerard machte sehr erstaunte Augen, besann sich aber, erhob sich und fühlte nach seiner Schulter.

„Donnerwetter, die Clavicula ist kaputt!" sagte er. - „Die

Clavicula? Was ist das dahier?“ fragte Ludwig. - „Das Schlüsselbein“, antwortete der Schmied gleichmütig.

Dann bückte er sich nieder, faßte die Schiene mit der Hand der unverletzten Seite, hob sie empor, wog sie prüfend, blickte forschend an dem Damm empor und sagte:

„Ein Wunder ist es nicht. Wenn ein solches Stück sieben Meter hoch herunterstürzt, so mag der Teufel ein ganzes Schlüsselbein behalten!“

Die Anwesenden blickten sich ganz erstaunt an, dann begann einer zu lächeln, nachher zu lachen, die anderen stimmten ein. Und so ernsthaft die Situation eigentlich war, es erschallte rundum ein lautes Gelächter, das erst verstummte, als einer der Herren rief:

„Aber Mensch, ich denke, es muß Sie totgeschlagen haben!“ - „Pah! Das müßte anders kommen!“ - „Ich wollte Sie eben aufladen und nach Genheim schaffen lassen.“ - „Danke sehr, Monsieur! Ich gehe selbst.“

Gerard machte in der Tat Miene, den Platz zu verlassen.

„Aber so warten Sie doch!“ warnte man ihn jedoch da. „Nehmen Sie wenigstens jemand mit. Sie werden unterwegs umfallen!“ - „Keine Sorge, meine Herren!“ sagte er. „An einem Schlüsselbeinbruch fällt man nicht um, der heilt unter Umständen sogar von selbst. Besten Dank, und adieu!“

Damit ging er. Die Leute blickten ihm nach, so lange sie ihn sehen konnten, aber sie bemerkten nicht das leiseste Zittern an ihm. Er war ein Garotteur, seine Nerven waren von Eisen, seine Flechsen von Stahl und seine Knochen von einer Materie, die einen Bruch wohl auszuhalten vermag.

10. KAPITEL

Auf das außerordentlich milde Wetter folgte plötzlich eine ganz ungewöhnliche Kälte, die die übergetretenen Gewässer zu Eis erstarren ließ und in Feld und Wald alles Leben zu ertöten schien.

Das war eine böse, schwere Zeit für die armen Heimgesuchten, deren Obdach von den Fluten der Überschwemmung zerstört worden war. Sie litten am meisten, wenn auch nicht allein. Die Armut getraute sich nicht in die grimmige Kälte hinaus, um ein Bündel Leseholz für die kalte Stube zu holen, die Sperlinge fielen von den Dächern, und das Wild kam in die unmittelbare Nähe der Menschen, um bei ihnen Hilfe gegen Frost und Hunger zu suchen.

Aber nicht bloß Frost und Hunger drohte den Bewohnern des Waldes, es gab noch andere, gefährlichere Feinde, die der Frost aus den Höhen der Gebirge herbeigezogen hatte.

Der Hauptmann von Rodenstein saß in seiner Arbeitsstube, qualmte seine Morgenpfeife und brachte allerlei Rechnungen zu Papier, was nicht gerade seine Lieblingsbeschäftigung war. Daher lag seine Stirn in Falten, und sein Auge warf grimmige Blikke auf die Ziffern, die er aneinanderreihen mußte, wie die Soldaten einer Kompanie. Da klopfte es.

„Herrrein!“ rief er.

Die Tür ward geöffnet, und der kleine Kurt Helmers trat ein.

„Guten Morgen, Herr Hauptmann!“ grüßte er. - „Morgen!“ brummte der Alte, indem er weiterschrieb.

Erst nach längerer Zeit warf er einen forschenden Blick auf den Knaben, der noch immer in militärischer Haltung an der Tür stand.

„Donnerwetter!“ rief er da. „Wo hast du deine Pelzjacke, Junge?“ - „Im Kleiderschrank.“ - „Im Kleiderschrank! So!“

Der Hauptmann warf die Feder von sich und erhob sich mit drohender Gebärde.

„Sage einmal, wozu du die Jacke hast, Bube!“ - „Zum Anziehen, Herr Hauptmann!“ antwortete Kurt furchtlos. - „Gut, zum Anziehen. Im Sommer oder im Winter, he?“ - „Im Winter.“ - „Was ist denn jetzt? Etwa Sommer?“ - „Es ist Winter, Herr Hauptmann.“ - „Na, warum ziehst du sie denn nicht an, he?“ - „Der Vater hat's verboten.“ - „Der Va...! Ah, den soll der Teufel reiten! Warum hat er es verboten, he?“ - „Er sagt, ich würde eine alte Frau, wenn ich mich so einmummele.“ - „So, so! Hm, hm! Eine alte Frau. Jetzt, bei zweiundzwanzig Grad Kälte! Sage einmal, wer hat da drüben auf dem Vorwerk die Herrschaft?“ - „Der Vater.“ - „Und hier im Schloß?“ - „Der Herr Hauptmann von Rodenstein.“ - „Und wo bist du jetzt?“ - „Auf dem Schloß.“ - „Wem hast du also zu gehorchen?“ - „Dem Herrn Hauptmann.“ - „Gut. Ja. Also. Jetzt packst du dich hinüber, ziehst die Pelzjacke an, setzt die Pelzmütze auf die Ohren und kommst wieder!“ - „Und wenn es der Vater nicht leiden will?“ - „So sagst du ihm, daß ich hinüberkomme und ihm einige Pfund Rehposten auf den Pelz brenne. Basta! Abgemacht! Rechtsum kehrt! Marsch!“

Der Knabe hatte bis jetzt in Achtung gestanden. Nun machte er kehrt und stampfte mit militärischem Schritt zur Tür hinaus.

Der Hauptmann konnte bei diesem Anblick ein Lächeln nicht unterdrücken.

„Wetterjunge!“ brummte er. „Ist mir weiß Gott ans Herz gewachsen, wie das Kraut an den Strunk!“

Er dachte keineswegs daran, daß dieser Vergleich für ihn nicht schmeichelhaft sei, sondern setzte sich wieder nieder, nahm die Feder zur Hand und schrieb Ziffern. Aber schon nach wenigen Minuten wurde er von neuem gestört. Es klopfte abermals.

„Herrrein!“ rief er.

Kurt war es wieder, aber in Pelzjacke und einer gewaltigen Fuchsmütze, unter der seine Augen hell und lustig in die Welt blickten.

„Guten Morgen, Herr Hauptmann!“ grüßte er zum zweiten Mal. - „Morgen!“ brummte der Alte.

Erst nach einer ganzen Weile warf er einen Blick auf den Knaben, dann aber erheiterte sich sein Gesicht, er warf die Feder abermals fort und sagte:

„Na, ist das nicht etwas anderes, Junge?“ - „Ja, wärmer, Herr Hauptmann!“ - „Versteht sich! Du sollst mir keine alte Frau werden, aber bei dieser Kälte fährt man in die Federn oder in den Pelz. Wie steht es mit deiner Aufgabe?“ - „Fertig!“ - „Her damit!“ - „Hier!“

Kurt griff in die Tasche und zog eine Papierrolle hervor, die er dem Oberförster überreichte. Dieser machte sie auf und sagte:

„Rührt euch!“

Auf dieses Kommandowort nahm der Knabe eine bequemere Stellung an. Der Alte aber betrachtete mit leuchtenden Augen die Figuren, die auf das Papier gezeichnet waren. Es waren die Fährten der verschiedensten jagdbaren Tiere. Der Junge mußte seine Sache sehr gut gemacht haben. Plötzlich aber verfinsterte sich das Gesicht des Oberförsters, er fuhr den Knaben an:

„Wer hat geholfen?“ - „Niemand, Herr Hauptmann.“ - „Lüge nicht, Kerl!“

Da blitzten die Augen des Knaben zornig auf; er trat schnell an den Schreibtisch, zog einen leeren Bogen herbei, ergriff einen Bleistift und sagte:

„Probieren!“

Er sprach nur dies eine Wort, aber auf seinem jugendlichen

Gesicht lag und aus dem Ton seiner Stimme klang eine solche Zuversicht, daß der grimmige Alte einsehen mußte, daß er ihm unrecht getan habe.

„Papperlapapp!“ meinte er. „Wozu probieren! Also du hast das wirklich ganz allein gemacht?“ - „Ja.“ - „Auch niemand gefragt oder es ihm gezeigt?“ - „Nein.“ - „Na, das ist Gott Strambach alles, was nur möglich ist! Zeichnet dieser Bube die Fährten so richtig und genau, daß ich es nicht besser machen könnte. Komm her, Schlingel; ich muß dir einen Schmatz geben, und zwar einen ordentlichen.“

Gerade als der Hauptmann seine bärtigen Lippen auf den jugendlichen Mund drückte, klopfte es abermals an die Tür.

„Herrein!“ rief er.

Der Bursche Ludwig trat ein.

„Guten Morgen, Herr Hauptmann!“ - „Morgen. Was gibt es?“ - „Kaffee oder Warmbier?“ - „Warmbier. Zweiundzwanzig Grad Reaumur.“

Der Bursche drehte sich um, trat hinaus, nahm dem draußen stehenden Mädchen eines der beiden Services ab, die es in den Händen hatte, und setzte es dem Oberförster vor. Es enthielt Warmbier.

„Schön“, sagte der Alte. „Abtreten!“

Aber Ludwig ging nicht, sondern blieb stehen.

„Na, warum nicht?“ fragte der Hauptmann. „Was gibt es noch?“ - „Etwas Außerordentliches dahier, Herr Hauptmann!“ - „Ah, was denn?“ - „War heute im Wald und habe eine Spur gesehen.“

Da griff der Alte nach der Zeichnung des Knaben, reckte sie dem Burschen hin und fragte:

„Welche von diesen?“

Ludwig blickte die Zeichnung durch und rief erstaunt:

„Donnerwetter! Prachtvoll gemacht! Gewiß eine Arbeit des Herrn Hauptmann, noch von der Akademie aus, dahier.“

Der Alte machte ein sauersüßes Gesicht.

„Dummheit, Akademie“, sagte er; „der Junge da hat es gemacht.“ - „Der da, der Kurt?“ fragte der Bursche ganz erstaunt. - „Ja. Hörst wohl schwer?“ - „Da fahre doch das Wetter drein! Der Kerl hat sogar mich über dahier!“

Jetzt lachte der Alte vergnügt.

„Dazu gehört nicht viel“, sagte er, während des Knaben Augen vor Genugtuung leuchteten. „Aber welche Fährte von diesen hast du heute gesehen?“ - „Sie ist hier nicht mit dabei.“ - „Dann ist’s was ganz Außerordentliches!“ - „Allerdings.“ - „Nun?“ - „Darf ich sie hinzumalen, Herr Hauptmann?“ - „Ja.“

Ludwig ergriff den Bleistift und zeichnete. Er hatte den dritten Tapfen noch nicht fertig, so sprang der Hauptmann auf und rief:

„Ist’s wahr! Ein Wolf!“ - „Ja, Herr Hauptmann, ein Wolf, und was für einer. Er war am Forellenbach.“ - „Donnerwetter! Mach dich fertig; wir holen ihn.“ - „Wer noch mit?“ - „Die andern alle und die Hunde. Ich will erst frühstücken und die Rechnungen fertig machen. In einer halben Stunde geht es fort.“

Der Hauptmann hatte diese Befehle im Ton der Begeisterung gegeben, denn ein Wolf war hier eine Seltenheit.

„Darf ich mit, Herr Hauptmann?“ fragte da der Knabe. - „Du? Bist du gescheit? Der Wolf würde dich fressen.“ - „Mich?“ fragte Kurt, indem seine Augen zornig blitzten. - „Ja. Das ist nichts für Knaben. Ein Wolf ist in solcher Kälte ein gefährliches Tier.“ - „Ich habe ja meine Doppelbüchse.“ - „Papperlapapp! Habe jetzt keine Zeit! Packt euch!“

Der Hauptmann schob alle beide zur Tür hinaus. Draußen blieb der Knabe stehen und flüsterte:

„Ludwig, geht es wirklich nicht?“ - „Nein, mein Junge; er hat es einmal gesagt.“ - „Gib du ihm doch gute Worte.“ - „Ich werde mich hüten. Dieser Wolf ist ein ganz außerordentlicher Kerl dahier; so groß wie ein richtiges Kalb. Da wärst du verloren.“

Damit ließ Ludwig den Knaben stehen und eilte davon.

Kurt verweilte einen Augenblick ganz betrübt an derselben Stelle; dann erhellte sich plötzlich sein Gesicht und er eilte davon, zur Treppe hinunter, zum Hof hinaus und nach dem Vorwerk hinüber.

„Warte, nun grade, nun grade!“ räsonierte er unterwegs. „Mich soll kein Wolf fressen, mich nicht, mich nicht!“

Im Vorwerk angekommen, ging er nach der Stube. Dort saß sein Vater, der Steuermann, über verschiedenen Seekarten, die vor ihm auf dem Tisch lagen. Er sah, daß der Junge nach seinem Hinterlader griff und Patronen einsteckte.

„Wohin?“ fragte er. - „Krähen schießen, Papa.“ - „Gut, aber nicht lange; es ist zu kalt.“

Es kam täglich vor, daß Kurt zu seiner Übung Krähen schoß, darum fiel es nicht auf. Der Junge steckte also unbemerkt ein kleines Weidmesser und eine feste Leine zu sich; dann ging er. Draußen hinter dem Vorwerk blieb er überlegend stehen.

„Am Forellenbach soll der Wolf gewesen sein!“ murmelte er vor sich hin. „Hm, sie dürfen nicht sehen, daß ich vor ihnen hinaus bin. Ich mache einen Umweg, gehe durch die Erlen und dann hinüber nach dem Eichberg; da habe ich auch die Luft für mich.“

Also die Richtung des Windes hatte er doch schon, und zwar ganz unwillkürlich gesichert. Der mutige Knabe hatte gar keine Ahnung, welcher Gefahr er entgegenging.

Er huschte auf die Straße hinüber, eilte eine Strecke auf derselben hin und trat dann in einen Erlenschlag ein, der sich links hinüberzog. Hier schritt er unbesorgt wohl zehn Minuten lang zwischen den Büschen hin, bis ein trockenerer Boden kam, der mit hohen Eichen bestanden war. Er hatte wohl noch eine halbe Stunde bis zum Forellenbach zu gehen, nahm aber doch sein scharf geladenes Doppelgewehr, das er vom Hauptmann geschenkt erhalten hatte, von der Schulter und hielt es schußgerecht im Arm.

Er fühlte nichts von der grimmigen Kälte; der Gedanke, einen Wolf zu sehen, erwärmte ihn. Er dachte nicht daran, daß das Tier erst gesucht werden müsse, daß es zwar am Forellenbach seine Fährte gezeichnet habe, jetzt aber bereits stundenweit davon entfernt sein könne. Er schritt nur immer weiter, dem Bach zu.

Da krachte im Forst ein Baum. Ganz unwillkürlich wandte Kurt das Auge nach der Richtung, aus der der Schall gekommen war, und sofort blieb er stehen.

„Ein Hund!“ flüsterte er. „Ein fürchterlich großer Hund! Oder ist das der Wolf?“

Rasch trat er hinter die nächste Eiche. Nicht dreißig Schritt von ihm entfernt stand die Gestalt eines hundeähnlichen Tieres, das auch nach der Richtung äugte, in der der Baum gekracht hatte. Die spitzen Ohren waren horchend emporgerichtet, und der buschige Schwanz steckte zwischen den hinteren Beinen. Es war ein großes, mächtiges, aber sehr mageres Tier; es mußte der Wolf sein.

Er mochte sich beruhigt haben und kam im Trottelschritt näher. Jetzt war er kaum noch zwanzig Schritt entfernt. Die Luft stand gut.

Da hob Kurt sein Gewehr, und nicht im geringsten zitternd, da er ja zwei Schüsse hatte, zielte er gerade auf die Brust des Tieres und drückte ab. Der Schuß krachte, das Tier fuhr auf die Hinterbeine zurück, tat einen halben Sprung vorwärts, brach zusammen, wollte sich wieder aufraffen, stieß ein halbes, abgebrochenes Heulen aus und lag verendet am Boden.

Zunächst lud Kurt den abgeschossenen Lauf wieder, dann trat er zu dem Tier; es bot einen so ekelhaften Anblick, daß der Knabe sofort im stillen meinte: Das ist kein Hund, sondern der Wolf. Vor Freude glühend, stand er da.

„Was tue ich?“ fragte er sich. „Schaffe ich ihn heim? Nein. Sie werden seiner Fährte folgen und ihn bereits erlegt finden. Dann sehen sie auch meine Fußtapfen. Welch ein großer, großer Ärger für sie! Ich gehe fort und lasse ihn liegen.“

Und das tat er auch wirklich. Aber er befand sich nun einmal im Wald und wollte nicht gleich wieder nach Hause gehen, darum schritt er langsam durch den Schnee, immer weiter in den Eichwald hinein, in der Hoffnung, vielleicht noch auf irgendein kleines Wild zum Schuß zu kommen.

So suchte und suchte er, bis er fühlte, daß er ermüdet sei. Es gab da eine umgebrochene Blutbuche, auf deren Stamm er sich setzen konnte, und er tat dies, um ein wenig auszuruhen.

Hier saß er wohl eine Viertelstunde lang, als er auf einen ganz eigentümlichen Laut aufmerksam wurde. Es klang, als ob ein Eichkätzchen da oben in den Eichen seine Kletterversuche mache, aber viel lauter und kräftiger. Er blickte nach der Richtung, aus welcher dieses Geräusch kam, empor und duckte sich im Nu unter den Stamm nieder, auf dem er gesessen hatte.

„Eine Katze, eine wilde Katze gewiß“, flüsterte er. „Aber was für ein Vieh!“

Es war allerdings ein katzenähnliches Tier, das er erblickte, aber von ganz bedeutender Größe. Es bewegte sich nicht am Boden, sondern oben in den Zweigen von einem Baum zum anderen. Es war über einen und einen halben Meter lang, sah oben fuchsrot und unten weiß aus und hatte einen schwarzgeringelten Schwanz. Es machte Sprünge von bedeutender Weite und duckte sich, von einem Baum auf dem anderen angekommen, immer erst tief und eng auf dem Ast nieder, um zu gewahren, ob es sicher sei.

„Nein, eine Wildkatze ist es nicht“, sagte Kurt. „Aber was sonst? Ah, mag es sein, was es will, ich schieße!“

Das mußte aber schnell geschehen, denn das Tier nahm seine Richtung nach seitwärts hinüber. Eben schlich es sich nach dem vorderen Teil eines starken Astes und erhob sich, um einen Sprung zu tun, da legte der mutige Knabe sein Gewehr an. Das Tier gab ihm in seiner gegenwärtigen Stellung ein schönes Ziel. Nur einen einzigen Augenblick zielte er, dann krachte der Schuß. Da sprang das Tier nach einem Ast des nächsten Baumes, erreichte diesen aber nicht, sondern stürzte, sich in der Luft zweimal wendend, zu Boden herab. Nun aber richtete es sich empor und starrte nach der Richtung, aus der der Schuß gefallen war. Seine Augen glühten wie Feuer.

„Noch einmal!"

Diese Worte rief Kurt ganz laut. Das Tier bot ihm jetzt gerade die vordere Brust. Rasch drückte er den zweiten Lauf ab, und im nächsten Augenblick prallte das Tier gegen den Stamm, hinter dem er lag. Es krallte seine Klauen in denselben ein, aber es kam nicht hinüber; es war tödlich getroffen. Ein eigentümliches Fauchen und Knurren erscholl; dann ertönte ein Schrei, und nun war es still.

Der Knabe hatte nach dem zweiten Schuß die Büchse fortgelegt und das Messer gezogen. Er wußte, daß es so richtig sei. Er hatte auch in kniender Stellung das Messer zum Stoß bereitgehalten, falls das Tier über den Stamm herüberkommen würde, aber was wäre er in diesem Fall gegen ein solches Raubzeug gewesen!

Jetzt erhob er sich, lud sein Gewehr wieder und betrachtete sich das Tier. Er erschrak.

„Oh, was ist das!" rief er vor Schreck ganz laut. „Das Vieh hat Ohrpinsel; das ist ein Luchs!"

Es schien ihm ganz unglaublich, ein solches Tier erlegt zu haben; aber er erhielt keine Zeit, darüber nachzudenken, denn er vernahm von weitem her ein Geräusch und drehte sich nach demselben um. Er brauchte nicht lange zu waren, so erschien ein Mann aus dem nächsten Dorf mit einem Holzschlitten. Er war arm und trotz der Kälte in den Wald gegangen, um sich Fallholz aufzulesen, was ja erlaubt war. Beide kannten einander.

„Wer ist denn das?" sagte der Mann. „Mosjeh Kurt! Guten Morgen!" - „Guten Morgen, Klaus!" entgegnete der Kleine hocherfreut. „Höre, Klaus, willst du dir einen Taler verdienen?"

Der Mann schlug die Hände zusammen.

„Einen Taler? Oh, wie gern! Aber wie?" - „Du sollst mir einen Luchs und einen Wolf nach dem Schloß fahren." - „Einen Luchs und einen Wolf? Die gibt es ja hier bei uns nicht." - „Nicht?" lachte der Knabe fröhlich. „Wollen wir wetten?" - „Ich bin arm;

ich habe nichts zu verwetten." - „So schau einmal hierher!"
Kurt deutete hinter den Stamm, und der Mann sah sich das erlegte Tier an.

„Herrgott, das ist wirklich ein Luchs!" rief er. „Wer hat den geschossen?"

„Ich natürlich." - „Sie, Mosjeh Kurt? Das ist unmöglich!" - „Hast du die Schüsse nicht gehört, und siehst du andere Tapfen als die meinigen?"

Der Mann blickte sich aufmerksam um.

„Es ist bei Gott wahr!" rief er erfreut. „Sie sind es gewesen! Aber, Mosjeh Kurt, da hat Sie der liebe Gott beschützt!" - „Ja, aber mache schnell! Der Luchs und der Wolf müssen aufgeladen werden, ehe der Hauptmann kommt. Er will den Wolf schießen." - „Denselben?" - „Denselben", nickte der Knabe lachend. „Ich wollte mit, aber ich durfte nicht, denn der Herr Hauptmann dachte, daß der Wolf mich fressen würde." - „Und da sind Sie allein gegangen?" - „Ja." - „Welch ein Wagnis!" rief der Mann ganz entsetzt. - „Oh, nun kann ich den Wolf essen, und den Luchs dazu! Aber nun schnell, lade auf!"

Die seltene Beute wurde aufgeladen, und eben wollte sich der Mann in Bewegung setzen, da hielt ihn Kurt noch zurück.

„Höre, Klaus", sagte er, „der Herr Hauptmann wird meine Spur finden und ihr nachgehen; darum wollen wir sie verbergen. Du trittst in die Tapfen, die ich gemacht habe, und nun vorwärts."

Damit schritt Kurz voran, ganz in seinen früheren Fußtapfen, und Klaus folgte, indem er die Tapfen des Knaben größer trat. So gelangten sie zu der Stelle, wo der Wolf lag. Auch er wurde aufgeladen, und Klaus deckte beide Tiere mit Reisig zu.

Nun ging es auf demselben Weg zurück, auf dem Kurt durch die Erlen gegangen war, wobei auch hier seine Tapfen verwischt wurden. Auf diese Weise gelangten sie nach dem Vorwerk.

Der Steuermann trat aus dem Haus und wollte zanken, daß Kurt so spät zurückkehrte, dieser jedoch fiel ihm in die Rede.

„Papa, hast du einen Taler?" - „Einen Taler?" fragte Helmers, ganz erstaunt über diese Forderung. „Für wen?" - „Für den Klaus hier. Da unter dem Reisig steckt etwas; er hat es mir aus dem Wald hierhergefahren, und ich habe ihm dafür einen Taler versprochen." - „Du bist nicht klug." - „Hältst du mich für dumm, Papa?" - „Hm! Was ist es denn?" - „Das darf jetzt nicht gesagt werden, sondern erst wenn der Herr Hauptmann aus dem Wald kommt."

Helmers überlegte sich die Sache. Der Hauptmann konnte ja etwas erlegt haben.

„Ist es einen Taler wert, was du da bringst?" fragte er den Mann. - „Ja, noch viel mehr", antwortete dieser. - „Gut, so sollst du ihn haben. Hier!"

Helmers gab Klaus das Geldstück und fragte dann seinen Sohn: „Also ich darf nicht wissen, was es ist, und sonst auch niemand?" - „Nein." - „Aber Klaus braucht seinen Schlitten, du mußt also abladen." - „So gehst du in die Stube, und wir laden im Holzstall ab, dessen Schlüssel ich behalte." - „Heimlichkeit über Heimlichkeit!" schalt Helmers.

Aber er tat doch Kurt seinen Willen und ging in die Stube.

Klaus fuhr nun mit dem Schlitten und seinem Taler ab, ohne das Geheimnis zu verraten, und Kurt lief den ganzen Vormittag im Vorwerk und im Schloß umher, wie einer, dem irgend etwas das Herz abdrücken will.

Endlich kehrte der Hauptmann mit seinen Untergebenen aus dem Wald zurück. Kurt sprang ihm entgegen.

„Haben Sie ihn, Herr Hauptmann?" fragte er. - „Packe dich zum Teufel, Bube!" lautete die Antwort.

Der Oberförster war augenscheinlich in einer höchst grimmigen Stimmung. Er schob den Knaben beiseite und ging nach seiner Wohnung. Kurt wartete, bis die Burschen sich in ihrer Stube versammelt hatten, ehe er dort eintrat.

„Habt ihr ihn, Ludwig?" war auch hier seine erste Frage. - „Nein, sondern er hat uns gefoppt", antwortete der Gefragte und zog den Tabaksbeutel hervor, um sich eine neue Pfeife zu stopfen. Als dies geschehen war und der Tabak brannte, setzte er sich zu den anderen an den Ofen und sagte. „Kurt, du bist noch sehr jung dahier, aber man darf dir schon etwas sagen." - „Nun?" fragte der Knabe neugierig. - „Ich meine etwas, was du noch nicht zu wissen brauchst, weil dabei selbst uns Großen der Verstand stillsteht dahier." - „Ja, vollständig still", stimmte ein anderer bei. - „Halte den Mund, wenn ich rede!" fuhr ihn Ludwig an. „Dein Verstand steht übrigens stets still. Kurt, hast du einmal von der schwarzen Henne gehört oder von einem dreibeinigen Hasen?" - „Nein." - „Vom achtbeinigen auch nicht?" - „Nein." - „Von der Eule mit den vier Flügeln oder vom Hund mit einem Kopf und Schwanz vorn und hinten?" - „Auch nicht." - „Aber vom wilden Hackelberg hast du gehört, sowie vom wilden Jäger und vom getreuen Eckart?" - „Ja." - „Nun gut, wir sollen dir von solchen Sachen nichts erzählen, der Herr Hauptmann hat es uns verboten, aber aus ihnen geht doch hervor, daß es im Wald nicht ganz ohne ist dahier. Verstanden?" - „Ja." - „Ich habe auch vieles nicht geglaubt, aber seit heute glaube ich alles und jedes, weil ich ein Gespenst gesehen habe." - „Ein Gespenst?" fragte der Knabe. - „Jawohl. Gottstrambach, es ist wahr dahier!" - „Was denn für eins?" - „Hast du etwas gehört vom verwünschten Bär oder vom Geisterwolf?" - „Nein." - „Nun siehst du, Kurt, den habe ich gesehen." - „Den Geisterwolf?" - „Ja. Wenn du dem Herrn Hauptmann nichts wiedersagst, will ich es dir erzählen." - „Ich sage nichts." - „Nun gut. Also ich gehe heute morgen in den Wald und nehme einige Bunde Heu mit für die Rehe. Auf dem Rückweg komme ich an den Forellenbach, und da huscht etwas, so etwa zwanzig Schritt weit, an mir vorüber ins Gebüsch." - „Der Wolf?" - „Ja. Als ich hinkomme, sehe ich sofort an der Fährte, daß es ein Wolf ist. Ich ging zum Herrn Hauptmann, zeichnete ihm die Fährte vor, und auch er sagte, daß es ein Wolf sei." - „Ich war dabei." - „Ja, du bist also Zeuge dahier! Darauf ziehen wir mit dem ganzen Hundezeug hinaus, um den Wolf zu stellen. Wir finden seine Fährte, folgen ihr und - weg ist sie auf einmal, wie fortgeblasen. Sie verlor sich auf einer Schlittenfährte, der wir bis auf die Straße gefolgt sind. Es sieht also ein jeder sehr leicht ein, daß es der Geisterwolf gewesen ist." - „Ihr hättet mich mitnehmen sollen", meinte Kurt sehr ernsthaft. - „Nein, beileibe nicht, denn weißt du, was es bedeutet, wenn der Geisterwolf erscheint?" - „Nun, was denn?" - „Es stirbt einer aus der Gesellschaft. Mich mag es immerhin betreffen. Seit ich damals den Sauschuß getan habe, ist mir alles egal dahier!"

11. KAPITEL

Am Nachmittag hatte sich Kurt abermals bei dem Oberförster einzustellen; er erhielt um diese Zeit Unterricht von ihm. Er machte sich also in Pelzjacke und Pelzmütze auf den Weg zu ihm, klopfte wie gewöhnlich an und trat auf das „Herrrrein!" des Alten ein.

„Guten Tag, Herr Hauptmann!“ - „‘n Tag! Was gibt’s?“ - „Stunde, Herr Hauptmann.“ - „Heute ist keine“, brummte der Oberförster. „Werde mir eine Stunde geben.“

Er saß auf seinem Stuhl und starrte durch das Fenster; erst nach langer Zeit wandte er sich zu dem Knaben und fragte:

„Hast du mit Ludwig gesprochen über den Wolf?“ - „Ja.“ - „Was sagte er?“ - „Ich darf es nicht sagen, Herr Hauptmann, weil ich es versprochen habe.“ - „So! Das muß ich gelten lassen. Aber ich kann mir trotzdem denken, wovon die Rede gewesen ist. Von Geistern und Gespenstern. Hm! Junge, glaubst du, daß ein Tier verschwinden kann?“ - „Ja, Herr Hauptmann, wenn es fortläuft oder fortgeschafft wird.“ - „Hm, nicht übel! Heute ist uns unser Wolf verschwunden.“ - „So ist er fortgelaufen oder fortgeschafft worden.“ - „Könnte ich diesen Halunken nur erwischen! Ein gescheiter Kerl ist er. Ich gäbe gleich zehn Taler darum, wenn ich ihn bekommen könnte!“ - „Den Wolf oder den Kerl, Herr Hauptmann?“ - „Den Kerl zunächst.“ - „Ich kenne ihn.“

Da sprang der Hauptmann auf.

„Wer ist es?“ - „Ich darf es nicht sagen.“ - „Donnerwetter! Hast du etwa auch ihm Verschwiegenheit versprochen?“ - „Ja. Sagen darf ich nichts; aber zeigen darf ich dem Herrn Hauptmann etwas, woraus sich gleich erraten läßt, wer der Kerl gewesen ist.“ - „Kerl, ich will nicht hoffen, daß du mit mir Unsinn treibst!“ - „Es ist mein Ernst.“ - „Wo ist das, was ich sehen soll?“ - „Drüben bei uns.“ - „So gehe ich gleich mit, jetzt gleich.“ - „Herr Hauptmann, darf der Ludwig mit? Es ist auch für ihn.“ - „Gut, meinetwegen!“ - „Und die anderen? Ich bitte darum!“ - „Nun gut, sie mögen mitlaufen, alle miteinander. Aber der Teufel soll dich holen, wenn es dir vielleicht einfallen sollte, Unsinn zu treiben!“

Sie brachen auf; die Burschen wurden gerufen, und nun ging es in Gesamtheit hinüber in den Hof des Vorwerks. Dort stand der Steuermann, der große Augen machte über den Zug, der bei ihm einwanderte. „Guten Tag, Herr Hauptmann!“ grüßte er ehrfurchtsvoll. - „’n Tag! Wißt ihr, was wir hier wollen?“ - „Nein.“ - „Uns von eurem Jungen an der Nase führen lassen!“ - „Das mag ihm ja nicht einfallen!“ - „Will’s ihm auch nicht raten!“

Kurt jedoch machte eine triumphierende Armbewegung und sagte zu seinem Vater:

„Hier, Papa, hast du den Schlüssel. Mache dem Herrn Hauptmann den Holzstall auf!“

Der Steuermann nahm den Schlüssel.

„Ah", sagte er, „endlich klärt sich das Geheimnis auf!" - „Ein Geheimnis?" fragte der Hauptmann. - „Ja. Er hat hier etwas versteckt; wir werden es aber sogleich sehen."

Helmers öffnete und trat zur Seite, um dem Hauptmann den Vortritt zu lassen. Dieser trat ein, blieb unter der Tür stehen und war einige Augenblicke lang ganz sprachlos.

„Himmeldonnerwetter!" rief er endlich; aber der Steuermann sah nur des Hauptmanns Rücken und merkte daher nicht, ob dies ein Ruf des Zorns oder der Überraschung sei. Er warf aber seinem Sohn einen drohenden Blick zu und fragte: „Was ist's, Herr Hauptmann?" - „Kreuzhimmeldonnerwetter!" - „Herr Hauptmann", sagte Helmers, „wenn der Bube eine Dummheit gemacht hat, so ..."

Da drehte sich der Alte endlich um. Sein Gesicht strahlte vor freudigem Erstaunen, und er unterbrach den Steuermann:

„Mund halten! Ludwig, er hat ihn!" - „Wen?" fragte der Bursche. - „Rate!"

Ludwig sann eine Weile nach und erwiderte:

„Ja, wer soll sich das denken!" - „Nun, den wir heute suchten!"

Da machte der Bursche eine sehr bestürzte Miene und sagte:

„Doch nicht etwa gar den Wolf!" - „Ja, ihn gerade!" - „Den Geisterwolf?" - „Den Geisterwolf, du Esel!" lachte der Oberförster grimmig und wollte soeben beiseite treten, um den anderen einen Einblick in den Holzstall zu lassen, als in demselben Augenblick der Briefträger durch das Hoftor eintrat. Aller Augen richteten sich auf ihn. Als er den Oberförster sah, fragte er:

„Herr Hauptmann, soll ich Ihre Briefe hinübertragen, oder darf ich sie sogleich hier abgeben?" - „Gib her!"

Der Briefträger übergab dem Oberförster nunmehr einige Briefe, darunter ein großes, amtlich versiegeltes Kuvert.

„Vom großherzoglichen Oberforstamt!" sagte letzterer erstaunt. „Und ein ‚Eilig' darauf. Das muß sofort gelesen werden!"

Er steckte die anderen Briefe in die Tasche, öffnete diesen einen und las ihn durch. Sein Gesicht erhielt dabei einen ganz eigentümlichen Ausdruck. Als er fertig war, rief er:

„Da schlage doch ein hundertneunundneunzigtausendfaches Wetter drein!" - „Eine Hiobspost, Herr Hauptmann?" fragte Helmers. - „Nein, eine solche Freudenpost, daß man unbedingt fluchen muß. Hört einmal!"

Der Oberförster stellte sich in Positur, noch immer unter der Stalltür, so daß niemand hineinsehen konnte, und las langsam mit erhobener Stimme folgendes:

„An den Herrn Oberförster Kurt von Rodenstein,
Hauptmann a. D., auf Rheinswalden.

Geehrter Herr!
Nachdem die Strenge des Winters auch aus den Ardennen und anderen Bergen und Wäldern allerlei ebenso seltenes wie schädliches Raubzeug herbeigeführt hat, so werden Unsere Ober- und Unterforstämter hiermit bedeutet, allen Ernstes gegen dasselbe vorzugehen.
Wie vernommen, lassen sich hier und da Wölfe sehen; also teilen wir mit, daß demjenigen, der das erste dieser Tiere im Bereich unseres Landes schießt, eine Prämie von zwanzig Talern, jedem folgenden aber eine solche zu fünf Talern augezahlt werden soll.
Zu unserem großen Erstaunen vernehmen wir, daß vorgestern in der Gegend von Winnweiler gar ein Luchs gesehen worden ist, ein Tier von der Gattung, die man Rotluchs nennt. Da nun dieses Tier ohne allen Zweifel das schädlichste Raubtier in Europa ist und auch höchst gefährlich für den Menschen, so ergeht an alle unsere Forstbeamten die Weisung, dasselbe unverweilt aufzusuchen und zu erlegen. Derjenige, der es erlegt, soll einen Ehrenpreis von hundert Talern erhalten, und soll die Meldung sofort anhero an Unsere Oberforstdirektion geschehen.
Wonach genau zu achten und sich zu verhalten!
Geschehen zu
Darmstadt, den . . . .

„Großherzogl. Oberforstdirektion.

Postskriptum:
Zum Erweise der Wahrheit sind von jedem Wolfe die beiden Ohren, von dem Luchse aber das ganze Fell nach hier abzuliefern, welches letztere noch extra nach Preis und Umständen honoriert werden soll.

D. O. . .“

Man kann sich kaum denken, welchen Eindruck der Inhalt dieses Schreibens auf die Burschen machte.

„Ein Luchs!" rief Ludwig. „Unmöglich!" - „Ist seit Menschengedenken noch gar nicht vorgekommen", sagte einer zweiter. - „Wir müssen sofort eine große, allgemeine Streife vornehmen", meinte ein dritter. - „Juchhe, hurra!" rief ein vierter, und dieser vierte war kein anderer als Kurt.

Der Oberförster warf ihm einen verweisenden Blick zu und sagte zu ihm:

„Halte den Schnabel, Junge! Bei solcher Streiferei mußt du hübsch zu Hause bleiben! Aber diese Streiferei ist gar nicht notwendig, denn hört, ihr Leute, wir haben sie!" - „Wen?" wagte Ludwig zu fragen. - „Den Wolf und auch den Luchs." - „Den Wolf und auch den L..."

Das Wort blieb dem braven Gehilfen im Mund stecken.

„Ja, seht her."

Der Oberförster trat zur Seite und ließ den Zutritt frei. Die Leute gingen in den Schuppen, und sofort erscholl ein vielstimmiger Ruf der höchsten Verwunderung.

„Gottstrombach, es ist wahr dahier!" rief Ludwig. - „Weiß Gott, der Wolf!" rief einer zweiter. - „Und der Luchs!" fügte ein dritter hinzu. - „Ja, sie sind es", sagte der Oberförster triumphierend. „Jungens, ihr sollt heute einen Grog kriegen, der sich gewaschen hat, da mir die Ehre zuteil wird, daß dieses Zeug auf meinem Revier erlegt wurde." - „Hallo, hurra, der Herr Hauptmann!" riefen alle. - „Aber", fragte dieser den Steuermann, „wo ist denn der Wendelin oder der alte Stengler, he?"

Er meinte seine beiden Unterbeamten.

„Habe sie nicht gesehen, Herr Hauptmann", antwortete der Gefragte. - „Sie waren also heute nicht zu Hause?" - „Ich bin heute nicht vom Hof fortgekommen." - „So müssen Sie doch die Förster gesehen haben oder einen von ihnen." - „Nein." - „Na, wer soll denn sonst das Viehzeug gebracht haben?" - „Der alte Klaus." - „Der alte Klaus?" fragte der Hauptmann erstaunt. „Wer hat ihn denn geschickt? Doch nur der Stengler oder der Wendelin. Ein anderer hat die Tiere doch nicht erlegt." - „Herr Hauptmann, fragen Sie den da."

Helmers zeigte auf seinen Sohn.

„Den da, Dummheit! Was hat der damit zu tun?" - „Er ging mit seinem Hinterlader in den Wald und ..." - „In den Wald? Wann denn?" - „Gleich als er von Ihnen kam."

Das Gesicht des Alten verfinsterte sich.

„Ich habe es ihm ja verboten. Der Sakkermenter, er soll seine Strafe erhalten. Wollte der dumme Junge mit auf die Wolfshatz gehen! Aber weiter, Steuermann." - „Also", sagte dieser, „er ging mit seinem Hinterlader in den Wald und kam erst nach ungefähr anderthalb Stunden wieder..." - „Der Bengel!" rief der Oberförster zornig. „Anderthalb Stunden! Der Wolf konnte ihn packen oder gar der Luchs ihn zerreißen! Weiter!" - „Er brachte den alten Klaus mit..." - „Ah, jetzt kommt's!" - „Sie hatten auf einem Schlitten eine Last, die mit Reisig zugedeckt war. Ich sollte nicht wissen, was es war, und da versteckten sie es hier im Holzstall. Jetzt nun ist's der Luchs und der Wolf." - „Und wo ist der Klaus?" - „Gleich wieder fort." - „Er hat aber doch gesagt, welcher Förster das Zeug schickt?" - „Nein, kein Wort." - „Dummheit von dem alten Kerl. So etwas vergißt man doch ganz und gar nicht."

Nun wandte er sich an Kurt und sagte:

„Hat er es dir gesagt, Junge?" - „Nein." - „Hast auch nicht gefragt?" - „Nein." - „Donnerwetter, nach so etwas fragt man doch! Warum hast du den Mund nicht aufgetan?"

Der Knabe tat sich eine innerliche Güte, alle diese Leute so auf die Folter zu spannen.

„Weil ich es eher wußte als der Klaus, wer es gewesen ist", lachte er. - „Du weißt es? Nun, heraus damit!"

Sie alle lauschten in gespannter Erwartung auf den Namen.

„Ich selber!" sagte er triumphierend. - „Du sel... Junge, mache keine Faxen, sonst fuchtele ich dich!" schrie der Hauptmann. - „Es ist wahr!" - „Kurt!" warnte sein Vater. - „Es ist aber doch wahr!" behauptete er.

Sie standen alle sprachlos um ihn her. Der Hauptmann war ganz außer Fassung.

„Junge, entweder bist du ein verdammter Lügner, oder du hast den Teufel!" rief er. „Sag, wie ist es!" - „Ich habe sie geschossen, Herr Hauptmann!" - „Alle beide?" - „Alle beide!"

Da machte Ludwig drei Kreuze und meinte:

„Er hat Gottstrambach den Teufel! Sonst ist's nicht die Möglichkeit dahier!" - „Kerl", sagte der Oberförster, der das unmöglich begreifen konnte, „wenn du uns jetzt belügst, so ist es aus, du mußt mir von Haus und Hof!"

Da endlich ging dem Jungen die Geduld aus. Er machte ein finsteres Gesicht, stampfte mit dem Fuß und erwiderte:

„Sie brauchen mich gar nicht fortzujagen, ich gehe schon von selber!" - „Ah!" - „Ja, ich gehe jetzt gleich. Wer da denkt, daß ich wegen eines lumpigen Wolfes und wegen einer alten Katze ein Lügner werde, der hat's bei mir weg. Da muß ja auch einmal ein Kreuzhimmeldonnerwetter dreinschlagen. Verstanden?"

Kurt drehte sich um und ging in das Haus. Die anderen standen da, ganz perplex vor Erstaunen. So etwas ging ihnen doch über alle Begriffe, sogar dem Hauptmann selbst. Der Steuermann zitterte fast in Erwartung dessen, was nun kommen werde. Er wußte, daß sein Sohn kein Lügner sei, aber er konnte auch nicht glauben, daß so ein Knabe zwei solche Tiere erlegen könne, noch dazu in so kurzer Zeit.

Da endlich faßte sich der Hauptmann, holte tief Atem und sagte:

„Himmelbataillon, hat der es mir gesteckt. Helmers, laufe Er und hole Er ihn mir rasch!"

Er beachtete nicht, daß er in seiner Aufregung Er anstatt Sie gesagt hatte.

Der Steuermann ging in die Stube und brachte den Knaben, der ein sehr trotziges Gesicht machte.

„Also, du bist es wirklich gewesen, Schlingel?" fragte Rodenstein. - „Ich hab's schon zehnmal gesagt, ich sage es nicht wieder!" klang die zornige Antwort. - „Holla, Kerl, zanke nicht." - „Brechen Sie das Viehzeug auf", rief Kurt, „so werden Sie meine Kugeln finden!" - „Ach ja, daran habe ich noch gar nicht gedacht. Wie sind sie denn getroffen worden?"

Er bückte sich nieder und untersuchte zuerst den Wolf.

„Sapperment, im Feuer zusammengebrochen!" sagte er. „Die Kugel ist ihm vorn gerade ins Herz gegangen. Das ist brav! Besser schieße ich selber nicht. Und der Luchs?" - „Er hat zwei Schüsse", sagte Kurt. - „Wo?" - „Ich sehe sie von weitem." - „Ah, ich glaube gar, der Junge untersteht es sich, mir eine moralische oder intellektuelle Maulschelle zu geben. Ja, da sind die Schüsse, der eine von der Seite in die Lunge, und der andere gerade von vorn ins Herz. Drei Meisterschüsse! Junge, wenn du sie getan hast, so hast du den Teufel. Es ist kein Zweifel daran!" - „Er hat ihn!" murmelte Ludwig.

Dabei blickte er aber doch mit Stolz auf Kurt, der ja sein Zögling war.

„Erzähle einmal!" gebot der Hauptmann.

Der Knabe stellte sich in Positur. Er hatte seine gute Laune wiedergefunden, und sein Gesicht glänzte vor Freude und Genugtuung, als er begann:

„Also ich ging in den Wald ..." - „Das solltest du aber doch nicht", unterbrach ihn der Hauptmann. - „Nun gerade ging ich, denn Sie sagten, daß der Wolf mich fressen werde. Ich nahm meine Büchse und sagte, daß ich Krähen schießen wolle." - „Schöne Krähen! Gott sei Dank, daß alles gut abgelaufen ist, wie man sieht!" - „Ich machte einen Umweg durch die Erlen und ging dann nach dem Eichberg, ich wollte nach dem Forellenbach." - „Wie schlau! Wir sollten seine Spur nicht sehen, Junge, du hast wahrhaftig den Teufel im Leib!"

Ludwig machte abermals drei Kreuze und murmelte:

„Er hat ihn! Aber ein tüchtiger Kerl ist er dennoch dahier."

Kurt fuhr fort:

„Da krachte ein Baum, ich blickte hin und sah den Wolf. Ich sprang sogleich hinter die nächste Eiche." - „Wie weit war das Vieh von dir?" - „Dreißig Schritt." - „Ah, ein prächtiger Schuß!" - „Ich ließ den Wolf bis auf zwanzig herankommen ..." - „Und hast nicht gezittert?" - „Warum zittern?" fragte der Knabe aufrichtig. „Ich wußte doch, daß ich ihn gut treffen werde. Ich legte an und drückte ab, da brach er zusammen. Er wollte noch einmal auf, aber es ging nicht, er fiel mausetot um." - „Ein Kapitalschuß! Junge, ich glaube, du wirst in deinem Leben nicht erfahren, was Angst ist oder Furcht. Weiter!" - „Ich lud meinen Lauf wieder ..." - „Natürlich!" - „Und guckte mir dann den Wolf an. Erst wollte ich ihn mitnehmen, ich hatte eine Leine und konnte ihn schleifen, aber ich dachte, Sie würden kommen und ihn finden." - „Sapperment, das Kerlchen hat uns ärgern wollen", lachte Rodenstein. - „Ja, weil Sie gesagt hatten, daß der Wolf mich fressen würde", gestand Kurt aufrichtig. „Nachher ging ich noch ein bißchen in die Eichen hinein. Ich dachte, ich könne vielleicht einen Waldhasen schießen. Aber der Schnee war tief, und ich wurde müde. Da setzte ich mich auf die Blutbuche, die neben den zwei großen Eichen umgebrochen ist." - „Ah, dort!" nickte der Oberförster. - „Da hörte ich etwas kommen ..." - „Im Schnee?" - „Nein, sondern oben im Geäst. Ich sah hin und dachte, es wäre eine wilde Katze. Das Vieh wollte seitwärts vorüber, es sprang von Ast zu Ast. Ich duckte mich aber unter die Buche und zielte, und als es springen wollte, hatte ich einen guten Schuß, der Luchs fiel zu Boden ..." - „War aber nicht tot?" - „Nein." - „Ja, solch

Zeug hat ein zähes Leben. Aber du warst in Lebensgefahr, Bursche, denn der Luchs springt sogar dem stärksten Mann nach dem Kopf." - „Oh, er kam auch, aber ich gab ihm die zweite Kugel. Er sprang bis jenseits des Buchenstamms, da legte ich die Büchse weg und zog mein Messer." - „Wetterjunge! Schulgerecht wie ein Oberforstmeister. Glücklicherweise war es mit dem Vieh vorüber?" - „Es kratzte und schlug nach mir, aber es konnte nicht mehr über den Stamm herüber. Es fauchte, schrie noch ein wenig, und dann war es tot!" - „Eine Heldentat, eine wirkliche Heldentat für so einen Jungen! Ich bleibe dabei, er hat den leibhaftigen Gottseibeiuns!"

Ludwig bekreuzigte sich abermals und murmelte:

„Den Beelzebub; er hat ihn ganz gewiß dahier, der gute, wackere Junge!"

Kurt fuhr fort:

„Da kam der Klaus dazu. Er wollte gar nicht glauben, daß ich einen Wolf und einen Luchs geschossen. Er hatte den Schlitten mit, und ich versprach ihm einen Taler, wenn er mir das Viehzeug nach dem Vorwerk schaffen wolle. Mein Papa hat ihn bezahlt." - „Aber wie kam es, daß wir deine Spur nicht fanden? Nicht einen Tapfen haben wir gesehen." - „Der Klaus mußte alle meine Tapfen austreten." - „Ah, wie schlau! Der Junge hat uns richtig an der Nase herumgeführt! Na, Bube, ich werde mich abfinden. Doch später davon. Jetzt, Steuermann, sagen Sie mir zunächst einmal, was wir mit ihm machen. Soll er seine Prügel bekommen?" - „Hm!" antwortete dieser. „Er hat sie eigentlich verdient. Ein Glück ist's, daß meine Frau nach der Stadt ist; sie wäre vor Angst gestorben!" - „Ja, da stehen die Hasen am Berg. Er hat sich die Prämie verdient und auch die Strafe. Na, das wollen wir uns noch überlegen. Jetzt das Notwendigste: die Ohren des Wolfs und den Pelz des Luchses. Wir müssen uns mit dem Wolf beeilen, weil es mehrere geben soll, sonst kommt uns ein anderer zuvor, und zwanzig Taler oder fünf, das ist doch ein Unterschied. Ludwig, du bist der beste Reiter ..." - „Herr Hauptmann, das will ich meinen dahier!" sagte der Angeredete. - „Sattele den Braunen. Ich werde den Bericht schreiben, und dann reitest du sofort nach Darmstadt."

Ludwig tat einen Freudensprung.

„Zum Oberforstdirektor?" fragte er. - „Ja." - „Mit den Ohren und dem Fell?" - „Natürlich, und mit meinem Bericht." -

„Sapperment, das wird fein. Darf ich meine Staatsuniform anziehen?" - „Das mußt du sogar. Du kommst ja zur Audienz. Ich gebe dir übrigens einen Taler Auslösung." - „Danke! Und soll ich erzählen, wer das Zeug geschossen hat?" - „Natürlich!" - „Vorwärts! Knöpfe putzen!"

Ludwig sprang davon, um sich in Wichs und Glanz zu werfen, und in einer halben Stunde ritt er zum Tor hinaus, das Fell hinter sich auf das Pferd geschnallt.

12. KAPITEL

Der Braune war lange Zeit nicht an die Luft gekommen, darum flog der Weg nur so unter ihm hin, und er erreichte Darmstadt in der Hälfte der sonstigen Zeit. In der Wohnung des Oberforstdirektors erfuhr Ludwig, daß derselbe mit dem Großherzog nach dem Jagdschloß Kranichstein gefahren sei, das drei Viertelstunden im Nordwesten der Stadt liegt.

Er ritt in Karriere hinaus und stieg vor der Rampe des Schlosses vom Pferd. Ein Stallknecht trat herbei und fragte ihn, was er wolle.

„Ist seine Exzellenz, der Herr Oberforstdirektor hier?" - „Ja, auf einige Tage." - „Ich muß zu ihm." - „Oho! Müssen!" - „Ja", antwortete Ludwig stolz. - „Man muß erst abwarten, ob man vorgelassen wird", sagte der Stallknecht ebenso stolz. - „Ich bin Kurier!" sagte nun Ludwig noch stolzer. - „Ah, das ist etwas anderes. Von wem?" - „Das ist Geheimnis. Führen Sie mein Pferd in den Stall!"

Ludwig schnallte das Fell ab, das in einen Mantelsack geschlagen war, und stieg die Treppe empor. Der Stallknecht ließ sich verblüffen und nahm sich des Pferdes mit aller Sorgfalt an.

Droben traf Ludwig auf einen Lakaien.

„Wie kommt man zum Herrn Oberforstdirektor Exzellenz?" fragte er diesen. - „Was wollen Sie?" - „Depesche!" - „Von wem?" - „Vom Herrn Oberförster Hauptmann von Rodenstein." - „So ist es notwendig?" - „Ja, sehr!" - „Hm! Seine königliche Hoheit, der Großherzog, sind beim Herrn Direktor, aber da es so notwendig ist, werde ich Sie melden."

Der gute Ludwig dachte gar nicht, daß seine einfache Sendung nicht unter die Rubrik der notwendigen oder dringlichen Kurierbotschaften fiel. Die Erlegung des Luchses hatte ihn so sehr berauscht.

Der Lakai führte ihn einen Korridor entlang in ein Zimmer, wo er warten mußte. Nach kaum zwei Minuten bereits wurde ihm eine hohe Flügeltür geöffnet. Als er eintrat, war es aber doch, als ob ihm sein Mut entfallen wolle.

Er trat in ein Zimmer, dessen Pracht ihn fast betäubte. Auf kostbaren Fauteuils saßen ein Herr und zwei Damen. Der Herr war der Großherzog Ludwig III., die Damen waren die Großherzogin, eine geborene Prinzeß von Bayern, und die Oberforstdirektorin. Der Oberforstdirektor aber hatte sich erhoben und trat auf den Jägerburschen zu. Er hatte jedenfalls von den hohen Herrschaften die Erlaubnis erhalten, den Kurier in ihrer Gegenwart zu empfangen.

„Sie sind ein Untergebener des Herrn Oberförsters von Rodenstein?" fragte der Oberforstdirektor.

Ludwig stand in Achtung, mit dem Mantelsack unter dem Arm.

„Zu Befehl, Exzellenz", erwiderte er. - „Und kommen als Kurier von ihm?" - „Zu Befehl!" - „Das muß eine höchst wichtige Angelegenheit sein." - „Höchst wichtig dahier!" stimmte Ludwig bei.

Der Direktor war über dieses Dahier einigermaßen überrascht, fragte jedoch weiter:

„Welche Angelegenheit betrifft Ihr Ritt?" - „Exzellenz, wir haben den ersten Wolf geschossen!"

Ludwig sagte dies mit möglichst stolzem Nachdruck. Er sprach einstweilen nur von dem Wolf, denn er wollte der Exzellenz so nach und nach zu wissen geben, was für Leute es in Rheinswalden gebe. Leider aber machte die Exzellenz ein sehr enttäuschtes Gesicht. Und über das Gesicht des Großherzogs, der bisher in sichtlicher Spannung dagesessen hatte, zuckte eine gewisse Ironie.

„Mir dies zu sagen, kommen Sie als Kurier?" fragte der Oberforstdirektor. - „Zu Befehl!" - „Hat Ihnen der Oberförster gesagt, daß Sie sich als Kurier melden sollen?" - „Zu Befehl, nein."

Die Züge des Herrn verfinsterten sich.

„Und warum taten Sie das?" fragte er mit scharfer Stimme.

Der gute Ludwig wurde sehr verlegen.

„Hm", sagte er, „weil ein Wolf doch immerhin eine ganz verteufelte Bestie ist dahier!"

Der Direktor warf einen überraschten Blick auf ihn und dann einen forschenden auf den Großherzog; da er aber auf dem Gesicht desselben ein belustigtes Lächeln bemerkte, so beruhigte er sich auch seinerseits und fragte:

„Was haben Sie denn hier?“ - „Das Fell, Exzellenz!“

Da ließ sich ein leises, kurzes, goldenes Lachen hören. Es war die Großherzogin Mathilde, der es komisch vorkam, daß man ein Wolfsfell per Kurier sende. Dieses Lachen gab dem Oberforstdirektor seine gute Laune wieder.

„Was soll ich denn mit dem Fell?“ - „Hm, das geht mich nichts an, dahier. Exzellenz haben es verlangt.“ - „Ich weiß nichts davon.“ - „So ist es Seine königliche Hoheit, der Herr Großherzog selbst gewesen.“

Da warf die Exzellenz einen fragen Blick auf den Großherzog. Dieser meinte mit sehr heiterer Miene:

„Wie kommen Sie zu dieser Ansicht?“ - „Ich habe doch den Brief gehört“, antwortete Ludwig mutig. - „Welchen Brief?“ - „Den, den der Herr Hauptmann heute aus der Oberforstdirektion erhalten hat. Er hat ihn uns vorgelesen, und da stand darunter: Ludwig der Dritte.“

Die beiden Damen konnten ihr Lachen kaum verbergen. Der Großherzog ahnte eine komische Szene und erhob sich.

„Ah, diese Zuschrift!“ sagte er. - „Ja, zu Befehl, Hoheit!“ - „Und da ist in Rheinswalden sofort der erste Wolf geschossen worden?“ - „Zu Befehl!“ - „So zeigen Sie nur das Fell“, sagte er freundlich.

Dem guten Ludwig kam bei der guten Laune der Anwesenden seine ganze Verlegenheit abhanden. Er fühlte sich als Held der Situation und wickelte mit wichtiger Miene den Mantelsack auf.

„So, da ist das Fell!“ sagte er und breitete es ganz ungeniert auf dem getäfelten Boden aus.

Die Damen hatten sich jetzt auch erhoben, aber alle vier zeigten eine große Überraschung, als sie das Fell erblickten, und der Großherzog meinte:

„Ah, was wollen Sie denn? Das ist ja das Fell eines Luchses, aber nicht eines Wolfes!“

Das war dem braven Ludwig zu viel. So dumm hatte er sich diese Herrschaften doch nicht gedacht. Er trat in höchster Entrüstung einen Schritt zurück, machte mit der Hand eine Bewegung der Überlegenheit und platzte heraus:

„Na, das versteht sich doch Gottstrambach ganz von selber dahier!“

Die Herrschaften sahen ihn zunächst ganz erstaunt an; als sie aber seine tragikomische Entrüstung bemerkten, konnte sich der Großherzog nicht halten; er brach in ein schallendes Gelächter aus, die Großherzogin folgte ihm, und nun brauchten sich die beiden anderen auch keinen Zwang mehr aufzuerlegen; es erscholl ein munteres, herzliches Lachquartett in dem Zimmer, wie es hier vielleicht noch nicht gehört worden war.

„Sagen Sie einmal, Mann, wie heißen Sie?“ fragte der Großherzog, noch immer lachend. - „Ich bin der Ludwig Straubenberger dahier“, lautete die Antwort. - „Ludwig Straubenberger? Den Namen muß man sich merken.“ - „Zu Befehl, Hoheit!“ antwortete der Gehilfe ganz verkehrt.

Ein erneutes Lachen erscholl, und dann fragte der Großherzog weiter:

„Wie lange dienen Sie bereits?“ - „Fünfzehn Jahre.“ - „Und sind noch nicht Förster?“ - „Ich mag nicht dahier, denn ich habe den Herrn Hauptmann zu lieb. Wir passen so gut zusammen, und so mag ich nicht von ihm fort.“

Über dieses „Wir passen so gut zusammen“ lachten die Herrschaften abermals, und dann fragte der Großherzog weiter:

„Ist Ihnen denn bereits ein Avancement angeboten worden?“ - „Das versteht sich. Bereits dreimal dahier.“ - „Und Sie haben es abgeschlagen?“ - „Ja.“ - „Hm, das spricht sehr für Ihre Treue und Anhänglichkeit. Aber sagen Sie, haben Sie denn nicht Schriftliches von dem Herrn Oberförster?“

Jetzt erst besann sich Ludwig auf das Schreiben.

„Sapperment“, meinte er, „so albern bin ich in meinem ganzen Leben noch gar nicht gewesen dahier! Hier ist der Brief!“

Er griff in die Tasche, zog das Schreiben hervor und hielt es den Herren entgegen. Der Großherzog langte danach, aber da zog Ludwig die Hand zurück und sagte:

„Halt, nein! Es ist nur für den Herrn Oberforstdirektor Exzellenz.“ - „Exzellenz wird mir gestatten, es zu öffnen!“ versetzte der Großherzog.

Der Direktor verbeugte sich, nahm das Schreiben und hielt es ihm entgegen. Der Herzog öffnete und las, dann sagte er, zu den Damen gewandt:

„Unser guter Rodenstein bleibt doch der Alte, er hat immer etwas Originelles für uns. Erst sendet er uns diesen braven Ludwig Straubenberger, und dann schreibt er uns einen Brief, den ich Ihnen vorlesen muß."

Er las folgendermaßen:

„Schloß Rheinswalden, den.......

An die hohe Großherzogl. Oberforstdirektion zu Darmstadt

Trotzdem ich nicht viel Zeit habe, teile ich einer hohen Oberforstdirektion mit, daß ich einen Knaben besitze, fünf Jahre alt und einige Monate. Er schießt, reitet, schwimmt, haut und sticht und heißt Kurt Helmers, ein tüchtiger Kerl! Ist heute in den Wald gelaufen, schießt den ersten Wolf und nachher sogar den Luchs und sagt doch, es sei eine alte Katze.

Ich sende sofort den Ludwig Straubenberger. Ist auch ein guter Kerl, versteht das Forstwesen aus dem Fundament, fast besser als ich, hat zwei Ohren und ein Fell, worüber ich mir Quittung und Prämie ausbitte.

Sollten wir noch mehr Wölfe schießen, so schicke ich ihn mit noch mehr Ohren, was ich wünsche, ihm gut zu bekommen, da er ein Freund vom Trinkgeld ist.

Wünsche noch allerseits bestes Wohlsein und Betragen und zeichne mich selbst so wie auch mit Untertänigkeit

Kurt von Rodenstein
Hauptmann a. D.,
Oberförster."

Natürlich brachte dieses Schreiben eine abermalige Heiterkeit hervor, die jedoch in Rücksicht auf die Stellung des Schreibers möglichst unterdrückt wurde. Dann suchte der Großherzog sich aufzuklären.

„Was ist es mit diesem Knaben?" fragte er. - „Das ist der Kurt", antwortete Ludwig. „Sein Vater ist der Steuermann Helmers." - „Er wohnt auf Rheinswalden. Der Knabe ist, wie es scheint, der Liebling des Herrn Oberförsters?" - „Oh, er ist allen ihr Liebling dahier, Hoheit!" - „Wirklich erst fünf Jahre alt und soll einen Wolf geschossen haben, auch den Luchs dazu?" - „Ja." - „Das ist ein Irrtum oder eine Mystifikation!" - „Ein Irrtum ist es nicht, von dieser Mystifikation weiß ich nicht, was das Wort bedeutet dahier." - „Ich meine eine Fopperei." - „Das ist es nicht. Der

Kurt foppt uns nicht und läßt sich auch nicht foppen." - „Aber es ist doch unglaublich!" - „Wir wollten es auch nicht glauben, aber er hat es bewiesen." - „Ist er ein solcher Schütze?" - „Er schießt die Schwalben." - „Ah, das wäre ja ein Wunderkind! Aber dennoch, ein Wolf, ein Luchs!" - „Na, Hoheit, ich dächte doch, ein Wolf oder ein Luchs wären leichter zu treffen als eine Schwalbe dahier." - „Ja", lachte der Großherzog, „aber die Angst, die Angst vor einem solchen Tier!" - „Angst? Oh, die kennt der Bube nicht! Da kürzlich ging ein wilder Eber auf unseren Doktor Sternau und unsere Gräfin Rosa los, und den hat der Junge sofort erschossen." - „Doktor Sternau? Hm! Dieser Name ..."

Da fiel ihm die Großherzogin in die Rede:

„Erlaube! Doktor Sternau ist der berühmte Arzt, über den uns Geheimrat Belling kürzlich referierte." - „Ah, ja! Doktor Sternau wohnt bei euch und auch jene spanische Gräfin Rodriganda?" - „Ja, Hoheit."

Der Großherzog tat einige Schritte auf und ab. Endlich sagte er zu Ludwig:

„Wird der Herr Oberförster morgen zu Hause sein?" - „Jedenfalls, Hoheit." - „Doktor Sternau und die Gräfin auch?" - „Ich denke." - „Und dieser Kurt Helmers auch?" - „Der ist auch da, wenn er nicht im Wald herumläuft dahier." - „Sie reiten heute noch nach Rheinswalden zurück?" - „Zu Befehl!" - „So grüßen Sie den Herrn Oberförster von uns, und sagen Sie ihm, daß wir ihn morgen mittag Punkt zwölf Uhr besuchen würden." - „Sapperlot!" rief Ludwig erschrocken. - „Und daß wir mehrere Herren und Damen mitbringen." - „Kreuzdonnerwe... Ah, Verzeihung dahier, Hoheit!" - „Wir wollen uns selbst überzeugen, ob es wahr ist, was er uns über diesen Knaben berichtet." - „Es ist wahr; ich gebe mein Wort darauf!"

Der Großherzog lächelte und fuhr fort:

„Und ob Sie wirklich ein Fell und zwei Ohren haben, für die wir Quittung und Prämie geben sollen." - „Da liegt es ja! Und die Ohren - heiliges - na, die habe ich ganz vergessen!" - „Sie haben die Ohren vergessen?" - „Ja, bisher. Aber sie stecken glücklicherweise noch in der Tasche. Hier sind sie."

Ludwig zog die Wolfsohren hervor und überreichte sie dem Großherzog. Dieser nahm sie und legte sie auf den Tisch. Dann sagte er:

„Sie bemerken ferner dem Herrn Oberförster, daß wir wünschen, er stelle uns den Herrn Doktor Sternau und dessen Verlobte vor." - „Das wird richtig besorgt dahier, Hoheit!" - „Und nun zur Hauptsache, mein Lieber! Der Herr Oberförster ist so fürsorglich, uns auf ein Trinkgeld aufmerksam zu machen." - „Hm!"

Ludwig zuckte verlegen die Schultern.

„Sind Sie auch seiner Ansicht?"

Die Augen der Herrschaften glänzten vor Vergnügen. Ludwig antwortete endlich beherzt:

„Na, Hoheit, Sie können es ja auch noch lassen dahier!" - „Ah!" - „Ja. Sie kommen ja morgen nach Rheinswalden!"

Jetzt brach ein erneutes Lachen los. So köstlich hatte man sich seit langer Zeit nicht amüsiert.

„Ich habe also Kredit bei Ihnen?" scherzte der Großherzog.

Ludwig fühlte sich so wohlig und animiert, daß er sofort antwortete:

„Na, wenn Sie nicht, wer denn sonst dahier!"

Das Lachen setzte sich fort. Der Herzog griff in die Tasche und zog seine Börse.

„Sagen Sie dem Herrn Oberförster, daß wir die Prämien morgen persönlich zahlen werden", meinte er. „Wie hoch schätzen Sie das Fell?" - „Hm, es ist hier eine Seltenheit", erwiderte Ludwig langsam. - „Ha, Sie werden Geschäftsmann; Sie machen die Ware teuer!" - „Nein, Hoheit. Es stand in dem Brief, daß das Fell bezahlt werden soll?" - „Allerdings." - „Na, ein sibirischer Luchsbalg kostet bis fünfzehn Taler und taugt nichts." - „Das wissen Sie so genau?" - „Ja, die Haare brechen. Dieser hier wird nicht viel billiger sein. Geben Sie, was Sie gutwillig dranwenden wollen dahier!" - „Sind zwanzig Taler genug?" - „Ich wäre schon zufrieden, wenn ich sie kriegte; aber sie gehören dem Herrn Hauptmann oder unserem Kurt." - „Beide werden zufrieden sein. Hier sind nun noch fünf Taler für Sie. Ist's genug?" - „Sapperment, das versteht sich!" rief Ludwig erfreut. „Der Herr Hauptmann hat mir für den Ritt einen Taler gegeben, und ich dachte, das wäre schon nobel dahier!"

Da nahm auch der Oberforstdirektor das Wort:

„Die Sendung war eigentlich an mich gerichtet. Gestatten Hoheit einen Beitrag?" - „Ja, aber ja nicht weniger als ich!" lautete die Antwort. - „Ich gehorche gern. Also, hier sind noch fünf Taler!"

Ludwig griff schmunzelnd zu.

„Danke!“ sagte er. „Ich wollte, es gäbe alle Tage einen solchen Luchs dahier!“ - „Und wir Frauen?“ fragte die Großherzogin. - „Oh, bitte“, meinte Ludwig bescheiden, „Das wäre doch ungalant von mir!“ - „Na, nehmen Sie; es sind nur drei Taler!“ - „Zehn und drei macht dreizehn! Sapperlot, ich werde noch ganz zu Geld!“ - „Und zwei macht fünfzehn!“ sagte die Oberforstdirektorin. „Ich habe nicht mehr bei mir.“

Ludwig nahm das Geld und nickte ihr freundlich zu.

„Lassen Sie sich darüber keine grauen Haare wachsen, Madame Exzellenz“, sagte er. „Ich bin nicht habsüchtig, ich bin mit allem zufrieden dahier.“ - „Na, so sind wir also einig“, lachte der Großherzog. „Richten Sie unsere Aufträge gut aus. Wir werden uns gern an Sie erinnern. Leben Sie wohl!“

Er machte die Handbewegung der Entlassung, aber Ludwig blieb stehen und sagte:

„Hoheit, es muß erst noch etwas von meinem Herzen herunter, ehe ich gehe!“ - „Sprechen Sie!“ nickte der Großherzog leutselig. - „Meine Herrschaften, ich freue mich zwar auch über das Geld, aber die Hauptsache ist doch die Freundlichkeit. Man hat immer einen gewissen Respekt für solche Leute, und wenn es zum Treffen kommt, so sind sie vielleicht besser, als andere Menschen dahier. Sie haben mir nichts übelgenommen, und ich Ihnen auch nicht; das ist die Würze des Lebens, und darum wollte ich, daß Sie so glücklich wären wie ich in dieser Stunde dahier. Adieu!“

Ludwig machte eine sehr tiefe Reverenz, hob dabei seinen Mantelsack vom Boden auf und ging. Hinter ihm erscholl noch ein herzliches Lachen.

Drunten ging er nach dem Stall, in dem er den Reitknecht bei seinem Pferd fand.

„Fertig?“ fragte dieser. - „Ja.“ - „Waren die Herrschaften gnädig?“ - „Gnädig?“ fragte Ludwig mit wichtiger Miene. „Die Herrschaften sind mit mir stets gut dran. Haben Sie dem Pferd etwas Heu und Wasser gegeben?“ - „Ja.“ - „So sagen Sie mir, wieviel Sie gewöhnlich Trinkgeld bekommen, wenn Sie das Pferd eines Offiziers oder Grafen einstellen.“ - „Hm, Trinkgeld! Meist nichts. Diese Leute sind am knickrigsten. Zuweilen bekomme ich zehn Groschen. Man denkt, wir haben Gehalt genug.“ - „Hm! Welches war Ihr höchstes Trinkgeld?“

Der Reitknecht hatte während dieser Unterhaltung das Pferd aus dem Stall geführt, und Ludwig stieg auf.

„Das höchste war ein Taler, den bekam ich von einem englischen Lord.“ - „Wie hieß dieser Lord?“ - „Lord Wellesfield.“ - „So. Hier haben Sie zwei Taler. Und wenn Sie nach meinem Namen gefragt werden, ich bin der Forstgehilfe Ludwig Straubenberger. Adieu dahier!“

Er sprengte davon.

13. KAPITEL

Unterdessen hatte in Schloß Rheinswalden eine ernste Unterredung stattgefunden. Kaum nämlich war Ludwig fort, so fuhr ein Wagen in den Schloßhof. In demselben saß jener Staatsanwalt, der sich Doktor Sternaus so warm angenommen hatte.

„Ist der Herr Hauptmann zu Hause und auf seinem Zimmer?“ fragte er den Burschen, der herbeigekommen war, um die Pferde zu halten. - „Jedenfalls.“

Er stieg die Treppe empor und traf zufällig mit Sternau zusammen, der aus seinem Studierzimmer trat.

„Ah, das trifft sich gut, Herr Doktor“, sagte er. - „Willkommen! Sie wollen zu mir?“ - „Zu Ihnen, ja. Vorher aber stand ich im Begriff, den Herrn Hauptmann zu begrüßen.“ - „So kommen Sie.“

Der Staatsanwalt wurden von Rodenstein herzlich willkommen geheißen.

„Sie bringen Nachricht?“ fragte der letztere. „Nehmen Sie Platz!“

Nachdem man sich eine Zigarre angebrannt hatte, begann der Beamte:

„Sie wissen, daß ich mich nach dem Schiff ‚La Pendola‘ und dem spanischen Kapitän Henrico Landola erkundigen wollte.“ - „Allerdings wollten Sie die Güte haben“, meinte Sternau. - „Nun, ich habe es getan. Ich habe Verwandte und auch sonstige Verbindungen in dem Auswärtigen Amt in Berlin. Ein Freund von mir ist bei der Gesandtschaft in London angestellt. Ich habe da nun alle Minen springen lassen und heute eine Depesche erhalten.“ - „Günstig?“ fragte Rodenstein. - „Man hat von Berlin und London aus an verschiedene Konsulate telegrafiert, und das Ergebnis ist die Nachricht, daß die ‚Pendola‘ vorige Woche auf Sankt Helena angelegt hat, um Wasser einzunehmen. Dann ist sie nach Kapstadt gegangen, wo sie jetzt noch vor Anker liegt.“ - „Das ist allerdings eine günstige Nachricht!“ rief Sternau erfreut. „Man weiß ja nun, wo man den Mann zu suchen hat!" - „Weiß man bloß das?" fragte der Hauptmann. „Nein, man weiß weit mehr, und zwar, wo man ihn zu suchen und wo man ihn festzuhalten hat!"

Der Staatsanwalt schüttelte den Kopf.

„Das geht nicht, Herr Hauptmann." - „Donnerwetter, warum nicht?" - „Erstens sind keine genügenden oder vielmehr keine erwiesenen Gründe vorhanden, um die Polizei zum Einschreiten zu bewegen." - „Ah! Und zweitens?" - „Zweitens ist Landola ein Spanier, und wir sind Deutsche. Das soll sagen, daß, selbst wenn die angeregten Gründe vorhanden wären, es doch verschiedene Formalitäten zu erfüllen gibt, die für uns sehr fatal sind." - „Warum fatal?" - „Weil sie ihm Zeit geben, zu entkommen."

Der Hauptmann rückte zornig auf seinem Stuhl hin und her.

„Sie wollten wohl sagen, daß wir ihn durch die Organe der Regierung niemals fassen werden?" - „Wie die Sachen jetzt liegen, ja. Herr Doktor, haben Sie mir über Ihre Verhältnisse alles mitgeteilt?" - „Alles!" beteuerte Sternau. „Selbst das Geringste." - „Und es gibt nichts, das Sie vergaßen oder mir verheimlichten?" - „Ich weiß wirklich nichts." - „Nun, so bin ich sicher, daß wir das Material noch nicht besitzen, diesen Seekapitän gefangenzunehmen. Darum habe ich die nötigen Schritte getan, um mehr solches Material zu sammeln." - „Darf ich fragen, worin diese Schritte bestehen?" - „Sie sagten, daß Henrico Landola in Barcelona anzulegen pflegt?" - „Ja." - „Nun, so bald er dort ankommt, wird er sich festrennen. Ich habe nämlich einen unserer gewandtesten Polizisten dort stationiert." - „Wie freundlich und umsichtig! Die Kosten trage natürlich ich!" - „Darüber sprechen wir später. Dieser Polizist hat zugleich die Aufgabe, Schloß Rodriganda genau zu überwachen." - „Das ist gut, das kann von großem Vorteil sein." - „Einen Erfolg habe ich schon zu verzeichnen." - „Welchen?" fragte Rodenstein neugierig. „Er telegrafierte mir, daß Graf Alfonzo nach Frankreich verreist sei. Ich setzte mich sofort mit Paris in Verbindung und habe da bereits erfahren, daß er sich in Orleans einen Diener genommen hat und mit demselben in Paris angekommen ist. Dort ist er aber spurlos verschwunden." - „Man wird ihn finden." - „Ich hoffe es. Ich ahne, daß diese Reise mit Ihnen in Verbindung steht. Ferner teilt mir jener Polizist mit, daß man gesonnen ist, Ihre Flucht aus dem Gefängnis in Barcelona zu ignorieren." - „Das erwartete ich", sagte Sternau. „Ich hatte nichts begangen. - „Er hat ferner noch andere Schritte getan. Er teilt mir mit, daß man nicht mehr gewillt ist zu bestreiten, daß die Dame, die sich hier befindet, die Gräfin Rosa de Rodriganda sei.“ - „Daraus folgt also, daß man ihr das Recht zuspricht, ihr Erbe zu beanspruchen?“ - „Allerdings. Ich habe gerade in dieser Beziehung auch mit dem spanischen Gesandten in Berlin korrespondiert und Depeschen gewechselt. Er ist gewillt, das Möglichste zu tun.“ - „Ich bin Ihnen wirklich zu sehr großem Dank verpflichtet.“ - „Sie sehen, daß in dieser kurzen Zeit bereits sehr viel geschehen ist. Weiter habe ich mich hier an den Geheimrat Belling gewandt.“ - „In Darmstadt?“ - „Ja. Er besitzt großen Einfluß bei Hof. Ich habe ihm das Nötigste mitgeteilt, und er hat mir versprochen, dahin zu wirken, daß der Großherzog sich für Sie interessiert. Geschieht dies, so haben Sie hier festen Grund gefunden. Ich erwarte stündlich seine Resolution.“ - „Dann würde es ja geraten sein, mich ihm einmal vorzustellen.“ - „Tun Sie das. Sie haben zunächst die Aufgabe, Ihre Braut zu Ihrer Gemahlin zu machen, und hierbei fällt die Gunst des Hofes bedeutend in die Waagschale. Übrigens kann uns jeder Tag Neues bringen. Ich lebe der schönen Hoffnung, daß alles sich schnell zum besten lenken lassen wird.“ - „Halten Sie noch fest an Ihrer früheren Meinung, daß jener spanische Kapitän nur zur See gefangen werden kann?“ - „Es ist noch jetzt meine Überzeugung. Sie müssen wissen, wohin er Ihren Freund, jenen Husarenleutnant Alfred de Lautreville, entführt hat. Sie müssen ferner wissen, welche Bewandtnis es mit dem Mann hat, der in Mexiko aufgeladen und als Sklave nach Harar - heute Harer - transportiert wurde. Das alles erfahren Sie nur dann von ihm, wenn Sie sein Meister werden, wenn Sie, Gewalt gegen Gewalt, ihn in Ihre Hände bekommen.“ - „So ist es beschlossen, daß ich eine Dampfjacht kaufe und nach dem Kap gehe, um ihn zu verfolgen.“ - „Ich rate Ihnen dazu. Vorher aber stellen Sie Ihre hiesige Existenz fest. So, das wäre, was ich Ihnen für heute bringe. Darf man die Damen sehen?“ - „Ich bitte darum.“ - „Ich möchte sie begrüßen, und wir können ja in ihrer Gegenwart noch weiter über unser Thema verhandeln.“

Man begab sich also nach dem Salon, wo der Hauptmann, Sternau, der Anwalt, Gräfin Rosa und die beiden Damen Sternau bis über die Dunkelstunde hinaus beisammensaßen.

Eben erhob sich der Anwalt, um aufzubrechen, als ein Reiter in den Hof galoppierte.

„Wer mag das sein?“ fragte er. „Vielleicht ein Bote nach mir. Ich werde erwartet.“ - „Nein, den Schritt dieses Pferdes und die Art und Weise dieses Reiters kenne ich“, versetzte Rodenstein. „Es ist mein Ludwig.“

Er hatte im Lauf der Unterhaltung dem Anwalt die Heldentat Kurts erzählt und auch gesagt, daß er den Burschen nach Darmstadt geschickt habe. Darum kannte dieser die Angelegenheit und sagte, sich wieder niedersetzend:

„So bleibe ich noch eine Minute. Ich möchte doch sehen, was der Oberforstdirektor zu unserem kleinen Nimrod gemeint hat.“

Es dauerte gar nicht lange, so trat Ludwig ein.

„Eingetroffen, Herr Hauptmann!“ meldete er. - „Du warst länger, als ich dachte“, sagte der Oberförster. - „Der Herr Oberforstdirektor war gar nicht in Darmstadt dahier“, entschuldigte sich der Bursche, „sondern in Kranichstein.“ - „Und da bist du hinaus? Nun, wie ging es?“

Ludwig trat mit stolzen Schritten an den Tisch und zählte das Geld auf denselben.

„Dahier!“ sagte er. „Das ist für den Balg.“ - „Zwanzig Taler? Ah, das ist viel. Das hätte ich dem Oberforstdirektor nicht zugetraut“, meinte der Oberförster. - „Es ist auch gar nicht von ihm, vielmehr von der Hoheit selbst.“ - „Von der Hoheit? Du meinst doch nicht etwa von dem Großherzog?“ - „Ja, gerade den meine ich dahier!“ - „Bist du toll?“ - „Nein, aber reich.“

Ludwig lachte mit dem ganzen Gesicht, griff in die Tasche und klimperte mit seinem Geld.

„Mensch, das klingt ja nach lauter harten Talerstücken!“ rief der Hauptmann. „Von wem sind sie?“ - „Ich hätte sogar noch zwei Taler mehr; aber die habe ich dem großherzoglichen Stallknecht als Trinkgeld gegeben, weil er mir den Braunen versorgt hat.“ - „Zwei Taler?“ fragte Rodenstein. „Du bist wohl übergeschnappt?“ - „Nein. Ich gab sie, weil der Kerl mich erst über die Schulter ansah dahier, und geben konnte ich sie, weil ich fünfzehn Taler Trinkgeld erhalten habe.“ - „Fünfzehn ... Ah, Halunke, du hast einen Rausch!“ - „Das wäre gar kein Wunder, wenn man vor lauter Freude einmal besoffen würde.“ - „Wer gab dir denn das Trinkgeld?“ - „Ich will es erzählen, Herr Hauptmann. Vom Großherzog fünf Taler ...“ - „Mit dem Großherzog hast du gesprochen?“ fragte der Hauptmann überrascht. - „Ja, mit ihm habe ich gesprochen, und zwar so wie mit mir selbst. Er hat mich

‚unsern guten Straubenberger‘ genannt dahier! Also von ihm fünf Taler, von dem Oberforstdirektor fünf Taler, macht zehn ...“ - „Mir bleibt der Verstand stillstehen!“ sagte der Hauptmann.

Ludwig fuhr fort:

„Von der Frau Großherzogin drei, macht ...“ - „Alle Teufel!“ fuhr Rodenstein auf, „auch mit der hast du gesprochen?“ - „Ja. Von ihr drei, macht dreizehn, und von der Frau Oberforstdirektor zwei, macht fünfzehn dahier.“ - „Aber Mensch, wie kommst du denn zu dem Glück, mit dem Großherzog zu reden?“ - „Oh, dazu kann mancher kommen, Herr Hauptmann. Zum Beispiel Sie, und schon morgen.“ - „Morgen?“ Rodenstein sprang auf. „Was willst du damit sagen, Kerl?“ - „Morgen kommt der Großherzog, der Oberforstdirektor und noch eine ganze Menge anderer Herren, alle mit ihren Weibern dahier.“ - „Kerl, ich schlage dich tot, wenn du es etwa wagst, dir einen Spaß zu machen!“ rief der Oberförster außer sich vor Überraschung. - „Sie kommen, weiß Gott, sie kommen, Herr Hauptmann!“ beteuerte der Bursche. - „Herrgott, ist's möglich! Welch eine Überraschung! Und so viele, mit ihren Damen?“ - „Ja.“ - „Na, das wird eine schöne Prosit die Mahlzeit! So etwas muß man doch viel länger vorher wissen! Weshalb nur gerade morgen?“ - „Den Kurt wollen sie sehen! Ja, und den Herrn Doktor und die gute Gräfin Rosa; und die Prämien will der Großherzog bringen, hundertzwanzig Taler in Summa dahier.“

Diese Nachricht brachte eine ungeheure Aufregung in der Versammlung hervor. Die Anwesenden alle erhoben sich von ihren Plätzen und drangen mit Fragen auf Ludwig ein. Der Oberförster wehrte aber ab und sagte:

„Halt, meine Herrschaften! Das muß ordentlich gehen, nicht alles durcheinander! Laßt mich allein fragen, dann kommen wir schneller zum Ziel.“ Und sich nun wieder zu dem Jägerburschen wendend, erkundigte er sich: „Zu welcher Zeit wollen sie kommen?“ - „Punkt zwölf Uhr mittags.“ - „Und wie viele wollen kommen?“ - „Sehr viele. Weiter weiß ich nichts dahier.“ - „So erzähle, wie es dir in Kranichstein ergangen ist.“ - „Nun, ich übergab mein Pferd dem Stallknecht und sagte einem Diener, zu wem ich wollte dahier. Er sagte, daß der Großherzog bei dem Oberforstdirektor sei, daß er mich aber anmelden werde, weil ich ein Kurier sei.“ - „Donnerwetter, du hast dich für einen Kurier ausgegeben?“ - „Ja.“ - „Bist du gescheit oder nicht, Kerl?“ - „Ich bin gescheit; das wird sich gleich zeigen.“ - „Da bin ich doch neugierig! Na, ich werde eine schöne Nase erhalten, wenn morgen die Herrschaften kommen! Erzähle weiter." - „Der Lakai meldete mich, und ich kam nun in ein Zimmer, wo es Gottstrambach schöner war als im Himmel dahier. Da saßen der Großherzog und der Oberforstdirektor mit ihren Weibern." - „Wem gabst du den Brief?" - „Hm, den kriegte jetzt einstweilen noch niemand." - „Niemand? Aber Mensch, den mußtest du doch sofort abgeben!" - „Das fiel mir gar nicht ein, denn ich hatte es vergessen. Sie fragten mich zunächst, wer ich bin dahier, und warum ich mich wegen eines Wolfes als Kurier ausgeben könne ..." - „Da hat man's! Meine Nase werde ich ganz sicher bekommen, daß ich so einen Dummhut geschickt habe!" - „Dummhut, Herr Hauptmann? Das dürfen nur Sie mir sagen, einen anderen würde ich zu Boden schlagen, daß ihm die Seele aus der Haut fahren sollte dahier! Ich habe keine Dummheit begangen, sondern mit den Herrschaften gesprochen, wie mir der Schnabel gewachsen ist. Sie sind auch ganz prächtig mit mir einverstanden gewesen, und ich mit ihnen auch. Ich habe ihnen sogar tüchtig vor die Zähne gesprochen, als ich ihnen das Fell ausbreitete, und sie dachten, es wäre eine Wolfshaut." - „Eine Wolfshaut?" fragte der Hauptmann ungläubig. - „Ja." - „Unmöglich. Der Großherzog und der Oberforstdirektor wissen schon eine Wolfshaut von einem Luchsbalg zu unterscheiden!" - „Es ist aber doch so. Sie hatten es für eine Wolfshaut angesehen, bis sie dann selber einsahen, daß es ein Luchsfell war. Und da konnte ich mich nicht halten, da habe ich ihnen die Paten gesteckt." - „Sapperlot, du bist doch nicht etwa unvorsichtig gewesen?" - „Nein, nicht im geringsten." - „Was hast du gesagt?" - „Hm! Der Großherzog sagte: Das ist doch ein Luchsbalg. Und da sagte ich: Na, das versteht sich doch Gottstrambach ganz von selber!" - „Himmelheiligeskreuz...! Bist du denn geplatzt, Halunke?" - „Nein, Herr Hauptmann." - „Haben sich dich denn nicht gleich arretieren lassen?" - „Nein." - „Was haben sie denn gemacht?" - „Gelacht haben sie, weiter nichts." - „Da hat man's! Das ist noch schlimmer! Meinen Boten haben sie ausgelacht; das ist gerade so gut, als ob sie mich selber ausgelacht hätten." - „Ausgelacht, Herr Hauptmann? Das ist nicht wahr! Vor Vergnügen haben sie gelacht, vor Freude über mich dahier. Dann haben sie mich gefragt, wie lange ich diene und warum ich keine Försterstelle annehme, und als ich sagte, daß ich nicht von dem Herrn Hauptmann weg wolle, da haben sie mich gelobt, und der Großherzog hat gemeint, daß er an mich denken wolle dahier. Und als ich nachher den Brief hingab, da hat ihn der Großherzog laut vorgelesen ..." - „Die anderen und auch die Damen haben ihn gehört?" erkundigte sich der Hauptmann ganz stolz. - „Ja." - „Nun, was sagten die denn zu einem solchen Brief?"

Der Hauptmann hielt sich nämlich für einen großen Schrifthelden, er erwartete, jetzt eine große Lobrede zu hören, doch der wahrheitsliebende Bursche sagte:

„Ausgelacht sind Sie worden, Herr Hauptmann." - „Wa-wa-waaaaas?" - „Ausgelacht!" - „Un-un-möglich!"

Seine Nase war vor Schreck ganz kreidebleich geworden, und sein Mund stand vollständig offen.

„Ja!" behauptete Ludwig mit Nachdruck. „Von allen, auch von den Damen." - „Aber weshalb denn, beim Teufel?" - „Ja, wegen vielerlei." - „Nun, zum Beispiel?"

Der gute Ludwig hatte seinen Herrn lieb, aber es tat ihm gut, ihm auch einmal einen Jagdhieb versetzen zu können. Daher sagte er:

„Na, wegen dem Stil dahier." - „Wegen dem Stil? Das ist mir Gottstrafmich doch zu stark! Kein Mensch hat so einen schönen Stil wie ich."

Die Anwesenden lächelten, sagten aber nichts. Nur der Jägerbursche meinte:

„Die Herrschaften verstehen vielleicht von einem guten Stil nichts, sie lachten, und der Herzog sagte, das wäre originell." - „Schafskopf, das ist doch ein Lob, aber kein Tadel!" - „Gottstrambach, da bin ich also doch ein tüchtiger Kerl dahier!" - „Wieso?" - „Der Großherzog sagte: Unser Rodenstein bleibt doch immer der Alte; erst schickt er uns diesen braven Straubenberger und dann diesen Brief! - Also wenn der Brief tüchtig war, so bin ich auch tüchtig; das versteht sich ja ganz von selber dahier. Aber gelacht haben sie doch, besonders wegen der Haut und den zwei Ohren." - „Wieso?" - „Nun, Sie hatten doch geschrieben, daß ich eine Haut und zwei Ohren hätte." - „Kerl, ich haue dich! Ich werde doch wissen, was ich geschrieben habe! Ich habe geschrieben: Hier schicke ich meinen Ludwig Straubenberger, und so weiter, der hat eine Haut und zwei Ohren, für die Sie ihm die Prämie geben sollen."

Der Oberförster blickte sich im Kreis um und sah, daß alle

sich Mühe gaben, ihr Lachen zu verbergen; da ging ihm eine Ahnung auf, und er fragte:

„Na, Herr Staatsanwalt, Sie lachen. War es nicht richtig?" - „Hm! Aus Ihrer Wortstellung geht allerdings hervor, daß Sie von der Haut und den Ohren Ihres Ludwigs gesprochen haben."

Der Hauptmann glaubte es noch immer nicht, und darum fragte er Sternau:

„Ist's wahr, Herr Doktor?" - „Es ist allerdings so, wie der Herr Staatsanwalt sagte", antwortete dieser. - „Heiliges Pech, so habe ich mich blamiert, gewaltig blamiert!" - „Und dann das Trinkgeld!" sagte Ludwig. „Sie haben doch geschrieben, daß sie mir Trinkgeld geben sollen." - „Das habe ich mit Fleiß getan, da habe ich den Zahlmeister gemeint. Wer denkt denn, daß mein Brief dem Großherzog in die Hände kommt! Na, ich werde eine schöne Nase kriegen morgen, eine Nase, zwölf Meilen lang! Wer gab dir denn das Geld für den Balg?" - „Der Großherzog." - „Donnerwetter, dem hättest du es schenken sollen!" - „Das fällt mir gar nicht ein, so dumm bin ich nicht dahier. Er hat mir die zwanzig Taler sehr gern gegeben, ich sah es ihm an." - „Etwas Schriftliches hast du nicht bekommen?" - „Nein. Sie wollen morgen alles mündlich abmachen." - „Also was verlangten sie für morgen?" - „Den kleinen Kurt wollten sie sehen." - „Sie glaubten nicht, daß er's gewesen ist?" - „Nein. Der Großherzog sprach sogar von Fopperei." - „Alle Teufel!" - „Ja. Dann will der Großherzog den Herrn Doktor vorstellen." - „Papperlapapp! Ich soll ihm den Herrn Doktor vorstellen, so wird er es gemeint haben." - „Möglich! Den Herrn Doktor und die gnädige Gräfin von Rodriganda." - „So wußte er bereits von uns?" fragte Sternau. „Hat er keine Bemerkung fallenlassen, aus der man erraten könnte, durch wen er von uns erfahren hat?" - „Hm, die Großherzogin sagte so etwas, doch muß ich mich erst besinnen. Es war ein Geheimrat dabei, wie ich glaube." - „Wurde der Name genannt?" - „Allerdings, er fällt mir aber gar nicht gleich ein dahier." - „Vielleicht Belling?" - „Ja, ja, Belling, Geheimrat Belling, so war es." - „Sehen Sie, Herr Staatsanwalt", sagte Sternau, zu diesem gewandt, „daß der Herr Geheimrat sein Wort bereits gehalten hat!" - „Ich war überzeugt davon", entgegnete der Beamte, „ihm haben Sie den Besuch der Herrschaften zu verdanken. Es würde mir angenehm sein, wenn ich morgen auf Schloß Rheinswalden sein dürfte." - „Was hält Sie davon ab?" fragte der Hauptmann.

„Etwa Ihre amtlichen Verrichtungen?“ - „Diese weniger ...“ - „Nun, wenn es nur an meiner Einladung fehlt, so wissen Sie ja, daß Sie mir jederzeit herzlich willkommen sind. Wollen Sie zusagen?“ - „Gut, ich komme!“ - „Schön, abgemacht! Frau Sternau, wie steht es mit der Küche?“ - „Da befinde ich mich allerdings sehr in Verlegenheit“, antwortete sie. „Ich weiß ja nicht, was die Herrschaften zu genießen wünschen ...“ - „Dummheit! Sie müssen nehmen, was sie kriegen; nach ihren Wünschen zu fragen, ist es zu spät. Aber sie sollen zufrieden sein. Wild haben wir?“ - „Genug! Schweinernes auch.“ - „Na, wegen des übrigen schikken Sie gleich einen Expressen in die Stadt.“ - „Aber ich weiß nicht, für wie viele Personen ...“ - „Abermals Dummheit! Wir machen so viel, als wir fertigkriegen können, was übrigbleibt, essen wir selber. Den Weinkeller werde ich gleich untersuchen.“

Frau Sternau hatte den Haushalt in einer musterhaften Ordnung, aber die Ankunft solcher Gäste war doch immerhin bedenklich. Es verging der Abend und fast die ganze Nacht mit Vorbereitungen, und erst, als am anderen Vormittag der Staatsanwalt ankam, konnte man sagen, daß man der Ankunft des Großherzogs nun mit Ruhe entgegensehe.

14. KAPITEL

Auch außerhalb des Schlosses war während der ganzen Nacht gearbeitet worden. Der Hauptmann hatte sämtliche Bewohner von Rheinswalden aufgeboten, um die Straße, die durch den Wald führte, mit grünen Girlanden und Festons zu schmücken. Da nur zwei Böller vorhanden waren und Rodenstein ein Freund von Ehrensalven war, so wurden Kanonenschläge gefertigt, die in regelmäßigen Zwischenräumen angezündet werden sollten, kurz, man traf alle Vorbereitungen, um den Landesherrn gebührendermaßen zu empfangen.

Ludwig hatte den Braunen wieder bestiegen und war den Herrschaften entgegengeritten, um bei ihrem Anblick sofort umzukehren und ihre Ankunft zu melden.

Der Großherzog war pünktlich. Zwei Minuten vorher sprengte Ludwig zum Tor herein und rief:

„Sie kommen!“

Draußen begannen allsogleich die Kanonenschläge zu krachen,

der hundertstimmige Ruf eines begeisterten Hurras kam schnell näher, und da rollten auch schon acht vollbesetzte Equipagen herein, begleitet von Herren, die es vorgezogen hatten, zu reiten. Es waren wohl vierzig Personen.

Der Hauptmann stand in seiner Oberförsteruniform am Portal, um die Herrschaften zu empfangen. Die Burschen glänzten in ihren Staatsuniformen, an ihrer Spitze Ludwig. Neben diesem stand der kleine Kurt. Auch er steckte in einer grünen Uniform und hatte einen Hirschfänger an der Seite.

Der Großherzog sprang, die Hilfe des Lakaien verschmähend, aus dem Wagen, und eben bog er sich nach demselben zurück, um der Großherzogin die Hand zu geben, da erblickte er den Burschen.

„Ah, unser Ludwig Straubenberger!“ sagte er. „Kommen Sie heran!“

Ludwig pflanzte sich kerzengerade vor ihm auf.

„Geben Sie Ihrer königlichen Hoheit die Hand“, befahl der Fürst. „Sie dürfen Ihr aus dem Wagen helfen.“ - „Ist sie krank dahier?“ fragte der gute Bursche.

Er hatte keine Ahnung, daß ihm hier eine Ehre geboten wurde, nach der mancher hohe Offizier und manche Hofcharge vergebens schmachtete.

„Nein“, lachte der Großherzog, „sie will es so.“ - „Na, wenn's sein muß, so denn los!“

Mit diesen Worten trat er an den Wagen, streckte der Großherzogin die Hand entgegen und sagte:

„Guten Tag, Hoheit! Da, kommen Sie her, wenn Sie denken, Sie purzeln heraus!“

Er faßte sie an und hob sie buchstäblich aus dem Wagen.

Der Oberforstdirektor hatte inzwischen zu der Kavalkade von der gestrigen Unterhaltung gesprochen, die Herren und Damen waren infolgedessen begierig, den braven Ludwig zu sehen, aber daß er mit der Königlichen Hoheit so summarisch verfahren werde, hatten sie doch nicht gedacht.

Die Großherzogin machte übrigens gute Miene zum bösen Spiel und legte ihre Hand in den Arm ihres hohen Gemahls. So schritten sie, gefolgt von den anderen Herrschaften, nach dem Portal.

Der Oberförster machte sein schneidigstes Honneur. Sein Gesicht brannte förmlich vor Freude, seinen Landesherrn bei sich zu sehen.

„Hier sind wir", sagte dieser jovial. „So zahlreich haben Sie uns nicht erwartet, mein lieber Rodenstein." - „Je mehr, desto besser, Hoheit!" antwortete er. „Geben Sie meinem Haus die Ehre, näher zu treten."

Der Fürst reichte ihm die Hand, die er leise drückte, dann führte Rodenstein diejenige der Fürstin mit Ehrerbietung an seine bärtigen Lippen, verbeugte sich vor dem Gefolge und schritt nun allen voran nach den heute geöffneten Staatsgemächern des Schlosses. Im Saal desselben, der mit seltenen Geweihen und anderen Jagdtrophäen geschmückt war, nahm man Platz, um eine Erfrischung zu nehmen.

Der Großherzog hatte einige Lakaien mitgebracht, um sich von ihnen bedienen zu lassen, aber Rodenstein kannte seine Schuldigkeit als Wirt, seine wackeren Burschen waren da und machten ihre Sache wider Erwarten ganz gut.

Nach dem ersten Trunk sagte der hohe Herr:

„Ich komme zunächst, um mir einmal Ihren kleinen Nimrod anzusehen, doch ist es dazu noch Zeit. Ist Doktor Sternau zu Hause?" - „Ja. Befehlen Hoheit?" - „Er soll kommen."

Rodenstein gab einen Wink, und Ludwig eilte hinaus.

Die abenteuerlichen, fast romanhaften Erlebnisse des Arztes hatten sich bereits überall herumgesprochen, man kannte ihn noch nicht und war daher nicht wenig begierig, den Mann zu sehen, dem die schönste Gräfin Spaniens ihre Hand schenken wollte.

Sternau trat ein.

Hatte man vielleicht gedacht, daß ein Arzt schon durch seine äußere Haltung eingestehen werde, welche Gnade und Auszeichnung es sei, in der Mitte solcher Herrschaften erscheinen zu dürfen, so hatte man sich hier allerdings bedeutend geirrt. Hoch und breit von Gestalt, ein echter Enakssohn, trat er in der Haltung eines Königs ein. Kein einziger Zug seines offenen, männlichen Gesichts verriet eine Spur von Verlegenheit, und sein großes, schönes Auge flog mit einem ruhigen, forschenden Blick über die Versammlung, als sei er der Gebieter, der hier erwartet werde.

Der Großherzog erhob sich unwillkürlich, und die anderen folgten seinem Beispiel.

„Mein Gott, der Herzog von Olsunna!" sagte ziemlich laut und erstaunt ein Herr vom Hof, der hinter dem Fürsten stand.

Schon hatte Sternau das Fürstenpaar erreicht, und der Hauptmann eilte an seine Seite.

„Der Herr Doktor Sternau!" stellte er ihn vor und trat dann zurück.

Der Fürst und die Fürstin erwiderten die Verbeugung des Arztes, und der erstere sagte:

„Man hat mir von Ihnen gesprochen. Sie sind in meinem Land geboren?" - „Ich habe die Ehre, ein Landeskind Eurer Hoheit zu sein." - „Wie kamen Sie nach Spanien?" - „Ich befand mich in Paris bei Professor Letourbier, als ich nach Rodriganda gerufen wurde, um den Grafen dieses Namens von einem doppelten Leiden, dem Stein und dem Star, zu befreien." - „Ah! Gelangen die Operationen?" - „Ich war glücklich." - „So darf man Ihnen Glück zu so großem Erfolg wünschen."

Sternau verbeugte sich dankend, und der Großherzog fuhr fort:

„Übrigens haben wir gehört, daß Sie sich ein außerordentlich angenehmes Honorar mitgebracht haben?"

Der Großherzog lächelte freundlich, was die Eigentümlichkeit seiner Worte in der Weise milderte, daß Sternau mit einem leisen Lächeln antwortete:

„Es wurde freiwillig gegeben, Hoheit." - „Wir haben von Ihren Schicksalen gehört, und Königliche Hoheit, die Großherzogin, wünscht die Gräfin de Rodriganda zu sehen. Oder hält die Dame sich so zurückgezogen, daß ..." - „O nein, Hoheit. Darf ich Rosa de Rodriganda holen?" - „Ja, wir bitten darum."

Man nahm wieder Platz. Ein leises Flüstern ging von Mund zu Mund, der Arzt hatte auf alle, besonders aber auf die Damen, einen bedeutenden Eindruck gemacht. Nun war man desto neugieriger auf die Gräfin, der man den Vater geraubt und sie selbst dann wahnsinnig gemacht hatte, so daß sie nur von einem Arzt wie Sternau hatte gerettet werden können.

Während dieser leisen Unterhaltung hatte sich der Großherzog an den Herrn gewandt, der jene Äußerung bei Sternaus Anblick getan hatte.

„Es entschlüpften Ihnen vorhin einige Worte, Exzellenz ...?" fragte er so, daß es nur die Großherzogin hören konnte. - „In einer wirklichen Überraschung, Hoheit." - „Sie nannten einen hohen Namen." - „Den des Herzogs von Olsunna." - „Was hat es für eine Bewandtnis damit?" - „Dieser Doktor Sternau gleicht dem Herzog so, daß ich fast erschrocken war." - „Zufall." - „Hm."

Der Mann machte bei diesem Laut ein so eigentümliches Gesicht, daß der Großherzog aufmerksam wurde.

„Was meinen Sie?“ fragte er. - „Ich dachte soeben an einige Eigentümlichkeiten.“ - „Die man erfahren darf?“ - „Nur Hoheit gegenüber spreche ich davon. Haben Hoheit die zwei kleinen Male bemerkt, die der Doktor im Gesicht hat?“ - „Auf der Stirn und an der linken Wange?“ - „Ja, sie sind nicht auffällig, sie geben den Zügen eher etwas Pikantes.“ - „Was ist's mit ihnen?“ - „Dieselben Male hatte der Herzog ganz an derselben Stelle.“ - „Ah, das könnte allerdings aufmerksam machen.“ - „Ferner ist Madame Sternau, die die Honneurs von Schloß Rheinswalden macht ...“ - „Sie ist hier?“ unterbrach ihn der Fürst. - „Sie und ihre Tochter. Sie war als Gouvernante in Spanien, und zwar auch kurze Zeit bei dem Herzog von Olsunna als Erzieherin von dessen Tochter.“ - „Das ist allerdings sehr auffällig.“ - „Sie ging ungewöhnlich schnell ab und verließ Spanien. Es mußte irgendeine Szene gegeben haben. Ich kenne das, da ich gerade zu jener Zeit bei der Gesandtschaft war und ihren Paß in die Hand bekam.“ - „Stimmt das Alter des Arztes mit der Zeit?“ - „Ja, und noch mehr: Ich habe diesen Doktor Sternau schon früher gesehen.“ - „Ah!“ - „Als Kind, ganz zufällig. Das war bei einem Verwandten der Frau Sternau, einem gewissen Wilhelmi, dessen Sohn jetzt in Genheim Lehrer ist. Ich rechnete bereits damals nach und kam zu dem überraschenden Resultat, das Ew. Hoheit jedenfalls vermuten werden.“ - „Eigentümlich, sehr eigentümlich.“

Die Großherzogin hatte alles gehört.

„Man wird sich für diesen Arzt wirklich interessieren müssen!“ meinte sie, und lächelnd fügte sie hinzu: „Er hat wirklich so etwas - hm, so etwas ‚Herzogliches‘ an sich.“ - „Gewiß!“ stimmte ihr der Herzog bei.

Eine weitere Bemerkung konnte er nicht machen, denn es öffnete sich soeben die Tür, und Rosa trat am Arm Sternaus ein.

In einer anderen Versammlung wäre ein hörbares „Ah!“ der Bewunderung durch den Saal gegangen, diese Hofleute aber waren es gewöhnt, sich zu beherrschen, und doch rückte hier und da ein Stuhl, man hörte das leise Scharren eines Fußes oder das Rauschen eines seidenen Kleides, das durch eine Bewegung der Überraschung hervorgebracht worden war.

Und schön war sie, unendlich schön, so schön, daß sich keine der anwesenden Damen nur im entferntesten mit ihr hätte messen können. Und wie einfach ging sie! Sie trug nichts als ein Kleid von weißem Alpaka, eine Rose im Haar und zwei Nelken am Busen. Es war, als ob die Schönheit sich verkörpert habe und nun hier eintrete, um die Herren in Entzücken und die Damen in bitteren Neid zu versetzen.

Auch bei ihrem Eintritt erhoben sich alle. Die Großherzogin aber ging ihr einige Schritte entgegen und reichte ihr die Hand. Rosa beugte sich mit vornehmstem Anstand auf dieselbe nieder, und als sie den schönen Kopf wieder erhob, senkte sich der vorhin so stolze, königliche Blick so innig bittend und vertrauend in das Auge der Fürstin, daß diese ergriffen wurde und sofort fühlte, daß sie diesem schönen Geschöpf eine Beschützerin sein werde.

„Gräfin Rosa de Rodriganda y Sevilla!" sagte Sternau laut.

Dann trat er einen Schritt zurück.

„Erlaucht", wandte sich jetzt die Großherzogin an Rosa, „ich heiße Sie willkommen in unserem Land und empfehle Sie hiermit der Gewogenheit Seiner Hoheit."

Der Großherzog neigte gütig den Kopf und erwiderte:

„Wenn Sie es gestatten, Erlaucht, werden wir Ihnen gern mit unseren Kräften zur Verfügung stehen. Man wird Sie veranlassen, sich den Kreisen unseres Hofes nicht länger zu entziehen." - „Ich danke, Hoheit, danke von ganzem Herzen", sagte Rosa, „aber gestatten Sie mir noch länger, mich in der Einsamkeit dem Andenken von Ereignissen zu widmen, die mein ganzes Leben umgestaltet haben. Mein Herz schätzt Ihre Freundlichkeit und findet sie unendlich wertvoll für ein verwaistes Leben; aber ich habe noch stillen Abschluß zu halten mit allem, was hinter mir begraben wurde." - „Was aber doch wieder auferstehen soll!" versetzte die Großherzogin. - „Oh, wo gibt es einen Christus, der hier sprechen kann: Jüngling, ich sage dir, stehe auf!"

Da entgegnete der Großherzog:

„Erlaucht, wir sind keine Erlöser, Propheten und Wundertäter, doch wenn es möglich wäre, ein Wort zu sprechen, das imstande ist, eine der gestorbenen Hoffnungen wieder aufzuwecken, so werden wir dieses Wort sicher und von Herzen gern sprechen. Wir wollen Sie Ihrer Einsamkeit, die Ihnen vielleicht wohltut und Ihrer Seele den Frieden bringt, nicht entreißen, aber sollten Sie einmal unseres Wortes bedürfen, so hoffen wir bestimmt, daß Sie uns dann nicht vergessen haben. Lassen Sie uns Platz nehmen. Bitte, Erlaucht, an meine Seite! Und Sie, Herr Doktor, nehmen Sie neben Ihrer Königlichen Hoheit Platz. Sie sollen uns erzählen von dem schönen Land der Kastanien."

Die beiden Verlobten erhielten also die Ehrenplätze neben den Hoheiten. Und nun begann die Aufgabe des Hauptmanns, sich als Wirt zu zeigen.

Es gelang ihm vortrefflich. Das Mahl hatte in allen seinen Gängen den Beifall der Herrschaften, und der Wein, der so lange unberührt im dunklen Schloßkeller gelegen hatte, war so gut, daß am Ende der Tafel eine fast animierte Stimmung herrschte.

„Rodenstein", sagte da der Großherzog, „treten Sie einmal näher!"

Der Oberförster folgte dem Befehl.

„Wie lange dienen Sie bereits?" - „Vierunddreißig Jahre." - „Und haben es noch zu nichts gebracht?" - „Zu nichts, Hoheit? Hm, ich dächte, ich wäre doch bereits etwas!" - „Ja, aber es ist ein Unterschied zwischen etwas sein und etwas haben!" - „Hm!"

Der Hauptmann wußte gar nicht, wo hinaus der Großherzog wollte; dieser aber fuhr fort:

„Da Sie nach Ihrer Meinung etwas sind, so sollen Sie heute auch etwas dazu haben. Treten Sie noch näher. Exzellenz, geben Sie her!"

Die alte Exzellenz, die vorhin von dem Herzog von Olsunna gesprochen hatte, griff in die Tasche und zog ein zierlich gearbeitete Etui hervor. Der Großherzog öffnete es und entnahm ihm den hohen Ludwigsorden, den er dem Hauptmann an die Brust heftete.

Dieser wußte gar nicht, wie ihm geschah. Er wurde bald bleich, bald rot; seine Lippen zitterten, und der Atem ging ihm schwer.

„Dies soll Ihnen ein Zeichen unserer außerordentlichen Huld und Gewogenheit sein", sagte der Großherzog. „Tragen Sie ihn heute, uns allen zur Freude. Das übrige werden wir noch verfügen."

Da endlich kam dem Hauptmann die Sprache wieder:

„Königliche Hoheit - Sapperlot - das ist ja - o heiliges - na, so eine Überraschung! Das habe ich ja gar nicht verdient!" - „Ob Sie diese Auszeichnung verdient haben, das zu ermessen, kommt uns allein zu. Jetzt aber lassen Sie einmal Ihren kleinen Nimrod kommen."

Rodenstein winkte einem seiner Burschen, und dieser ging, den Befehl des Großherzogs auszurichten, der weiter fragte:

„Wie alt ist er? In Ihrer Zuschrift stand fünf Jahre." - „Und einige Monate", entgegnete Rodenstein. - „Also ein Knabe, der noch nicht schulpflichtig ist, schießt einen Wolf, sogar einen Luchs? Das ist unglaublich!" - „Der Junge ist ein Mirakel, Hoheit!" - „Das muß so sein, wenn hier nicht ein Irrtum vorliegt. Was meinen Sie, Herr Doktor?"

Sternau antwortete:

„Der Knabe hat beide Tiere ganz gewiß geschossen, Hoheit. Auch ich würde es nicht glauben, aber ich kenne ihn. Er würde ebenso ruhig auf einen Elefanten anlegen wie auf einen Hasen. Er hat bereits einmal in meiner Gegenwart einen wütenden Eber erlegt, der Gräfin Rodriganda in Lebensgefahr brachte." - „So bin ich allerdings begierig, den kleinen Helden zu sehen."

Jetzt trat Kurt ein. Man hatte ihm gesagt, wie er sich zu benehmen habe. Er machte seine Sache ganz vortrefflich, er kam in kerzengerader Haltung furchtlos heranmarschiert, stellte sich in Achtung vor dem Großherzog auf und machte sein Honneur.

„Ah, da bist du ja!" sagte der Fürst. - „Hoheit haben befohlen!" meinte Kurt, indem er die hellen, klugen Augen fest auf seinen Landesvater richtete. - „Wie heißt du?" fragte dieser. - „Kurt Helmers. Helmers von meinem Papa und Kurt von dem Herrn Hauptmann, der mein Pate ist." - „Schön, das ist deutlich! Wie alt bist du?" - „Fünf und ein Viertel." - „Was ist dein Vater?" - „Seemann." - „Wo ist er?" - „Er war Steuermann auf der Jeffrouw Mietje, jetzt aber ist er zu Hause, hier auf Rheinswalden." - „Was willst du einmal werden?" - „Hoheit, ein tüchtiger Kerl!"

Bei dieser Antwort kniff Kurt die Lippen so energisch zusammen, daß man es ihm ansah, es sei sein voller Ernst.

„Das ist brav von dir! Aber ich meine, welchen Stand du dir wählen wirst." - „Das verstehe ich nicht; das überlasse ich Papa und dem Herrn Hauptmann, vielleicht auch dem Doktor Sternau." - Warum diesen dreien?" - „Sie sind gescheiter als ich und wissen es besser, wozu ich tauge."

Der Großherzog nickte wohlgefällig, sagte aber doch:

„So hast du also keine Vorliebe für irgendeinen Stand?" - „O doch! Ich will etwas werden, was recht schwer ist, wo man recht viel zu lernen hat, und wo man recht kämpfen muß. Ein Jäger, ein Seemann oder ein Soldat." - „Das gefällt mir. Lernst du gern? Zähle einmal auf. Lesen?" - „Hm", entgegnete Kurt stolz, „das rechnet man nicht! Lesen und Schreiben und so weiter kann jeder Gänsebube. Ich kann Englisch und Französisch; ich muß zeichnen und vieles andere tun, was mich der Herr Hauptmann lehrt.

Sodann kann ich schießen, reiten, fechten, schwimmen, turnen, na, das ist alles ja nicht schwer." - „Du bist ein Hauptkerl. Was hast du denn schon geschossen? Scheibe?"

Diese Frage war in einem ein wenig spöttischen Ton ausgesprochen, aber der Knabe antwortete ganz ruhig:

„Ja, Scheibe; erst feste und nachher Schwingscheibe, sodann Steine, die man in die Luft warf." - „Nachher? Einen Hasen etwa schon?" - „Ja, Hasen, in diesem Winter bereits einige hundert." - „Auch bereits anderes Wild?" - „Ja." - „Und wie war es mit dem Wolf?" - „Oh, das war sehr einfach: Ich sah ihn, und da schoß ich ihn nieder. Was kann man weiter tun!" - „So, so. Hattest du keine Furcht?"

Der Knabe sah den Großherzog groß an.

„Furcht? Vor wem denn? Vor dem Wolf? Der hat sich doch vor mir zu fürchten, vor mir und vor meiner Büchse!" - „Ah so! Aber der Luchs?" - „Das war ebenso; doch er hat zwei Kugeln erfordert." - „Und auch den hast du nicht gefürchtet?" - „Nein, ich war dumm; ich dachte erst, es sei eine Wildkatze; ich hatte die Ohrpinsel nicht bemerkt."

Der fünfjährige Bube sprach so furchtlos und verständig, daß die Hoheiten sich förmlich verwunderten. Die Großherzogin legte ihm die feine Hand auf den Kopf und zog ihn zu sich heran.

„Hast du denn deine Mama noch?" fragte sie. - „Jawohl", beteuerte er. - „Und hast du sie lieb?" - „Gar sehr!" - „Hast du denn nicht an sie gedacht, als der Wolf vor dir stand?" - „Nein", sagte er ehrlich. - „Das ist unrecht von dir, mein Sohn." - „Unrecht?" fragte er. „Warum?" - „Denke an die Tränen deiner Mutter, wenn dich der Wolf oder der Luchs getötet hätte!" - „Ja", gab Kurt zu, „da hätte sie sehr viel geweint, denn sie hat mich lieb. Aber meine Mama geht doch auch in den Wald ..." - „Was willst du damit sagen, Kind?" - „Wenn nun der Wolf oder der Luchs die Mama getötet hätte? War es da nicht besser, ich ging hinaus und schoß das Viehzeug nieder?"

Die Großherzogin fühlte sich überrumpelt und geschlagen. Sie lächelte und antwortete:

„Du sprichst richtig wie ein Held!" - „Ach, Hoheit, ich bin kein Held! Wenn Sie einen Helden sehen wollen, so müssen Sie hier meinen Onkel Sternau ansehen, der ist in Amerika und Afrika gewesen, sogar in Asien. Da hat er Löwen, Panther, Tiger und Elefanten gejagt; da hat er auch mit wilden Menschen gekämpft.

Was bin ich da gegen ihn. Ein dummes Kind!" - „Ah", sagte der Großherzog, „das haben wir nicht gewußt. Sie waren in Amerika, Herr Doktor?" - „Allerdings", antwortete Sternau. - „Und im Orient?" - „Einige Jahre." - „Und haben wirklich diese Tiere gejagt?" - „Nebenbei. Der Hauptzweck meiner Wanderungen waren natürlich die Studien." - „Dann werden wir gewiß bald Gelegenheit suchen, uns von Ihnen erzählen zu lassen. Dieser Kleine profitiert gewiß auch von Ihren Erfahrungen." - „Einigermaßen. Jetzt zum Beispiel lehre ich ihn, den Lasso zu gebrauchen." - „Nicht möglich! Einen fünfjährigen Knaben!" - „Und doch. Ich habe ihm einen Lasso gefertigt, fünfzehn Fuß lang und vierfach geflochten. Er gebraucht ihn bereits ziemlich gut." - „Gegen wen?" - „Gegen die Hunde und Ziegen, sowie gegen sein kleines Pony, das zwar nicht die Kraft hat wie größere Tiere." - „Das möchte man einmal sehen", sagte die Großherzogin. - „Oh, das ist nichts", fiel Kurt ein. „Hoheit müssen den Onkel Sternau sehen, wenn er eine Stunde gibt. Schieße ich fünfzig Schritt weit, so nimmt er dreihundert; reite ich über einen Baumstamm, so sprengt er über eine Mauer; fange ich mit dem Lasso eine Ziege, so reißt er ein Pferd nieder. Er schießt von vier Steinen, die ich emporwerfe, zwei mit einem Schuß herab, und jeden Stein, jede Kugel, die ich werfe, trifft er im raschesten Galopp. Das ist der richtige Held! Aber ich lerne es auch noch!"

Kurts Wangen glühten, und er sah dabei so hübsch aus, daß ihn die Großherzogin streichelte. Der Großherzog aber sagte:

„Dann wundere ich mich nicht mehr, daß du Wölfe schießt. Ist der Wolf noch zu sehen?" - „Ja", erwiderte Kurt. „Er liegt im Holzstall." - „Und der Luchs?" - Der liegt auch noch drüben, nackt, ohne Haut." - „So werden sie nachher in Augenschein genommen. Also auch fechten kannst du, und mit allen Waffen?" - „Ja, Hoheit!" - „Wer war denn dein Lehrer?" - „Der Herr Hauptmann. Und jetzt lerne ich gar noch boxen vom Onkel Sternau." - „Das geht ja nicht, du bist klein und er so groß." - „Ach, das wird anders gemacht! Es muß ein Junge aus dem Dorf her, den nehme ich; der Onkel nimmt den Ludwig; diese beiden machen es vor, und wir machen es nach." - „Ach so! Und wer bekommt da die Hiebe?" - „Der Junge und der Ludwig. Dann ruft er immer: ‚Gottstrambach dahier!' Es ist das ein sehr lustiger Unterricht!" - „Das glaube ich", lachte der Großherzog. „Also auch ein Reiter bist du?" - „Oh, nur ein Ponyreiter; aber man hat dennoch Respekt vor mir." - „So wirst du uns nachher etwas vorreiten." - „Sehr gern." - „Und wie steht es mit den Sprachen? Du sprichst französisch?" - „Ja. Wir können jetzt ja französisch oder englisch sprechen, Hoheit. Mir ist's egal." - „Du Tausendsassa! Aber wir wollen doch beim Deutschen bleiben. Wer hat dich in diesen Sprachen unterrichtet?" - „Der Herr Hauptmann und Frau Sternau. Jetzt aber habe ich noch einen anderen Lehrer, den Tombi, er ist ein Waldhüter, eigentlich ein Zigeuner." - „Welche Sprache lernst du von ihm?" - „Das sagt er noch nicht; aber ich habe ihn überlistet und einmal nachgeschlagen. Man liest verkehrt, nämlich von rechts nach links; es wird wohl Arabisch sein oder Malaiisch." - „Davon weiß ich ja noch gar nichts!" sagte Sternau. - „Ach, ich soll es geheimhalten, denn Tombi denkt, der Herr Hauptmann räsoniert darüber." - „Aber warum lehrt er es dich?" - „Er sagt, ich könne es einmal gebrauchen, und er will in der Übung bleiben." - „So wird es wohl die Zigeunersprache sein. Die sollst du allerdings nicht lernen." - „Zigeunerisch ist es nicht, nein! Die Zigeuner beten doch nicht!" - „Ah, er lehrt dich Gebete?" - „Ja. Alle meine Sprüche, Lieder und Gebete übersetzt er mir. Onkel, nicht wahr, du verstehst Arabisch?" - „Ja." - „Nun, so kannst du gleich einmal sehen, ob es vielleicht Arabisch ist. Soll ich dir einmal den Anfang des Vaterunser sagen?" - „Ja. Arabisch heißt er: ‚Ja abana Iledsi fi s-semavati jata-haddeso smok'." - „Nein, das ist es nicht; der meinige lautet: ‚Bapa kami jang ada de surga, kuduslah kiranja namamu'." - „Was? Woher hat der Waldhüter diese seltene Sprache! Es ist Malaiisch." - „Malaiisch?" fragte der Großherzog. „Ein deutscher Waldhüter und Malaiisch! Wie es scheint, sind hier auf Rheinswalden lauter außerordentliche Menschen zu finden." - „Er ist in der Malaiensee gewesen", entgegnete der Knabe. „Er hat mir von Borneo und Timur und Celebes erzählt." - „Dann muß ich mit ihm hierüber sprechen." - „Also, Onkel Sternau, darf ich diese Sprache weiter lernen?" - „Jawohl, in Gottes Namen. Auch ich kann einiges davon; ich werde mittun." - „Außerordentlich!" meinte die Großherzogin. „Man sieht, daß man Veranlassung hat, zum öfteren nach Rheinswalden zu kommen." - „Ja, ja, kommen Sie!" rief Kurt freudig. - „Ah, warum sagst du das?" fragte sie freundlich. - „Weil ich Sie liebhabe."

Da beugte sich die Großherzogin über den Knaben und fragte: „Und warum bist du mir gut Kurt?" - „Weil Sie so gute Augen haben." - „Also du fürchtest dich nicht vor mir?" - „Nein. Warum sollte ich mich fürchten?" - „Weil - nun, weil ich eine Fürstin, eine Großherzogin bin", lächelte sie. - „Darum? O nein", sagte er. „Ist denn eine Großherzogin so etwas Schreckliches? Wie kann ich mich vor Ihnen fürchten, wenn ich mich nicht vor dem Luchs gefürchtet habe."

Die Hofdamen wurden verlegen. Dieser Verstoß war zu groß, als daß nach ihrer Meinung die Großherzogin ihn ruhig hinnehmen konnte; diese aber dachte anders als ihre Damen. Sie nickte gütig und entgegnete:

„Du hast recht, mein Sohn. Auch eine Fürstin braucht Liebe; man soll sie ehren, aber man soll sie nicht fürchten. Nun aber magst du uns einmal deine Künste zeigen." - „Nicht erst den Wolf und den Luchs?" - „Ja, auch so ist es uns recht. Komm."

Die schöne Frau nahm Kurt bei der Hand, und nun spazierten sämtliche Herrschaften hinüber nach dem Vorwerk, um die beiden Tiere zu besichtigen, die man ihrer Seltenheit wegen noch gar nicht aufgerissen hatte. In der jetzt herrschenden Kälte waren sie gefroren und boten also nichts Widerliches. Der Großherzog untersuchte die Schüsse mit eigenen Händen.

„Und das bist du wirklich gewesen?" fragte er erstaunt. - „Ja", antwortete der Kleine. - „Und niemand war bei dir?" - „Kein Mensch." - „Kind, so bist du ein Liebling der Vorsehung. Sie muß dich zu Ungewöhnlichem bestimmt haben. Sei immer brav und gut und hüte dich vor allem Unrecht!" - „Das werde ich", erwiderte Kurt sehr ernsthaft. „Aber nun darf ich wohl mein Pony und meine Waffen holen?" - „Tue das", sagte der Hauptmann. „Die Herrschaften werden aus den Fenstern zusehen." - „Und", wandte sich die Großherzogin an Sternau, „werden auch Sie uns eine Ihrer ritterlichen Künste zeigen?"

Über Sternaus Stirn legte sich eine leise Falte; es widerstrebte ihm, als Kunstreiter oder Kunstschütze aufzutreten. Die hohe Dame bemerkte es und fügte hinzu:

„Wir haben noch nie einen Lasso gesehen. Bitte, Herr Doktor."

Da glättete sich die Falte, und Sternau machte eine zustimmende Verbeugung und sagte:

„Ich stelle mich zur Verfügung." - „Ja, Onkel Sternau, Sie müssen mittun", rief Kurt. „Dann habe ich auch mehr Lust, und es geht weit besser."

15. KAPITEL

Der Schloßhof war groß genug zu den beabsichtigten Experimenten. Der Kälte wegen gingen die Damen in den Saal, durch dessen Fenster sie alles sehen konnten; die Herren aber blieben erwartungsvoll im Freien stehen.

Sternau war schnell nach seiner Wohnung gegangen. Nach einiger Zeit kam er wieder herab. Man kannte ihn kaum wieder. Er trug ein wildledernes Jagdhemd und ebensolche Hosen, lange, schwere Trapperstiefel und einen breitrandigen Filzhut. In seinem Gürtel staken zwei Revolver, ein Bowiemesser und ein Tomahawk; über seinem Rücken hingen zwei Gewehre, und um die Hüfte hatte er einen langen Lasso geschlungen, an dem noch eine südamerikanische Bola hing.

„Ah, ein Präriejäger!" rief der Großherzog, ganz enthusiasmiert.

Auch die anderen Herren stießen sich leise an. Der Anblick dieses Mannes war verheißungsvoll.

„Allerdings, ein Präriejäger", erwiderte Sternau lächelnd. „Ich bin kein Künstler, sondern ein einfacher Savannenläufer; aber vielleicht gelingt es mir, den Herrschaften ein Bild des dortigen Kampflebens zu geben. Da kommt Kurt."

Der Knabe kam jetzt in den Hof hineingeritten, ohne Sattel, nur mit einem einfachen Zaum. Er hatte seine grüne Kleidung abgelegt und trug einen Anzug, der ganz demjenigen Sternaus glich. Seine Doppelflinte hing ihm über der Schulter.

„Was tun wir zuerst, Onkel Sternau?" fragte er. - „Wir machen den Lasso." - „Gut. Ludwig, laß einmal den Ziegenbock heraus."

Der Jägerbursche ging sofort nach dem Stall und lockte einen großen, ungewöhnlich starken Bock heraus, der beim Anblick des Ponys sich sofort in kampfbereite Positur stellte.

Sternau stand an der Seite des Großherzogs.

„Hoheit werden nur Kindliches sehen", sagte er. „Von einem fünfjährigen Knaben geleistet, ist es jedoch immerhin interessant." - „Keine Sorge", antwortete der Fürst. „Wir sind alle außerordentlich gespannt." - „Soll ich?" fragte Kurt. - „Ja, fange an", rief der Hauptmann.

Der Knabe band sich nunmehr das eine Ende des Lassos um den Leib, legte den übrigen Teil in Rollen und nahm diese in die rechte Hand. Mit der Linken lenkte er das Pferd.

Sobald sich dieses in Bewegung setzen wollte, stellte sich ihm der mutige Bock entgegen und stieß mit den Hörnern nach ihm.

„Der Bock weiß, was losgehen soll, er wehrt sich", sagte Sternau.

Das Pony schlug mit den Vorderhufen nach ihm; aber der Bock wich nicht.

„Drüber weg!" rief Sternau. - „Hallo!" antwortete der Knabe.

Er nahm das Pferdchen hoch, schnalzte mit der Zunge und schnellte im nächsten Augenblick über den Bock hinweg.

„Mein Gott, dieser kühne Sprung! Welch ein Knabe!"

Dies sagte hinter dem Fenster die Großherzogin zu Rosa, die neben ihr stand.

„Ja, es ist ein außerordentliches Kind. Es leistet wirklich bereits mehr als mancher Erwachsene", antwortete die Spanierin. „Sehen Sie, wie er jetzt rund um den Hof sprengt! Welche Karriere, ventre à terre!" - „Und ohne Sattel!" sagte eine Hofdame. - „Ohne Bügel!" fügte eine andere hinzu.

Der Knabe flog im rasenden Galopp um den Hof. Er saß frei auf dem Pferd. Jetzt zog er die Füße empor und kniete auf dem Rükken des Ponys. „Hallo, Ludwig!" rief er. - „Ja", antwortete dieser. - „Nimm die Peitsche."

Der Bursche, der bei diesen Übungen seine Obliegenheiten kannte, hatte die Peitsche bereits in der Hand. Jetzt trat er vor und trieb den Bock von der Stelle. Das Tier wollte sich zuerst zur Gegenwehr stellen, gehorchte aber doch und flog bald im Galopp davon - Kurt hinter ihm her. Der Bock wußte, daß er mit dem Lasso gefangen werden sollte. Er strengte alle seine Kräfte an, um zu entkommen. Er rannte nicht in kontinuierlichem Lauf herum, sondern im Zickzack durch den Hof, machte Finten und Seitensprünge, aber es half ihm alles nichts - der gewandte Knabe war auf seinem Pferdchen immer hinter ihm her.

„Exquisit!" rief der Großherzog. - „Er reitet wirklich meisterhaft!" meinte einer der erstaunten Hofherren.

Auch droben hinter den Fenstern hörte man ein Beifallsklatschen von zarten Händen. Der Junge blickte empor und warf während eines Seitensprungs, den er meisterlich ausführte, eine Kußhand hinauf.

„Er hätte den Bock schon lange", bemerkte Sternau. - „Warum nimmt er ihn nicht?" - „Er wartet mein Kommando ab; das macht es ihm schwieriger." - „So geben Sie es." - „Achtung!" rief jetzt Sternau.

Der Knabe, der bis dahin noch immer gekniet hatte, setzte sich nunmehr schnell wieder zurecht und ließ die Schleifen des Lassos um seinen Kopf schwingen.

„Jetzt!“ kommandierte Sternau. - „Hallo!“ rief da Kurt begeistert.

Im selben Augenblick flog der Lasso, rollten sich die Schleifen auf und warf sich die Schlinge um den Kopf des Bockes. Und dann riß der Knabe sein Pferd in die Höhe und herum; es war geschult; es stand fest. Der Bock aber tat noch einige Sprünge, wobei der Lasso ablief, dann zog sich die Schlinge zusammen, und der Bock stürzte zur Erde.

„Bravo!“ rief es rund im Kreis. - „Bravo!“ erschallte es auch von oben herab. - „Sie sind wirklich ein ausgezeichneter Lehrer“, sagte der Großherzog zu Sternau. - „Oh“, antwortete dieser, „bei einem solchen Schüler ist der Unterricht eine Lust.“ - „Er wird einmal ein ausgezeichneter Mensch.“ - „Ich bin überzeugt davon.“ - „Aber dieser Lasso ist eine fürchterliche Waffe.“ - „In der Hand des Geübten allerdings.“ - „Kann man ihr nicht entkommen?“ - „O doch, aber es gehört ein außerordentlich scharfes Auge dazu. Man muß gerade in dem Augenblick, in dem die Schlinge über dem Kopf schwebt, Abwehr treffen, keinen Moment früher oder später.“ - „Ist dies möglich?“ - „Darf ich es Euer Hoheit zeigen?“ - „Ich bitte.“ - „Ich hoffe, daß es gehen wird, obgleich ich dieses Experiment mit Kurt noch nicht vorgenommen habe.“

Kurt war abgestiegen und hatte den Bock, der zu ersticken drohte, von der Schlinge befreit. Jetzt kam er langsam herbei.

„War es so recht, Hoheit?“ fragte er. - „Sehr, mein Junge. Das hatte ich nicht von dir erwartet.“ - „Oh, eine solche Schlinge ist hübsch; man fängt alles mit ihr.“ - „Auch mich?“ fragte Sternau lächelnd. - „Nein! Sie reiten besser als ich. Sie würden sich immer in einer solchen Entfernung halten, daß mein Lasso zu kurz ist, Sie zu erreichen.“ - „Nein, das würde ich nicht tun.“ - „Oh, dann fange ich Sie!“ - „Wirklich?“ - „Ganz sicher!“ versetzte der Knabe zuversichtlich. - „Auch wenn ich mich hier in die Mitte des Hofes stelle und gar nicht fortschreite?“ - „Na, dann ist es ja ganz leicht.“ - „Wollen wir es versuchen?“ - „Sie machen doch bloß Spaß.“ - „Nein, ich bleibe fest auf der Stelle stehen, und wenn es dir gelingt, mich mit dem Lasso zu umschlingen, dann ..., ah, was dann?“ - „Dann schenken Sie mir einen kleinen Tomahawk und lehren mich, ihn zu gebrauchen", sagte Kurt mit leuchtenden Augen. - „Gut, es gilt." - „Na, so ist der Tomahawk bereits mein." - „Warte es ab, Kleiner."

Sternau stellte sich inmitten des Hofes auf und nahm von den beiden Gewehren, die er auf dem Rücken trug, das lange herunter.

„Nun, Kurt, es kann losgehen", sagte er. - „So gelingt es gleich beim ersten Wurf; passen Sie auf."

Der kleine Präriejäger stellte sich in abgemessener Entfernung auf, rollte den Lasso kunstgerecht zusammen, schwang ihn über dem Kopf und warf ihn. Aber in dem Augenblick, als die Schlinge über dem Kopf Sternaus schwebte, hob dieser seine Büchse empor, schlug einen Wirbel und fing die Schlinge auf.

„Nun?" fragte er lachend. - „Ja", sagte der Knabe ganz verblüfft, „da bringe ich nichts fertig." - „Versuche es noch einmal."

Der Versuch wurde wohl noch ein Dutzend Mal gemacht, aber immer mit demselben Mißerfolg.

Ludwig war inzwischen näher geschlichen. Er stand fast hinter dem Großherzog.

„Das ist viel, sehr viel von dem Herrn Doktor", sagte er; „das macht ihm keiner nach; das ist ein wirkliches Kunststück dahier." - „Es geht nicht", rief Kurt endlich ganz enttäuscht. - „Nun, so zeige dich zu Pferd, mit Hindernissen." - „Schön!" rief der Knabe. „Ludwig!" - „Ja." - Schaff meine Hindernisse her." - „Hat sich was zu Hindernissen", brummte dieser. „Sie sind ja für den Jungen gar keine Hindernisse mehr dahier."

Damit legte Ludwig Bretter und Latten, stellte alte Töpfe und Kessel, Kisten und Fässer kreuz und quer und zog über die Zwischenräume noch verschiedene Stricke, alles ohne Symmetrie und Berechnung.

„Da kommt keiner durch", meinte einer der Offiziere. - „Wenigstens dieser Knabe nicht", stimmte auch der Großherzog bei, der selbst ein sehr gewandter Reiter war. - „Ohne Sattel und Bügel! Das sind ja keine berechneten Kunstreiterhindernisse!" - „Hoheit werden sich vom Gegenteil überzeugen. Der Junge reitet wirklich famos, und das Pony ist ein ausgezeichnetes Tierchen." - „Na, wollen sehen; Sie machen mich wirklich gespannt."

Der Bock war in seinen Stall geschafft worden, und Kurt stieg nun wieder auf und ritt im Schritt durch das Labyrinth, ohne einen Augenblick lang anzuhalten oder verlegen zu werden, dann im Trab, wobei er sich in sehr schwierigen Sprüngen und Wendungen zeigen mußte, und endlich im Galopp. Die Herren rissen förmlich die Augen auf über die Kühnheit, mit der er über die Fässer, Kisten und Stricke hinwegsetzte, und über den Scharfblick, mit dem er die Töpfe, Teller und Scherben zu vermeiden wußte.

Droben wurden trotz der Kälte von den Damen die Fenster geöffnet, und je mehr man ihm zuklatschte und zurief, desto mehr wagte er, bis ihm endlich Sternau das Zeichen gab, einzuhalten. Dann ging er wieder in den Trab und dann in den Schritt über und sprang endlich vom Pferd.

„Unglaublich!" rief der Großherzog. - „Das war noch nie da. So etwas hat man nicht gedacht!" In solchen und ähnlichen Ausdrücken sprachen die Herren ihre Bewunderung aus. - „Nicht wahr", meinte der Hauptmann, „es ist ein Donnerwetterjunge?" - „Er hat sich heute selbst übertroffen", sagte Sternau. „Die Gegenwart der Herrschaften hat ihn förmlich begeistert."

Der Großherzog wandte sich ernst zu den beiden:

„Meine Herren, dieser Knabe wird einmal nicht nur ein fescher, schneidiger Husarenoffizier, sondern in ihm steckt noch Größeres. Wer bei solcher Kühnheit eine solche Umsicht und einen solchen Scharfblick besitzt, der hat ganz sicher das Zeug zu einem Kommandeur. Herr Oberförster, lassen Sie später mich für den Knaben sorgen." - „Es wird mir eine Genugtuung sein, Hoheit, diesem Befehl nachzukommen", antwortete der Hauptmann im höchsten Grad geschmeichelt. - „Herr Oberförster!" ertönte die Stimme der Großherzogin von oben herab. „Senden Sie uns den Knaben herauf. Wir müssen den kleinen Ritter einmal bei uns haben."

Kurt erhielt einen Wink und verschwand im Portal, während Ludwig das warm gewordene Pony in den Stall führte.

„Und Sie, Herr Doktor", fragte der Fürst, „auch Sie haben Ihren Lasso mit? Ah, was ist denn das?"

Er deutete nach dem dreistrahligen Riemenstern, der an Sternaus Lasso hing.

„Das ist eine Bola." - „Ah, davon habe ich gelesen. Die Gauchos von Südamerika bedienen sich ihrer. Ist sie praktisch?" - „Mehr als das, Hoheit. Sie ist sogar noch gefährlicher als der Lasso. Sie zerbricht, wenn sie von geschickter Hand geschleudert wird, die Beine eines Pferdes, ja eines Ochsen. Ich will Ihnen den Gebrauch zeigen, darf aber dazu kein Tier nehmen, da ich es ganz sicher schwer verletzen würde."

Sternau zeigte zunächst die Bola herum, die aus drei kurzen Lederriemen bestand, die an einem Ende zusammengebunden, am andern aber mit je einer schweren Kugel versehen waren, die in einer festen, ledernen Hülle steckte, ließ von den Knechten an dem einen Ende des Hofes einen Pfahl in die Erde rammen und schritt nach dem anderen Ende hin.

„Hoheit", sagte er, „damit die Herrschaften sehen, wie sicher ein guter Bolawerfer trifft, werde ich dieses mal den Pfahl zehn Zoll unter seiner Spitze treffen."

Er stand wohl über fünfzig Schritt von dem Pfahl entfernt, nahm die eine Kugel der Bola in die rechte Hand, wirbelte die beiden anderen einige Male um den Kopf und ließ sie dann fliegen. Sich immer umeinander drehend, flogen die Kugeln in einem Bogen durch die Luft, trafen den Pfahl mit erstaunlicher Sicherheit und schlangen sich um denselben. Man hörte einen Krach - die Spitze des Pfahles war abgebrochen.

„Außerordentlich!" rief der Großherzog.

Er eilte zu dem Pfahl, und die anderen folgten ihm. Eine zehn Zoll lange Spitze war abgebrochen. Der Fürst nahm sie vom Boden auf und gab sie von Hand zu Hand.

„Welche Sicherheit, welche Kraft!" sagte er. „Treffen Sie stets so genau?" - „Stets! Ich will es beweisen", entgegnete Sternau.

Er warf nun noch viermal und traf jedesmal die Stange an dem Ort, den er bezeichnet hatte.

„So ist dies die gefährlichste Waffe, die es gibt, wenigstens in der Prärie", sagte der Großherzog. - „Oh, dieses Schlachtbeil ist noch gefährlicher", meinte Sternau.

Damit nahm er seinen Tomahawk aus dem Gürtel und zeigte ihn vor.

„Dieses schwache Beil mit dem kurzen Griff?" sagte da der Fürst. „Ist es nicht nur eine Waffe für den Nahkampf?" - „Nein. Es spaltet den dicksten Schädel, aber es trifft auch aus großer Entfernung das kleinste Ziel. Ich töte mit ihm einen Flüchtling, der im Galopp entspringt, indem ich hier ruhig stehenbleibe. Ich berechne ganz genau, ob ich seinen Kopf, seinen Hals, seinen Arm, seinen Leib oder sein rechtes oder linkes Bein treffen werde." - „Das wäre ja kaum zu denken." - „Doch. Und was das sonderbarste ist, dieses Beil fliegt, wenn ich es werfe, erst waagerecht mit dem Boden fort, dann steigt es empor, so hoch, als ich es berechnet habe, senkt sich wieder nieder und trifft gerade den Punkt, den ich mir zum Ziel nahm. Darf ich dies den Herrschaften beweisen?“ - „Bitte, wir sind ganz außerordentlich gespannt“, sagte der Großherzog. - „So werde ich zunächst den Rest dieses Pfahles treffen.“

Sternau hing die Bola in den Gürtel und nahm den Tomahawk zur Hand. Als er an das äußerste Ende des Hofes zurückgekehrt war, stellte er sich mit der linken Seite nach der Gegend des Ziels, schwang mit der Rechten den Tomahawk und ließ ihn dann fahren. Er traf den Pfahl gerade in der Mitte.

„Erstaunlich!“ rief der Großherzog. „Es sind wenigstens fünfzig Schritt.“ - „Ich treffe das Ziel auf fünfhundert Schritt“, behauptete Sternau. - „Unmöglich! Wenigstens nicht so genau.“ - „Ich werde es beweisen. Zwar ist der Hof nicht so lang, aber es wird sich dennoch machen lassen. Um Ihnen die Sicherheit des Wurfs zu beweisen, werde ich das Ziel nur einen Fuß vom Fenster wählen; dann verlasse ich den Hof durch das Tor, dessen Flügel wir weit öffnen, gehe genau fünfhundert Schritt auf die Straße hinaus und werfe den Tomahawk.“

Keiner der Herren glaubte an die Möglichkeit des Gelingens. Aber Sternau ließ gerade unter einem Fenster der hinteren Hoffront einen Pfahl einschlagen und legte auf diesen einen Stein. Dann wurden die Torflügel geöffnet.

„Die Herren sehen“, sagte er, „daß dieser Stein nur einen Fuß unterhalb des Fensters liegt; ihn will ich treffen. Man könnte ganz getrost das Fenster öffnen und herausblicken, ich schädige niemand.“ - „Das wäre ein Wunder!“ ließ sich einer hören. - „Es ist nur die Folge einer langen Übung.“

Sternau verließ jetzt den Hof und schritt die Straße, die gerade auf das Tor zulief, fünfhundert Schritt weit hinaus. Die Herren retirierten sich hinter die Mauern, um nicht getroffen zu werden, und die Damen hatten zwar die Fenster geöffnet, getrauten sich aber nicht, aus denselben herabzublicken.

Jetzt schwang Sternau den Tomahawk, beschrieb mit demselben zunächst einige vertikale Kreise und schleuderte ihn dann nach dem Ziel. Das Indianerbeil flog, ganz wie er es gesagt hatte, erst am Boden hin, stieg rasch und plötzlich bis über die erste Etagenhöhe empor, senkte sich dann jäh und - warf mit einem lauten Krach den Stein vom Pfahl und gegen die Mauer, ohne den Pfahl dabei im mindesten zu berühren.

Auf dieses Meisterstück brach ein außerordentlicher Beifallssturm los. Sternau kam zurück, bedankte sich mit einer stummen Verbeugung und sagte:

„Die Herren sehen, welch eine Waffe das ist." - „Die fürchterlichste!" meinte der Großherzog. - „Ich stimme unbedingt bei", entgegnete Sternau. - „Aber es gehört bei einer solchen Entfernung nicht nur die von Ihnen erwähnte Übung dazu, sondern auch eine Riesenkraft, wie nur Sie dieselbe unter uns allen besitzen."

Sternau lächelte.

„Hier ist die Kunst, den Tomahawk zu schleudern, eine brotlose", sagte er, „aber da drüben in der Prärie ist sie eine Lebensfrage. Was Sie jetzt gesehen haben, bringt ein jeder Indianer fertig." - „Und nun Ihren Lasso? Bitte!" sagte der Großherzog. - „Nur Ihnen und diesen Herrschaften zuliebe, Hoheit", meinte der Arzt. „Anderen eine Fertigkeit zu zeigen, würde nichts als eine prahlerische Schaustellung sein." - „Tun Sie es immerhin, mein Lieber! Sie sollen uns nicht amüsieren, sondern belehren."

Sternau ließ das Tor jetzt wieder schließen und den Braunen des Hauptmanns satteln. Dann wurden sämtliche Pferde aus dem Stall gelassen. Nun hatten die Damen wieder den Mut, aus den Fenstern zu blicken. Sternau stieg zu Pferd und tummelte es einige Male hin und her. Man konnte sich keine ritterlichere Figur denken als ihn.

„Ein schöner, ein sehr schöner Mann!" flüsterte die Großherzogin der Gräfin Rosa zu.

Diese erglühte und antwortete:

„Und ein edler Mann, Hoheit, ein Mann, der Kind und Held zu gleicher Zeit ist." - „Dann sind Sie glücklich?" - „Unendlich!" hauchte Rosa.

Auch die anderen Damen flüsterten sich ihre Bemerkungen zu.

„Man könnte diese Rodriganda beneiden!" meinte die eine. - „Er hat die Attitüde eines Bayard!" sagte eine andere. - „Er reitet wie ein Gott!"

Der, dem diese Worte galten, knüpfte jetzt das eine Ende seines Lassos an den Sattelknopf und legte ihn in Schlingen.

„Meine Herren", sagte er, „mein Pferd ist den Lasso nicht gewöhnt, und der Raum ist hier zu beschränkt, um Ihnen das richtige Bild einer Pferdebändigung zu geben. Mein Lasso hat eine Länge von vierzig Fuß, viel zu viel, um frei agieren zu können, doch wollen wir es versuchen."

Er gab darauf den Burschen den Befehl, die Pferde scheu zu machen und durcheinanderzutreiben. Mit Hilfe von Peitschen und Stücken angebrannten Schwamms gelang dies sehr bald. Die Tiere fegten im Galopp im Hof umher.

„Welches Pferd wünschen Sie, Hoheit?" fragte Sternau. - „Den Rapphengst", lautete die Antwort. - „Gut!"

Sternau gab jetzt seinem Pferd die Sporen und sprengte mit lautem Indianergeschrei zwischen die anderen hinein. Diesen war so etwas noch nicht passiert, sie wurden noch wilder als vorher und rannten wie toll im Kreis herum.

Sternau befand sich mitten unter ihnen und regte sie durch seine Schreie bis auf das höchste auf. Dann zog der plötzlich die Füße aus den Bügeln und stellte sich auf den Rücken seines Pferdes.

„Ah, ein Büffelritt!" meinte der Großherzog. „Ein Ritt mitten in einer wilden Herde!" - „Herr Doktor", rief da Ludwig von weitem, „ich habe noch einen Kanonenschlag dahier, soll ich?" - „Los damit!" antwortete der Gefragte.

Der Bursche brannte den Zunder an und warf dann die Kapsel mitten auf den Hof.

„Mein Gott, das wird lebensgefährlich!" rief die Großherzogin. - „Ich vergehe!" zitterte Rosa. - „Doktor, um aller Welt willen..." rief der Großherzog.

Er kam nicht weiter. Noch stand Sternau frei auf dem Pferd, da krachte der Schuß, und sämtliche Pferde schnellten erschreckt hoch empor. Auch Sternaus Brauner stieg. Jeder glaubte, der Arzt müsse stürzen und unter die stampfenden Hufe geraten, aber er hatte den rechten Augenblick ersehen; gerade als sein Pferd sich bäumen wollte, war er herab in den Sattel geglitten, in dem er nun fest saß, wie mit dem Pferd zusammengewachsen.

Ein „Ah" der Erleichterung erscholl, aber dennoch war die Situation gefährlich. Die durch den Schuß auf das äußerste aufgeregten Pferde jagten nämlich wie toll im Hof herum. Sternau dirigierte jedoch den Braunen in eine Ecke, musterte mit scharfem Auge den wirren Knäuel, der im Galopp umhersetzte, und gab endlich seinem Pferd die Sporen.

„Herrgott, was fällt ihm ein!" rief der Großherzog.

Die Damen aber schrien aus den Fenstern, und die Herren standen steif vor Schreck. Sternau flog gerade auf die rasenden Pferde zu; es sah aus, als müsse er ganz unvermeidlich mit ihnen zusammenprallen, aber da nahm er den Braunen empor und setzte in einem wilden, verwegenen Satz über zwei nebeneinanderher galoppierende Pferde hinweg.

Es hatte ganz den Anschein, als ob er gegen die Mauer springen müsse, aber mitten im Sprung riß er sein Pferd herum, das kühne Wagnis gelang, und frei galoppierte er nun hinter dem vor ihm fliehenden Pferdetrupp her.

„Bravo! Hurra!" rief der Großherzog, ganz hingerissen von dieser Verwegenheit.

Die Herren und Damen stimmten ein. So etwas hatten sie noch nie gesehen, selbst in einem Zirkus nicht. Sternau nickte dankend mit dem Kopf und schwang den Lasso. Dieser schwirrte durch die Luft und flog mitten im Jagen dem Rapphengst um den Hals. Sofort riß er sein Pferd herum in die entgegengesetzte Richtung - ein fürchterlicher Ruck, sein Pferd ward auf die Hinterbeine niedergerissen, aber der Rappe flog zu Boden und schlug mit den Hufen in der Luft herum, der Lasso schnürte ihm den Hals zusammen und raubte ihm den Atem.

Jetzt sprang Sternau aus dem Sattel und erlöste den Hengst.

Ein erneuter Beifall erscholl.

„Ma foi, Doktor, sind Sie ein Reiter!"

Sternau übergab mit einem Wink den Knechten die Pferde und trat hinzu.

„Was ich tat, tut jeder Indianerknabe", sagte er. - „Aber Sie hatten die beiden Gewehre auf dem Rücken!" - „Die legt ein Präriejäger niemals ab. Soll ich Ihnen zeigen, wie man mit ihnen umgeht?" - „Ja, tun Sie das, wir bitten darum!" - „Dann möchte ich wünschen, Kurt sei wieder da." - „Sogleich!"

Der Großherzog teilte Sternaus Wunsch seiner Gemahlin mit, und sogleich wurde der Knabe, der oben von den Damen mit Liebkosungen überhäuft worden war, von ihr entlassen.

„Nimm dein Gewehr", sagte Sternau zu ihm. „Es gilt zu zeigen, daß du auch noch anderes treffen kannst als einen Hasen."

16. KAPITEL

Der Knabe hatte sein Gewehr vorhin gegen die Mauer gelehnt, er nahm es jetzt und trat zu Sternau.

„Die Krähe auf dem Dachfirst!" sagte dieser.

Hoch oben auf dem steilen First des Daches saß eine einsame Krähe. Kurt legte an und drückte ab. Sie fiel herunter, und als man sie beobachtete, ergab es sich, daß sie mitten durch den Leib geschossen war.

„Vortrefflich!" rief der Großherzog. - „Verzeihung, Hoheit, das ist ein schlechter Schuß", sagte Sternau. - „Warum?" - „Eine Krähe ist ein so großes Objekt, daß man sie billigerweise nur durch den Kopf schießen wird." - „Ah, bringen Sie das fertig?" - „Ich?" fragte Sternau lächelnd. - „Ja." - „Dieser Knabe tut es bereits!" - „Aber in welcher Nähe!"

Sternau wandte sich gegen die Burschen:

„Ludwig, gehen Sie hinaus nach der Tanne und bringen Sie die Krähe, die Kurt jetzt herabschießen wird." Der Bursche ging.

Draußen vor dem Schloß stand eine hohe Tanne, deren Äste über die Mauer emporragten. Auf ihren Zweigen saß eine ganze Schar von Krähen. Sie hatten sich durch den einen Schuß nicht erschrecken lassen, denn sie waren in der Nähe des Försters das Schießen gewöhnt.

„Welche?" fragte Kurt. - „Auf dem dritten Ast die äußerste." - „Ungezählt?" - „Nein, das wäre zu leicht." - „Gut, ich bin fertig." - „Eins - zwei - drei!"

Sternau sprach diese Zahlen nicht etwa langsam, sondern schnell hintereinander aus. Bei eins erhob Kurt das Gewehr, und bei drei krachte sein Schuß. Die Krähe fiel herab, und die anderen erhoben sich kreischend in die Luft.

„Aufpassen!" rief Sternau.

Dann riß er das kleinere seiner beiden Gewehre vom Rücken und zielte. Eins, zwei, drei, vier, fünf, sechs Schüsse krachten, fast schneller als man zählen kann, und ebenso viele der entfliehenden Vögel fielen aus der Luft herab.

„Ah, was ist das für ein Gewehr?" fragte der Großherzog. - „Ein Henrystutzen." - „Ein Repetiergewehr?" - „Ja." - „Mit wie vielen Schüssen?" - „Mit fünfundzwanzig." - „Zeigen Sie!"

Sternau gab das Gewehr zur Besichtigung ab. Unterdessen kam Ludwig wieder herein.

„Nicht eine, sondern sieben sind es dahier“, schmunzelte er.

Er legte die Vögel vor, und die Herren staunten, denn eine jede der Krähen war durch den Kopf geschossen.

„Wunderbar!“ rief der Großherzog. - „Wunderbar!“ echoten die anderen nach. - „Das ist keine Kunst“, meinte Sternau lächelnd. „Kurt, gehe hinauf in mein Zimmer und hole das Lineal von meinem Schreibtisch.“ - „Darf ich nicht vorher den Sperling schießen?“ fragte der Knabe. - „Welchen?“ - „Oben auf dem Glockentürmchen.“ - „Ja.“

Auf einem hohen Seitengebäude des Schlosses befand sich ein kleines, offenes Türmchen, in dem eine Glocke hing, die dazu diente, die in Wald und Feld zerstreuten Leute heimzurufen. Dieses Türmchen hatte eine Wetterfahne, und auf derselben saß ein Sperling.

„Den trifft er nicht“, meinte einer der Herren. - „Wollen wir wetten?“ fragte der Knabe. - „Ja“, lachte der Herr. - „Wie hoch?“ - „Fünf Taler“, lautete die Antwort, wohl um den Knaben abzuschrecken. - „Gut, es gilt!“ rief Kurt, und schon hatte er sein abgeschossenes Gewehr wieder geladen. „Onkel Sternau, zählen Sie“, bat er dann, „aber rasch, ehe er fortfliegt.“ - „Eins - zwei - drei!“ rief Sternau.

Kurt hatte bei diesem schnellen Zählen kaum Zeit zum Zielen gehabt, aber er drückte ab, und der Sperling fiel von der Wetterfahne auf das Dach und rollte von demselben in den Hof herab. Es zeigte sich, daß ihm die Kugel mitten durch den Leib gegangen war.

„Erstaunlich!“ rief der Großherzog. „Major, Sie zahlen die Wette.“ - „Dieses Mal sehr gern“, entgegnete dieser.

Dann zog er die Börse und hielt dem Knaben einen Doppellouisdor entgegen:

„Hier, mein kleiner Tell!“

Kurt griff zu und entgegnete: „Danke, Herr Major. Einen so wertvollen Sperling habe ich noch nie geschossen.“

Alle lachten, und der Knabe ging, um das Lineal zu holen.

„Ich glaube, meine Herren, das macht ihm von uns so leicht keiner nach!“ meinte der Großherzog. - „Hm!“ sagte der Major. - „Oder glauben Sie etwa, Major?“ fragte der Fürst. - „Ja, wo gleich einen Sperling hernehmen?“ antwortete dieser. - „Da fliegt einer“, sagte Sternau, in die Luft deutend. - „Donner, wer soll den treffen? Kein Mensch!“

Sternau lächelte leise, da sagte der Herzog:

„So schießen Sie nach der Wetterfahne, wie Hans Winkelsee im Eschenheimer Turm, wie uns Simrock erzählt. Sie ist zwar auch größer als ein Sperling, aber es bleibt bei dieser Höhe immerhin ein Meisterschuß."

Der Major nahm den Hinterlader auf, den Kurt einstweilen weggelegt hatte, und betrachtete ihn.

„Ein prachtvolles Gewehr, sehr gut und sorgfältig gearbeitet; ein kleines Meisterstück!" sagte er. „Ich werde es versuchen."

Er zielte und drückte ab - es war ein Fehlschuß.

„Donner!" rief er. - „Hier sind zwei Patronen, Herr Major", rief Kurt, der mittlerweile zurückgekehrt war. - „Gut. Ich werde es noch einmal versuchen", entgegnete der Offizier, lud und gab noch zwei Schüsse ab, jedoch wiederum ohne zu treffen. - „Teufel!" sagte er. „Das ist wahrhaftig eine Blamage."

Der Major war als ein guter Schütze bekannt, darum sagte der Großherzog:

„Es ist keine Blamage, Major. Sie kennen das Gewehr nicht, und das Ziel ist wirklich ein wenig zu entfernt. Lassen Sie ab davon. Was soll das Lineal, Herr Doktor?" - „Es soll ein Ziel sein", antwortete Sternau. „Kurt, vertraust du mir?" - „Ja", antwortete dieser. - „Willst du es halten?" - „Ja." - „Auch über den Kopf?" - „Das ist bei Ihnen egal." - „So tritt hier an das Tor, fasse das Lineal mit beiden Händen an den Enden und halte es über den Kopf empor." - „Halt, Herr Doktor!" rief da der Großherzog, „das ist lebensgefährlich, das ist ja der reine Tellschuß!" - „Das soll er auch sein, Hoheit!" - „Aber das können wir nicht dulden. Wir glauben, daß Sie treffen, aber wir wissen auch, daß der kleinste Umstand hier den Tod zur Folge haben kann." - „Den Tod?" lachte der Knabe zuversichtlich. „Oh, Onkel Sternau schießt noch ganz anders als so, wie er es jetzt zeigen will. Ich gehe." - „Nein, du bleibst!"

Da trat der Hauptmann vor und sagte:

„Hoheit, lassen Sie die zwei. Die wissen, was sie wollen und können." - „Aber ich trage keine Verantwortung." - „Es gibt hier faktisch keine."

Kurt eilte nun nach dem Tor und hielt dort mit beiden Händen das Lineal quer über den Kopf empor.

„Wie viele Schüsse?" fragte er. - „Zehn", antwortete Sternau.

Dieser war inzwischen an das entgegengesetzte Ende des Hofes gegangen und nahm dort den Henrystutzen empor. Die Damen, die von oben die Unterhaltung der Herren nicht bis in das einzelnste verstehen konnten, merkten erst jetzt, um was es sich handelte.

„Mein Gott, was geht da vor!“ rief die Großherzogin herab. - „Ein Tellschuß!“ antwortete ihr Gemahl empor. - „Nein, zehn Tellschüsse!“ fügte der Oberförster hinzu.

Da wollte die hohe Frau Einspruch erheben und sagte:

„Das soll nicht sein, das darf ...“

Doch sie wurde unterbrochen, denn Sternaus sonore Stimme erklang soeben:

„Fertig, Kurt?“ - „Ja.“ - „Halt fest und still!“

Dann fielen ein, zwei, drei, fünf - sieben - neun, zehn Schüsse so schnell hintereinander, daß man sie kaum zu zählen vermochte; darauf kam Sternau rasch herbeigeschritten und hielt, ohne sich um Kurt und das Lineal zu bekümmern, dem Großherzog den Stutzen hin.

„Hoheit, sehen Sie, welch eine Arbeit dieses Gewehr ist. Zehn Schüsse so schnell hintereinander abgegeben, und doch ist der Lauf noch nicht erhitzt.“ - „Das wäre allerdings fast ein Wunder.“

Das Gewehr ging von Hand zu Hand, und alle überzeugten sich von der vortrefflichen Konstruktion desselben. Endlich fragte der Großherzog:

„Und das Lineal?“ - „Hier, Hoheit!“ rief Kurt, der bereits herbeigekommen war und hinter ihm gewartet hatte.

Der Fürst nahm ihm das Lineal aus der Hand und sah zu seinem Erstaunen in demselben zehn Schußlöcher, eins neben dem anderen, in einer so geraden Linie, als sei sie mit dem Lineal gezogen, und so gleichweit voneinander entfernt, als ob die Distanzen mit einem Zirkel abgemessen worden seien.

Natürlich gab es Ausrufe der Verwunderung und verschiedene Lobeserhebungen, aus denen sich aber Sternau nicht viel zu machen schien. Er wandte sich ruhig an den Major:

„Mein Herr, Sie sagten vorhin, daß ein Sperling im Flug nicht zu treffen sei?“ - „Ich behaupte es“, antwortete dieser. - „Oh, man schießt sogar die Schwalbe.“ - „Zufall!“ - „Ich will Ihnen keine Wette anbieten, und Schwalben gibt es hier nicht; aber warten wir, den ersten Sperling, der wieder über den Hof kommt, den hole ich herab.“ - „Da bin ich doch neugierig!“ entgegnete der Major zweifelnd.

Von jetzt an hingen aller Augen in der Höhe. Sternau hielt das Gewehr in beiden Händen, aber nicht angelegt. Eine, zwei, drei Minuten vergingen.

„Da - da - da - da!" rief es endlich aus aller Munde.

Ein Sperling kam schnell wie der Blitz über das eine Dach herüber und schwippte nach dem anderen. Aber ehe er es erreichte, blitzte der Schuß, und er stürzte zur Erde herab.

„Erstaunlich, ganz erstaunlich!" rief der Großherzog. - „Oh", antwortete Sternau, „ein leidlicher Schuß garantiert für jeden Sperling. Es ist das ja nichts Schweres." - „Sie sind ein ausgezeichneter Schütze, auf Ehre!" ließ sich da eine Stimme vernehmen, die man noch nicht gehört hatte.

Sie gehörte einem Herrn an, dessen Verhalten bisher ein sehr reserviertes gewesen war. Er hatte noch kein Wort gesprochen, aber als er jetzt aller Blicke auf sich gerichtet sah, fuhr er fort:

„Habe kürzlich viel von Prärie erzählen hören. In Berlin, bei amerikanischem Gesandten. Sprachen von Savanne, von Trapper und Squatter, von Rothaut und Bleichgesicht. War interessant, sehr interessant, auf Ehre." - „Das ist etwas für Sie gewesen, mein lieber Graf", versetzte der Großherzog. „Sie sind ja unser Sportsmann comme il faut." Und sich an Sternau wendend, sagte er vorstellend: „Graf Walesrode, bester Doktor."

Die beiden Herren verbeugten sich, dann fuhr der Graf fort:

„Habe viele Romane gelesen, Reisebeschreibungen. Cooper, Marryat, Möllhausen, Gerstäcker. Habe gedacht, alles Schwindel. Aber doch anders. Hörte in Berlin beim Gesandten, daß alles wahr. Gesandter früher selbst in Prärie gewesen. Berühmte Häuptlinge und Jäger gesehen. Allerberühmteste Häuptlinge in Neumexiko. Sollen heißen Bärenherz und Büffelstirn. Gesandte viele Abenteuer von ihnen erzählt." - „Bärenherz und Büffelstirn?" rief da Sternau hoch erfreut. „Ah, das sind Shoshinliett und Mokaschimotak, die Häuptlinge der Jicarilla-Apachen und der Mixtekas." - „Ah, kennen Sie?" - „Ich habe sie nicht gesehen, aber viel von ihnen gehört. Sie schweifen viel nach dem alten Mexiko hinüber." - „Richtig. Also doch wahr. Auch noch gehört von zwei sehr berühmten Jägern." - „Wie heißen sie, Graf? Wenn sie wirklich berühmt sind, so muß ich sie kennen." - „Habe ihre Indianernamen vergessen, hießen aber Donnerpfeil und Fürst des Felsens. Fürst des Felsens soll famoser Kerl sein. Nie Fehlschuß, nie verlaufen in Prärie, Urwald oder Felsenbergen. Famoser Yankee, auf Ehre." - „Sie irren, Graf; dieser ‚Herr des Felsens' ist kein Yankee." - „Was sonst?" - „Ein Deutscher." - „Ah! Wunderbar. Kennen ihn?" - „Ja. Ich kenne auch den Namen des anderen. Donnerpfeil wird von den Wilden Itintika genannt. Ich habe ihn nicht gesehen. Aber den Herrn des Felsens kenne ich sehr genau; die Rothäute nennen ihn Matavase." - „Ah, wahrhaftig! War dieser Name, auf Ehre. Soll ein Riese sein." - „Ja, er ist kein Zwerg", lächelte Sternau. - „Wahrer Goliath. Schlägt ein Pferd mit Faust nieder." - „Oho!" ertönte es rundum.

Der Graf blickte sich im Kreis um und fragte:

„Wer glaubt nicht? Schlägt ein Pferd nieder, auf Ehre! Wer zweifelt noch?"

Auf diese drohende Frage erfolgte keine Antwort, der Großherzog meinte:

„Ich möchte doch einmal so einen berühmten Westmann sehen!"

Und der Graf fügte nickend hinzu:

„Ich auch. Würde ihn einladen. Freund sein. Famos reiten und schießen, auf Ehre!" - „Oh, der Wunsch der Herren ist ja bereits erfüllt!" sagte Sternau. - „Wann? Wo?" fragte der Graf. - „Jetzt, hier", antwortete Sternau. - „Ah, Sie?" - „Ja, ich." - „Hm, ja. Sind sehr famoser Kerl, aber doch nur Tourist gewesen. Habe mich erst zurückgezogen; dachte an Humbug; habe aber gesehen, daß Sie exquisiter Mann. Aber noch kein echter Westläufer, kein Kerl wie Donnerpfeil oder gar Fürst des Felsens." - „Sie irren abermals", sagte Sternau, „denn dieser Matavase, dieser Fürst des Felsens bin ich selbst." - „Ah!"

Der Graf riß die Augen weit auf und den Mund noch weiter. Vor Überraschung drückte er das Monokel vor das Auge und blickte den Arzt starr an. Auch die anderen glaubten eher an einen Scherz als an Ernst.

„Ist es wahr, Doktor?" fragte der Großherzog. - „Gewiß. Oder dürfte ich es wagen, mir mit Eurer Hoheit einen Scherz zu erlauben?" - „Halt!" sagte der Graf. „Wollen sehen! Prüfen!" - „Prüfen Sie!" sagte Sternau ruhig. - „Fürst des Felsens soll mal fürchterlichen Stich in Hals erhalten haben." - „Hier ist die Narbe. Blicken Sie her!"

Sternau zog den Kragen zurück, und alle überzeugten sich von dem Dasein der Narbe.

„Gut, sehr gut!" sagte der Graf. „Fürst des Felsens hat berühmte

Kugelbüchse, Bärentöter, schießt Kugel Nummer Null. Ungeheuer schwer." - „Hier ist die Büchse."

Sternau nahm die große Büchse und hielt sie dem Grafen hin. Man sah ihm nicht an, daß dieses Gewehr schwer sei, aber als der Graf zugriff, ließ er sofort den Arm sinken.

„Teufel!" rief er. „Schweres Tier! Fünfundzwanzig Pfund, wie?"

Auch der Großherzog griff nach der Bärenbüchse, und nun begann ein großes Wundern.

„Aber, Doktor", sagte der Fürst, „Sie hantieren mit dieser Büchse ja wie mit einem leichten Stock. Vorhin, als sie den Lasso mit ihr parierten, sah es aus, als ob sie kaum ein Pfund schwer sei." - „Riesige Kraft! Ist wirklich Fürst des Felsens, auf Ehre!" meinte der Graf. - „Ich werde den Herren noch einen weiteren Beweis geben. Es wurde vorhin nicht geglaubt, daß dieser Matavase mit der bloßen Faust ein Pferd niederschlägt. Ludwig!" - „Ja, Herr Doktor", antwortete der Bursche. - „Führe einen der schweren Ackergäule vor!" - „Ah!" rief der Graf jetzt ganz begeistert. „Prachtvolles Experiment! Ackergaul niederschlagen. Famos! Nicht dagewesen! Prächtiges Amusement!"

Der Bursche brachte das Pferd; es war ein etwa neunjähriger Fuchs, der lange nicht an die Luft gekommen war. Infolgedessen zeigte er sich sehr lebhaft, es gelang ihm, sich loszureißen, und nun trabte er wiehernd im Hof umher. Ludwig wollte ihn wieder fangen.

„Laß ihn!" sagte Sternau. „Er wird gehorchen."

Um es sich noch schwerer zu machen, warf er sich die Gewehre über den Rücken und schritt auf das Pferd zu. Dieses wandte sich wiehernd von ihm ab und entsprang. So entstand ein Haschen, das dem Fuchs Spaß zu machen schien. Da aber holte Sternau aus, noch einen Anlauf - ein Sprung, und er saß auf dem Pferd.

„Ah, glanzvoll! Auf Ehre!" rief der Graf.

Sternau trieb durch den einfachen Schenkeldruck den Fuchs einige Male im Hof auf und ab, dann stieg er wieder ab.

„Aufpassen, meine Herren!" rief er. „Nicht niederschlagen, sondern niederwerfen."

Er steckte darauf dem Pferd zwei Finger der rechten Hand in die Nüstern, so daß es vorn emporsteigen wollte - ein kurzer Schritt zur Seite, eine Wendung nach hinten, ein gewaltiger Ruck, und der Fuchs lag an der Erde.

Die Herren klatschten, und auch die Damen fielen ein.

„Wahrer Goliath! Simson! Auf Ehre!" meinte der Graf. „Ist Fürst des Felsens! Glaube es gern!"

Der Fuchs hatte sich aufgerafft und stand zitternd vor dem riesenstarken Mann.

„Jetzt niederschlagen!" rief dieser.

Damit holte er aus und traf mit einem fürchterlichen Hieb seiner Faust die Stirn des Pferdes, gerade über dem einen Auge. Eine einzige Sekunde lang ging ein sichtbares Zittern durch den Körper des Tieres, dann aber brach es mit einem einzigen Ruck zusammen und blieb regungslos am Boden liegen.

„Ach! Oh! Verteufelter Kerl!" jubelte der Graf, ganz enthusiasmiert. „Wer macht das nach? Keiner. Auf Ehre!"

17. KAPITEL

Die Zuschauer waren ganz starr vor Erstaunen über eine solche physische Stärke. Droben standen die Damen noch erstaunter als die Herren.

„Mein Gott, solch ein Herkules ist mir noch nicht vorgekommen!" sagte die Großherzogin. „Haben Sie das gewußt, teuerste Gräfin?"

Rosas Gesicht glänzte vor Genugtuung.

„Ja", sagte sie. „Er hat sich bei uns in Rodriganda gleich als Held eingeführt." - „Ach!" - „Wir wurden von einer ganzen Schar Räuber überfallen; es waren wohl fünf, vier tötete er, und der fünfte floh." - „Außerordentlich!" - „Einen unserer größten Feinde hielt er frei über den Abgrund hinaus." - „Gott! Vor solch einem Mann sollte man sich eigentlich fürchten!" - „Ja, wenn er nicht auch an Herz und Gemüt ein ebensolcher Riese wäre!" - „Er sollte Offizier sein. Denken Sie sich diesen Mann, diese Gestalt in Uniform."

Rosa errötete.

„Ja, man muß ihn auch so lieben", fügte die Großherzogin hinzu. „Sie erlauben doch, daß wir ihn Ihnen öfters zu uns entführen?" - „Er wird Euer Hoheit Befehlen stets gehorsam sein."

Auch unten sprachen sich die Herren in gleicher Weise über Sternau aus. Der Oberförster aber war zu ihm und dem Pferd getreten, er hatte doch eine kleine Sorge.

„Doktor, Sie sind weiß Gott ein ganz verteufelter Kerl!"

sagte er. - „Danke", lachte Sternau. „Ich wollte mich ein wenig in Respekt setzen." - „Aber das hat mich ein Pferd gekostet." - „Wieso?" - „Es ist ja tot." - „Fällt ihm gar nicht ein!" - „Also nur betäubt?" - „Ja. Oder glauben Sie wirklich, daß ein Mensch, selbst wenn er wirklich ein Riese wäre, mit einem Faustschlag ein Pferd zu töten vermag? Nur zu betäuben vermag er es." - „Aber es war ein Schlag, gerade wie mit dem Schmiedehammer. Was tut Ihre Hand?" - „Nichts." - „Oh, ich denke, die muß ganz zerschmettert sein!" - „Das fällt ihr gar nicht ein." - „Zeigen Sie her!" - „Hier!"

Der Oberförster untersuchte die Hand, wobei auch die anderen Herren sich neugierig näherten, und schüttelte den Kopf.

„Meine Herren", sagte er, „sehen Sie diese Hand, so weich wie eine Frauenhand. Nur der kleine Finger ist etwas gerötet." - „Unbegreiflicher Mensch! Famoser Kerl!" meinte Graf Walesrode. „Müssen zu mir kommen, Doktor! Auf Schloß Grillstein schöne Waffen, vortreffliche Pferde, guten Wein, auf Ehre! Müssen Freunde werden! Wie?" - „Ich akzeptiere!" entgegnete Sternau. - „Hier Hand, topp!" - „Topp!" - „Aber nun noch zeigen Bärentöter! Nur ein Schuß, ein einziger! Bitte, Doktor!" - „Wenn die Herren es wünschen ..." - „Ja, wir bitten um einen Schuß", sagte der Großherzog. - „Geben Sie mir ein Ziel!"

Die Herren sahen sich vergebens nach einem solchen um. Da sagte Sternau:

„Sehen die Herren drüben über der Mauer und weit jenseits der Tanne die Eiche?" - „Gewiß!" entgegnete der Graf. „Ist groß genug! Famoses Geäst! Echt deutsche Eiche, auf Ehre!" - „Nehmen Sie den langen Ast, der rechts am weitesten hervorsteht." - „Gut." - „Ein Zweig geht von ihm abwärts?" - „Sehe ihn!" - „An seiner Spitze sind drei Blätter, und auf dem mittelsten sitzt ein Eichapfel." - „Unmöglich! Wer kann Eichapfel sehen so weit! Mein Auge ist kein Riesenteleskop, auf Ehre!"

Auch die anderen Herren sahen nichts. Den Zweig konnten sie wohl erkennen, aber die drei Blätter und gar der Apfel waren für sie nicht zu unterscheiden.

„Sie sehen wirklich den Apfel, Doktor?" fragte der Graf. - „Ja, ganz genau." - „Mirakulös, ganz vehement mirakulös!" - „Ich habe Prärieaugen." - „Hm, ja! Und diesen Apfel wollen Sie schießen?" - „Ja." - „Unmöglich! Ganz und gar unmöglich. Diese Distanz und dieses Objekt! Bringen es nicht fertig, Doktor!"

Sternau nahm aber doch den Bärentöter vor und wandte sich an den Großherzog:

„Wollen Hoheit die Güte haben, sich in die Nähe des Baumes zu begeben, bis der Eichapfel zu sehen ist? Auf ein Zeichen werde ich ihn herabholen." - „Halt", sagte da der Oberförster, „ich habe ja ein Fernrohr und auch einen Operngucker."

Diese Instrumente wurden herbeigeholt, und dann verließen auch die Herren den Hof, um sich nach der Eiche zu begeben. Da trat Ludwig heran und fragte:

„Sehen Sie wirklich den Apfel, Herr Doktor?" - „Ja, aber nur als kleinen, dunklen Punkt." - „Und Sie werden ihn treffen?" - „Den Apfel nicht direkt, denn sonst fehlte mir der Beweis. Ich werde das Blatt herabschießen, an welchem er sich befindet." - „Wenn Ihnen das gelingt, so haben Sie den Teufel, gerade wie der Kurt dahier!"

Nach einiger Zeit erscholl ein lauter Zuruf. Sternau nahm die Büchse empor, frei in die Hand und ohne anzulegen, zielte sehr sorgfältig, setzte auch ein und zwei Male ab, denn es galt, einen Meisterschuß zu tun, aber endlich krachte der Schuß.

Dann setzte er die Büchse ab, warf einen scharfen Blick nach der Eiche und lächelte befriedigt.

„Getroffen?" fragte Ludwig. - „Ja." - „Und ich habe nicht einmal das Blatt, geschweige denn den Apfel gesehen dahier!"

Eine Minute lang blieb alles ruhig, dann aber ließ sich von draußen ein Jubelruf vernehmen, und die Herren kehrten zurück. Ihnen voran eilte Graf Walesrode. Er hatte das Blatt und hielt es in die Höhe.

„Getroffen!" rief er von weitem. „Famoser Kerl! Noch nie gesehen. Das Blatt Ihr Eigentum natürlich!"

Sternau zuckte die Schultern.

„Wollen Sie das Blatt verkaufen? Kostbares Blatt! Viel Effekt damit machen! Zahle jeden Preis, auf Ehre!" - „Pah, ich verkaufe kein Blatt, Graf." - „So wollen behalten?" - „Nein. Wenn es Ihnen Vergnügen macht, so bewahren Sie es auf, es mag ein kleines Andenken sein an den Mann, dem Sie nicht glaubten, daß er der Fürst des Felsens sei." - „Oh, Pardon, mein Lieber! Müssen verzeihen, auf Ehre, müssen verzeihen! Sind ja Freunde!"

Da trat der Großherzog an Sternau heran und streckte ihm die Hand entgegen.

„Doktor", sagte er, „Sie sind ein ganz außerordentlicher Mann.

In allem, was Sie einmal begonnen haben, sind Sie Meister. Ich muß Sie näher kennenlernen. Wollen Sie mich morgen auf Schloß Kranichstein besuchen?" - „Ich stehe zu Befehl, Hoheit." - „Nein, nicht zu Befehl. Sie sollen mir einen Gefallen tun, das nur ist es. Nicht als Fürst will ich Sie empfangen. Aber nun haben wir die Damen genug vernachlässigt. Lassen wir uns diese Sünde gutmachen. Vorher aber, Doktor, zeigen Sie mir Ihr Zimmer. Ich muß wissen, wie ein solcher Mann wohnt und arbeitet."

Sternau verbeugte sich zustimmend und führte den Großherzog nach seiner Wohnung. Die anderen Herren aber kehrten in den Saal zurück.

Nach einiger Zeit erschien daselbst Sternau, um die Großherzogin und Rosa de Rodriganda mit sich zu nehmen. Später wurden der Staatsanwalt und Frau Sternau geholt. Es mußte eine wichtige Unterhaltung geben, denn es währte wohl über eine Stunde, ehe die Herrschaften wieder erschienen. Als sie zurückkehrten, bemerkte man, daß Rosa geweint hatte, und auch die Lider der Großherzogin Mathilde waren gerötet.

Nun ließ der Großherzog nach Kurts Eltern schicken, die ihren Sohn mitbringen sollten. Die braven, einfachen Leute wurden von dem Fürsten mit außerordentlicher Huld empfangen.

„Sie sind Seemann?" fragte er Helmers. - „Ja, Hoheit." - „Und haben es bis zum Steuermann gebracht?" - „Ja." - „Haben Sie Ihre Eltern noch?" - „Nein."

Diese Fragen wurden mehr aus Gewohnheit gesprochen, aber es sollte sich bald zeigen, welche Folgen sie hatten.

„Auch keine Geschwister?" - „Einen Bruder, Hoheit." - „Ist auch er ein Untertan von mir?" - „Er ist in Hessen geboren, befindet sich aber in Amerika." - „Als was?" - „Als - als - ich kann das wirklich nicht sagen, das Richtige ist wohl, wenn ich sage, daß er Jäger ist." - „Ah, Jäger! Das ist interessant! Wissen Sie nichts Genaues über ihn?" - „Seit einem halben Jahr haben wir keine Nachricht von ihm. Er hat sich als Squatter versucht, dann als Fallensteller, nachher ist er in die Goldminen gegangen ..." - „Und ein Millionär geworden", lächelte der Fürst. - „Das Gegenteil. Er verließ Kalifornien und wurde Cibolero. Er schrieb mir dieses Wort, aber ich weiß nicht, was es bedeutet." - „Der Herr Doktor wird es uns erklären", sagte der Großherzog. - „Ciboleros werden die mexikanischen Büffeljäger genannt", antwortete dieser. - „Auch da brachte er es zu nichts, da wurde er Gambusino." -

„Goldsucher“, erklärte Sternau. „Dabei wurde er von den Komantschen gefangen. Er floh und nahm zur Strafe einen ihrer Häuptlinge mit ...“ - „Ah!“ rief da Sternau schnell. „Einen Häuptling?“ - „Ja.“ - „Wissen Sie das gewiß?“ - „Ganz gewiß. Er hat es mir ja geschrieben.“ - „Haben Sie den Brief noch? - „Ja. Es steht auch der Name des Häuptlings darin.“ - „Ah, hieß er vielleicht Yo-ovuts-tokvi?“ - „Ein solch kauderwelsches Wort ist's, was da steht, aber dahinter steht in deutsch der Name ‚Der Schwarze Wolf‘.“ - „Ja, ja. Yo-ovuts-tokvi heißt in der Utahsprache, die viele Stämme der Komantschen sprechen, Der Schwarze Wolf. Ist das möglich? Wie wunderbar!“ - „Was ist wunderbar?“ fragte Graf Walesrode. - „Meine Herren, wir haben vorhin von einem berühmten weißen Jäger gesprochen, es wurden zwei Namen genannt, der meinige und der seinige, nun, unser Helmers ist der Bruder dieses berühmten Mannes.“

Das gab nun wieder eine Überraschung. Sogar der Großherzog sagte:

„Heute ist ein ganz außergewöhnlicher Tag. Aber, irren Sie sich nicht, Doktor?“ - „Nein, Hoheit. Wenn der Bruder des Steuermanns wirklich den Häuptling der Komantschen entführt hat, so ist er derjenige, den wir meinten. Ich werde gleich den Beweis führen.“ Und sich an Helmers wendend, fragte Sternau: „Wenn Ihr Bruder den Namen des Komantschen genannt hat, so hat er Ihnen jedenfalls auch geschrieben, wie er selbst da drüben genannt wird?“ - „Ja.“ - „Nun?“ - „Er hat auch so einen indianischen Namen, und weil es der Bruder ist, so habe ich ihn mir gemerkt, daneben steht auch die deutsche Übersetzung.“ - „Nun, wie heißt er?“ - „Itintika, das heißt Donnerpfeil.“ - „Nun, meine Herren, habe ich recht oder nicht?“ fragte Sternau. - „Außerordentlich! Wunderbar! Famose Geschichte!“ rief Graf Walesrode. „Donnerpfeil habe ich gehört bei amerikanischem Gesandten.“ - „Und ich habe gesagt, daß Donnerpfeil auf indianisch Itintika heißt“, meinte Sternau. - „Das würde, wenn es eine Folge dieser interessanten Entdeckung gäbe, eine Fügung Gottes genannt werden müssen“, sagte die Großherzogin. - „Oh, Hoheit, ich bin überzeugt, daß die Folge nicht ausbleiben wird“, entgegnete Sternau. „Ich glaube an Gott und habe tausendmal erkannt, wie seine Hand selbst das Entfernteste verbindet. Es war das damals eine ganz außerordentliche Geschichte, als Donnerpfeil als Gefangener entwich und sogar den Schwarzen Wolf mit sich entführte. Das war eine Heldentat, die geradezu in aller Munde lebte. Wenn Hoheit gestatten, so werde ich dieses hochinteressante Abenteuer morgen in Kranichstein erzählen." - „Ja, gewiß", sagte der Großherzog. „Wir rechnen darauf, daß Sie kommen. Sie bringen natürlich hier unseren Rodenstein mit. Ich würde Sie heute um diese Geschichte bitten, aber unsere Zeit ist bereits längst abgelaufen. Ich wollte nur nicht scheiden, ohne die Eltern unseres kleinen Kurts gesehen zu haben. Komme her, mein Sohn!"

Kurt trat näher heran.

„Weißt du, welche Prämie auf den Wolf und auf den Luchs gesetzt waren?" - „Ja." - „Nun?" - „Zwanzig Taler und hundert Taler." - „Sie gehören dir. Komm, halte deine Hände auf."

Der Knabe streckte, übers ganze Gesicht lachend, seine beiden Hände hin. Da zog der Großherzog seine gefüllte Börse und zählte sie ihm voll Goldstücke.

„Hier hast du fünfzig Dukaten." - „Fünfzig Dukaten?" fragte Kurt. „Das stimmt nicht!" - „Wie? Nicht?" fragte der Großherzog. - „Nein, es ist zu viel, Hoheit." - „Nun, das übrige ist auch dein. Nimm es als Dank für die Künste, die wir heute von dir gesehen haben."

Da blickte der Knabe dem Fürsten freudig bewegt in die Augen und fragte:

„Ist das wahr, Hoheit?" - „Ja." - „Und ich darf damit machen, was ich will?" - „Ja", sagte der Großherzog gespannt. - „Nun, so bekommen meine hundertzwanzig Taler die Eltern, und das übrige erhält der Klaus." - „Warum?" - „Der hat mir das Viehzeug nach Hause gefahren, der hat kein Holz, und vor einer Woche sagte mir seine kleine Anna, daß ihr der Bauch so weh tut, weil sie nichts zu essen haben."

Das war nicht gewählt gesprochen, aber die Großherzogin zog den Jungen an sich und drückte ihm einen Kuß auf den Mund.

Nun wurde aufgebrochen. Da der Großherzog über Mainz fuhr, so erhielt der Staatsanwalt die Erlaubnis, sich ihm anzuschließen. Der Abschied der Herrschaften war ein herzlicher, und die Einladung auf morgen wurde abermals wiederholt.

Als die Wagen und Reiter verschwunden waren, stand der Hauptmann von Rodenstein vor dem großen Pfeilerspiegel, um zu sehen, wie ihm das Kreuz des Ludwigsordens stand, da trat der Forstgehilfe Ludwig herein.

„Nun, Herr Hauptmann, habe ich meine Sache gestern wirklich

so schlecht gemacht, wie Sie sagten?“ fragte er. - „Kerl, du bist ein Prachtjunge!“ lautete die Antwort. „Statt der Nase diesen Orden. Himmeldonnerwetter, ist das ein Unterschied! Ich muß gleich zum Doktor gehen, um zu erfahren, was in seinem Zimmer gesprochen worden ist!“

18. KAPITEL

„Das Segel schwillt, es weht der Wind,
Hinaus drum in die blaue See!
Es winkt die Flut. Lieb Weib und Kind,
Es muß geschieden sein, ade!
Ich fürchte nicht des Sturmes Wut
Und nicht der Klippe Korallenriff;
Es wächst in der Gefahr mein Mut,
Und fest im Steuer läuft das Schiff.

Es schwellt die Hoffnung mir das Herz,
Hinaus treibt es mich ohne Rast.
Es strebt mein Glaube himmelwärts,
Wie auf dem Decke ragt der Mast.
Es gilt, ein kühnes Werk zu tun
Mit frohem, ungetrübtem Sinn;
Drum darf des Schiffes Kiel nicht ruhn,
Bis ich am fernen Ziele bin.“

Der Hauptmann fand den Doktor mit Rosa beisammen. Sie saßen traulich nebeneinander und schienen sich über denselben Gegenstand unterhalten zu haben, der den Hauptmann herbeiführte.

„Gott sei Dank“, sagte dieser. „Es ist eine große Ehre, diese Herrschaften bei sich zu sehen, aber heiß wird es einem doch dabei. Den Wirt greift es am meisten an, obgleich ich sagen muß, daß auch Sie ganz tüchtig gearbeitet haben, Doktor. Diese hohen Herren und Damen haben einen ganz gewaltigen Respekt vor Ihnen bekommen.“ - „Ja“, nahm Rosa ganz glücklich das Wort, „man möchte fast sagen, daß er eine Schlacht gewonnen hat. Er hat sich die Achtung und das Wohlwollen von Personen erkauft, denen wir viel zu verdanken haben werden.“ - „Ja“, entgegnete Sternau, „wir haben dem Großherzog alles erzählen müssen.“ -

„Und ...“ - „Er hat uns einen Rat gegeben, den ich schleunigst befolgen werde.“ - „Welchen?“

Rosa errötete, Sternau antwortete:

„Ich werde baldigst abreisen, um Kapitän Landola aufzusuchen, vorher aber, so lautet der Rat der Hoheiten, sollen wir uns vermählen.“ - „Donnerwetter. Ist dies so schnell möglich?“ - „Ja. Der Großherzog will alle Hindernisse beseitigen und dann während meiner Abwesenheit Rosa unter seinen besonderen Schutz nehmen.“ - „Oho! Sie steht jetzt bereits unter meinem Schutz. Sollte dieser etwa nicht ausreichen?“ - „Gewiß, mein bester Hauptmann, aber Sie werden zugeben, daß in unseren eigentümlichen Verhältnissen die Protektion eines solchen Herrn für uns von großem Vorteil ist.“ - „Zugegeben. Aber ob ich mir unsere liebe Gräfin entreißen lasse, das werde ich mir doch sehr überlegen.“

Am anderen Tag ritt Sternau mit dem Hauptmann nach dem Lustschloß, wo sie mit Auszeichnung empfangen wurden. Der erstere mußte von seinen Abenteuern erzählen, dann kam seine gegenwärtige Lage zur Sprache, und nun zeigte sich, daß der Großherzog bereits Schritte getan hatte, um ihm den Weg zu ebnen. Sternau erfuhr, daß die Vermählung bereits innerhalb einer Woche stattfinden könne, und die Hoheiten luden sich zu derselben ein.

Nun begann eine fleißige, freudige Tätigkeit auf Schloß Rheinswalden. Rosa wünschte, daß die Hochzeit in aller Stille vor sich gehe, und dieser Wunsch kam den Ansichten Sternaus entgegen.

Es war am Montag, wo der Großherzog zum zweiten Mal, dieses Mal aber ohne Gefolge, nach Rheinswalden kam. Nur die Großherzogin war bei ihm.

Man hatte im Saal einen Altar errichtet, und mit Hilfe der großherzoglichen Orangerie war der Raum in einen südlichen Blumengarten verwandelt worden. Der Hofprediger war bereits vor dem Fürsten angekommen, es war Wunsch des letzteren gewesen, daß dieser Geistliche die Trauung vornehmen sollte.

Rosa erschien in einem einfachen Seidenkleid, außer dem Schleier und der Myrtenkrone nur von ihrer eigenen Schönheit geschmückt. Das Hochzeitspaar wurde vom Großherzog und der Großherzogin zum Altar geleitet. Ihnen folgte der Hauptmann mit der Mutter und Schwester des Bräutigams, dann kam der wackere Alimpo mit seiner Elvira, während die Jägerburschen in ihrer Galauniform den Hintergrund füllten.

Der Prediger sprach Worte, die vom Herzen kamen und zum Herzen gingen. Aller Augen standen voll Tränen, und man kann wohl sagen, daß der gute Kastellan und seine Elvira sich fast ebenso glücklich fühlten wie das Hochzeitspaar selbst.

Nach dem feierlichen Akt vereinte ein einfaches Mahl die wenigen Teilnehmer. So war es der Wunsch der Braut, und das hatte die Zustimmung aller gefunden. Nicht so einfach aber waren die Geschenke, die die Glücklichen von dem Großherzog und dessen gütiger Gemahlin erhielten. Man sah es, daß die beiden letzteren sich nicht nur als Potektoren, sondern als Freunde zu dem schönen, interessanten Paar stellten.

Nun war der einfache, deutsche Arzt mit der schönen, reichen, spanischen Gräfin vereint, und er konnte daran denken, an die Lösung der tiefen Geheimnisse zu gehen, die sich über die Verhältnisse der Familie Rodriganda ausbreiteten. Er gestattete sich nur eine einzige Woche Zeit, um das Glück seiner jungen Ehe zu genießen und die Vorbereitungen zu seiner Reise zu treffen. Dann verließ er mit dem Steuermann Rheinswalden, sein Teuerstes unter dem Schutz des Großherzogs und des Hauptmanns zurücklassend.

Er hatte sich neben einer größeren Barsumme auch mit guten Wechseln auf England versehen und wurde von dem Hauptmann nach Mainz begleitet, der ihn auf das Dampfschiff brachte, auf dem er den Rhein hinabfahren wollte.

Der Abschied von seinem jungen Weib war ein rührender, Rosa wollte sich gar nicht von ihm trennen und lag immer und immer wieder weinend an seiner Brust, ihn mit ihren Armen umschlingend. Und dann stand sie noch unter dem Tor und blickte dem Wagen, der ihn nach Mainz brachte, nach, so lange als sie ihn nur zu sehen vermochte. Alimpo und Elvira standen bei ihr.

„Weinen Sie nicht, meine teure Gräfin", sagte letztere. „Unser guter Herr wird bald wieder zurückkommen, das sagt mein Alimpo auch." - „Ja", meinte dieser. „Der Herr Doktor ist ganz der Mann dazu, diesen Capitano Landola zu fangen. Er wird ihn sicherlich finden."

Und von weitem stand Ludwig neben Kurt, auch der Knabe weinte, und dem Jägerburschen stand eine dicke Träne im Auge, deren er sich fast schämen wollte.

„Was weinst du, Junge!" sagte er zu dem Knaben. „Man darf

keine Memme sein dahier." - „Du weinst doch auch", meinte Kurt, ihm in das Auge blickend. - „Ich? Weinen? Dummheit! Das ist nur ein Schweißtropfen. Es ist eine ganz verteufelte Hitze heute. Vor acht Tagen war es kalt wie in Sibirien dahier, und heute fährt sogar das Dampfschiff wieder. Es ist eine ganz abnorme Witterung heuer."

Alle diese Bewohner von Rheinswalden ahnten nicht, welche Reihe von Jahren vor ihnen lag, ehe Sternau mit dem Steuermann wiederkehren würde.

Dieser fand am Landeplatz den Staatsanwalt, der gekommen war, ihn noch einmal zu sprechen. Der Beamte versicherte, daß Sternau ruhig reisen könne, er werde seine Interessen auf das sorgfältigste wahren und sich der jungen Frau Doktor stets mit aller Aufmerksamkeit annehmen.

Der Hauptmann fuhr bis Köln mit. Hier trennten sie sich. Die Reise mußte per Bahn fortgesetzt werden, da infolge der Überschwemmung das Fahrwasser nach abwärts nicht mehr zuverlässig war.

„Wie lange gedenken Sie fortzubleiben, Herr Doktor?" fragte er. - „Wer kann das wissen", antwortete Sternau. „Meine Wege stehen in Gottes Hand." - „Das ist richtig. Und ich hoffe, daß Gott ein Einsehen haben und Sie uns recht bald wieder zurückbringen wird." - „Grüßen Sie mir Rosa noch, und auch alle übrigen." - „Soll geschehen, Doktor! Na, wollen uns das Herz nicht länger schwermachen. Auf das Scheiden kommt ja ein Wiedersehen! Adieu!" - „Leben Sie wohl!"

Sie drückten sich die Hand, dann - ging Sternau mit dem Steuermann einer Zukunft entgegen, die glücklicherweise noch im dunkeln vor ihnen lag.

19. KAPITEL

An der Westseite Schottlands, da, wo der Clydefluß sich in das Meer ergießt, bildet dieser einen Busen, an dessen Südseite die unter allen seefahrenden Nationen berühmte Stadt Greenock liegt. Auf den Werften dieser Stadt sind viele Schiffe des deutschen Lloyd und der deutschen Kriegsmarine gebaut worden, und manches stolze Orlogschiff, sowie manches große oder kleine Handelsfahrzeug durchfliegt die See, das Greenock zum Geburtsort hat.

In einem der am stärksten frequentierten Hotels dieser Stadt finden wir Sternau und den Steuermann Helmers. Sie hatten sich hierher begeben, weil es hier am leichtesten ist, ein kleines Fahrzeug, wie sie es suchten, kaufen zu können. Sie hatten bereits den ganzen Hafen und auch die Werften abgesucht, ohne ein solches zu finden, und saßen nun an der Table d'hôte - Tafel -, sich während des Essens von dieser Angelegenheit unterhaltend.

Gegenüber saß ein alter Herr, der ihre Worte hörte und daraufhin ihnen mitteilte, daß oben am Fluß eine ganz prachtvolle Dampfjacht liege, die zu verkaufen sei.

Er fügte hinzu, daß ein dort in der Nähe wohnender Advokat mit dem Verkauf derselben beauftragt sei; das Fahrzeug liege gerade vor der Tür der Villa, die derselbe bewohne.

Sternau dankte ihm für diese Mitteilung und machte sich nach beendigtem Diner sofort mit dem Steuermann auf, die Jacht anzusehen. Sie hatten nur den Hafen bis dahin untersucht, wo der Fluß in denselben mündet, jetzt aber schritten sie am Ufer weiter aufwärts, und nach einiger Zeit entdeckten sie die betreffende Jacht, die am Ufer vor Anker lag. Es war einer jener ausgezeichneten Schnelldampfer, hundert Fuß lang, sechzehn Fuß breit und sieben Fuß tief, mit zwei Masten, Takel- und Segelwerk versehen, um den Dampf durch die Kraft des Windes zu unterstützen, so daß in Beziehung auf Geschwindigkeit es kein anderes Schiff mit einer solchen Jacht aufzunehmen vermag.

Da ein Brett das Ufer mit dem Bord verband, gingen sie vorläufig an Deck, die Luken waren offen, und auch die Kajüte war unverschlossen. Die Jacht zeige eine prachtvolle Einrichtung, und als Helmers als Kenner alles übrige genau untersucht hatte, sprach er sein Gutachten dahin aus, daß das Schiff ein ausgezeichnetes sei und nichts zu wünschen übriglasse.

Sie kehrten nun an das Ufer zurück, und als sie die betreffende Villa in einem Garten liegen sahen, an dessen offenstehender Pforte ein Schild mit der Aufschrift befestigt war: „Emery Millner, Advokat", traten sie ein, schritten durch den Garten und trafen da eine Dienerin, die sie nach dem Zimmer des Advokaten führte. Hier gaben sie ihre Absicht kund und erfuhren, daß sowohl die Villa als auch die Jacht Eigentum des Grafen von Nothingwell seien.

„Des Grafen von Nothingwell?" fragte Sternau überrascht. „Darf ich Sie um den vollständigen Namen des Grafen bitten?" - „Sir

Henry Lindsay von Nothingwell", antwortete der Advokat. - „Ach, dessen Tochter vor einiger Zeit auf Schloß Rodriganda in Spanien bei Gräfin Rosa, ihrer Freundin, zu Besuch war?" - „Gewiß", antwortete der Engländer, nun seinerseits erstaunt. „Kennen Sie die Dame?" - „Sehr gut sogar. Auch ich befand mich auf Rodriganda und darf mir wohl erlauben, mich ihren Freund zu nennen."

Sternau sowohl als auch der Steuermann hatten natürlich ihren Namen genannt, daher rief der Advokat erfreut:

„So sind Sie wohl gar jener Arzt Sternau, der den alten Grafen operierte?" - „Allerdings." - „Dann ist es mir eine große Freude, Sie bei mir zu sehen! Sir Lindsay und Miß Amy waren vor ihrer Abreise nach Mexiko hier, und die Dame hat uns sehr viel von Ihnen erzählt. Sie müssen wissen, daß sie sehr freundschaftliche Gesinnungen für meine Frau hegt und ihr alles mitteilte, was in Rodriganda geschehen ist." - „So will ich aufrichtig sein und Ihnen sagen, daß Gräfin Rosa de Rodriganda jetzt meine Frau ist. Sie wohnt in Deutschland bei meiner Mutter." - „So schnell ist das gegangen!" rief der Advokat. „Aus der Erzählung von Miß Amy ersahen wir allerdings, daß sich ein solches Ereignis vermuten lasse, daß es aber so bald eingetreten ist, kann nur eine Folge ganz außerordentlicher Verhältnisse sein. Fast bin ich begierig, dieselben zu erfahren." - „Da Miß Amy Ihnen ihr Vertrauen geschenkt hat, so habe ich keinen Grund, Ihnen das meinige zu verweigern", sagte Sternau höflich. - „So bitte ich Sie, Ihnen vor allen Dingen meine Frau vorstellen zu dürfen. Ich ersuche Sie dringend, für die Zeit Ihres Aufenthalts in Greenock mein Gast zu sein."

Sternau mußte trotz seiner anfänglichen Weigerung die Einladung annehmen. Die Frau des Advokaten hörte mit großer Freude, wer die Fremden seien, und tat alles mögliche, ihnen den Aufenthalt so angenehm als denkbar zu machen. Der Deutsche erzählte seine Erlebnisse und wurde infolgedessen geradezu mit Freundlichkeit überschüttet. Er erfuhr, daß Lord Lindsay die Jacht nur deshalb verkaufe, weil er sie während seines voraussichtlich langen Aufenthalts in Mexiko nicht brauchen könne, und Sternau erhielt sie für eine Summe, die klein genannt werden konnte.

Nun ging es an die Ausstattung und Bemannung des Fahrzeugs. Die letztere bestand außer Helmers aus vierzehn Matrosen, von denen einige die Maschine zu bedienen verstanden. Diese Matrosen nannten den bisherigen Steuermann Helmers „Kapitän“, und Sternau bestätigte als Eigentümer diesen Titel.

Die Jacht hatte bisher „The Fleet“ geheißen, wurde aber nun „Rosa“ genannt!

Der Advokat war behilflich beim Einkauf des Proviants, der Munition und der Waffen. Da es galt, einen Seeräuber aufzufinden, so waren auch einige Kanonen nötig. Aus diesem Grund erhielt die „Rosa“ sechs Bordkanonen und zwei drehbare Geschütze, sogenannte Drehbassen, von denen je eine am Vorder- und Hinterteil angebracht wurde.

Das Fahrzeug hatte eine Schnelligkeit von achtzehn Meilen per Stunde und verbrauchte während dieser Zeit zweihundert Pfund Kohlen. Daher war es nötig, öfters anzulegen, um neuen Kohlenvorrat einzunehmen. Als erste dieser Stationen wurde der Hafen von Avranches in Frankreich bestimmt, und dann dampfte die Jacht den Clyde hinab, dem Meer entgegen und einem Ziel zu, das noch niemand bestimmen konnte. Nur war so viel zu vermuten, daß Kapitän Landola wahrscheinlich an der Westküste Afrikas zu suchen sei.

Avranches liegt nicht unmittelbar am Meer, sondern auf einem Höhenzug, der die Seeküste überragt; aber ganz nahe schiebt sich die Bucht von St. Michel in das Land, und von dem inneren Ufer derselben hat man kaum eine halbe Stunde zu gehen, um die Stadt Avranches zu erreichen. Auf einer Höhe an der Bucht stand damals einer jener hölzernen, kühn gebauten Leuchttürme, die an den gefährlichen Küsten der Normandie den Schiffen als Wahrzeichen dienen. Der Wärter dieses Leuchtturms hieß Gabrillon, verkehrte nur selten mit den Menschen und galt für einen Sonderling. Er hatte weder Weib noch Kind, und nur eine alte, taube Frau hauste mit ihm auf dem Leuchtturm, den sie nur für kurze Zeit verließ, um das geringe Gehalt Gabrillons einzukassieren und dann die wenigen Einkäufe zu besorgen, die die Führung ihrer kleinen Wirtschaft nötig machte.

Früher war es zuweilen vorgekommen, daß Fremde oder Einheimische den Leuchtturm besuchten, um von seiner Höhe aus einen Blick auf den ewig gleichen und doch stets wechselvollen Ozean zu genießen, aber seit einigen Monaten zeigte Gabrillon sich gegen solche Besucher so widerstrebend, ja geradezu grob, daß den Leuten die Lust zum Wiederkommen verging.

Man forschte nach der Ursache dieses Widerstrebens, fand aber nichts. Nur einige alte Fischer, die sich mit nächtlichem Schiffhandel abgaben, behaupteten, des Nachts ganz oben auf der Galerie, die sich um das Lichtgehäuse des Leuchtturms zog, eine lange, hagere Gestalt bemerkt zu haben, die in spanischer oder einer ähnlichen Sprache kurze, klägliche Laute ausgestoßen habe.

Von dieser Zeit an meinten die abergläubischen Strandbewohner, der Wärter Gabrillon stehe mit dem Teufel oder andern bösen Geistern, die ihn nächtlich besuchten, im Bund, und mieden ihn nun noch mehr, als sie es schon früher getan hatten. Nur der Maire - Bürgermeister - der Stadt dachte anders, denn Gabrillon war bei ihm gewesen und hatte ihm in seiner mürrischen, verschlossenen Weise gemeldet, daß er einen alten Vetter, der nicht so ganz richtig im Kopf sei, bei sich aufgenommen habe. Gabrillon hatte diese Meldung nicht umgehen können, und der Maire schwieg, weil es ihm Spaß machte, daß die Leute diesen verrückten Vetter in den Teufel verwandelten.

Noch eine andere Neuerung hatte sich in Avranches vollzogen. Ein junger Arzt, der erst kürzlich hergezogen war, hatte eine Quelle untersucht, deren trübes, gelbes Wasser bisher nicht benutzt worden war, weil es einen außerordentlich üblen Geschmack besaß. Dieser Mann behauptete, daß es ein Mineralbrunnen sei, der verschiedene, sonst tödliche Krankheiten heile. Er analysierte das Wasser, sandte seine Analyse und eine Probe des Wassers an die Akademie der Wissenschaften ein, die ihm beistimmte, ließ große Berichte und Annoncen in die Blätter setzen, faßte die Quelle ein und erbaute ein Kurhaus in unmittelbarer Nähe derselben.

Von da an kamen allerlei Kranke und Gesunde herbeigepilgert, um sich heilen zu lassen oder sich in der erquickenden Seeluft und in den stärkenden Meereswogen zu erfrischen. Es wurden Wege gebaut, Promenaden mit Ruhebänken angelegt, und bald entwickelte sich in der Nähe des alten Leuchtturms ein Leben, dem der mürrische Wärter Gabrillon mit immer finsterem Blick zuschaute.

20. KAPITEL

Es war an einem schönen Sommernachmittag. Gestern hatte es ein wenig gestürmt, und die See zeigte heute noch einen ziemlich hohen Gang, aber die Luft war klar, und man konnte bis weit in die See hinaus die Möwen erkennen, die über die Wogenkämme strichen, um Fliegen und Mücken zu haschen. Ihre Flügel glänzten im Sonnenstrahl, und wenn ein breitschwingiger Albatros durch die Lüfte schoß, so funkelte sein weißes Gefieder zwischen den dunklen Schwingen wie hellpoliertes Silber.

Ein dicker Mann, mit einer goldenen Brille auf der Nase und einem spanischen Rohr in der Hand, schritt von der Stadt her nach einer der Fischerhütten, die am Strand lagen, herab. Ihm folgte ein junger Mensch, der eine große Schreibmappe und ein riesiges Tintenfaß zu tragen hatte.

Vor der Hütte saß der Besitzer derselben und strickte an einem Netz.

„Ihr seid der Fischer Jean Foretier?“ fragte der Dicke.

„Ja, so heiße ich, Herr Notar.“ - „Es wohnen Badegäste bei Euch?“ - „Ja. Es ist ein vornehmer Herr mit seiner Tochter, einem Diener und einer Dienerin. Sie haben ihre eigenen Möbel und Betten mitgebracht, und da sie das ganze Haus gebrauchen, so mußte ich weichen und schlafe beim Nachbar Grandpierre.“ - „Wer ist der Herr?“ - „Es ist ein Spanier; er nennt sich Herzog von Olsunna.“ Leise setzte der Fischer hinzu: „Er wird nicht mehr lange machen, Herr Notar. Er hat die Auszehrung; er spuckt Blut, hustet Tag und Nacht und kann kaum noch einen Schritt weit gehen. Ich denke, unsere Seeluft kann ihn nicht mehr retten, und in einer Woche wird er gestorben sein.“ - „Liegt er?“ - „Ja. Die beiden Domestiken sind zur Stadt gegangen, aber die gnädige Dame ist bei ihm.“ - „In welchem Zimmer?“ - „Hier unten auf der anderen Seite. Sie können klopfen und eintreten. Er ist nicht stolz und verlangt nicht, daß man sich vorher anmelden lasse.“

Der Notar folgte dieser Anweisung, klopfte behutsam an und trat nach einem leisen, von einer weiblichen Stimme gesprochenen „Herein“ in die Stube.

Der Raum war einfach und niedrig, wie er in einem Schifferhaus zu sein pflegt, aber die Möblierung war bequem, beinahe elegant. Auf einer Chaiselongue ruhte der Patient. Sein wachsbleiches Gesicht war über alle Maßen abgemagert, und seine dunklen Augen blickten glanz- und hoffnungslos aus den tiefen Höhlen. Ein langgewachsener, schwarzer, struppiger Vollbart ließ seinen Teint noch bleicher erscheinen, und die hohe, breite, kahle Stirn schien einem ausgegrabenen Totenkopf anzugehören.

Neben ihm saß eine hoch und stark gebaute Dame. Sie mochte fast dreißig Jahre zählen, aber ihr Gesicht zeigte eine reine, mädchenhafte Frische, und ihre bei aller Fülle doch schlanke Gestalt hatte so jungfräuliche Linien, daß man sie für noch unverheiratet halten mußte. Eine Falte, die sich über ihre weiße, hohe Stirn zog, schien mehr die Folge einer tiefen Herzenssorge als des Alters zu sein. Ihr großes Auge hatte einen zwar jetzt bewegten, aber offenen Ausdruck. Wer in dieses Auge und in diese Züge sah, mußte der Dame vertrauen und sie liebgewinnen.

Es war Prinzeß Flora von Olsunna, die Tochter des Herzogs.

Sie blickte die beiden Eintretenden überrascht und erwartungsvoll an. Der Notar verbeugte sich höflich und sagte:

„Exzellenz haben nach mir gesandt. Ich bin der Notar Belltoucheur aus Avranches." - „Nach einem Notar hast du gesandt, Papa?" fragte Flora, indem sie sich erschrocken erhob. - „Ja, mein Kind", antwortete der Herzog mit leiser, trockener Stimme. „Ich wollte dich nicht beunruhigen, darum sagte ich es dir nicht. Du brauchst nicht zu erschrecken, es ist eine Geschäftsangelegenheit, die ich mit diesem Herrn zu ordnen habe." Nachdem ihn ein böser Husten unterbrochen hatte, fuhr er, zu dem Notar gewandt, fort: „Ich danke Ihnen, daß Sie gekommen sind, mein Herr, aber ich ließ Sie bitten, drei Zeugen mitzubringen." - „Ich bin diesem Wunsch nachgekommen", antwortete der Mann. „Ich wußte nicht, welcher Art das Geschäft ist, das mich zu Ihnen ruft, Hoheit; ich hielt eine kleine Vorbesprechung für vielleicht notwendig, und darum traf ich die Vorkehrung, die Zeugen eine Viertelstunde später zu bestellen." - „Diese Vorkehrung ist mir erwünscht", meinte der Herzog. „Nehmen Sie Platz." Und zu Flora sich wendend, fügte er hinzu: „Du kannst mich jetzt verlassen, mein Kind; ich werde deiner vor einigen Stunden nicht bedürfen."

Flora warf einen besorgten Blick auf ihn und fragte:

„Aber wirst du eine so lange Konferenz auch aushalten können, Vater?" - „Gewiß. Und sollte ich gezwungen sein zu klingeln, so brauchst du nicht selbst zu kommen, sende mir den Diener."

Da trat in Floras Auge eine nicht zurückzudrängende Feuchtigkeit; sie war überzeugt, daß es sich um die Anfertigung eines Testaments handle, aber dem Vater zuliebe beherrschte sie sich möglichst und verließ das Zimmer.

Gerade in diesem Augenblick kehrte der Diener aus der Stadt

zurück, und so war für Flora keine Veranlassung vorhanden, sich länger zu verweilen. Sie erteilte also dem Diener die nötige Instruktion und bereitete sich dann zu einem kurzen Spaziergang vor. Die Pflege des kranken Vaters nahm ihre Kräfte so sehr in Anspruch, daß sie um ihretwillen gezwungen war, sich diese Erholung zu gönnen.

Sie stieg langsam die Anhöhe hinauf. Rechts von ihr lag die Stadt, und zur linken Hand dehnte sich die weite, unruhige See. So unruhig war auch ihr Herz. Sie wußte, daß sie bald den Vater verlieren werde; sie stand dann allein auf der Welt. Zwar hatte sie ihren unermeßlichen Reichtum; beides war genug, um ihr die Welt, die Gesellschaft mit allen ihren Genüssen zu öffnen, aber sie trachtete nach dem allen nicht.

Während sie so emporstieg, ging ihre Vergangenheit an ihrem geistigen Auge vorüber. Sie hatte ihre Mutter niemals gekannt, war stets nur fremden Händen anvertraut gewesen, denn auch ihr Vater hatte sich nicht viel um sie gekümmert. Alle diese Bonnen und Erzieherinnen waren ihr fremd vorgekommen und fremd geblieben; nur eine einzige hatte sie liebgehabt, jene Deutsche, Señorita Wilhelmi, die so plötzlich wieder verschwunden war, um die sie aus ihr unbegreiflichen Gründen jedoch niemals klagen, die sie niemals in der Gegenwart des Vaters erwähnen durfte.

So war die Zeit vergangen, und sie war zur Jungfrau herangereift. Sie war schön gewesen, der Spiegel hatte es ihr gesagt, und von hundert Anbetern war es ihr in allen Tönen versichert worden. Aber keiner von diesen hundert war der Mann gewesen, dem sie sich hätte zu eigen geben mögen. Der Herzog hatte sie gescholten, aber vergebens. Er hatte schließlich an ihrer Stelle für sie gewählt, aber sie war hier zum ersten Mal so mutig gewesen, Widerstand zu leisten. Sie hatte erklärt, daß sie denjenigen, dem sie ihre Hand geben werde, selbst wählen wolle. Der Vater hatte gezürnt, war aber durch ihre Festigkeit genötigt worden, ihr nachzugeben.

Plötzlich aber war ein Umschwung seiner Stimmung eingetreten. Eine Krankheit hatte ihn auf das Lager geworfen, zwar hatte ihm die Kunst der Ärzte das Leben erhalten, aber die Folgen der Krankheit waren nicht zu vermeiden gewesen, sie entwickelten sich zu einer unaufhaltsamen Abzehrung. Der Herzog hatte seinen Jugendkräften zu viel zugemutet, und jetzt kam die Strafe.

Er wurde ernst, er lernte an das Ende und an das Jenseits zu denken, er hielt Heerschau über die vergangenen Tage seines Lebens, und er sah, daß die Sünde seine Tätigkeit gewesen sei. Da erfaßte ihn bittere Reue. Er dachte an die, denen er ihre Jugend, ihre Unschuld geraubt hatte, er gedachte besonders jener Deutschen, die er durch den Teufelstrank gezwungen hatte, sich zu ergeben, er fühlte den Wunsch, ja, die heilige Verpflichtung, dieses wiedergutzumachen, und in seinem immer schwächer werdenden Hirn tauchte die Erinnerung eines Tages auf, den er längst vergessen zu haben glaubte.

Er war einst im Park seines Schlosses Olsunna promenieren gegangen, voll untröstlicher Gedanken an seine Vergangenheit und ein sich mit grausamer Sicherheit näherndes Ende. Da hatte es plötzlich in den Büschen geraschelt, und es war ein altes, widriges Zigeunerweib vor ihn hingetreten.

„Kennst du mich, Olsunna?“ hatte es gefragt.

Er hatte es betrachtet, aber keinen bekannten Zug in seinem durchfurchten Gesicht gefunden.

Die Zigeunerin aber hatte ihn schadenfroh angegrinst und unter boshaftem Lachen gesagt:

„Ja, wir sind beide in Schande alt geworden, niemand kennt uns mehr!“ - „Weib, wer bist du?“ hatte er sie da angedonnert, so daß seine kranke Lunge ihn schmerzte. - „Ich glaube, daß du Zarba, die Zigeunerin, nicht mehr kennst, aber vergessen hast du sie sicherlich nicht!“

So war ihre Antwort gewesen. Er erschrak, aber er faßte sich und fragte:

„Was willst du von mir?“ - „Rechenschaft!“ rief sie, die braune Rechte erhebend. - „Rechenschaft!“ sagte er, wie zu sich selbst im Traum. „Ja, Rechenschaft! Oh, die habe ich mir bereits selbst abgefordert. Ich gehe ein, ich sterbe. Mein Leben ist zu kurz, um wieder gutzumachen, was ich tat, und ich habe keinen Erben, der um des Vaters willen die Sühne auf sich nimmt.“ - „Keinen Erben!“ lachte Zarba. „Ja, keinen Erben hast du! Die stolze, edle Familie der Olsunnas geht zu Grabe, ihr Wappen wird zerbrechen, und ihr Geschlecht stirbt aus. Das ist der Fluch deiner Jugendsünden. Aber ich will dir etwas sagen: Einen Erben hast du, du stolzer Herzog, aber er ist illegitim. Zwar bist du einflußreich und mächtig, du könntest ihn legitimieren lassen, du könntest dich mit seiner Mutter noch vor deinem Tod vermählen, denn sie ist Witwe, aber ich werde dir nicht sagen, wo sie sich befindet. Das ist die Rache, die ich an dir nehme!" - „Ha!" rief er. „Diese Rache wäre fürchterlich!" - „Nicht so fürchterlich wie dein Verbrechen war!" - „Ich habe ein Kind, einen Knaben?" fragte er. - „Ja, einen Knaben, einen Mann, der herrlicher ist als tausend andere, er ist ein Held an Tugend, an Wissen und an Tapferkeit, aber du sollst ihn nicht finden!" - „Wer ist seine Mutter?" - „Jene deutsche Erzieherin, Señorita Wilhelmi. Sie ging nach Deutschland und fand dort einen braven Mann. Sie ward Witwe, aber sie erzog deinen Sohn zu einem Mann, der würdig ist wie kein zweiter, die Herzogskrone zu tragen. Suche sie, ja, suche sie nur, du wirst sie niemals finden!"

Da hatte er ihr die Hände entgegengestreckt und sie bittend angerufen:

„So grausam darfst du nicht sein. Sage mir, wo er zu finden ist, und ich werde alles gutmachen. Ich will dir Gold und Steine, ich will dir Hunderttausende geben, nur sage mir, wo ich diesen Sohn finde!"

Zarba hatte ihn jedoch nur höhnisch angelacht und war dann im Gebüsch verschwunden, das war ihre Antwort, ihre Rache, aber nur der Anfang derselben.

Von dieser Zeit an hatte er keine Ruhe mehr gehabt, keine Ruhe bei Tag und keine Ruhe bei Nacht. Er hatte Boten ausgesandt, Deutschland zu bereisen und seinen Sohn zu suchen. Er hatte mit fieberhafter Ungeduld ihre Berichte erwartet, aber sie waren alle wieder zurückgekehrt, ohne ihre Aufgabe gelöst zu haben. Er wußte den Namen jenes von ihm verführten Mädchens noch, aber er hatte vergessen, aus welcher Gegend Deutschlands Señorita Wilhelmi gewesen war. Er schrieb dem Gesandten seines Landes in Deutschland, aber auch dies war ohne Erfolg, denn die nachmalige verwitwete Frau Sternau lebte in solcher Abgeschiedenheit bei dem Oberförster, so daß man ihre Verhältnisse gar nicht kannte.

So verging Monat um Monat. Krankheit und Reue, Ungeduld und Sehnsucht zehrten um die Wette an dem Leben des Herzogs. Und das allerschlimmste war, daß nun die fürchterliche Zigeunerin, die Mitwisserin seiner leichtsinnigen Jugendstreiche, der auch er einst Liebe geheuchelt und sie betrogen hatte, sich an seine Fersen heftete und ihm häufig erschien, um ihn zu verhöhnen. So oft er seine Wohnung verließ, begegnete er ihr, und ihre Worte oder ihre Blicke sagten ihm, daß ihre Rache eine unversöhnliche sei und daß er von ihr niemals erfahren werde, wo sich sein Sohn befinde.

Das rieb ihn auf. Die Ärzte rieten ihm eine Veränderung des Ortes, er verreiste, aber kaum war er aus dem Wagen gestiegen, so hielt ein anderer an, aus dem ihm das höhnische Gesicht Zarbas entgegengrinste.

Da las er von der neu entdeckten Heilquelle in Avranches, und er ließ alle Pracht und allen Glanz hinter sich, nahm nur seine Tochter und zwei Domestiken mit und reiste nach Frankreich. Diese Reise verzehrte einen großen Teil seiner noch übrigen Kräfte, aber er hatte die Hoffnung, von der fürchterlichen Zigeunerin erlöst zu sein.

Bereits nach einiger Zeit bemerkte er, daß die Seeluft ihm schade, anstatt ihm zu nützen. Er wurde immer schwächer, es war, als ob der Tod seine kalte Hand nach ihm ausstrecke. Darum dachte er daran, sein Testament zu machen, und daher ließ er den französischen Notar mit drei Zeugen rufen.

Von dem Augenblick an, in dem er erfahren hatte, daß er einen Sohn habe, war er froh gewesen, daß seine Tochter noch unverheiratet war. Von diesem Augenblick an hielt er sie von jeder Gesellschaft fern und suchte sie zu hindern, männliche Bekanntschaften zu machen. Ja, er ging noch weiter; er fragte sie, ob ihr Herz noch frei sei, und als sie dies bejahte, so bat er sie inständigst, die Selbständigkeit festzuhalten. Den Grund konnte sie nicht erfahren. Noch heute am Vormittag hatte er sie gebeten, ihr Herz zu wappnen und nicht an einen Mann zu denken.

„Ich kann dir den Grund noch nicht sagen“, hatte er gemeint, „aber du wirst ihn bald erfahren, zu bald vielleicht.“

An diese Worte dachte Flor, als sie jetzt die Höhe emporstieg. Es war ihr bisher sehr leicht gewesen, den Vater über diesen Punkt zu beruhigen, heute fragte sie sich, ob sie nicht im Begriff stehe, ungehorsam zu werden.

Seit einiger Zeit hielt sich ein Badegast hier auf, der sich keinem Menschen anschloß. Er schien weniger aus Gesundheitsrücksichten, als vielmehr um die See zu studieren, hier zu sein. Er saß halbe Tage lang auf der Höhe bei den Weichselbüschen und beobachtete die immer sich neu gebärenden Wogen der See. Zuweilen öffnete er sein Skizzenbuch, um dies hehre Bild festzuhalten.

Da oben war sie ihm begegnet. Sie hatte auf derselben Bank gesessen, als er kam, und er hatte umkehren wollen, als er sie erblickte. Sie aber hatte ihm zugerufen, seinen Sitz einzunehmen, und war dann selbst gegangen. Später hatten sie sich wiedergesehen und darauf fast alle Tage, wenigstens auf einige Minuten. Sie hatte erfahren, daß er Maler sei, aber nicht nach seinem Namen gefragt. Sie hatten sich unterhalten über Kunst und Wissenschaft, über alles, was ein Prüfstein für die innere und äußere Bildung des Menschen ist, und sich gegenseitig achten gelernt, ohne einander zu kennen.

Er hatte ein schönes, offenes Gesicht, über das die Schwermut eines geheimen Leidens ausgebreitet lag. Das erweckte ihr Mitgefühl. Sie begann in seinen Zügen zu forschen; sie traf dabei oft sein Auge, das mit einem tiefen, klaren Blick auf ihr ruhte. Sie errötete, ihr Herz klopfte. Sie fühlte, daß dieser Mann ihr gefährlich sei und daß sie ihn meiden müsse, aber stets, wenn die Stunde kam, in der sie ihn oben auf der Höhe wußte, trieb es sie hinaus aus dem Fischerhaus und hinauf zu ihm.

So auch heute. Der Wunsch des Vaters, das Zimmer zu verlassen, machte es ihr leicht, dem Zug ihres Herzens zu folgen. Sie schritt dem Ort zu, der ihr so lieb geworden war. Der Vater ging dem Tod entgegen und ließ sie dann allein. War sie aber wirklich so allein? War es denn wirklich unmöglich, sich vor einer so traurigen Vereinsamung zu bewahren? Sich selbst und vielleicht auch das Herz? So dachte sie, und dabei schlug ihr Herz immer lebendiger.

Flora blieb stehen, legte die Hand auf den wogenden Busen und atmete tief auf. Es wurde mit einem Mal hell und klar in ihr. Sie liebte ihn! Sie, die Tochter eines Herzogs, diesen unbekannten Maler! Welch ein Gedanke!

21. KAPITEL

Flora fragte sich, ob sie zurückkehren solle, und doch schritt ihr Fuß vorwärts; sie zitterte vor der Begegnung, und so sah sie ihn bereits vor sich. Er hatte ihr Kommen bemerkt und sich vom Sitz erhoben, um ihr einige Schritte entgegenzugehen. Er grüßte sie ehrfurchtsvoll; er bemerkte die Röte ihrer Wangen, und da er diese der Anstrengung des Weges zuschrieb, sagte er:

„Sie echauffieren sich, Señorita, und das ist bei dieser scharfen Seeluft nicht geraten. Hüllen Sie sich in Ihre Mantille und nehmen Sie Platz."

Er gab ihr den seidenen Umhang über den Kopf und führte sie zum Sitz. Sie hatte ihn nur mit einer Verneigung begrüßt; es war ihr unmöglich, zu sprechen. Auch er saß neben ihr und hatte lange Zeit den Blick wortlos auf die See gerichtet. Was dachte er? Auf seinen Zügen war kein Wechsel der Gedanken geschrieben, aber seine schweren, fast halb geschlossenen Augenlider ließen erraten, daß die gegenwärtige Stimmung seines Inneren keine glückliche sei.

Endlich ließ er das Auge von der See hinweg auf seine schöne Nachbarin gleiten und sagte mit leiser, vibrierender Stimme, aus der sich auf große innere Erregung schließen ließ:

„Sehen Sie diese Wogen, Señorita? Vorgestern war die See ruhig, gestern gab es Sturm, und heute grollt die Flut noch immer. Wird sie sich beruhigen? Wird es einen neuen Sturm geben? So ist es im Leben, und so ist es im Herzen. Und wie vielen Genezarethseelen fehlt der Heiland, der seine Hand erhebt, den Sturm zu beschwören!"

Das war ein verfängliches Thema; es wäre besser gewesen, nicht zu antworten, Flora fühlte das, aber dennoch fragte sie ganz unwillkürlich:

„Bedürfen Sie eines solchen Heilands?" - „Ja, ich bedarf seiner!" seufzte er. - „Ich auch", hauchte sie unbedachtsam. - „Sie auch? Ja, ich habe es Ihnen sofort, als ich Sie zum ersten Mal erblickte, angesehen, daß Sie an einem Leid tragen. Aber tragen Sie es allein? Haben Sie keinen Menschen, der Ihnen diese Last wenigstens zum Teil abnehmen könnte?" - „Keinen!" antwortete sie. - „Das ist traurig. Stehen Sie so einsam in der Welt?"

Flora hob den niedergesunkenen Blick zu ihm empor und antwortete:

„So kennen Sie mich nicht?" - „Sie meinen Ihren Namen? Denn Ihr Herz, Ihr Gemüt, Ihre Seele sind mir nicht unbekannt. Nein, ich kenne Sie nicht. Ich gehöre nicht zu den Leuten, die Anhänger der gesellschaftlichen Neugierde sind. Ich stand allein in der Welt mit einem großen Kummer im Herzen. Der Gram vereinsamt den Menschen, ich zog mich zurück und suchte Trost und Frieden nur am Herzen der Natur. Da erschienen Sie mir. Es war, als ob der Glanz eines versöhnenden Gedankens mich umleuchte, und darum floh ich Sie nicht, wie ich andere fliehe. Ich sah Sie wieder und tat einen Blick in Ihr reines Wesen, einen Blick, der mir den verlorenen Glauben an die Menschheit brachte. Ich war glücklich in Ihrer Nähe, zum ersten Mal seit langer Zeit. Ich hätte vor Ihnen niederknien und Ihnen sagen mögen, daß Sie meine Madonna sind, zu der ich beten möchte. Wenn ich hier auf Sie wartete, so fragte jede Faser meines Inneren, ob Sie auch kommen würden, und wenn Sie dann nahten, so war meine Seele ein einziges großes Dankgefühl. Sie sind meine Sonne geworden. Ich weiß, daß diese Sonne mir untergehen wird, aber ich werde trotzdem nicht in finstere Nacht versinken, denn den Wahrheitsstrahl Ihrer Augen werde ich nie vergessen, sie werden mir leuchten jetzt und immerdar; sie werden die Sterne sein, die meine Erinnerung erhellen und mich das Glück im Angedenken genießen lassen, das mir in der Wirklichkeit versagt ist. Ihre Seele ist mein geistiges Eigentum geworden, und etwas anderes als dies können Sie mir nicht sein. Darum habe ich nicht gefragt, wer und was Sie sind, darum habe ich Sie nicht um Ihren Namen gebeten, und darum habe ich mich nicht einmal erkundigt, wo Sie wohnen."

Er hatte sich in seiner Erregung erhoben, er stand vor ihr mit über der Brust gekreuzten Armen. Es sprühte aus seinen Augen keine versengende Liebesglut, seine Worte enthielten ja auch nicht eine Liebeserklärung im gewöhnlichen Sinn, aber es lag auf seinem Gesicht eine Helligkeit, eine Verklärung, deren Ursache nicht die Sonne sein konnte, eine Verklärung, die ihre Strahlen auch auf Flora warf. Ihr Herz bebte, und ihr Busen wogte. Sie hob das Auge zu ihm empor und erwiderte leise bebend:

„Mit ging es ebenso."

Diese Worte durchzuckten ihn wie ein elektrischer Schlag.

„Auch Ihnen ging es so?" fragte er. „Mit wem? Sagen Sie, mit wem?" - „Mit Ihnen", hauchte sie.

Da machte er eine Bewegung, als wolle er sich ihr zu Füßen stürzen, aber er beherrschte sich, wandte sich ab und sandte seinen umflorten Blick weit hinaus auf die See. Dann hob er den Arm und zeigte nach dem Meer.

„Sehen Sie da draußen die englische Jacht, Señorita", sagte er. „Sie kämpft mit den Wogen und wird doch die schützende Bucht erreichen. Ich aber habe keinen Hafen, ich habe keinen Vater, keine Mutter, weder Bruder noch Schwester, ich habe nicht einmal einen Namen, den ich tragen darf, ich bin verfemt und verflucht und darf es nicht wagen, die Hand nach einem Herzen auszustrecken, das mir gehören will. Ich bin wie der junge Adler, den die Alten aus dem Nest werfen, denn anderen gehören die Firnen und der Äther, er aber soll da unten im Abgrund jammervoll verschmachten. Und selbst wenn er nicht verdirbt, so sind ihm die Schwingen gebrochen, und er hockt einsam und verlassen zwischen den Felsen."

Das war nicht eine leere Tirade, sondern das waren schrille Schmerzensschreie, die aus der Tiefe einer gequälten Brust erschollen. Flora fühlte das, sie ahnte, daß sein Weh ein ungewöhnliches, wahres sei, und das Leid macht die Menschen ebenbürtig. Auch sie erhob sich, legte ihre Hand auf seinen Arm und sagte:

„Sie sind ein Mann, Señor; wollen Sie verzweifeln?" - „Sehe ich aus wie ein Verzweifelnder?" fragte er mit einem stolzen, aber doch auch wehmütigen Lächeln. - „Nein. Ich wollte sagen zweifeln, anstatt verzweifeln. Sie dürfen sich nicht absondern. Es gibt kein Herz, das nicht ein anderes fände, und wenn Sie keinen Vater und ..." - „Nein, ich habe keinen, obgleich er noch lebt", unterbrach er sie in einem Ton, dem man einen tiefen Groll anzuhören vermochte. - „Keinen? Und doch lebt er?" fragte sie. „Wie soll ich das verstehen?"

Er zuckte die Achseln, es war, als ob ein tiefer Zorn ihm die Lippen zusammenpressen wolle, aber er besiegte diese Regung, so daß seine nächsten Worte nur bitter erklangen:

„Oh, sehr einfach, Señorita: Ich bin der verlorene Sohn im Evangelium. Ich war dem Vater ungehorsam, und darum verstieß er mich. Er verbot mir sogar, seinen Namen zu tragen. Ich führe denjenigen meiner verstorbenen Mutter, die dies ihrem einzigen Kind verzeihen wird."

Seine Augen füllten sich mit Tränen, es waren Mannestränen, die doppelt tief brennen. Kein fühlendes Weib bleibt dabei ungerührt.

„Verstoßen? Unmöglich!" rief Flora. „Sie sind kein verlorener Sohn! Alles glaube ich Ihnen, nur dieses nicht! Eher nehme ich an, daß Sie einen Rabenvater besitzen! Was haben Sie getan, daß er Ihnen sogar den Namen genommen hat, der Ihr Eigentum ist, den Sie berechtigt sind zu tragen?"

Es war nicht Neugierde, die ihr diese Frage diktierte, er wußte das, und darum antwortete er:

„Ich bin ein Deutscher. Mein Vater war Offizier und bekleidet jetzt die Stelle eines Oberförsters in Rheinswalden bei Mainz. Ich darf seinen Namen nicht führen, aber nennen kann ich Ihnen denselben, er heißt Kurt von Rodenstein. Er war ein heftiger, strenger Mann, ob jetzt noch, weiß ich nicht. Auch ich sollte Offizier werden. Ich besuchte die Kriegsschule. Da entwickelte sich während des Zeichenunterrichts mein Talent, das man mir bisher nicht zugemutet hatte, und meine Lehrer waren überzeugt, daß ich zum Maler geboren sei. Sie machten meinem Vater Vorstellungen, und ich vereinte meine Bitte mit ihren, er aber hörte nicht darauf. Ich mußte beim Mordhandwerk bleiben, und er drohte mir mit seinem Fluch, wenn ich nicht gehorsam sei. Ich gehorchte, bestand mein Examen und wurde Offizier. Ich tat meine Pflicht, aber während jeder freien Stunde saß ich an der Staffelei. Ich hätte es für eine Sünde gehalten, mein mir von Gott gegebenes Talent nicht auszubilden. Lange Zeit wagte ich mich nicht an die Öffentlichkeit. endlich aber gab mir das Zureden meines Professors den Mut dazu. Ich fertigte ein Bild und bat den Vater, es zur Ausstellung senden zu dürfen, er verbot es mir. Da überredeten mich die Freunde, dies doch zu tun; sie glaubten, einer vollendeten Tatsache gegenüber werde der Vater nachgeben müssen; auch ich glaubte es, da alle Kenner überzeugt waren, daß ich mich meines Werkes nicht zu schämen haben werde. Lassen Sie mich kurz sein, Señorita. Ich sandte es ein, es wurde vom Komitee angekauft, und ich erhielt den ersten Preis, zu gleicher Zeit aber auch vom Vater einen Brief, in dem er mir verbot, die Heimat wieder zu betreten." - „Mein Gott, wie hart, wie grausam!" rief Flora. - „Ich richte ihn nicht, er ist mein Vater! Trotz seines Verbots eilte ich zu ihm. Ich versprach, nie wieder ein Bild öffentlich auszustellen, aber alles half nichts; ich hatte in dieser nach seiner Ansicht hochwichtigen Angelegenheit seinem Befehl entgegengehandelt, ich hatte meinen Offizierscharakter, meine Ehre verleugnet, war unter das Volk der Künstler getreten, ich war also seiner nicht mehr würdig. Er verbot mir abermals sein Haus, verbot mir, seinen Namen zu tragen, und als ich nicht sogleich ging, ließ er mich durch seine Diener vor das Tor führen. Da stand ich wie vom Schlag gerührt. Die Diener weinten, aber sie verschlossen das Tor, ich klopfte daran, erst leise bittend, dann laut im Grimm - es öffnete sich mir niemals wieder. Ich mußte gehen. Ich kam um meinen Abschied ein und erhielt ihn. Ich warf mich nun der Kunst ganz in die Arme, und sie war nicht so grausam gegen mich wie der Vater, sie schmückte mich mit Ruhm, sie brachte mir Gold und Unabhängigkeit, aber mein Herz blieb erschrocken, wie damals, als ich an der Tür des Vaterhauses stand, vergeblich wieder Einlaß begehrend, ein ausgestoßenes Menschenkind, das kein Recht hat auf das Glück dieses Lebens."

Da umfaßte sie in heißer Aufwallung ihrer Gefühle seine Hand und sprach:

„Kein Recht, Señor? O doch, Sie sind nicht rechtlos. Ein jeder Mensch hat von Gott die Erlaubnis erhalten, glücklich zu sein. Fassen Sie getrost zu! Folgen Sie mutig der Stimme Ihres Herzens! Diese Stimme wird Sie ganz gewiß nicht täuschen!"

Er hielte ihre Hand fest und antwortete:

„Señorita, wissen Sie, was Sie sagen? Ahnen Sie, was ich tun müßte, um dieser Stimme zu gehorchen?"

Sie antwortete nicht, aber der vertrauensvolle Blick, mit dem ihr Auge in dem seinen ruhte, sagte ihm, daß sie nicht nur ahne, sondern wisse.

„Ich müßte Sie, ja Sie, Señorita, an mein Herz nehmen und nimmer davon lassen", fuhr er fort. „Ich müßte Sie festhalten, damit meine Sonne nicht untergehe und meine Sterne mir nicht nur in der Erinnerung, sondern in der Nähe leuchten. Habe ich denn die Erlaubnis dazu, Señorita?"

Es traten ihr schwere Tränentropfen in die Augen, sie schlang, ihrer nicht mehr mächtig, die Arme um seinen Nacken und antwortete:

„Ja, du heißgeliebter Mann, du hast das Recht dazu, ich gebe es dir, denn ich bin dein, ich kann nicht anders!"

Da drückte er sie an sich, fest und innig, und im lauten Jubelton rief er:

„Herrgott, ich danke dir! Jetzt wird mein Leben hell, jetzt weicht der Alp von mir, der auf mir lastete, nicht zentner-, sondern bergeschwer! Und meine Erlöserin bist du, du, die ich liebe mit jedem Gedanken meines Innern, für die ich tausend Leben geben würde, und die ich anbete, wie man zu einer Gottheit betet! Sage mir, du herrliches Wesen, wie ich dich nennen soll!" - „Flora!" flüsterte sie erglühend. - „Flora, meine süße, herrliche Flora, hast du mich lieb, wirklich lieb?" fragte er, sich zu ihr niederbeugend, in jenem unbeschreiblichen Ton, dessen nur die Liebe fähig ist.

„Sehr, so sehr!“ lispelte sie. - „Und du willst mein eigen sein und bleiben, trotzdem der Vater mich verstieß?“ - „Ich werde dir ihn und die ganze Welt ersetzen, mein ...“ - „Otto“, ergänzte er. - „Mein Otto!“

Sie blickte innig zu ihm auf, ihre Augen waren halb geschlossen, und ihre vollen Lippen schwollen ihm gewährend entgegen. Da legte er seinen Mund auf den ihren zu einem langen, langen, heißen Kuß. Sie tranken Seligkeit voneinander und hatten alles um sich her vergessen, bis ein lauter Kanonenschuß sie aus ihrem Entzücken erweckte. Sie blickten hinab nach der Bucht. Dort kräuselte sich noch das Rauchwölkchen des Pulverdampfs.

„Siehst du“, sagte Otto, „die Jacht hat die Bucht glücklich erreicht, sie hat einen braven Kapitän. Auch ich werde nun einen Hafen erreichen, und meine Liebe soll der Führer sein, der mich zu demselben leitet. Nur ihr will ich leben, nur ihr und dir ganz allein!“ - „So hast du also keinen Menschen, dem du dich angeschlossen hättest?“ - „Nein. Ich habe nicht nach Freunden gesucht. Und doch, einen habe ich, einen einzigen. Und dieser ist ein Freund im vollsten, edelsten und wahrsten Sinn des Wortes.“ - „Wer ist es, mein Otto? Ich werde ihn auch lieben, aus Dankbarkeit dafür, daß er dein Freund gewese ist.“ - „Er heißt Karl Sternau. Wir lernten uns auf dem Gymnasium kennen. Sein Vater war Professor, starb aber bald. Dann ging Karl zur Universität, ich aber zur Kriegsschule, doch sahen wir uns noch weiter. Unsere Freundschaft hatte zur Folge, daß seine Mutter als Witwe zu meinem Vater gerufen wurde, um dessen Hauswesen vorzustehen. Er ist jetzt einer der berühmtesten Ärzte. Er hat fremde Erdteile bereist und sich mit wilden Tieren und Menschen herumgeschlagen, jetzt erkämpft er seine Siege mit dem Messer und der Lanzette. Er wird der berühmteste Operateur werden, davon bin ich überzeugt.“ - „Weiß er, daß dein Vater sich von dir trennte?“ - „Ja. Er befand sich damals in Algier, und ich schrieb es ihm. Als er zurückkehrte, konnte er nichts für mich tun, denn er wurde in Paris festgehalten, aber schrieb seiner Mutter oft und bat sie, für mich zu wirken. Sie hat den Versuch gemacht, ist aber auf so furchtbaren Widerstand gestoßen, daß sie fliehen mußte. Mein Vater hat ein für allemal befohlen, mich nie mehr zu erwähnen. Wer es dennoch zu tun wagt, der wird augenblicklich fortgejagt. Ob Sternau sich noch in Paris befindet, das weiß ich nicht. Ich war jetzt längere Zeit in Ägypten und hielt mich weit oben bei den Nilkatarakten auf, wo eine Korrespondenz sehr erschwert ist." - „Ich möchte ihn wohl einmal sehen." - „Er ist ein herrlicher Mann, hoch und stolz gewachsen. Und wie sein Äußeres ist, so ist auch sein Inneres. Und ein sonderbares Spiel der Natur muß ich dabei erwähnen. Ihr beide seht nämlich einander ganz ähnlich. Das fiel mir sogleich auf, als ich dich zum ersten Mal erblickte, und diese Ähnlichkeit mit dem einzigen Freund, den ich habe, ist es wohl auch gewesen, die die erste Ursache war, daß ich nicht vor die geflohen bin."

Sie standen Arm in Arm auf der Höhe und konnten die ganze Bucht überblicken. Sie sahen, daß die Jacht Anker warf, und gleich darauf gingen zwei Männer von Bord an Land. Man konnte die Gesichter nicht erkennen, denn die beiden hatten sehr breitkrempige Hüte auf, aber die Gestalten waren deutlich sichtbar.

„Schau den einen!" sagte Otto zu Flora. „Gerade so eine hohe, stolze Gestalt wie er ist auch Sternau, auch sein Gang ist so sicher und elegant. Befände ich mich nicht in diesem abgelegenen Winkel der Erde, so würde ich behaupten, daß dieser Mann kein anderer sei als Sternau."

Er hatte recht, die beiden Männer waren Sternau und Helmers. Sie waren gekommen, um Kohlen einzunehmen und gingen nach der Stadt, um den betreffenden Kauf abzuschließen. Otto von Rodenstein kannte natürlich auch den Steuermann, den jetzigen Kapitän der Jacht „Rosa", denn dieser wohnte ja in Rheinswalden. Aber die Entfernung zwischen den beiden Paaren war zu bedeutend, als daß ein Erkennen möglich gewesen wäre.

Das unerforschliche Schicksal bereitete hier eine jener Begegnungen vor, die ganz unerwartet eintreten und doch für die Zukunft der Betreffenden von außerordentlichen Folgen sind.

Die beiden Menschen saßen noch lange droben auf der Bank und flüsterten ganz glücklich sich jene Fragen, Antworten, Beteuerungen und Versicherungen zu, die für Liebende von hoher Bedeutung sind, während ein dritter darüber lächeln würde.

Endlich aber entwand Flora sich den Armen Ihres Geliebten und sagte:

„Verzeih, Otto, meine Zeit ist längst abgelaufen, und mein Vater wird mich mit Sehnsucht erwarten." - „Dein Vater ist hier?" fragte er. „Nicht auch deine Mutter, mein Leben?" - „Nein. Ich habe nur den Vater. Und", fügte sie mit einer plötzlich hervorquellenden Träne hinzu, „ich werde ihn nicht lange mehr haben, vielleicht nur noch wenige Tage." - „Mein Gott, er ist krank?" fragte Otto erschrocken. - „Ja, sehr", meinte sie. „Er ist zu Tode krank." - „Vermögen die Ärzte nichts zu tun?" - „Gar nichts, denn er leidet an Schwindsucht, die unheilbar ist." - „An Auszehrung! Eine fürchterliche Krankheit, in der der Patient mit vollem Bewußtsein den Tod Schritt um Schritt sich nähern sieht. Wie bedauere ich ihn und dich, mein Herz! Wäre ich ein Arzt, so stellte ich mich an das Krankenbett, um mit dem Tod zu kämpfen mit allen Mitteln der Wissenschaft. Aber da fällt mir ein, wir sprachen von Sternau. Kann ein Mensch helfen, so ist er es. Ich werde sofort an seine Mutter schreiben und mir seine Adresse geben lassen. Nein, ich werde telegrafieren und ihn dann telegrafisch herbeirufen." - „Es ist zu spät, Otto! Ach, während ich hier an deinem Herzen die Wonnen der Liebe genoß, liegt mein Vater auf dem Sterbelager, und der Notar ist bei ihm, um das Testament aufzusetzen. Welch eine schlechte Tochter bin ich." - „Tröste dich! Auch die Liebe hat ihre unveräußerlichen Rechte, selbst in so ernsten Stunden. Ich werde aber jedenfalls telegrafieren, und zwar sogleich!" - „Wird Sternau aber kommen?" - „Sicher. Er wird alles im Stich lassen, um die Bitte des Freundes zu erfüllen. Ich eile. Aber, mein Herz, darf ich deine Wohnung wissen? Ich möchte in diesen trüben Stunden nicht von deiner Seite weichen." - „Ich danke dir, du Guter", antwortete sie. „Wahrlich, ich bedarf des Trostes, und doch darf ich deinen Wunsch nicht erfüllen. Meine Wohnung sollst du wissen, sie ist im Haus des Schiffers Jean Foretier, aber deine Gegenwart ist dort noch nicht möglich." - „Warum nicht, Flora?"

Sie blickte sinnend zur Erde, dann erhob sie das Auge zu ihm und fragte:

„Hast du Vertrauen zu mir, Otto?" - „Ja", antwortete er mit einem Blick voller Aufrichtigkeit, „ich vertraue dir aus voller, ganzer Seele." - „So erfülle mir meine erste Bitte: Frage mich jetzt noch nicht, wer ich bin, erkundige dich auch nicht in der Stadt nach uns. Du sollst es bald erfahren, aber nur aus meinem eigenen Mund. Es bang mir, es dir zu sagen, denn ich fürchte, dich dann doch noch zu verlieren. Aber glaube mir, der Grund liegt in dir und nicht in mir. Ich habe mich meiner Verhältnisse nicht zu schämen, ja, ich bin überzeugt, daß sie deinem Vater reichlich Veranlassung geben werden, seine Härte zu bereuen und sich mit dir auszusöhnen. Willst du?" - „Ja", nickte er. „Du hast den Ausgestoßenen an dein reines Herz genommen, und ich werde nicht fragen, sondern ruhig warten, bis du selbst sprichst. Aber wenn Sternau kommt, darf ich ihn zu euch senden?" - „Ja, sogleich. Wir treffen uns wie immer hier. Ich werde, wenn es mir möglich ist, niemals fehlen. Jetzt lebe wohl, mein Geliebter!" - „Lebe wohl, mein Engel, mein Trost, mein Glück, mein ein und alles auf der Erde!"

Eine lange, heiße Umarmung vereinte ihre Herzen, die warm aneinanderschlugen, noch ein Kuß, noch einer und abermals einer, dann trennten sie sich.

Flora schritt den Berg hinab, und Otto stand oben, um ihr nachzublicken, so lange er sie zu sehen vermochte, dann ging er nach der Stadt, direkt nach dem Telegrafenamt. Dort gab er seine an Frau Sternau gerichtete Frage auf, fügte seine Adresse bei und bat um sofortige Beantwortung. Sein Herz war zum Zerspringen voll, er fühlte ein Glück, wie noch nie in seinem Leben. Er hielt die ganze Welt nicht für würdig, den Ausdruck der Seligkeit auf seinem Gesicht zu sehen. Er ging nach seinem Gasthaus und schloß sich in seinem Zimmer ein.

Dort öffnete er seine Mappe, nahm ein Blatt heraus und lehnte es auf dem Tisch gegen die Wand, so daß der Strahl des Lichtes voll darauf fiel. Es enthielt das sprechend ähnliche Porträt Floras. Das war ihr reiches Haar, ihre reine, hohe Stirn, die sanft gebogene Nase, das waren die großen, sprechenden Augen, das volle, lieblich geschweifte Lippenpaar, der schön aufgesetzte Hals, die volle, schwellende Büste. - Er trat mit verschlungenen Armen einen Schritt zurück, betrachtete das Bild mit strahlender Miene und sagte, als ob das Original vor ihm stände:

„Ja, so bist du, meine Flora! So habe ich dir im stillen einen Kultus gewidmet, ohne daß du es ahnen solltest, und nun bist du doch mehr als bloß im Geist mein geworden. Deine Liebe hat mich gefangengenommen, sie umwebt mich wie ein magisches Fluidum, sie leuchtet in das Dunkel meines Lebens hinein, nicht ernst und düster wie ein Nordlicht, sondern warm, freundlich und erlösend wie der belebende Blick der Morgensonne. Du gibst mir meinen Gott, meinen Glauben und mein Vertrauen wieder, darum sollst auch du an mich glauben und mir vertrauen dürfen, trotzdem ich dich noch nicht kennen darf."

Es war dem Glück ein braver Mensch zurückgewonnen. Die Liebe kommt von Gott, darum führt sie auch zu Gott. Sie ist die

Tochter des Himmels, ohne welche unsere Erde ein Jammertal sein würde.

Der Tag verging, es wurde Abend, ja, es wurde Nacht. Es war im Gasthaus still geworden, es hatte sich alles zur Ruhe begeben. Nur Otto wachte, er erwartete mit fieberhafter Ungeduld die Beantwortung seiner Anfrage. Die Minuten wurden ihm zu Stunden, da endlich, endlich läutete unten die Hausglocke. Der Portier öffnete, und gleich darauf trat der Bote des Telegrafenamts ein.

Otto fertigte den Mann schnell ab und öffnete, als sich der Bote entfernt hatte, das Kuvert. Doch als er die wenigen Worte las, ließ er die Hand, welche die Depesche hielt, entmutigt sinken. Die Antwort lautete:

„Mein Sohn ist in England. Wo, weiß ich nicht. Kehrt erst nach langer Zeit zurück."

Das war ein harter Schlag für den Maler, der gehofft hatte, in dem Freund einen Retter für den Vater der Geliebten zu finden. Es trieb ihn mit bangen Schritten im Zimmer auf und ab. Er konnte keine Ruhe finden und suchte erst mit dem grauenden Tag sein Lager auf.

Darum war es sehr spät, als er erwachte, sich erhob, Toilette machte und in die Gaststube hinabging, um sich den Morgenkaffee geben zu lassen. Hier war nur ein einziger Gast zugegen, er trug Seemannskleider und saß vor einem großen Glas Rum. Als Otto ihn erblickte, traute er seinen Augen kaum.

„Ist's möglich!" rief er. „Helmers, Steuermann Helmers! Sehe ich recht?"

Helmers erhob sich, ebenso überrascht, wie es der Sprecher war.

„Herr von Rodenstein!" rief er. „Herr Otto! Ja, ich bin es! Welch ein Zusammentreffen!"

Sie eilten aufeinander zu und schüttelten sich die Hände.

„Was tun Sie hier in Avranches, hier in diesem Haus?" fragte der Maler. - „Hier in diesem Haus habe ich heute nacht geschlafen, hier in diesem Zimmer trinke ich soeben ein Glas Rum, und hier in Avranches will ich Kohlen einnehmen, damit meine Jacht weiterdampfen kann." - „Ihre Jacht? So sind Sie gestern nachmittag hier angekommen?" - „Ja." - „Da hätte ich mir meine Depesche ersparen können!" - „Welche Depesche?" - „Ich telegrafierte an Frau Sternau, um zu erfragen, wo sich Doktor Sternau befindet." - „Ach, wunderbar. Was antwortete sie?" - „Daß er wahrscheinlich in England sei, sie weiß aber nicht, wo. Ich sah die Jacht in die Bucht laufen. Hätte ich gewußt, daß Sie an Bord waren, so wäre ich mit Dampfesgeschwindigkeit den Berg hinuntergerannt." - „Den Berg? Ah, Sie standen oben auf der Höhe?" - „Ja." - „Sapperlot, das hätte ich wissen sollen! Wir sahen einen Herrn und eine Dame ..." - „Das war ich!" - „Die hatten sich gepackt und umschlungen, als ob kein Mensch in der Nähe wäre." - „Ja", wiederholte Otto lächelnd, „das war ich. Wir sahen, als die Jacht kaum Anker geworfen hatte, zwei Männer an Land und in die Stadt gehen." - „Das war ich." - „Und der andere?" - „Ha!" antwortete Helmers mit einem fröhlichen Spiel seiner Mienen. „Das war der Eigentümer der Jacht." - „Er war gerade wie Sternau gebaut." - „Glaube es. Er heißt auch so." - „Was? Wie?" rief Otto rasch. „Das ist doch nur ein Zufall!" - „Nein", meinte Helmers mit einem lustigen Augenzwinkern, „der Name eines Mannes ist niemals Zufall. Ein Zufall ist es eher, daß wir gerade hier in Avranches Kohlen einnehmen. Wir hätten dies auch in Cherbourg, Morlaix oder Brest tun können. Aber jedenfalls ist es nun nicht nötig, daß Sie den Herrn Doktor Sternau in England suchen!" - „Mein Gott! Ist's wahr? Ist er hier, er selbst?" - „Freilich", lachte Helmers. „Die Jacht ist ja sein." - „Wo ist er? Schnell! Wo finde ich ihn?" - „Auch er wohnt hier im Haus. Er ist erst spät schlafen gegangen und wird wohl noch im Bett - o nein, da kommt er ja."

In diesem Augenblick hatte sich die Tür geöffnet, und Sternau trat ein. Er erkannte den Freund, der ihm entgegeneilte, sofort und öffnete seine Arme, ihn zu empfangen.

„Otto, du hier?" fragte er. - „Ja, Karl. Welch ein Zufall! Welch ein Glück! Ich habe gestern nach dir telegrafiert, und heute triffst du hier ein. Das muß Gottes Schickung sein!" - „Du wohnst in diesem Haus?" - „Ja." - „So hättest du mich bereits gestern sehen können." - „Ich habe dies soeben von Helmers erfahren. Aber es soll alles nachgeholt werden, denn es ist noch Zeit genug vorhanden. Komm mit auf mein Zimmer, wir haben uns sehr viel zu erzählen." - „Gewiß, Otto, jedenfalls aber ich dir mehr, als du mir."

Die Freunde zogen sich jetzt aus dem nicht verschwiegenen Gastzimmer zurück, so daß Helmers in der sehr angenehmen Lage war, noch ungestört einige Glas Rum trinken zu können.

22. KAPITEL

Als Flora am gestrigen Tag von ihrem Ausgang zurückkehrte, fand sie den Vater schlafend. Der Notar hatte ihn mit den drei Zeugen eben verlassen, die lange Konferenz hatte ihn so angestrengt, daß der Schlummer sofort wieder Gewalt über ihn bekommen hatte. Sie zog sich leise zurück, um zu warten, bis er erwachen und nach ihr klingeln werde.

Dies geschah erst am späten Abend, als Mitternacht bereits nahe war. Sie eilte zu ihm und fand ihn aufrecht auf der Chaiselongue sitzend; ein großes, versiegeltes Schreiben lag auf der Decke vor ihm. Flora eilte auf ihn zu und liebkoste ihn.

„Wie befindest du dich, mein Vater?" fragte sie. - „Ich danke dir, mein Kind", antwortete er. „Ich habe einen sehr guten Schlummer gehabt, und es ist mir leichter und wohler als lange Zeit vorher. Dies mag wohl auch mit daher kommen, daß ich eine heilige Pflicht erfüllt habe. Die Pflichterfüllung gibt dem Menschen innere Ruhe und neue Kraft."

Sein Blick ruhte auf dem Schreiben, auch ihr Auge fiel auf das große Notariatssiegel, und sie schauderte. Er bemerkte es und sagte, matt lächelnd:

„Der Anblick dieses Dokuments ist dir unangenehm? Wie unangenehm wird dir erst sein Inhalt sein! Und doch mußt du ihn erfahren, und zwar noch heute, jetzt gleich. Komm, meine Tochter, setz dich und höre mir zu."

Sie gehorchte diesem Befehl und setzte sich neben ihn, aber es standen ihr bereits die Tränen in den Augen.

„Ahnst du, was dieses Schriftstück enthält?" frage er. - „Ja", antwortete sie leise. - „Was ist es?" - „Dein - dein - o Papa, ich mag das Wort gar nicht aussprechen!" - „Meinst du mein Testament, Flora?" - „Ja, mein Vater", antwortete sie, jetzt bereits laut schluchzend. - „Du hast recht geraten", sagte er, „aber weine nicht! Man kann an sein Ende denken, ohne den Tod nahe zu wissen. Will es Gott, so wirst du mich noch lange nicht verlieren, aber ich habe gefühlt, daß es meine Pflicht ist, an die Zukunft zu denken und meine Angelegenheiten in Ordnung zu bringen."

Sein Husten unterbrach ihn und übertäubte auch das leise Weinen der Tochter, dann fuhr er fort:

„Dieses Testament lege ich in deine Hände nieder, Flora. Ein Duplikat davon liegt bei dem Notar, der es angefertigt hat. Schwöre mir, daß du nach meinem Tod alle darin getroffenen Bestimmungen erfüllen wirst. Willst du?" - „Papa", schluchzte sie, „es bedarf des Schwures nicht, aber wenn es dich beruhigt, so will ich hiermit schwören, daß dein Wille bis in das kleinste befolgt werden soll." - „Auch dann, wenn dieser Wille für dich ein harter, unväterlicher zu sein scheint?" - „Auch dann, Papa. Ich weiß, er wird nur hart scheinen, aber nicht hart sein. Du liebst dein Kind und wirst mich nicht unglücklich machen." - „Ich danke dir! Und nun trockne deine Tränen, denn ich habe mit dir zu sprechen, ich will dir die Härten, die mein Testament für dich enthält, erklären, ich will dir erzählen, ich will - ja, mein Kind, dein Vater will dir - beichten!"

Flora sollte ihre Tränen trocknen, aber dies gelang ihr nicht. Ihr Vater wollte - beichten. Wie dieses Wort so fürchterlich klang! War er ein Verbrecher? Warum wollte er sich gerade vor seinem Kind demütigen?

Der Herzog wartete geduldig die lange Zeit, die seine Tochter brauchte, um wenigstens äußerlich ruhig zu erscheinen. Dann begann er:

„Mein Kind, ich habe eine große, eine schwere Sünde auf dem Gewissen. Du hast einen Bruder, ohne daß ich dir von ihm gesagt habe. Kannst du mir dies verzeihen?"

Anstatt zu erschrecken, blickte sie in freudigem Staunen zu ihm hin.

„Einen Bruder!" sagte sie. „Ist das wahr, Papa?" - „Ja." - „Oh, da habe ich dir ja nichts zu verzeihen! Du wirst schon deine weisen Gründe gehabt haben, seine Existenz geheimzuhalten. Du erfreust mich mit dieser Nachricht außerordentlich, anstatt mich zu betrüben." - „Deine Worte nehmen eine schwere Last von meiner Seele, Flora, aber ich muß leider bekennen, daß es nicht weise Gründe waren, die mir Schweigen auferlegten. Ich selbst wußte bis vor einiger Zeit von dem Dasein dieses Sohnes nichts. Er ist nicht ein Sohn deiner Mutter, er ist der Sohn einer anderen, er ward geboren, als deine Mutter bereits längst tot war; er ist ein illegitimes Kind."

Es wurde dem Kranken schwer, dieses Bekenntnis auszusprechen, und Flora errötete, als ob sie selbst es von sich abgelegt hätte. Aber sie erkannte den Ernst dieser Mitternachtsstunde und sagte mild:

„Papa, er ist dessenungeachtet mein Bruder, und ich werde ihn herzlich lieben. Wo befindet er sich?" - „Oh, wenn ich das wüßte!" - „Du weißt es nicht? Aber wo ist seine Mutter, Papa?" - „Auch dieses habe ich nicht erfahren können; aber sie ist dir bekannt, mein Kind. Es ist nämlich Señorita Wilhelmi, die einst für kurze Zeit deine Erzieherin war."

Das Gesicht Floras zeigte eine vollständige Bestürzung. Sie brauchte Zeit, sich von derselben zu erholen, dann sagte sie:

„Meine liebe, gute Wilhelmi? Mein Gott, was mag sie gelitten haben!" - „Ja", nickte er voll Reue. „Und was mag sie noch leiden! Aber sie soll entschädigt werden. Vorher will ich dir alles erzählen. Höre, meine Tochter!"

Es mag einem Vater schwer werden, ein reines, unverdorbenes Kind einen Einblick in seine Jugendsünden tun zu lassen. Auch dem Herzog wurde es nicht leicht, aber er besiegte alle Zurückhaltung und erzählte Flora von seinem wüsten Leben, von Gasparino Cortejos, seines ehemaligen Haushofmeisters, Verführungen, von jener Maskerade, während der er Señorita Wilhelmi zum ersten Mal gesehen hatte. Er erzählte ihr aufrichtig, wie er sie in sein Haus gelockt und mit jenem teuflischen Mittel überwunden habe. Er verschwieg ihr auch nicht, daß sie dann fortgegangen sei, ohne eine Unterstützung von ihm zu erhalten, so daß sie also, wie er noch jetzt meinte, ohne alle Subsistenzmittel gewesen sei. Auch über sein späteres Leben sprach er, über die Zigeunerin Zarba, mit der er ebenfalls auf Veranlassung jenes Cortejo, der dann später nach Rodriganda ging, ein Liebesverhältnis angeknüpft hatte, nachdem Cortejo ihrer überdrüssig geworden war. Sie hatte ihn zuerst auf das Vorhandensein eines Sohnes aufmerksam gemacht, und über die Reue sprach er, von der er nun ergriffen worden sei. Diese Reue war so aufrichtig, so tief und wahr, sie sprach sich so in seinen Worten, seinen Gebärden und seinen Tränen aus, daß Flora auf das tiefste davon ergriffen wurde. Als er geendet hatte, fragte sie schluchzend:

„Glaubst du nicht, Papa, daß diese fürchterliche Zarba dich belogen hat?" - „Nein; sie hat die Wahrheit gesprochen." - „So müssen wir alles tun, um meinen Bruder aufzufinden. Ist er wirklich so ein Mann, wie sie gesagt hat, so brauchen wir uns ja seiner nicht zu schämen, und lebt er in Armut und Elend, so ist es ja noch viel mehr unsere Pflicht, ihn zu erretten und an die ihm gebührende Stelle zu setzen." - „Aber", fragte er, „denkst du dabei auch an die Verluste, die du erleiden wirst, an die schweren

Opfer, die du zu bringen hast?" - „Nein, Vater, daran denke ich nicht", antwortete sie aufrichtig. „Das alles wird für mich kein Opfer sein. Ich werde einen Bruder haben, dem meine Liebe gehört; das wiegt alles auf. Wir müssen die Nachforschungen von neuem beginnen!"

Seine matten Augen leuchteten bei diesen Worten auf, die eine so schwesterliche Großmut bekundeten. Das hatte er nicht erwartet. Er sagte:

„Und doch ist es Pflicht, dich über alles aufzuklären, Flora. Wenn ich keinen Sohn habe, so gehört dir nicht nur mein vollständiges Erbe, sondern auch mein Rang und Titel. Nach spanischen Gesetzen bist du nach meinem Tod Herzogin, und dein erster Sohn erbt die Herzogskrone der Olsunnas, mag dein Gemahl immer heißen, wie er wolle. Auf dieses Erbe und diese Krone verzichtest du für dich und deine Nachkommen, wenn du nach dem Bruder suchst, der ja auch jünger ist als du." - „Das ist erstens meine Pflicht, und zweitens tue ich es gern, Papa. Diese Frage ist ein für allemal entschieden." - „Gott sei Dank!" seufzte er nun endlich erleichtert. „Es wird sich also die große Besorgnis, die mich in letzter Zeit so peinigte, nicht erfüllen, du wirst meinem Andenken, wenn ich gestorben sein werde, nicht fluchen, mein Kind?"

Da legte sie die Arme um ihn, küßte ihn auf die bleichen Lippen und rief:

„Was denkst du von mir, mein Vater! Du weißt doch, wie sehr ich dich liebe! Was du gefehlt hast, darüber darf ich nicht richten, denn ich bin deine Tochter, ich bin ja selbst sünd- und fehlerhaft. Dein Gewissen und Gott sind deine einzigen Richter, und unsere Religion lehrt, daß Gott die Liebe sei, er zürnt nicht ewig. Du hast den Willen, alles zu sühnen, und ich gebe dir mit Freuden die Hand dazu. Ich versichere dich, daß mir dies nicht schwerfällt, ja, ich fühle vielmehr eine unendliche Freude, so unerwartet ein brüderliches Herz zu finden, dem ich meine Liebe widmen darf. handle ganz so, wie eine Reue es dir eingibt, ich bin ja gern mit allem einverstanden!"

Der früher so stolze und starke Mann drückte sie an sich und weinte.

„Meine Tochter, meine liebe, gute Tochter!" sagte er. „Gott wird dir es lohnen, daß du so nachsichtig mit mir bist! Nun aber weißt du auch, warum ich in letzter Zeit so froh war, dein Herz noch frei von Liebe zu wissen. Du wirst auf das Glück der Ehe verzichten müssen. Alles, was ich habe, gehört dem Sohn, und es steht ganz in seinem Belieben, wieviel er dir abtreten will. Eine Rente und eine Aussteuer hast du zwar zu fordern, doch, wenn ich sterben sollte, nur von ihm. Dein mütterliches Erbteil beträgt nur zwei Millionen, es gehört zwar unbeschränkt nur dir, aber du siehst ein, daß es zu wenig ist, eine standesgemäße Ehe zu schließen."

Da lachte sie trotz des Ernstes des Augenblicks hell auf und sagte:

„Nun, so schließe ich eine nicht standesgemäße Ehe. Dazu werden die zwei Millionen gewiß hinreichend sein."

Er blickte sie forschend an.

„Flora", fragte er dann besorgt, „du hast mir etwas verheimlicht?" - „Nein, Papa", antwortete sie, „aber es ist gestern etwas geschehen, was ich dir ganz offen erzählen muß."

Bei diesen Worten bedeckte eine tiefe Glut ihre Wangen, so daß er ausrief:

„Kind, du liebst!" - „Ja", gestand sie. „Ich liebe, Papa, und dem, den ich liebe, gehört mein Herz und mein ganzes Leben. Ich werde sein Weib und das keines anderen!" - „Wer ist es?" - „Er ist ein Künstler, ein deutscher, berühmter Maler, zwar von Adel, aber nur mit einem ganz einfachen ‚Von'. Ich gestehe dir sogar, daß er seiner Kunst wegen von seinem Vater verstoßen wurde!"

Der Herzog schwieg. Seine Augen schlossen sich, und sein Kopf sank leise in das Kissen zurück. So lag er lange, lange wortlos da. Was mochte er denken, er, der Herzog, dessen Tochter ihm gestand, daß ihre ganze Liebe einem armen, von seinem Vater verstoßenen Maler gehöre!

Flora beobachtete die Mienen des Vaters, aber es zeigte sich in seinem eingefallenen Gesicht nicht ein einziger Zug, der seine Gedanken verraten hätte. Da wurde es ihr angst. Es war, als ob er tot vor ihr daläge, gestorben vor Schreck über die ebenso unerwartete wie erschütternde Mitteilung, die sie ihm gemacht hatte. Das preßte ihr abermalige Tränen aus, ihr kindliches Herz zitterte, und sie sagte stockend:

„Papa, er ist ein Sohne ohne Vater, ganz wie der deinige. Wenn du es haben willst, so werde ich dieser Liebe entsagen!"

Es verging abermals eine Weile, dann öffnete er die Augen und antwortete:

„Mein Kind, ich habe soeben einen schweren Kampf durchkämpft, einen Kampf mit meinem Recht und den Ansichten unseres hohen Standes, und ich habe - gesiegt. Die Tochter des Herzogs von Olsunna liebt einen Edelmann, einen von seinem Vater Verstoßenen! Dieses Geständnis hat mich tief erschüttert. Ich sehe darin eine wohlverdiente Strafe für mich, denn ich habe die Liebe einer Erzieherin, die Liebe von noch tiefer stehenden Mädchen besessen und - betrogen. Meine Liebe war unlauter, die deinige aber ist rein. Du hast mir deine Hand geboten und Opfer gebracht, um den Sohn der Erzieherin zu deinem Bruder zu machen, es wäre grausam, wenn ich dir dein Herz brechen wollte. Ich stehe am Rand des Grabes, da rechnet man mit anderen Faktoren als im vollen, frischen Leben. Ich sehe den Menschen, aller äußeren Würden, alles falschen Glanzes entkleidet, den ihm eine zufällige Geburt verleiht, ich taxiere jetzt mit dem Auge Gottes, vor dem nicht der Rang, sondern nur die Eigenschaft des Herzens gilt, und so will ich dir meine Antwort sagen: Der Name Olsunna darf nicht aussterben; die Traditionen unseres Geschlechts müssen erhalten und fortgeführt werden; bleibst du die einzige Trägerin dieses Namens, so bist du gezwungen, eine standesgemäße Ehe einzugehen, und dein erster Sohn wird Herzog von Olsunna werden; findet sich aber dein Bruder, so habe ich ihn in meinem Testament zu meinem Nachfolger ernannt. In den Händen des Notars befindet sich ein Gesuch an den Herrscher Spaniens, das zur Folge haben wird, daß man ihn anerkennt, wenigstens hoffe ich das. Diese Anerkennung stände außer allem Zweifel, wenn ich länger leben und die einstige Erzieherin nachträglich zu meinem Weib machen könnte. Bleibt diese Anerkennung aus, so bist du die Erbin der Olsunnas und hast deine Pflicht zu tun, wird sie aber nicht verweigert, so gebe ich dir hiermit die Erlaubnis zur Verbindung mit dem Geliebten, vorausgesetzt, daß er beweist, daß er ein Ehrenmann ist, der nur unschuldigerweise von seinem Vater verstoßen wurde."

Diese lange Rede war oft durch längere Hustenanfälle unterbrochen worden. Als er jetzt schwieg, kniete Flora vor seinem Lager nieder, benetzte seine Hände mit Tränen des Schmerzes und der Freude zugleich und schluchzte:

„Dank, tausend Dank, mein lieber, nachsichtiger Vater! Dein Wille soll mir als unumstößliches Gesetz gelten, aber ich versichere dir, daß Otto ein Ehrenmann ist. Ich bitte dich, dir ihn vorstellen zu dürfen! Prüfe ihn und sei überzeugt, daß er diese Prüfung vollständig bestehen wird." - „Ich hoffe es, mein Kind! Jetzt aber gönne mir die Ruhe, deren ich bedarf! Ich habe mir doch zuviel zugemutet und bin sehr müde. Schlafe wohl, Flora, und bitte Gott, daß er alles zum besten lenke und deinem Vater vergebe, was dieser gefehlt und verbrochen hat."

Sie trennten sich. Flora fand keinen Schlaf, ihre Erregung war zu groß, und die widerstreitendsten Gefühle ihres Herzens stürmten auf sie ein. Es ging ihr wie dem Geliebten, sie fand erst gegen Morgen die nötige Ruhe und erwachte erst, als die Sonne bereits hoch am Himmel stand.

Eine Stunde später saß sie wieder beim Vater. Draußen auf der Bank vor dem Haus hatte abermals der Schiffer Platz genommen und strickte an seinem Netz. Da hörten sie nahende Schritte, und dann fragte eine tiefe, sonore Stimme:

„Hier wohnt der Schiffer Jean Foretier?" - „Ja, mein Herr", antwortete der Gefragte. „Ich bin es selbst." - „Ich danke."

Man hörte, daß der Frage in den Flur trat und an die Tür klopfte. Auf das „Herein" Floras trat ein junger Mann ein, dessen hohe Figur einem Riesengeschlecht entstammt zu sein schien. Er war von einer ungewöhnlichen männlichen Schönheit, und der tiefe Ernst, der auf seiner Stirn thronte, wurde durch den milden Blick seines Auges und das freundliche Lächeln seiner vollen Lippen angenehm gemildert.

„Verzeihen Sie meine Kühnheit!" bat er mit einer tiefen Verbeugung. „Man hat mir gesagt, daß ich in diesem Haus einen Patienten finden werde." - „Zu wem sind Sie gewiesen worden?" fragte der Herzog. - „Man konnte mir keinen Namen nennen, denn er war dem Freund, der mich sandte, selbst unbekannt."

Da erhob sich Flora rasch.

„Ah, bitte, mein Herr, wie ist Ihr Name?" - „Ich nenne mich Sternau." - „Sternau! Ah, Doktor Sternau! Sie sind hier infolge der Depesche Ihres Freundes! Doch nein, so schnell kann dies doch nicht geschehen." - „Allerdings nicht", lächelte Sternau. „Ich bin der Besitzer der Jacht, die gestern hier eingelaufen ist, ich befand mich in Avranches, ohne daß der Freund es ahnte. Er telegrafierte gestern nach mir und erhielt während der Nacht die Benachrichtigung, daß mein gegenwärtiger Aufenthaltsort nicht angegeben werden könne, und es war eine eigentümliche Schickung, daß wir uns heute morgen trafen."

„Das ist mehr als seltsam, das ist fast, als ob es der Wille Gottes sei!" meinte Flora. „Bitte, Herr Doktor, nehmen Sie Platz, und erlauben Sie mir, meinem Vater den Zusammenhang zu erklären. Ich habe ihm noch nicht gesagt, daß zwischen Otto und mir die Rede von Ihnen gewesen ist."

Sternau setzte sich, und Flora erzählte dem Herzog den Zusammenhang. Dieser hatte den Arzt mit einem seltsamen Blick betrachtet. Als die Tochter mit ihrem Bericht zu Ende war, sagte er mit mattem Lächeln:

„Das ist allerdings ein mehr als eigentümliches Zusammentreffen, und ich bin Ihnen sehr dankbar, daß Sie sich zu mir bemüht haben. Aber ich befürchte, daß die Kunst selbst des berühmtesten Arztes an meiner Krankheit scheitern wird, sie ist bereits zu weit vorgeschritten; die Ärzte, die mich bisher behandelten, haben mich alle aufgegeben." - „Unsere Kunst und unsere Wissenschaft sind allerdings schwach dem Willen Gottes und den Kräften der Natur gegenüber", antwortete Sternau, „jedoch gibt Gott uns oft einen Fingerzeig, dem wir zu gehorchen haben. Der Arzt hat die Pflicht, sein Wissen zu bereichern, sich in seiner Kunst zu üben und seine Erfahrungen zu vermehren, aber sein Wirken soll nur darauf gerichtet sein, das Vertrauen auf Gott zu lenken und die Selbstheilkraft der Natur anzuregen und zu unterstützen. Dann wird er sich segensreicher Erfolge zu erfreuen haben."

Das waren allerdings Anschauungen, wie man sie bei den meisten Ärzten nicht findet. Der Herzog wie seine Tochter blickten mit Überraschung auf den Sprecher. Der erstere warf einen Blick der Hochachtung, in den sich noch ein eigenartiger Glanz mischte, auf Sternau, und die letztere sagte:

„Sie sprechen mir aus dem Herzen. Gott gibt uns zuweilen einen Fingerzeig. Sollte Ihre unvermutete Anwesenheit nicht auch ein solcher sein?" - „Oh", antwortete der Gefragte, „es kommt mir nicht in den Sinn, mich als Werkzeug Gottes zu präsentieren, aber ich gestehe aufrichtig, daß ich während meiner Reisen und Praxis zahlreiche Erfahrungen gesammelt habe in Beziehung auf das Leiden, mit dem wir es, wie es scheint, hier zu tun haben. Man darf sich dem Ausspruch der Ärzte nicht unbedingt überlassen. Es gibt bei einem Krankheitsbild so zahlreiche und oft verwickelte Umstände zu berücksichtigen, daß es kein Wunder ist, einmal in einen Irrtum zu verfallen. Ich zum Beispiel habe bereits, jetzt die Überzeugung, daß unser Patient nicht an Phthisis, nicht an Auszehrung leidet." Der Eindruck dieser Worte auf den Kranken und seine Tochter war ein gewaltiger.

„Nicht, wirklich nicht?" fragte Flora erregt. - „Nicht Verzehrung?" rief der Herzog, indem er sich mit einer Kraft aufrichtete, als ob er ein Jüngling sei.

„Nein", antwortete Sternau. „Die Verzehrung hat ihre ganz eigentümlichen Erkennungszeichen, und eines dieser Zeichen fehlt in Ihrem Auge. Fast möchte ich Sie ersuchen, sich mir auf fünf Minuten zu einer eingehenden Untersuchung anzuvertrauen." - „Papa, tue es, ich bitte dich inständig", sagte Flora, indem sie sich erhob, um zu gehen und den Patienten mit dem Arzt allein zu lassen. - „Ihre Worte sind sehr kühn", versetzte der Herzog, „aber wenn man Ihnen in das Auge schaut, kann man nicht anders, als Ihnen vertrauen. Wollen Sie mich untersuchen?" - „Gewiß; ich bat Sie ja bereits darum!" - „So stelle ich mich Ihnen zur Verfügung."

Der Herzog entfernte alle hinderlichen Hüllen, und Sternau begann sein Werk. Es nahm bedeutend mehr Zeit in Anspruch, als die erwähnten fünf Minuten. Man sah, daß der Arzt mit einer ganz besonderen Gewissenhaftigkeit verfuhr. Die Diagnose schien außerordentlich schwierig zu sein, und der Patient hatte sehr viele Fragen zu beantworten.

Endlich war Sternau zu einem bestimmten Resultat gelangt und sagte:

„Erlauben Sie mir, mein Herr, der Dame zu klingeln?" - „Ah, Herr Doktor, Ihre Frage ist für mich eine sehr tröstliche", antwortete der Herzog, indem ein glückliches Leuchten über sein blasses Gesicht flog. „Sie würden meine Tochter nicht als Zeugin ihres Ausspruchs dulden, wenn dieser nicht so ganz unverhofft ein beruhigender wäre. Rate ich richtig?" - „Sie raten recht", nickte Sternau, „doch ehe ich klingle, muß ich vorher eine höchst diskrete Frage aussprachen, die Sie mir erstens verzeihen und dann aufrichtig beantworten werden. Sie haben in Ihrer Jugend einmal an einer Hautkrankheit gelitten?"

Der Herzog errötete trotz seiner Blutarmut.

„Welche Hautkrankheit meinen Sie, Herr Sternau?" fragte er, - „Ich meine, beim richtigen Namen genannt, die Skais." - „Herr! Wie können Sie glauben ..."

Der Herzog sprach diese Worte mit einer krankhaften Entrüstung, hielt aber plötzlich inne, als er das scharfe durchdringende

Auge des Arztes auf sich gerichtet sah. Er versuchte, sein neues Schamgefühl zu bekämpfen, schwieg eine Weile und sagte dann mit gesenkter Stimme:

„Sie haben recht, im Angesicht des Todes wäre ein Leugnen geradezu ein Selbstmord zu nennen. Und Sie glauben, mich retten zu können?" fragte Olsunna in fieberhafter Erregung. - „Ja. Teilen Sie diesen Ausspruch getrost Ihrer Tochter mit, ich vertrete ihn."

Sternau zog an der Glocke, und bald trat Flora ein. Das Gesicht ihres Vaters glänzte wie Sonnenschein. Er streckte die Arme nach ihr aus und rief:

„Komm her, mein Kind! Dieser Arzt gibt mir die Hoffnung des Lebens. Ich soll nicht sterben."

Flora eilte auf ihn zu, um ihn zu umarmen, blieb aber auf halbem Weg vor Sternau stehen und fragte:

„Ist es wahr, mein Herr? Wären Sie imstande, das Leben meines Vaters festzuhalten?" - „Ich hoffe es, ja, ich bin davon überzeugt", antwortete er bescheiden und ohne alle Überhebung.

Da stieß sie einen lauten Jubelruf aus, faßte seine Hand und küßte dieselbe schnell, ohne daß er es verhindern konnte.

„Siehst du, Papa, daß es ein Fingerzeig Gottes war!" rief sie. „Oh, Herr Sternau, wie glücklich machen Sie uns durch den Trost, den Sie uns geben."

Sie standen einander gegenüber, und als sie ihm so selig in das Angesicht schaute, erinnerte sie sich an die Worte ihres Geliebten, der ja gesagt hatte, daß Sternau ihr ganz außerordentlich ähnlich sehe. Sie fand dies bestätigt, es war ein eigentümliches Gefühl, das sich ihrer bemächtigte, sie hätte diesen hohen, schönen Mann augenblicklich umarmen und küssen können, ohne zu glauben, daß sie damit einen Fehler begehe. Und er stand vor diesem schönen Mädchen, und es war ihm dabei, als hätte er sie lange, lange Zeit schon gekannt, als wäre er vertraut mit ihr gewesen, wie ein Bruder mit der Schwester, als könne er ihr sein ganzes Herz offenbaren, ganz und rückhaltlos, wie es eben nur einer Schwester gegenüber geschieht.

„Ich danke Ihnen für die Zuversicht, mit der Sie meine Worte hinnehmen", sagte er. „Ich wiederhole, daß die Heilung nicht nur möglich, sondern sogar wahrscheinlich ist, wenn Sie mich unterstützen wollen." - „Oh, gern!" antwortete sie. „Fordern Sie alles, was Sie wollen."

Sternau blickte sich im Zimmer um und fragte dann mit halbem Lächeln.

„Würde Ihnen ein Ortswechsel möglich sein?" - „Warum nicht?" fragte der Kranke. - „Verzeihung! Ich kenne Ihre Verhältnisse nicht, und ein Ortswechsel pflegt mit mehr oder weniger Kosten verknüpft zu sein." - „Ah, Sie kennen unsere Verhältnisse, vielleicht sogar meinen Namen nicht?" - „Allerdings nein. Mein Freund kennt ihn nicht, da das Fräulein ihn aufforderte, nicht danach zu forschen, und er bat mich, deshalb meinerseits auch nicht zu fragen. Ich bin einfach zu dem Patienten gekommen, der im Haus des Fischers Jean Foretier wohnt." - „Sonderbar!" sagte der Herzog.

„Oh, Papa", fiel Flora ein, „ich hatte ja noch nicht mit dir gesprochen, darum mußte Otto mir versprechen, sich nicht zu erkundigen." - „Nun verstehe ich dich, mein Kind, und dieser Herr Otto gewinnt dadurch sehr in meiner Achtung. Sagen Sie ihm das und benachrichtigen Sie ihn, daß ich ihn morgen vormittag bei mir erwarte, um ihm Dank zu sagen, daß er mir einen so ausgezeichneten Arzt gesandt hat. Übrigens teile ich Ihnen mit, daß meine Kasse vielleicht auch einen nicht ganz billigen Ortswechsel vertragen wird. Ich will mich nicht reich nennen, aber um die Bedürfnisse des alltäglichen Lebens brauche ich nicht mit großer Anstrengung zu sorgen."

Es war, als ob die Nähe des zuversichtlichen Arztes bereits einen recht guten Einfluß auf seinen Zustand ausübe. Er hatte den langen Satz ohne alle Anstrengung und ohne zu husten gesprochen, und die letzten Worte hatten sogar einen schalkhaften Klang, der nichts mit der Todesgewißheit zu tun hatte, in der er sich vorher befunden hatte.

„Nun, so werde ich Sie also ersuchen, Avranches zu verlassen", sagte Sternau. „Weder das hiesige Klima, noch die hiesige Quelle können Ihnen Heilung bringen. Die rauhe Seeluft muß ich Ihnen ganz verbieten. Ich rate Ihnen ein mittleres Klima, einen Ort an einem Fluß, Wald und Feld, mit Raum genug zu Spaziergängen und einer erheiternden Aussicht." - „Spaziergänge?" fragte Olsunna. „mein Gott, ich kann ja das Zimmer nicht einmal durchschreiten!" - „Haben Sie keine Sorge! Ich werde Ihnen Quebracho, Coca und männliche Dattelblüte geben, Dinge, die sich in der hiesigen Apotheke nicht finden werden, wohl aber unter meinen Reisevorräten. Sie werden in einer Woche kräftig genug sein, eine Bahntour mit Unterbrechung auszuhalten. Sie fahren also - ah, da kommt mir ein Gedanke! Waren Sie bereits einmal am Rhein?“ - „Nein“, antwortete der Herzog. - „So reisen Sie hin. Ich werde nicht nach Ihrem Namen fragen, aber ich werde Ihnen Empfehlungen mitgeben. In der Nähe des Rheins gibt es ein Schloß, dessen Bewohner mir verwandt sind und die Sie mit Freuden aufnehmen werden. Dort warten Sie Ihre Heilung ab. Sie haben jetzt die vorhin erwähnten Mittel in der Weise zu nehmen, wie ich es auf der Etikette des Fläschchens vermerke, und nach Ihrer Ankunft am Rhein gebrauchen Sie ein Rezept, das ich Ihnen schreiben werde. Eine einfache, milde Kost, den Kräften angemessene Spaziergänge, ein heiteres Gemüt und sorgsames Fernhalten aller Aufregung, das ist es, was ich Ihnen befehle oder empfehle. Ihre Krankheit wird durch die Haut treten; dann gebrauchen Sie fleißig warme Bäder. Ich werde jetzt gehen, um die Medizin zu bereiten.“ - „Ach, ich bin wie neugeboren“, rief der Herzog. - „Und ich, o mein Gott, ich weiß gar nicht, was ich sagen soll!“ stimmte Flora bei, indem ihr die Freudentränen über die Wangen strömten.

Sie kniete vor dem Vater nieder, nahm seinen Kopf in ihre Arme und küßte seine Lippen immer und immer wieder. Diesen Ausbruch der Freude benützte Sternau, um sich leise zu entfernen. Draußen forderte er den alten Schiffer auf, mit ihm zu gehen.

Als Vater und Tochter ihre Umarmung lösten, bemerkten sie erst, daß der Arzt fort war.

„Er ist zu zartsinnig, um zu bleiben“, sagte Olsunna. „Er ist gegangen, um die Arznei zu holen. Ich habe noch keinen Arzt gesehen, der einen solchen Eindruck macht wie er. Schon sein Anblick, sein Wort bringt Heilung.“ - „Er ist ein Mann wie ein Halbgott, Papa. Oh, Papa, du wirst gesund werden; denke dir dieses Glück!“

Sie umarmten sich abermals und schwelgten in der reinen Freude, die ihnen die neuerwachte Hoffnung gewährte. Sie warteten auf Sternaus Rückkehr wohl eine Stunde lang, bis es anklopfte und Jean Foretier eintrat. Er hatte einen Brief in der Hand und in der anderen ein in Papier gewickeltes Fläschchen. Er streckte beides Flora entgegen und sagte:

„Eine Empfehlung von dem Arzt, gnädiges Fräulein. Er sendet diesen Brief und diese Arznei.“ - „Er sendet es; er kommt nicht selbst zurück?“ fragte sie erstaunt. - „Ja. Er kann nicht kommen.“

- „Warum nicht?“ - „Weil soeben die Jacht in See geht. Hören Sie den Schuß?“

In diesem Augenblick ertönte ein Kanonenschuß. Flora eilte an das Fenster, von dem aus man die Bucht überblicken konnte. Sie sah die Jacht, die die Anker gelichtet hatte und sich von der Küste löste. Auf dem Hinterdeck stand Sternau und schwang sein weißes Tuch, um einen Mann verabschiedend zu grüßen, der am Ufer stand und dasselbe Zeichen gab. Dieser Mann war Otto von Rodenstein. Sie hätte hinauseilen mögen, um die Jacht zurückzurufen, wenn das nicht auffällig gewesen wäre. Es war ihr, als sei ihr plötzlich ein Leid getan worden, als habe ihr jemand einen Stich ins Herz versetzt.

„Geht sie wirklich in See?“ fragte da der Herzog. - „Ja, Papa“, antwortete sie. „Er hat nicht länger bleiben können und es uns nicht gesagt, um sich unserem Dank zu entziehen.“ - „Mein Gott, ich hatte meine ganze Hoffnung auf ihn gesetzt!“ - „Er wird die Hoffnung nicht täuschen. Wir müssen sehen, was in seinem Brief steht.“

23. KAPITEL

Flora gab dem Schiffer das Zeichen, daß er sich zurückziehen könne, und öffnete das große Kuvert, das sich sehr inhaltsreich anfühlte. Es enthielt das versprochene Rezept, zwei versiegelte Briefe und eine offene Zuschrift Sternaus, die folgendermaßen lautete:

„Verzeihen Sie, daß ich Ihnen nicht von der Notwendigkeit meiner Abreise sprach! Es gibt Verhältnisse, die mir nicht gestatten, eine Minute zu verlieren. Als ich bei Ihnen war, wurde bereits der Kessel meiner Jacht geheizt, und ich sah die Notwendigkeit ein, Ihnen die Aufregung und Anstrengung eines mündlichen Abschieds zu ersparen. Sie dürfen aber trotzdem an der Zuversicht festhalten, daß Ihre Gesundheit zurückkehren wird. Nehmen Sie den Inhalt der beifolgenden Flasche so, wie ich es Ihnen gesagt habe, und Sie werden in einer Woche ihre Reise antreten können. In Paris und in Straßburg werden Sie ausruhen und dann über Mannheim nach Mainz gehen, wo man Sie leicht nach Rheinswalden weisen kann. Dort wird man Sie infolge der beiden beiliegenden Briefe mit offenen Armen aufnehmen.

Sobald Sie sich dort ausgeruht und eingerichtet haben, lassen Sie sich nach dem beifolgenden Rezept das Mittel bereiten, das Sie vollständig herstellen wird. Alle Ihre weiteren Fragen kann mein Freund, Herr Otto von Rodenstein, Ihnen beantworten, dem ich soeben die ausführlichsten Instruktionen gegeben habe, und der infolge Ihrer freundlichen Einladung Ihnen morgen seine Aufwartung machen wird."

Der Schluß des Briefes enthielt die gewöhnlichen Höflichkeitsphrasen und die dringende Bitte Sternaus, seinen Anordnungen Folge zu leisten.

„Ich atme wieder auf!" gestand der Herzog. „Diese Worte geben mir meine Zuversicht wieder, und ich werde alles tun, was er anbefohlen hat. Dieser Sternau ist nicht nur ein außerordentlicher, sondern auch ein edler Mensch. Er bietet uns eine Gastfreundschaft, ohne zu wissen, wer wir sind, und ich werde dieselbe schon deshalb akzeptieren, weil mir auf diese Weise die sichere Gelegenheit geboten wird, die Dankbarkeit, die ich ihm schuldig bin, wenigstens den Seinen zu erweisen. Wie sind die Briefe adressiert, mein Kind?" - „Der eine an Frau Sternau und der andere an den Oberförster, Hauptmann von Rodenstein in Rheinswalden. Ah, welche Überraschung!" - „Was, Flora?" - „Dieser Hauptmann von Rodenstein ist ja - der Vater Ottos!" - „Wirklich?" fragte er überrascht. „Sollte dies auch ein Fingerzeig sein, meine Tochter? Wir werden also den Vater deines Geliebten kennenlernen und imstande sein, den inneren Wert dieses letzteren beurteilen zu können." - „Oh, mein Vater, über diesen Wert gibt es bei mir keinen Zweifel. Du wirst ihn achten und lieben, sobald du ihn kennenlernst." - „Ich hoffe das um deinetwillen. Aber bitte, gib mir einmal von der Medizin!"

Flora öffnete die Flasche und reichte ihrem Vater die vorgeschriebene Dosis, die eine wunderbare Wirkung hatte, denn er fiel bereits nach einigen Minuten in einen Schlaf, dem man anmerkte, daß er erquickend sei, denn es lagerte sich über das Gesicht des Kranken ein ruhiges, glückliches Lächeln; seine schwache Brust hob und senkte sich in regelmäßigen Zügen, und sein Atem ging leise und gleichmäßig wie in den Tagen seiner Kraft und Gesundheit.

Dieser Schlaf dauerte sehr lange, fast bis zum Abend, und als der Herzog dann erwachte, fühlte er sich so gestärkt, daß er vermeinte, aufstehen und im Zimmer herumspazieren zu können. Doch blieb er auf seinem Ruhebett liegen und nahm vor Freude über die Wirkung des Mittels eine abermalige Dosis desselben. Der darauf folgende Schlaf dauerte bis zum Morgen, und als Flora eintrat, dem Vater den Morgenkuß zu bringen, fand sie ihn - angekleidet auf einem Stuhl sitzen. Er hatte alle Vorstellungen des besorgten Dieners siegreich bekämpft.

„Mein Gott, Papa, was tust du?“ rief sie. - „Komme her, mein Kind, und umarme mich!“ antwortete er mit seligem Lächeln. „Ich fühle, daß ich gerettet werde. Dieser Sternau ist wirklich ein von Gott begnadeter Arzt, und ich kann ihn mit allen meinen Reichtümern nicht bezahlen. Ich bin wie neu geboren; meine Muskeln spannen sich, und meine Beine zitterten nicht, als ich das Lager verließ. Sobald die Sonne wärmer scheint, werde ich mich nach der Bank vor dem Haus führen lassen.“ - „Du wagst viel, Papa!“ wandte sie ein. - „Nein, mein Kind. Die wenigen Schritte werden mich nicht anstrengen; ich fühle es. Dieser Sternau hat mich durch seinen bloßen Anblick gestärkt, und seine Medizin wird seine Weissagung zur Wahrheit machen.“ - „Papa, hast du nicht bemerkt, wie ähnlich er mir sieht?“ - „Ja, ich habe es mit Staunen gesehen. Gerade wie er war ich in meiner Jugend. Die Natur gefällt sich oft in einer frappanten Wiederholung ihrer Formen. Es war mir, als ob ich mich selbst vor mir stehen sähe, als er sich bei uns befand. Auch meine Stimme, meine Bewegungen waren ganz dieselben. Aber siehe, da kommen die Sonnenstrahlen. Rufe den Diener, damit er mich zur Bank führe.“

Flora versuchte es, den Vater von der Ausführung dieser Absicht zurückzuhalten, aber er behauptete, stark genug zu sein, und so mußte sie sich in seinen Willen fügen. Einige Minuten später ruhte er, in einen weichen, warmen Negligérock gehüllt, draußen auf der Bank und ließ seine Blicke mit der Wonne eines Genesenden über die lichtüberflutete Landschaft und über die glänzende See gleiten, die sich seit vorgestern wieder beruhigt hatte.

Flora saß bei ihm, hatte seine Hand in der ihrigen und schaute freundlich in sein Angesicht, dessen tödliche Blässe gewichen war, um einer leichten Röte der wiedererwachenden Gesundheit Platz zu machen. Sie war in diesem Augenblick von heißem Dank erfüllt für den Retter ihres Vaters, sie gab sich ganz dem Eindruck hin, den Sternau auf sie gemacht hatte, und ohne daß sie es wollte, entfuhren ihr infolge ihres Gedankengangs die halblauten Worte:

„Oh, ich liebe ihn sehr!"

Der Herzog wandte schnell den Kopf zu ihr und sagte lächelnd: „Ah, du denkst an den Geliebten!" - „Nein, Papa", antwortete sie errötend. „Ich dachte an einen ganz andern." - „Darf ich wissen, an wen?" - „Ja, an Sternau."

Er nickte mit dem Kopf.

„Wie sonderbar! Auch ich dachte an ihn. Er kam zu uns wie ein Engel, der Glück und Freude bringt; auch ich möchte rufen: Ich liebe ihn! Er ist vor meinen Augen, und ich kann den Blick nicht von ihm wenden. Alle sehen auf ihn und sind ruhig, denn sie wissen, daß sie ihm vertrauen können."

Sie versanken wieder in jenes Schweigen, das dem Glück eigen ist, bis der Herzog einmal nach dem Weg sah, der von der Stadt herabführte. Er erhob schnell den Kopf, blickte schärfer hin und erbleichte.

„Was ist dir, Vater?" fragte Flora.

Sie hatte gefühlt, daß seine Finger wie unter einem tiefen Schreck in ihrer Hand zuckten.

„Schau da hinauf!" antwortete er.

Ihr Auge folgte der angegebenen Richtung.

„Eine Zigeunerin!" - „Warum erschrickst du da so sehr?" - „Oh, Madonna! Das ist Zarba, das fürchterliche Weib!"

Nun erschrak auch Flora. Sie faßte die Alte scharf in das Auge und fragte:

„Irrst du dich nicht vielleicht?" - „Nein, sie ist es, sie ist es sicher und gewiß! Dieser Teufel ist mir nachgefolgt, um mich zu quälen. Sie muß allwissend sein, sonst könnte sie nicht ahnen, daß ich hier bin." - „Fasse dich, mein Vater! Du hast mich an deiner Seite. Der Herzog von Olsunna darf nicht vor einer Vagabundin zittern. Sei ruhig; ich werde an deiner Stelle mit ihr sprechen."

Es war wirklich Zarba. Dieses Weib war nicht allwissend. Es hatte nicht die mindeste Ahnung, daß sich der Herzog in Avranches befand. Es war aus einer ganz anderen Ursache gekommen. Es wollte Gabrillon, den Leuchtturmwärter, besuchen, der der Hüter eines seiner Geheimnisse war.

Zarba kam langsam des Weges daher, der an der Fischerhütte vorüberführte. Da fiel ihr Blick auf die beiden vor der Tür Sitzenden, und unwillkürlich stockte ihr Fuß. Sie erkannte den Herzog und seine Tochter. Ein Zug der Freude und Genugtuung blitzte über ihr faltenreiches Gesicht, und ohne sich lange zu besinnen, lenkte sie ihre Schritte nach dem Haus. Dort angekommen, nahm sie eine demütige Haltung an, streckte die Hand aus und sagte zu Flora:

„Eine kleine Gabe für eine arme Zingaritta, meine schöne, schlanke Dame!"

Flora griff in die Tasche und gab ihr ein Fünffrankenstück.

„Hier, Alte", sagte sie. „Du erhältst es gern!"

Ihre Miene zeigte nicht im geringsten, daß sie die Zigeunerin kenne, ihr Vater aber hatte sich mit halb geschlossenen Augen zurückgelehnt und gab sich alle Mühe, gleichgültig zu erscheinen.

„Ich danke", erwiderte Zarba, indem sie das Geld einsteckte. „Soll ich Ihnen vielleicht wahrsagen, schöne Dame?" - „Nein", antwortete Flora mit einer abwehrenden Handbewegung. - „Nicht? Warum nicht? Ich bin Zarba, die Königin der Gitanos. Ich kann in die Vergangenheit sehen und in die Zukunft. Geben Sie mir immerhin Ihre Hand." - „Schon gut, schon gut", wehrte Flora ab. „Was vergangen ist, weiß ich, und was die Zukunft betrifft, gelüstet mich nicht, vorher zu erfahren!" - „Wie stolz!" grinste die Zigeunerin. „Aber vielleicht beliebt es diesem Herrn, sich wahrsagen zu lassen?"

Ohne eine Antwort abzuwarten, ergriff sie die Hand des Kranken und hielt sie so fest, daß er sie ihr nicht wieder zu entziehen vermochte. Dann tat sie, als studiere sie die Linien dieser Hand, und sagte:

„Was sehe ich! Eine düstere Vergangenheit, ein Leben voll Untreue, Falschheit und Betrug, ein Leben ..." - „Halt!" sagte da Flora mit strenger Stimme. „Schweig, Alte! Deine Gaukeleien sind hier am unrechten Platz!" - „Gaukeleien?" fragte Zarba höhnisch. „Was ich sage, daß steht in diesen Linien geschrieben, ich sehe und lese es deutlich." - „Lies, was du willst, aber wir wollen es nicht hören." - „Oh, wenn die schöne Dame es hören wollte, so würde sie erstaunen darüber." - „Über deine Zudringlichkeit und Frechheit, Alte!" unterbrach sie Flora. „Ich kenne dich und weiß alles, was du beabsichtigst." - „Sie wissen es? O sicherlich nicht!“ antwortete Zarba. „Ich las aus dieser Hand das Dasein eines Bruders, der nicht aufzufinden ist. Ja, holde Dame, die Freche, die Zudringliche sagt Ihnen, was für einen Vater Sie haben. Der Fluch folgt jedem seiner Schritte, denn er hat ...“ - „Genug!“ gebot Flora. „Bei mir findet deine Rachsucht keinen fruchtbaren Boden. Du willst mein Herz von dem des Vaters trennen, du willst durch dein Erscheinen ihn in Krankheit und Tod treiben, du verbirgst den Sohn, damit der Vater vor Sehnsucht nach ihm vergehe. Du bist ein Ungeheuer! Wer nicht vergeben kann, der ist ein Teufel. Pack dich fort, Alte! Du hast über niemanden zu richten, sondern du wirst selbst gerichtet werden!“

Flora stand nicht etwa mit zornblitzenden Augen vor der Zigeunerin, sondern sprach diese Worte mit jener gleichgültigen Kälte des Tones und jener stolzen Unbeweglichkeit der Mienen, die mehr verletzt als der lauteste Zorn. Und als die Zigeunerin sich nicht entfernte, wandte sie sich nach der Tür, unter der infolge der heftigen Worte Zarbas der Diener erschienen war, und befahl diesem:

„Fort mit dem Weib!“

Diese mit einer gebieterischen Handbewegung begleiteten Worte befolgte der Diener, indem er ohne Verzug die Alte beim Arm faßte und fortführte. Sie sträubte sich nicht dagegen, aber sie wandte sich noch einmal um und rief unter schadenfrohem Lachen:

„Und Ihr werdet ihn niemals finden, den Herzogssohn, nie, nie, niemals! Das ist meine Rache!“

Der Herzog lehnte schwach und angegriffen auf seinem Sitz. Das Zusammentreffen mit dem rachsüchtigen Weib hatte ihn tief erschüttert.

„Oh, sie ist eine Furie!“ seufzte er. „Wirst du klug getan haben, sie zu erzürnen, meine Tochter?“

Flora schüttelte den Kopf und antwortete:

„Du hast diesem Weib gegenüber einen falschen Weg eingeschlagen, mein Vater. Kein Mensch hat das Recht, die Bestrafung einer Tat selbst in die Hand zu nehmen, dazu sind die Gesetze und die Richter da. Was sie dir vorzuwerfen hat, ist ja nicht mehr vor das Forum irgendeiner Gerichtsbarkeit gehörig. Deine Richter sind dein Gewissen und die Mutter deines Sohnes.“ - „Aber Zarba weiß, wo er sich befindet. Ich glaubte immer, sie durch ein freundliches Verhalten zu bestimmen, mir seinen Aufenthalt mitzuteilen." - „Du siehst ja, was diese Freundlichkeit gefruchtet hat, sie ist von der Zigeunerin für Schwäche gehalten worden. Soll dieses Weib dich, den Herzog von Olsunna, beherrschen? Soll es deinen Stolz demütigen, dein Selbstbewußtsein zertreten, dein Gemüt verfinstern und deine Gesundheit zerstören? Nein, mein Vater! Seit du mir den Grund deines Kummers mitgeteilt hast, habe ich die heilige Pflicht, deine Seele von ihm zu befreien. Gott ist allgütig; er wird uns den Weg finden lassen, der zu deinem Sohn, meinem Bruder, führt. Und wenn alles andere nutzlos wäre, so wende ich mich an die Behörde und lasse die Zigeunerin festnehmen. Man wird sie zu zwingen wissen, den Aufenthalt des Gesuchten anzugeben."

Da leuchtete das Auge des Kranken freudig auf.

„Welch ein guter Gedanke!" sagte er. „Deine Entschlossenheit gibt mir neue Hoffnung, wie mir dieser Arzt Sternau neues Leben gegeben hat. Gott scheint deinen Vorschlag zu billigen, da er die Zigeunerin hierhergeführt hat. Laß uns überlegen, wie wir zu handeln haben, ehe sie verschwindet." - „Das wird in diesem Augenblick nicht möglich sein, denn siehe, dort kommt der Besuch, den wir erwarten."

Der Kranke blickte nach dem Weg, der von der Stadt nach dem Hafen führte, und sah einen Herrn langsam daherkommen. Flora ging demselben entgegen. Es war Otto von Rodenstein.

24. KAPITEL

Otto hatte noch immer keine Ahnung von dem hohen Stand, dem die Geliebte angehörte. Er sah zwar in diesem Augenblick, daß der galonierte Diener, der die Zigeunerin fortgebracht hatte, in das Haus trat, das Flora bewohnte, aber er dachte nicht, daß sie die Herrin des Dieners sei. Er sah also mit ziemlicher Unbefangenheit dem Augenblick entgegen, der ihn mit dem Vater der Geliebten bekanntmachen sollte.

Sie kam ihm entgegen und bot ihm beide Hände zum Gruß dar.

„Willkommen!" sagte sie mit einem Lächeln der Freude in den Zügen und dem Strahl des Glücks in den großen, treuen Augen. „Du kommst zur guten Stunde. Vater wird dich gern willkommen heißen!"

Die Augen des Herzogs ruhten forschend auf der Gestalt und

den Zügen Ottos, der sich ihm mit der Haltung eines Edelmannes und Künstlers näherte und nach einer gewandten Verbeugung sagte:

„Ich bin von ganzem Herzen erfreut, Sie begrüßen zu können, mein Herr. Mein Name wird Ihnen bereits bekannt sein. Es ist mein höchster Wunsch, nach dem Besitz Ihrer Achtung trachten zu dürfen." - „Man sieht, daß Sie dieselbe zu erlangen wissen werden", entgegnete der Herzog in wohlwollendem Ton.

Das Äußere Ottos hatte sichtlich einen vorteilhaften Eindruck auf ihn gemacht. Er lud denselben mit einer Handbewegung ein, an seiner Seite Platz zu nehmen, da der aufmerksame Diener einen Gartensessel für Flora gebracht hatte. Diese lenkte das Gespräch sofort auf einen passenden Gegenstand.

„Vater war sehr leidend", sagte sie, „fühlt sich aber von neuer Hoffnung beseelt, seit Doktor Sternau bei ihm gewesen ist." - „Ja", fiel der Herzog lebhaft ein. „Schon das Äußere, das ganze Auftreten, die geistige Sicherheit dieses Mannes machten einen Eindruck, der das innigste Vertrauen erweckt. Ich habe Ihnen sehr zu danken, daß Sie ihn zu mir sandten. Wie ich höre, ist er Ihr Freund?" - „Der einzige, den ich habe, Monsieur; aber er ersetzt mir alle anderen, die ich haben konnte, aber nicht haben mag. Die Richtung, die mein Leben verfolgt hat, ist mir keine Aufmunterung zum Anschluß an andere gewesen." - „Ja, ich hörte bereits, daß Sie die Einsamkeit lieben", meinte der Herzog, indem er mit einem feinen, aber doch nicht unfreundlichen Lächeln seinen Blick von Otto auf Flora gleiten ließ. „Und ich gebe Ihnen recht. Die Einsamkeit hat auch ihr Anziehendes. Doch, um nicht von Sternau abzukommen, so hat es mich sehr betrübt, daß er so plötzlich und unerwartet abreiste. Ich war sogar zunächst erschrocken über seine Abreise." - „Sie müssen ihn entschuldigen, mein Herr", bat Otto. „Mein Freund lebt in ganz außerordentlichen Verhältnissen, die ihn gerade jetzt zwingen, eine Seereise zu unternehmen, während welcher ihm jede Minute kostbar ist. Er hat auch mir nur eine Stunde widmen können. Darf ich fragen, ob er Ihre Behandlung abgelehnt hat oder nicht?" - „Er hat mir Medizin gegeben ..." - „Ach, dann können Sie sicher sein, daß Sie genesen, wenn Sie seinen Ratschlägen genau Folge leisten. Er macht niemals einem Patienten vergebliche Hoffnungen, und ich habe noch nie einen so gewissenhaften, aber auch wahrheitsliebenden Arzt gekannt, wie er ist. Er ist einer der ersten Operateure der Gegenwart, und das Glück begleitet ihn treu in seiner Tätigkeit. Er sprach zu mir von einigen Empfehlungsschreiben, die er Ihnen zustellen wollte." - „Ich habe sie erhalten. Wissen Sie, an wen sie gerichtet sind?" - „Ja; er hat es mir natürlich mitgeteilt. Der eine Brief lautet an seine Mutter und der andere an meinen Vater ..." - „Von dem Sie getrennt leben, wie ich gehört habe", fiel der Herzog ein. - „Allerdings", antwortete Otto, indem sich sein Blick verschleierte. „Ich kann nicht sagen, daß ich falsch gehandelt habe; ich bin einem inneren Drang gefolgt, dem ich nicht widerstehen konnte, ich glaube, daß mein Vater mir unrecht tut, aber ich wäre zum größten Opfer bereit, wenn er sich versöhnen lassen wollte. Das Herz des Menschen ist mit unzerreißbaren Banden mit dem Erzeuger seines Daseins vereint; ich habe ihn lieb von ganzer Seele. Die Kunst hat mir eine sorgenfreie Existenz verschafft, aber jetzt wäre ich stark genug, ihr zu entsagen, nur um sagen zu können, daß ich einen Vater habe, dessen Liebe ich mir zwar einst verscherzt, nun aber wieder errungen habe."

Sein Auge schimmerte feucht, und seine Lippen bebten vor innerer Erregung. Die Kunst hatte ihm alles gebracht, was ein begabter Jünger nur von ihr erwarten kann, und dennoch war er bereit, sie zu verleugnen. Wie schwer ist ein solcher, tief in das innere und äußere Leben eingreifender Schritt zu tun! Wie lieb mußte er seinen Vater haben! Sein Gemüt war rein und tief. Das Zerwürfnis zwischen ihm und dem alten Hauptmann mußte ihn fürchterlich ergriffen und um den ganzen Frieden seiner Seele gebracht haben. Als er so dasaß, das Bild eines von Gott begnadeten Künstlers und doch auch eines von einem tiefen Schmerz gequälten und gefolterten Mannes, da tropfte von der Wimper Floras ein großer, heller Tropfen. Auch der Herzog fühlte sich ergriffen und zu dem Mann hingezogen, der trotz seiner unverschuldeten Leiden dem Urheber derselben nicht zürnte, sondern ihm seine Liebe treu bewahrt hatte. Er streckte Otto unwillkürlich die Hand entgegen, um ihm die seinige zu drücken, und sagte:

„Verzagen Sie nicht, Herr von Rodenstein. Es ahnt mir, daß Sie noch glücklich werden, und wenn ich nicht sterbe, so ist es mir vielleicht vergönnt, Ihren Vater zu versöhnen. Er ist vielleicht hart, aber ich hoffe, nicht grausam!"

Otto erzählte nun ausführlich, wie es gekommen war, daß man

ihm das Vaterhaus verboten hatte. Er klagte den Vater nicht an, er entschuldigte auch sich nicht; er sprach so wahr, so mild, daß der Herzog sich gar nicht wunderte, wenn dieser Mann das Herz seiner Tochter gewonnen hatte.

„Und werden Sie die Empfehlungsbriefe Sternaus benutzen?" fragte Otto schließlich. - „Ja, ich werde nach Rheinswalden reisen, nicht nur meiner Gesundheit wegen, sondern auch um Ihretwillen", antwortete der Kranke. „Fast möchte ich mich vor Ihrem Vater fürchten, doch werde ich mir Mut einreden, und ich hoffe, daß auch Flora sich Mühe gibt, den alten Herrn milder zu stimmen."

Diese letzten Worte erfüllten Otto mit unendlichem Glück. Daß der Vater seiner Tochter eine solche Aufgabe zuerteilte, war ein fast vollgültiger Beweis, daß ihm ihre Liebe nicht mißfiel. Und so saßen sie noch längere Zeit beisammen, bis man die alte Zigeunerin vom Leuchtturm her, in dem sie gewesen war, des Weges kommen sah. Der Herzog wollte sich durch den Anblick des alten Weibes nicht um seine jetzige gute Stimmung bringen lassen und bat Flora, ihn in das Haus zu führen, was für Otto das Zeichen war, sich zu verabschieden. Er empfahl sich und erhielt die freundliche Aufforderung, recht bald wiederzukommen.

Er fühlte sich innerlich so selig, so glücklich, daß er es vermeiden wollte, sich durch den Anblick kalter, ernster Menschen stören zu lassen. Er suchte daher die Einsamkeit und fand sie am Ufer des Meeres, wo die weichen, flüsternden Wogen die Spitzen seines Fußes spielend benetzten.

Er befand sich unweit des Leuchtturms. Am Fuß desselben gab es ein moosbedecktes Felsenstück, das zum Sitzen einlud. Otto trat näher und ließ sich darauf nieder. Er verfiel in die Krankheit aller Verliebten, er träumte still vor sich hin und malte sich das Glück aus, das er an dem Herzen und in den Armen Floras finden werde. Er dachte gar nicht daran, daß der Vater der Geliebten seinen Namen nicht genannt hatte. Er hatte ihr Auge in Glück und Liebe aufleuchten sehen, er durfte wiederkommen, so bald und so oft es ihm beliebte, was wollte er mehr?

Da wurde er aus seinem Sinnen durch eigentümliche Töne aufgeschreckt, die an sein Ohr klangen. Kamen sie von einer menschlichen Stimme? Das klang so klagend, so trostlos, und doch so sanft und ruhig. Jetzt wieder! Ja, es war ein Mensch, der sprach. Die einzelnen Worte waren nicht zu verstehen, aber sie wiederholten sich immer wieder, es war stets derselbe Klang, derselbe klagende, ergreifende Ton.

Otto fühlte sich im Innern gepackt, ohne daß er sagen konnte, warum. Ein Glücklicher war derjenige, der solche Laute hören ließ, sicherlich nicht. War es vielleicht einer, der der Hilfe bedurfte?

In seiner seligen Stimmung konnte Otto nicht gleichgültig bleiben bei dem Gedanken, daß es einen gebe, den er trösten könne. Er erhob sich also, trat um die Ecke des Turmes herum und befand sich bei der Eingangstür. Sie war nicht verschlossen, er öffnete und trat ein.

Der Turm bestand hier nur aus den vier hölzernen Wänden, die an hoch emporstrebende Schiffsmasten genagelt waren. Eine schmale, hölzerne Wendeltreppe führte nach oben. Otto stieg empor und gelangte nun an einen stubenähnlichen Verschlag, dessen Tür von innen verriegelt war. Aus diesem Verschlag klangen die Töne, die er gehört hatte, sie klangen auch jetzt noch fort. Er klopfte an, und sofort schwieg der geheimnisvolle Sprecher.

Doch nach einem abermaligen Pochen hörte er Schritte, die sich näherten. Dann wurde der Riegel zurückgeschoben und die Tür geöffnet. Es stand ein Mann vor derselben, schlank und hoch, aber von gebeugter Gestalt. Sein Bart und Haar waren schneeweiß, und sein Gesicht trug fast die weiße, mattglänzende Farbe des Alabasterglases.

„Sie entschuldigen, mein Herr, daß ich Sie störe“, sagte Otto, natürlich französisch, da er sich ja in Frankreich befand. „Ich hörte jemand in einem sehr klagenden Ton sprechen, und da ich dachte, daß ...“

Er hielt mitten in seiner Rede inne, die zwei Augen, die starr und ausdruckslos auf ihm ruhten, machten ihn irre. Dieses schöne Greisenantlitz konnte dennoch keinem ganz hochbejahrten Mann angehören, wie die Weiße des Haares es vermuten ließ, es war öde und leer, und das starr geöffnete Auge war tot, ohne alles geistige Leben. Otto faßte sich wieder und fragte:

„Sind Sie vielleicht unglücklich, mein Herr? Bedürfen Sie vielleicht der Hilfe?“

Der Fremde stand noch immer unbeweglich unter der Tür, die er in der Hand hielt, und blickte ihn mit den glanzlosen Augen an. Da öffnete er plötzlich die bleichen, farblosen Lippen und sagte, nicht in französischer, sondern in spanischer Sprache:

„Ich bin der gute, treue Alimpo!“

Das klang in einem leisen, klagenden, geistesabwesenden Ton, in demselben Ton, den Otto vorhin gehört hatte. Er hatte sofort die Überzeugung, daß er es hier mit einem geistig gestörten Menschen, mit einem Wahnsinnigen zu tun habe, der aber nicht gefährlich sei. Darum blieb er stehen und fragte:

„Sind Sie ein Bewohner dieses Turmes?“ - „Ich bin der treue, gute Alimpo“, klang es zum zweiten Mal.

Ja, das war der Wahnsinn, dieser Ton der Stimme, die unbeweglichen Züge, das erstorbene Auge bestätigten es. Otto schauderte, aber dennoch sagte er:

„Ich wünschte, es wäre erlaubt, den Turm einmal zu betreten. Man muß von seiner Höhe eine weite Aussicht nach der See haben.“

Der andere hatte jedenfalls kein Wort dieses Wunsches verstanden, denn er wiederholte abermals:

„Ich bin der treue, gute Alimpo.“

Da trat Otto einen Schritt näher, und nun wich der Wahnsinnige zurück, so daß der erstere eintreten konnte. Jetzt ließen sich Schritte vernehmen, die von oben herabkamen. Aus diesem Raum führte nämlich eine Treppe abermals in die Höhe. Es erschien ein Mann, der die rauhe Kleidung eines armen Seemanns trug. Ein dichter, struppiger Bart verbarg den unteren Teil seines Gesichts. Sein Auge blickte zornig auf den Eingetretenen, und mit einem höchst barschen Ton fragte er:

„Was wollen Sie? Wer hat Ihnen erlaubt, hier einzutreten?“

Es war Gabrillon, der Leuchtturmwärter. Otto war nicht gewohnt, in einem solchen Ton mit sich reden zu lassen; zumal von einem so gewöhnlich aussehenden Menschen duldete er es nicht. Daher antwortete er in einem ruhigen, aber sehr bestimmten Ton:

„Bitte, sprechen Sie ein bißchen weniger grob! Wer sind Sie?“ - „Ob ich grob bin oder nicht, das ist meine Sache! Und wer ich bin, das geht Sie gar nichts an“, lautete die noch gröbere Antwort. - „Vielleicht geht es mich aber doch etwas an! Ich habe Sie gefragt, wer Sie sind!“ - „Ich bin der Wächter des Leuchtturms“, erwiderte Gabrillon, der sich unwillkürlich dem Eindruck der gebieterischen Blicke Ottos nicht entziehen konnte. - „Nun wohl, ich wünsche den Leuchtturm besteigen zu können.“ - „Das geht nicht.“ - „Warum nicht?“ - „Es ist nicht erlaubt!“ - „Wer hat es verboten?“

Diese Frage brachte Gabrillon einigermaßen in Verlegenheit, denn es war behördlich nicht untersagt, den Leuchtturm zu betreten, die dabei verabreichten Trinkgelder hatten vielmehr bisher einen nicht ganz unbedeutenden Teil seiner Einnahmen gebildet.

„Es ist verboten, und damit gut!" antwortete er trotzig. - „Ich wünsche aber doch sehr, zu erfahren, von wem dieses Verbot ausgeht!" sagte Otto, dem das Verhalten des Wärters als dasjenige eines Menschen vorkam, der sich nicht auf einem rechtlichen Weg befindet. - „Ich bin der treue, gute Alimpo!" sprach jetzt der Wahnsinnige zum vierten Mal.

Da erschrak Gabrillon so, daß es Otto deutlich bemerkte, und fuhr den Geisteskranken mit harter Stimme an:

„Pack dich, alter Tor, und halte den Mund mit deinen Faseleien!"

Dann faßte er ihn beim Arm und schob ihn zur Treppe. Der Wahnsinnige gehorchte willig und entfernte sich, zur Höhe emporsteigend. Nun wandte sich Gabrillon wieder zu Otto und sagte mit zusammengezogenen Augenbrauen:

„Ich habe Ihnen ja gesagt, daß der Zutritt zu dem Turm verboten ist. Was wollen Sie noch hier?" - „Ich will noch immer wissen, von wem dieses Verbot ausgegangen ist!" - „Erkundigen Sie sich woanders danach. Ich habe keine Zeit, mich mit jedem abzugeben, dem es beliebt, mich in meiner Behausung zu stören. Gehen Sie!"

Gabrillon trat bei diesen Worten drohend auf Otto zu, und da dieser keine Lust fühlte, sich mit diesem Mann in Tätlichkeiten einzulassen, verließ er das Gemach, dessen Tür hinter ihm mit lautem Geräusch verriegelt wurde.

Als Otto am Strand entlang dahinschritt, kam ihm das Verhalten des Leuchtturmwärters immer verdächtiger vor. Warum sollte kein Mensch den Turm betreten?

Doch wohl nur des Wahnsinnigen wegen. Warum verweigerte dieser Mensch die Auskunft darüber, wer den Zutritt verboten hatte? Doch nur deshalb, weil es kein solches Verbot gab. „Ich bin der treue, gute Alimpo!" Was war das für eine Rede? Steckte da irgendein Sinn dahinter? Das war jedenfalls eine Monomanie! Wer war der Wahnsinnige? Er hatte trotz seiner geistigen Gestörtheit so distinguiert ausgesehen. Diese feinen Züge, diese kleinen aristokratischen Hände konnten nicht einem Mann angehören, der in näherer Beziehung mit dem Wärter stand, dessen ganzes Auftreten dasjenige eines rohen Menschen aus der Hefe des Volkes war. Hatte man ihm den Kranken anvertraut? Diesen Gedanken konnte Otto nicht fassen. Der in allen Fugen krachende Leuchtturm war kein Ort, einen Wahnsinnigen zu beherbergen. Beim Sturm der aufgeregten Elemente konnte ein geistig Gestörter die ihm so notwendige Ruhe hier nicht finden, Heilung aber noch viel weniger.

Hier mußte ein Geheimnis vorliegen. Das schien dem Maler um so wahrscheinlicher, je mehr er darüber nachdachte. Darum beschloß er, sich den Eingang zum Turm zu erzwingen und zu diesem Behuf den Maire aufzusuchen, als den einzigen, von dem ein etwaiges Verbot ausgegangen sein konnte.

Er fand ihn in der Expedition und wurde von ihm sehr freundlich empfangen, da die beiden Männer sich von ihren Promenaden und von der Reserve her kannten.

„Womit kann ich Ihnen dienen, mein Herr?“ fragte der Beamte. - „Mit einer kleinen Auskunft, Monsieur. Wer hat den Zutritt zu dem Leuchtturm verboten?“ - „Meines Wissens niemand“, lautete die Antwort. - „Ihres Wissens? Ich denke, daß Sie infolge Ihres Amtes jedenfalls der Mann sind, es am ehesten und besten zu wissen.“ - „Ja, wer hat denn von einem solchen Verbot gesprochen?“ - „Der Wärter!“ - „Ah, Gabrillon! Der ist ein eigentümlicher Kerl, eine Art Menschenhasser oder Menschenfresser. Er sieht es gern, wenn man ihn in Ruhe läßt, er mag nicht gern gestört sein, mein Herr.“ - „Ah! Worin könnte ein Mann gestört werden, der nichts zu tun hat, als des Abends seine Lichter anzubrennen und des Morgens wieder zu verlöschen? Gibt es etwas Gesetzwidriges bei ihm, was er nicht sehen lassen will?“ - „Wie kommen Sie auf diese Idee, Monsieur?“ fragte der Maire erstaunt. - „Weil Sie von einer Störung sprechen, für dich ich keine Ursache aufzufinden vermag, besonders weil ihm die Trinkgelder doch willkommen sein sollten, und ferner, weil er mich mit einer Dringlichkeit fortwies, die ganz aussah wie eine Grobheit, der eine unverkennbare Angst zugrunde lag.“ - „Ah, Sie waren bei ihm?“ - „Ja. Ich wollte die Aussicht über die See genießen.“ - „Und er wies Sie fort?“ - „Sogar mit ausgesuchter Unverschämtheit. Er sagte, der Zutritt sei verboten, wollte mir aber nicht mitteilen, von wem das Verbot ausgegangen ist. Und als ich es zu wissen begehrte, sah ich mich veranlaßt, die Flucht zu ergreifen, um

Tätlichkeiten zu entgehen, die mir jedenfalls auch als Sieger nicht zur Ehre gereicht hätten." - „Das ist allerdings stark! Wir sind gewohnt, Gabrillon seine Wege gehen zu lassen, aber wenn die Fremden, deren Besuch des hiesigen Bades uns nur willkommen sein muß, darunter zu leiden haben, da muß man denn doch eingreifen. Ich werde sofort einen meiner Beamten beauftragen, nach dem Turm zu gehen und dem Wärter solche Ungebührlichkeiten unter Androhung einer Strafe zu untersagen." - „Ich habe nichts anderes erwartet, Monsieur, und ich danke Ihnen herzlich. Soll hier aber von einer Genugtuung wirklich die Rede sein, so ersuche ich Sie um die Erlaubnis, bei der Ausführung dieses Ihres Befehls gegenwärtig sein zu dürfen." - „Dies steht ganz in Ihrem Belieben. Der Gendarm steht im Vorzimmer, er kann den Weg sofort antreten." - „So werde ich vorangehen und ihn erwarten. Apropos, ich sah einen ältlichen Herrn im Turm, dessen Geist mir gestört zu sein schein. Wer ist dieser Mann?" - „Er ist ein Verwandter Gabrillons." - „Ein Verwandter? Hm!" - „Ja, ein Vetter oder Oheim oder so etwas." - „Wie heißt er, und woher stammt er?" - „Wie er heißt?" fragte der Beamte verlegen. „Ah! Hm! Er heißt - ich glaube, ich weiß es selbst nicht. Gabrillon hat ihn zwar angemeldet, aber nichts Schriftliches vorgelegt." - „Ich habe geglaubt, daß bei einer jeden Anmeldung die Vorzeigung gewisser Dokumente erforderlich sei." - „Ja, hm, eigentlich! Ich werde das wohl noch besorgen müssen. Man hat so viel zu tun, daß es kein Wunder ist, wenn eine solche Kleinigkeit übersehen wird."

Damit mußte der Maler sich begnügen. Er ging, und zwar wieder nach dem Turm. Da er hart an den Klippen des Ufers hinschritt, so konnte er von Gabrillon nicht gesehen werden. Er hatte kaum eine Minute gewartet, so sah er den Gendarm kommen.

„Sind Sie der Herr, der mich erwartet?" fragte dieser. - „Ja. Es tut mir leid, Sie meinetwegen belästigt zu sehen. Hier haben Sie eine kleine Entschädigung."

Otto griff in die Tasche und gab dem Gendarm ein Fünffrankenstück, bei dessen Anblick dieser, der ein so hohes Trinkgeld wohl noch nie gesehen hatte, ein Gesicht machte, das erwarten ließ, daß er seine Pflicht mit dem allergrößten Ernst erfüllen werde.

„Kommen Sie, mein Verehrtester", sagte er. „Wir werden diesem Gabrillon zeigen, wie er sich gegen Herren von Ihrer Großmut zu benehmen hat." - „Lassen Sie mich voransteigen, und warten Sie auf der Treppe", entgegnete Otto.

Als er die Tür erreichte, war dieselbe verschlossen, aber er bemerkte einen Klingelzug, den er bei dem vorigen Besuch nicht gesehen hatte. Er klingelte, und nach einiger Zeit wurde die Tür geöffnet. Der Wärter blickte hervor und rief, als er Otto erkannte, mit ärgerlicher Stimme.

„Sie wieder? Das ist stark! Packen Sie sich zum Teufel!"

Er wollte die Tür zuschlagen, aber Otto hielt sie fest.

„Lassen Sie offen", sagte er, „ich will den Leuchtturm besteigen!" - „Ich habe Ihnen bereits gesagt, daß dies verboten ist. Sind Sie taub?" - „Und ich habe Ihnen bereits gesagt, daß ich wissen will, wer es verboten hat." - „Das geht Sie nichts an! Fort!"

Gabrillon wollte die Tür mit Gewalt zuziehen, da aber kam der Gendarm herbei, der die Unterredung mit angehört hatte.

„Was fällt dir ein, Gabrillon!" sagte er. „Wer hat dir den Befehl gegeben, solche Besuche abzuweisen?"

Der Wärter war beim Anblick des Beamten rasch zurückgetreten.

„Soll ich mir denn gefallen lassen, daß ein jeder hergelaufene Mensch mich stört und belästigt?" fragte er. - „Sieht dieser Herr wie hergelaufen aus, du Grobian?" rief der Gendarm. „Ich werde dich sofort arretieren, wenn du noch ein einziges solches Wort sagst. Ich habe dir auf Befehl des Herrn Maire zu melden, daß der Besuch des Leuchtturms nicht verboten ist. Kommt noch ein solcher Fall vor, so wirst du abgesetzt! Verstanden? Dieser Herr wird uns melden, ob er sich abermals über dich zu beklagen hat. Richte dich danach!"

Der Gendarm schritt nach diesen Worten mit der stolzen, selbstbewußten Miene eines siegreichen Helden die Treppe wieder hinab. Otto trat jetzt in das zur Erde gelegene Gemach des Leuchtturms. Der Wärter aber begrüßte ihn mit keiner Silbe, sondern stieg in höchster Eile die zweite Treppe empor, ohne sich scheinbar weiter um ihn zu kümmern.

Der Maler folgte langsam. Als er das zweite Gemach erreichte, sah er die alte Wirtschafterin des Wärters, die auf einem Schemel saß und ihn mit den Blicken eines bösartigen Krokodils anglotzte. Er achtete nicht auf sie und stieg höher. Die dritte Abteilung des Turms war in zwei kleine Gemächer geteilt. Das eine derselben war verschlossen, aber Otto hörte da drinnen deutlich die Stimme des Wahnsinnigen und die klagenden Worte:

„Ich bin der treue, gute Alimpo!"

Jetzt wußte Otto, daß Gabrillon so schnell emporgestiegen war, um den Geisteskranken einzuschließen, damit der Besuch ja in keine nähere Berührung mit ihm komme. Der Wärter stand in dem anderen Gemach und beobachtete mit finsterer Miene, ob Otto Notiz von den Worten nehme, die er hörte.

„Warum schließen Sie den Kranken ein?" fragte dieser. - „Das geht Sie nichts an!" entgegnete der Gefragte rauh und verbissen. - „Haben Sie etwa kein gutes Gewissen in Bezug auf diesen Patienten?" - „Herr", brauste Gabrillon auf, „was kümmert Sie meine Familie? Ich bin gezwungen, Ihnen Zutritt zu gewähren, aber sobald Sie mich beleidigen, werfe ich Sie die Treppe hinab." - „Sie? Mich?" fragte Otto geringschätzend. „Wenn es mich nicht ekelte, lägen Sie bereits unten!"

Er stieg weiter und hatte noch vier Abteilungen zu passieren, ehe er den Lampenapparat erreichte. Die Aussicht von hier oben war allerdings großartig, aber sie konnten in diesem Augenblick auf den Beschauer den gewaltigen Eindruck, den sie ein anderes Mal gemacht hätte, nicht hervorbringen. Seine Gedanken waren bei dem Wahnsinnigen. Es schien ihm über allen Zweifel gewiß zu sein, daß hier irgendein schweres Geheimnis vorliege. Er sann und grübelte, kam aber immer wieder zu dem Resultat, daß ihn die Sache nichts angehe.

So stieg er denn, ohne die Aussicht genossen zu haben, wieder hinab und fand Gabrillon noch immer vor der Tür des kleinen Gemaches, das er wie ein wilder, bissiger Kettenhund bewachte. Er schritt an ihm vorüber, ohne ihn eines Blickes zu würdigen oder ihm ein Geschenk zu verabreichen. Doch er hatte sich den verweigerten Zutritt erzwungen; das war für jetzt genug.

Aber der Gedanke an den Wahnsinnigen verfolgte ihn den ganzen Tag hindurch, und des Nachts träumte ihm, er selbst sei wahnsinnig und werde von Gabrillon vom Turm herab in die See geworfen. Er kämpfte mit aller Anstrengung gegen die wilden Fluten und - erwachte, in Schweiß gebadet.

25. KAPITEL

Am Nachmittag ging Otto, um die Geliebte zu besuchen. Sie sah ihn kommen und eilte ihm aus dem Tor entgegen. Das war so schön, so wonnig. Seine Brust hob sich, und sein Herz wurde weit, als ob eine ganze Welt voll Glück in ihm wohne. Gerade so dachte er es sich, daß sie als sein liebes, süßes Weib ihm zur Umarmung entgegeneilen werde, wenn er von einer Wanderung oder einem Ausgang heimkehrte. Er hätte sie umarmen und küssen mögen, so schön, so lieb und gut stand sie vor ihm; aber drin im Zimmer saß der Vater am geöffneten Fenster, und da war es geraten, sich zu beherrschen. Aber der Blick seines Auges verkündete ihr, wie selig er sich fühlte.

„Willkommen, Otto", sagte sie. „Vater fühlt sich heute noch wohler als gestern. Wir haben bereits nach dir ausgeschaut." - „Wirklich?" fragte er innig, indem er ihr in die seelenvollen Augen blickte. - „O ja, seit langem schon!" antwortete sie. - „Hätte ich das gewußt, so wäre ich schon längst gekommen." - „So will ich dir sagen, daß du mich niemals warten lassen darfst, Otto. Ich bin so glücklich, wenn du bei uns bist, und ich bemerke, daß Vater dich gern leiden mag." - „Tut er das?" - „Ja, du hast ihm gefallen." - „Ich danke dir, mein Leben. Erst jetzt bin ich sicher, daß wir glücklich sein werden."

Sie waren bei diesen Worten in den Flur getreten, und da kein Mensch zugegen war, so schlang er den Arm um sie, hob ihr Köpfchen empor und küßte sie auf die ihm so voll und warm entgegenblühenden Lippen. Sie schloß die Augen und trank seinen Kuß wie eine Himmelsgabe; ihr voller, schwellender Busen hob sich, ihre Hand legte sich um ihn, er atmete ihren reinen Odem und küßte und küßte sie immer wieder, bis sie sich ihm entzog und mit reizendem Schmollen warnte:

„Nicht zu viel, du Kühner, du Böser! Vater merkt es sonst. Komm!"

Als sie eintraten, leuchtete sein Auge noch, trunken von der Wonne dieses Augenblicks, und ihr schönes Angesicht glühte wie die Farbe der Rosenknospe, die schwillt, um aufzubrechen und den Strahl der Sonne zu saugen.

Der Herzog bemerkte es, aber er tat, als sähe er nichts, und sagte:

„Willkommen, Herr von Rodenstein! Ich habe Sie bereits erwartet, um Ihnen zweierlei und zwar sehr Gutes mitzuteilen."

Bei diesen Worten lachte aus seinen hageren Zügen ein Strahl inniger Freude.

„So muß ich mein spätes Kommen entschuldigen", antwortete Otto. „Aber eine gute Nachricht zu hören, ist es nie zu spät." -

„Ich hoffe es! So hören Sie. Erstens sollen Sie mit uns dinieren. Ist Ihnen das recht?"

Otto nickte mit dankbarem Lächeln. Diese Einladung war ihm ja ein neuer Beweis, daß er das Wohlwollen des Kranken besitze. Er fühlte in diesem Augenblick nicht die geringste Spur seines früheren Menschenhasses, seiner Verbitterung mehr und antwortete:

„Ich akzeptiere mit Freuden. Sie dürfen überzeugt sein, daß ich mich innig beglückt fühle, Ihnen Gesellschaft leisten zu können." - „Nun ja", sagte Olsunna freundlich. „Die Gesellschaft eines Patienten ist nicht immer angenehm. Flora wird die Aufgabe haben, dies auszugleichen. Nun aber schnell meine zweite Nachricht, die jedenfalls noch besser ist als die erste, wenigstens für mich: Ich fühle mich nämlich heute noch viel wohler als gestern. Dieser Trank von Doktor Sternau tut wirklich Wunder. Er besteht aus Dattelblüte, Coca und Quebracho, wie ich glaube. Ich fühle mich so munter, so stark und rüstig, daß ich eine längere Tour machen möchte, zu Fuß oder auch - zu Pferd, etwa von hier bis Petersburg und noch weiter."

Es war rührend, den abgemagerten Mann diese Worte sagen zu hören. Floras Blicke hingen mit unendlicher Liebe an seinem Mund, und Otto ergriff seine Hand, drückte sie an seine Lippen und beteuerte mit vibrierender Stimme:

„Glauben Sie mir, ich danke Gott recht innig, daß er Sie von neuem hoffen läßt. Fast bin ich auf Freund Sternau eifersüchtig. Ich wollte auch, ich könnte einiges zu Ihrer Genesung beitragen." - „Das können Sie ja", antwortete der Herzog. „Eine angenehme Gesellschaft ist für den Kranken immer erquickend. Wenn meine Genesung mit solchen Riesenschritten vorwärtsschreitet, so darf ich sicher sein, daß Sternaus Voraussagung sich erfüllt und ich in kurzer Zeit meine Reise antreten kann." - „Könnte ich Sie begleiten!" sagte Otto. - „Des Vaters wegen, ja. Verfügen Sie nicht frei über Ihre Zeit?" - „O doch! Es ist auch nicht allein des Vaters wegen. Es würde mir eine große Beruhigung sein, Sie während Ihrer Reise unter sorgsamen Augen zu wissen." - „Ich danke Ihnen", sagte Olsunna nachdenklich. „Vielleicht sprechen wir über diesen Punkt noch einmal ausführlicher. Aber, Flora, willst du nicht befehlen, daß man serviere?"

Flora klingelte, und der Diener trat ein.

Jetzt erst erkannte Otto, daß dieser so reich galonierte Domestik zu Flora gehöre. Ah! War sie so wohlhabend? Aber wie staunte er erst, als die Tafel gedeckt wurde und sämtliche Geschirre von der feinsten getriebenen Silberarbeit waren. Dieses Porzellan war echt chinesisches, und dieses Silber war massiv, Tafeltuch und Servietten waren vom feinsten, teuersten, französischen Damast. Und dieses Geschirr war - er saß zu entfernt, um es genau erkennen zu können - mit einer Krone gezeichnet. Träumte er?

Der Diener lud ein, Platz zu nehmen. Als der Maler die Serviette entfaltete, hätte er sie vor Schreck fast fallen lassen. Sie war mit einer Herzogskrone gezeichnet, und darunter befand sich das Monogramm E. O.

Beide, der Herzog sowohl wie seine Tochter, sahen sein Erschrekken und weideten sich an demselben, ohne ein Wort zu verlieren.

Tausend Gedanken drangen auf ihn ein, und darunter war auch einer, der ihn beruhigte. Konnte der Vater der Geliebten nicht der Beamte eines hohen Aristokraten sein, in dessen Aufbewahrung sich dies kostbare Tafelzeug befand? Ja, so war es jedenfalls. Und um den Geliebten festlich zu bewirten, hatte Flora sich das Vergnügen gemacht, es einmal für sich zu benutzen.

Dieser Gedanke gab ihm seine Fassung wieder, so daß er frei von Sorgen an der Unterhaltung teilnehmen konnte, die fast nur zwischen ihm und Flora geführt wurde, nachdem der Diener sich entfernt und Flora selbst die kleinen Handreichungen übernommen hatte.

Welche Seligkeit durchströmte ihn, wenn sie so hausfraulich für ihn besorgt war und das beste für ihn auswählte! Sie reichte ihm etwas dar, er griff danach, und dabei berührte er ihr Händchen. Es war nur eine leise, kaum merkbare Berührung, aber sie durchzuckte dennoch seinen Körper wie ein magnetisches Fluidum. Auch Flora schien dasselbe zu fühlen, denn stets, wenn ihre Hände sich gestreift hatten, flog eine tiefe Röte über ihr Gesicht.

Der Herzog aß wenig, aber mit sichtbarem Behagen, der böse Husten schien ihn fast ganz verlassen zu haben.

„Sternau ist ein Wundermann“, sagte er. „Möchte doch jeder meiner Wünsche für ihn ein Segel sein, das ihn glücklich durch die Fluten führt. Ich beneide seine Eltern. Ein solcher Sohn, der die Mühen der Eltern so belohnt, ist ein Glück, dessen Größe nur ein Vater und eine Mutter empfinden können.“ - „Sein Vater ist leider schon längst tot“, bemerkte Otto. - „Ah, das bedaure ich! Was war er?“ - „Er starb als Professor. Er war ein sehr gelehrter

Mann und liebte Weib und Kind über alles. Er hatte seine Frau in Spanien kennengelernt." - „In Spanien? Was war er dort?" - „Er war Erzieher in einem vornehmen Haus und sie Erzieherin in ebensolchen Verhältnissen."

Der Herzog horchte auf, und auch Flora blickte auf den Sprecher.

„In welchem Haus war sie Gouvernante?" fragte der Herzog, der keineswegs ahnte, wie nahe er der Entdeckung sei, nach der er bisher so vergeblich getrachtet hatte. - „Beide waren zu gleicher Zeit engagiert in Saragossa bei einem Bankier - hm, ich glaube, der Name ist mir doch entfallen."

Da legte der Herzog das Messer fort. Seine Augen öffneten sich, und über sein bleiches Gesicht zog ein roter Schein.

„Papa!" rief Flora, die dies bemerkte, warnend, obgleich sie selbst tief erregt war. „Nimm dich in acht!" - „Laß mich! Ich bin stark genug!" wehrte er ab. Und mit einer Stimme, die vor Erwartung plötzlich ihren natürlichen Klang verloren hatte und nur stockend und fast heiser tönte, sagte er: „Hieß dieser Bankier vielleicht Salmonno?" - „Salmonno, ja, Salmonno, so war der Name", antwortete Otto. „Aber mein Herr, was ist Ihnen?" rief er dann bestürzt.

Olsunna war nämlich in die Lehne des Stuhls zurückgesunken und hatte die Augen geschlossen. Alles Blut, alles Leben schien aus seinem Körper gewichen zu sein. Flora war aufgesprungen und schlang angstvoll die Arme um ihn.

„Vater, mein Vater!" rief sie. „Ich wußte es! Erwache, lieber Papa! Hörst du mich? Ich bin da, deine Flora ist bei dir!"

Sie drückte schluchzend seinen Kopf an sich. Auch Otto war hinzugetreten und hatte eine Kristallkaraffe ergriffen, die Wasser enthielt, aber diese Hilfe war nicht nötig, denn der Herzog öffnete die Augen, warf einen unbeschreiblichen Blick empor, drückte dann die Hand der Tochter und sagte:

„Ängstige dich nicht, mein Kind! Ich war nicht ohnmächtig; aber es drang auf mich ein wie die Flut eines ganzes Meeres von Wonne, Glück und Seligkeit. Doch noch ist das keine sichere Nachricht, noch muß ich die Antwort auf weitere Fragen haben." - „Aber wirst du auch stark genug sein, mein Vater?" - „Ja, das versichere ich dir."

Wie um zu beweisen, daß er keine Schwäche fühle, erhob er sich, richtete das Auge erwartungsvoll auf Otto und sagte:

„Sind Sie mit den weiteren Schicksalen der Frau Sternau bekannt, Herr von Rodenstein?“ - „Ich glaube“, antwortete dieser, gar nicht begreifend, daß diese Schicksale Floras Vater so interessieren, ja, so tief ergreifen konnten. - „So sagen Sie mir, ob die Stellung bei dem Bankier Salmonno ihre letzte gewesen ist in Spanien?“ - „Nein. Sie nahm eine andere Stellung an, die aber nicht von langer Dauer war. Sie wurde Erzieherin der Prinzeß Flora von Olsunna.“

Da fuhr der Herzog mit beiden Händen nach seinem Kopf; aber er nahm sich mit all seinen Kräften zusammen, stützte sich auf die Lehne des Stuhls und auf die Schulter seiner Tochter und fragte:

„Wie war ihr Mädchenname?“ - „Wilhelmi.“ - „Flora! Kind, Kind!“ jauchzte da der Herzog auf und öffnete die Arme.

Flora umfing ihn und hielt ihn, an seinem Herzen liegend, fest. Beide schluchzten laut wie Kinder. Otto konnte zwar den Vorgang nicht begreifen, aber er trat näher, um den Herzog nötigenfalls zu stützen, dem die hellen Tränen über die Wangen liefen.

„Erlöst, erlöst! Endlich! Oh mein guter, gnädiger, barmherziger Gott, wie danke ich dir!“ rief er. „Erst sendest du mir den Erretter von dem leiblichen Tod, und nun steht hier ein zweiter Bote, der mir auch für das arme, so lange gemarterte Herz das Evangelium bringt.“

Er legte bei diesen Worten die Hand auf Ottos Schulter.

„Ist das wirklich, wirklich so, wie Sie mir es sagen?“ fragte er. - „Ja.“ - „Flora, halte mich fest! Ich fühle doch, daß alle meine Fasern beben.“ - „Setze dich, Papa, oder lege dich lieber“, bat sie, „es ist zu viel für dich!“

Sie selbst zitterte auch an allen Gliedern, und ihre Wangen waren vor Erregung mit tiefer Blässe bedeckt.

„Nein, stehend will ich das Weitere hören! Stehend, ja; dann mag es mich meinetwegen niederstürzen. Es ist ein Sturz in das größte Glück hinein, und ich weiß, daß ich nicht daran sterben werde. Herr von Rodenstein, Sie werden das alles nicht verstehen und begreifen, aber Sie sollen es erfahren. Wir stehen vor einem Augenblick, der in seinem Schoß Tod oder Leben trägt. Ich weiß, entweder wird meine Hoffnung erfüllt, oder - ich sterbe!“ - „Mein Herr“, bat da Otto bestürzt, „heben wir dies doch für jetzt noch auf. Ich sehe allerdings, daß ein gewaltiger Sturm Ihr Inneres bewegt. Lassen Sie ihn vorübergehen, und dann werde ich jede Ihrer Fragen beantworten." - „Nein, nein! Dann müßte ich auch sterben - vor Ungeduld. Reden Sie, um Gottes willen, ich flehe Sie an! Sie stehen vor mir wie ein Heiland, der mir den Himmel öffnen kann; ich werde Ihnen das nicht vergessen, nie, nie! Reden Sie und sagen Sie: Hat Frau Sternau mehrere Kinder?" - „Ja." - „Ah! Wie viele?" - „Zwei. Diesen Sohn und eine Tochter." - „Sind ihr vielleicht andere Kinder gestorben?" - „Nein, sie hat nur diese beiden gehabt." - „Wer ist älter, der Doktor oder die Schwester von ihm?" - „Er. Sie ist bedeutend jünger." - „O Gott, es ist, als ob sich eine große, eine herrliche Sonne vor mir erhöbe. Wissen Sie vielleicht genau, wie alt Sternau ist?" - „Ganz genau. Wir beschenkten uns immer an unseren Geburtstagen. Er ist am zwanzigsten März geboren und zählt jetzt achtundzwanzig Jahre." - „Er ist's! Er ist's!" rief jetzt der Herzog; dann frohlockend die Hände zum Himmel erhebend, fügte er leiser hinzu: „Nun will ich mich setzen." Die Arme sanken ihm nieder, und mit immer leiser werdender, ersterbender Stimme fügte er hinzu: „Ja, setzen! Ich bin matt - müde - o Gott, ich - ich bin ..."

Er schloß die Augen und brach zusammen; aber er fiel nicht zur Erde, sondern Otto hielt ihn in seinen Armen fest.

„Ich dachte es!" rief Flora, weinend vor Entzücken und zugleich vor Sorge um den Vater. „Es kann ihn töten!" - „Nein, er lebt!" sagte Otto. „Meine Hand liegt auf seinem Herzen, und ich fühle es schlagen, leise zwar, aber auch deutlich genug. Komm, laß uns ihn niederlegen."

Er trug den Herzog darauf nach einem Sofa, wo er ihn in die Kissen bettete; dort knieten sie beide bei ihm nieder. Flora ergriff mit der einen Hand die Rechte des ohnmächtigen Vaters, und die andere schlang sie um den Geliebten, legte, noch immer schluchzend, ihren Kopf an seine Brust und sagte:

„Otto, lieber Otto, welch eine Nachricht, welch ein Glück hast du uns gebracht!" - „Ein Glück muß es sein, ein großes Glück, das sehe ich", antwortete er, „obgleich es mir ein Rätsel ist." - „Es wird dir gelöst werden, mein Geliebter. Aber wirst du mir dann auch verzeihen?" - „Verzeihen? Hätte ich dir etwas zu verzeihen, meine Flora?" - „Ja. Ich habe dich für eine große Sünde um Vergebung zu bitten."

Da drückte er ihr Köpfchen innig an sich, strich ihr liebkosend über das Haar und sagte:

„Die Sünde wird sehr klein sein, und nur deine Sorge ist groß.

Ich verzeihe dir und bitte dich, daß auch du immer nachsichtig mit mir sein mögest." - „Nein, nicht im voraus", bat sie fast ängstlich. „Es ist wirklich etwas sehr Schweres." - „Darf ich es nicht jetzt erfahren?" - „Nein, Vater muß es mit hören, sonst fürchte ich mich vor dir."

Otto lächelte glücklich und drang nicht weiter in sie. So knieten sie noch eine Zeit, bis der Herzog endlich zu sich kam, die Augen aufschlug und beim Anblick der beiden Liebenden da vor ihm mit einem Strahl der Verklärung im Gesicht sagte:

„Wie ist es, habe ich geträumt, Flora?" - „Nein, Papa", antwortete sie. „Oh, ich hatte Angst um dich." - „Nein, die Freude tötet mich nicht; ich muß ja leben, um mein Werk zu vollbringen. Ja, leben, leben, leben für ihn und - für sie!"

Damit richtete sich der Herzog auf, und auch sie erhoben sich. Das köstliche Essen stand noch in den noch köstlicheren Gefäßen, aber niemand dachte daran. Olsunna blickte lange zum Fenster hin. Er sah durch dasselbe das Meer und die Landschaft, überstrahlt von dem goldenen Licht der Sonne. So warm und hell war es auch in seinem Innern. Endlich sagte er:

„Flora, mein Kind, sagte ich nicht heute, daß Gott allgütig sei und uns den Weg zeigen werde? Hat er uns nicht erhört, weit über alles Hoffen und Erwarten? Was bleibt nun noch von der Rache dieser Zigeunerin übrig!" - „Wie wunderbar, Papa", entgegnete Flora, die Hände zusammenschlagend wie zum Gebet. „Wir suchten ihn, und wir kennen ihn nun doch!" - „Ja, er war hier. Wir sahen ihn, und dennoch wußten wir es nicht. Bebte mir nicht das Herz, als ich seine Stimme hörte? So klang die meinige, als ich noch jung war. Erfüllte mich nicht seine hohe Heldengestalt mit unsagbarem Stolz? Das war das Ebenbild meiner Jünglingszeit. Und er ist reiner und edler, als ich es war!" - „Und sagte ich nicht, daß ich ihn lieben müsse, Papa?" fügte sie hinzu. „Ich hätte ihn umarmen und küssen mögen, als er so selbstbewußt, so siegesgewiß und doch so mild, so warm zu sprechen wußte."

Und in ihrem Glück vergaß sie alle Zurückhaltung, die sie zu anderer Zeit dem Vater schuldig zu sein geglaubt hätte, sie wandte sich zu Otto und sagte:

„Du brauchst nicht zu zürnen, Lieber, der, den ich umarmen und küssen wollte, ist nicht ein Fremder, sondern mein - mein - oh, Papa, sage du es! Ich habe dieses schöne Wort nicht aussprechen dürfen.“ - „Ja, ich, ich will das Wort sagen, ich zuerst“, meinte der Herzog. „Herr von Rodenstein, Flora spricht von ihrem - Bruder, von meinem - von meinem Sohn.“

Bei diesen letzten Worten strahlte sein Gesicht vor Liebe und vor Stolz.

„Sie haben einen Sohn?“ fragte Otto, auch in freudigster Überraschung. „Oh, so erlauben Sie, daß ich mich nach ihm erkundige.“ - „Ja, ja, fragen Sie! Fragen Sie immer zu! Ich werde Ihnen gern antworten. O ja, wie gern, wie so sehr gern will ich Ihnen Auskunft über meinen Sohn erteilen! Ich bin nämlich stolz auf ihn, unendlich stolz, und ich habe alle Ursache dazu. Also fragen Sie, mein lieber Herr von Rodenstein!“

Mein lieber Herr von Rodenstein! Wie drang dieses Wort so beseligend in die Brust des Mannes, der bisher von sich gesprochen hatte, als von einem verstoßenen Sohn! Er dachte nicht daran, daß seine Fragen eine Zudringlichkeit, eine Indiskretion enthalten könnten, und erkundigte sich:

„Wo befindet sich Ihr Herr Sohn?“ - „Auf der See.“ - „So ist er Seemann?“ - „Nein“, lächelte der Herzog. - „Also handelt es sich um eine Reise?“ - „Jedenfalls. Aber diese Reise soll von großer Wichtigkeit sein, wie Sie mir gestern sagten.“ - „Ich?“ fragte Otto erstaunt. - „Ja, Sie! Wir sprachen doch von meinem Sohn!“

Das Gesicht Ottos war ein sehr beredtes Fragezeichen. Jetzt lachte der vor kurzem noch todkranke Mann so vergnügt, wie seit langer Zeit nicht, und sagte:

„Ja, wir haben von ihm gesprochen. Sie haben ihn sogar gesehen und mit ihm geredet. Ja, Sie haben ihn zu mir geschickt, wie Sie sich erinnern werden.“ - „Ich? Mein Gott, ich bin ja ganz irre, ganz fassungslos!“ - „Sie sandten ihn zu mir, damit er mich vom Tod erretten möge!“ - „O Himmel, Sie sprechen von Sternau?“ fragte Otto, der befürchtete, daß der Herzog im Fieber redete. - „Ja, von Doktor Sternau, von meinem Sohn.“

Da warf Otto einen ängstlichen Blick auf Flora. Er fürchtete für die Zurechnungsfähigkeit ihres Vaters; aber auch sie sah ihn mit ihren von Glück strahlenden Augen an und sagte:

„Du darfst es glauben, Otto, Sternau ist mein Bruder.“

Da fuhr er vom Stuhl in die Höhe und rief:

„Aber davon weiß ich ja gar nichts, nicht ein einziges Wort!“ - „Oh, auch wir haben es nicht gewußt“, meinte Olsunna. „Sie selbst sind es gewesen, der es uns gesagt hat.“

Otto kam aus dem Nichtbegreifen gar nicht heraus, aber Flora eilte ihm zu Hilfe:

„Wir wollen ihn nicht martern, Papa, sondern es ihm sagen", bat sie. „Sternau ist mein Bruder, ohne daß wir es gewußt haben, und auch er hat es jedenfalls nicht gewußt." - „Ja", fügte der Herzog hinzu, „ich habe Ihnen vorhin gesagt, daß ich Ihnen dankbar sein werde, so lange ich lebe, und darum will ich Ihnen ein Geständnis machen, obgleich Sie mich dann hart beurteilen mögen: Ich kannte Frau Sternau kurz vor ihrer Vermählung; ihr Sohn ist auch der meinige, obgleich er den Namen eines anderen trägt." - „Ah", rief Otto, bei dem es nun endlich klar wurde. „Habe ich dir nicht gesagt, Flora, daß er dir so ähnlich sehe?" - „Ja, aber da hatte ich ihn noch nicht gesehen, da hatte ich noch keine Ahnung von dem, was wir heute von dir erfuhren. Ich bin nämlich Spanierin. Señorita Wilhelmi war meine Erzieherin."

Da richtete der Maler einen raschen Blick auf beide und sagte:

„So sind Sie der Bankier Salmonno?" - „Nein", lachte der Herzog vergnügt. - „Nicht? Welche Rätsel! Aber Señorita Wilhelmi ist nur an zwei Orten Erzieherin gewesen, bei Salmonno und beim Herzog von Olsunna." - „Nun", sagte der Herzog, „ich sah vorhin bei beginnender Tafel, daß Sie unser Wappen mit einiger Befremdung betrachteten. Kennen Sie diese Krone?" - „Es ist eine herzogliche, mein Herr." - „Richtig! Und mein Monogramm haben Sie auch bemerkt?" - „E. O.? Allerdings." - „Nun, das ist mein Name: Eusebio, Herzog von Olsunna. Meine Tochter hier - Sie verzeihen, daß ich sie Ihnen noch nicht vorgestellt habe - ist eine Prinzessin Olsunna." - „Eine herzogliche Prin..."

Otto von Rodenstein stockte. Er brachte das Wort nicht heraus. Es war ihm, als sei ihm mit einer Keule ein fürchterlicher Hieb versetzt worden; er wankte. Da eilte Flora auf ihn zu. Er aber streckte den Arm abwehrend gegen sie aus und raffte sich mit aller Gewalt zusammen. Sein ganzes Inneres bebte; er fühlte sich tausendmal unglücklicher als je zuvor und sagte:

„Bleiben Sie, Durchlaucht! Ich war einige Tage glücklich, und ich werde den Himmel preisen für diesen Lichtblick in meinem dunklen Leben, aber ich kehre in meine Einsamkeit zurück, um von dieser einen zauberhaft schönen Erinnerung zu zehren bis an mein Ende." - „Mein Gott, Otto", rief sie, „das sollst du ja nicht. Das ist ja das, was du mir verzeihen sollst!" - „Ja, jetzt verstehe ich Sie, Durchlaucht", antwortete er. „Sie sprachen von einer

Sünde, die ich Ihnen zu vergeben habe. Es ist eine Sünde, eine fürchterliche Sünde. Es wird mir das Herz brechen. Ich habe den Fluch des Vaters getragen, für das übrige aber sind meine Kräfte zu schwach. Es wird" - er preßte die Zähne knirschend zusammen, um sein Herz zu bemeistern, und ergriff die Lehne des Stuhls, um sich daran festzuhalten; der Sessel krachte in allen seinen Fugen, denn auf ihm ruhte jetzt das ganze Gewicht des Mannes, der vor Schmerz kaum mehr wußte, was er sprach - „es wird wieder finster um mich werden, finsterer als vorher - und - und..."

Seine Blicke verschleierten sich; es wurde ihm dunkel vor den Augen, die Zunge versagte ihm den Dienst; er bewegte die Lippen, um zu sprechen, aber es war kein Laut zu hören. Es war der Ausdruck und das Bild einer Verzweiflung, der seine ganze Manneskraft nicht gewachsen war. Er mußte im nächsten Augenblick zusammenbrechen, einen einzigen Laut stieß er mit letzter Anstrengung hervor, es war ein Lallen, ein unverständliches Stammeln, dann knickte er - nein, er brach nicht zusammen, denn Flora war herbeigesprungen; sie schlang die Arme um ihn und hielt ihn fest.

„Otto, mein Otto!" rief sie. „Sei stark! Ich liebe dich ja, ich liebe dich!"

Sie drückte ihn an sich und küßte ihn auf die bleichen, wortlosen Lippen, und dabei rannen ihr die Tränen einer unbeschreiblichen Angst über die Wangen.

Auch der Herzog erhob sich und kam herbei.

„Fassen Sie sich, Herr von Rodenstein!" sagte er. „Sie haben kein Opfer zu bringen, wir nehmen es nicht an."

Er kam unter den Küssen der Geliebten wieder zu sich. Sie fühlte, daß seine Kräfte wieder zurückkehrten, daß sie ihn nicht mehr zu halten brauchte.

„Otto, sei gut!" bat sie. „Komm, setz dich und höre uns an!"

Sie führte ihn zum Stuhl, auf dem er sich mechanisch niederließ. Er fuhr sich mit der Hand über die Stirn, sein Blick war verstört; aber sie schlang den Arm um ihn, legte ihm die Hand an die kalte Stirn und flüsterte ihm Worte ins Ohr, so innig, so zärtlich und liebevoll, daß der Ausdruck seines Auges klarer und milder wurde und er endlich fragte:

„Du liebst mich wirklich, Flora?"

Das klang immer noch wie mechanisch, wie die Stimme eines Automaten.

„Ja, unendlich liebe ich dich, Otto!“ beteuerte sie. - „Eine Herzogin und - und ein verstoßener Sohn! Oh, warum hast du mir das getan! Wir dürfen uns nie, nie gehören! Du kennst die Pflichten deines hohen Standes, diese Pflichten, auf denen der Fluch so manchen gebrochenen Herzens ruht.“ - „Was gehen mich diese Pflichten an! Mein Vater hat mich von ihnen entbunden. Er hat mir versprochen, meiner Liebe folgen zu dürfen, wenn der Bruder gefunden wird. Hier steht er; frage ihn selbst, Otto!“

Da kehrte ihm das Blut in die Wangen zurück. Er holte tief, tief Atem, als söge er mit demselben neue Lebenskraft ein. Dann stand er auf und trat auf den Herzog zu.

„Sie haben mich schwach gesehen“, sagte er, „verzeihen Sie mir. Es steht dem Mann nicht an, sich von seinen Gefühlen überwältigen zu lassen, aber denken Sie an das, was mein Herz bereits gelitten hat, ich möchte nicht noch Schlimmeres erdulden. Ist es wahr, was Flora sagte?“ - „Ja“, antwortete der Herzog milde. „Kommen Sie her, mein lieber Herr von Rodenstein. Setzen Sie sich zu uns und lassen Sie sich alles erzählen, warum ein Vater seinen Sohn suchen muß. Dann werde ich sehen, ob Sie mit mir ins Gericht gehen wollen oder ob ich auf Ihre Hilfe rechnen kann.“

Er zog, wie er es bereits Flora gegenüber getan hatte, den Schleier schonungslos von seiner Vergangenheit, und Otto hörte zu. Welche Gefühle drangen dabei auf den Maler ein! Er wurde bald warm und bald kalt; es war ihm, als ob er im Fieber liege. Da saß sie neben ihm, die Heißgeliebte. Er fühlte, daß es ohne sie weder Glück noch Heil für ihn geben könne. Konnte er von ihr lassen? Durfte und mußte er von ihr lassen? War es nicht Feigheit, zurückzutreten, wo es galt, ein solches Juwel festzuhalten und zu verteidigen gegen alle Vorurteile und Herkömmlichkeiten?

Jetzt hatte der Herzog geendet.

„Sie sind es“, sagte er zum Schluß, „der mir heute Licht in dieses Dunkel brachte, dem ich das Glück verdanke, das mir neue Kräfte gibt. Zweifeln Sie an meiner Dankbarkeit?“ - „Nein, ein edler Mann ist immer dankbar“, antwortete Otto. „Aber nicht mir haben Sie zu danken, sondern dem Zufall oder Gottes Schickung. Und selbst dann, wenn ich Dankbarkeit zu beanspruchen hätte, würde das, was ich fordern würde, so köstlich, so hoch und wertvoll sein, daß ...“ - „Daß ich es Ihnen demnach nicht versagen würde“, unterbrach ihn Olsunna. - „Wie? Höre ich recht? Sie wollten ...!“ rief Otto, einige Schritte auf den Herzog zutretend. - „Ja. Ich denke jetzt nicht an meinen Rang, sondern an das Glück meines Kindes. Sie sind Künstler. Der Adel der Kunst steht vielleicht noch höher als der Adel der Geburt. Es gibt Könige, Herzöge, Fürsten, Grafen und Ritter des Geistes. Nun wohl, Sie gehören diesem Adel an; Sie stehen nicht auf der niedersten Stufe desselben: Sie sind mir und meiner Tochter ebenbürtig. Sie sind ein reiner, edler Mann und haben unverschuldet viel gelitten. Flora, liebe ihn und mache ihn glücklich.“

Als wäre ein Blitz vor ihm niedergezuckt, so erstarrt stand Otto für einen Augenblick, dann aber stürzte er vor dem Herzog auf die Knie.

„Ist's war? Ist's wahr?“ fragte er. „Sie wollen mir das köstlichste Kleinod anvertrauen, das Sie besitzen, das Kleinod, das millionenmal mehr wert ist als Ihre Herzogskrone? O mein Gott, wo nehme ich die Worte her, Ihnen meinen Dank zu sagen.“ - „Danken Sie nicht mit Worten, sondern mit der Tat. Machen Sie mein Kind glücklich, glücklicher, als ihr Vater gewesen ist.“

Auch Flora war vor ihm niedergesunken, überwältigt von ihren Gefühlen. Sie lagen innig umschlungen vor ihm auf den Knien. Da legte er einem jeden von beiden eine seiner Hände auf das Haupt, erhob den Blick gen Himmel und sagte mit zitternder Stimme, aber innig flehendem Ton:

„Gott, Vater, der Du überall bist und auch jetzt bei uns, ich flehe Dich an aus der tiefsten Tiefe meines Vaterherzens, lege meine Schuld nicht auf die Meinigen. Laß Deine Güte auf sie leuchten und Deine Liebe über ihnen walten jetzt und allezeit. Ich lege meinen Vatersegen auf ihre teuren Häupter; gib diesem Segen Kraft und Beständigkeit; sei Du ihr Freund und Beschützer, ihr Schirm in allen Nöten, ihr Helfer, wenn kein anderer helfen kann; leite sie zur Wahrheit und führe sie zum Frieden, den niemand geben kann, als nur Du allein. Erhöre mein Gebet, um Deiner ewigen Gnade willen. Amen.“

Es war ein heiliger Augenblick. Der Segen und das Gebet eines Priesters hätten keine andächtigeren, ergriffeneren Zuhörer haben können, als diese Bitte aus dem Mund eines Vaters, der für seine Tochter auf den Glanz einer Herzogskrone verzichtet hatte, nur um sie glücklich zu sehen.

Als Olsunna geendet hatte, hob er sie zu sich empor und drückte sie beide ans Herz. Ihre Umarmung war wortlos, denn die Gefühle, von denen die drei Personen bewegt wurden, konnten nicht durch schwache Laute beschrieben werden.

„Von jetzt an, mein Sohn, sage ‚du' zu mir", meinte endlich der Herzog. „Ich werde dir Vater sein, da der deinige dir fremd geworden ist. Aber ich hoffe, daß er seinen Groll schwinden lassen wird, wenn ich bei ihm bin und mit ihm spreche." - „Vater, mein Vater! Oh, ich habe einen Vater!" jubelte Otto. „Ja, er wird und er muß mir verzeihen." - „Und will er auf euch nicht hören", sagte Flora, „so werde ich einen Kampf mit ihm beginnen, in dem er unterliegen muß. Meiner Liebe und meinen Bitten soll er sicherlich nicht widerstehen. Aber Papa, Otto reist doch mit uns nach Rheinswalden?" - „Natürlich! Außer er findet es für gut, seine Verlobte und seinen Vater zu verlassen." - „Oh, ich gehe mit, wie gern, wie gern!" rief Otto, indem er die Geliebte an sich zog. - „So bist du unser Reisemarschall und hast alle Unannehmlichkeiten von uns fernzuhalten, mein Sohn. Ich fühle eine Kraft in mir, als könnten wir bereits morgen abreisen." - „Davon rate ich entschieden ab", sagte der Maler. „Den Anordnungen Sternaus muß unbedingt Folge geleistet werden. Flora kann einstweilen an Frau Sternau und meinen Vater schreiben, um die Empfehlungsbriefe zu übersenden und unsere Ankunft zu melden. Nur bitte ich, mich noch nicht zu erwähnen." - „Ja, tue das", stimmte der Herzog eifrig bei. „Aber die Briefe geben wir erst persönlich ab. Frau Sternau darf nicht wissen, daß ich komme. Schreibe einen anderen Namen, meine Tochter, schreibe, daß uns Doktor Sternau sende und daß wir seine Empfehlungsbriefe selbst überbringen werden." - „Wird das nicht unrecht sein, Papa?" - „O nein", lachte er vergnügt. „Ein Herzog hat das Recht, inkognito zu reisen. Überhaupt gehe ich ja, mir meine Braut anzusehen; das tut der Bräutigam in einem jeden Roman gewiß nicht anders als inkognito."

Der alte Herr war recht fröhlich geworden. Er scherzte und lachte, und diese Gemütsstimmung hatte einen ganz vorteilhaften Einfluß auf sein körperliches Befinden. Er fühlte sich so wohl, wie neugeboren, daß er endlich gar vorschlug, das unterbrochene Mahl von neuem zu beginnen, ein Vorschlag, der die Billigung der beiden anderen fand, die sich über die gute Stimmung des Vaters herzlich freuten.

Als Otto von Rodenstein sich vorher an die Tafel gesetzt hatte, war es ihm nicht eingefallen, zu denken, daß er nach so kurzer

Zeit bereits als der Verlobte Floras an deren Seite sitzen werde. Er aß, aber er wußte vor Glück nicht, was er aß. Die Geliebte schob ihm das Beste hin; er ließ es sich schmecken, aber er sah nur auf die zarten, weißen Hände, die ihn bedienten, und in ihre Augen, die so seelenvoll vergnügt auf ihn leuchteten.

Der Herzog bemerkte dieses Versunkensein in die Liebe; er lächelte, als er sah, welche Portionen Otto hinunterschluckte, ohne darauf zu achten, nach und nach aber wurde er besorgt; es wurde ihm bange, und er sagte:

„Halt ein, Flora, sonst bringst du mich um den Sohn, den ich soeben erst gewonnen habe!"

Sie sah ihn an und fragte unbefangen:

„Wie meinst du das, Papa?" - „Wirf doch nur einen Blick auf die Tafel, mein Kind. Muß denn die Liebe gar so nachhaltig gespeist, ich möchte fast sagen, gemästet werde? Ich sage dir, er wird ganz sicher ersticken."

Jetzt lachten sie alle drei, und nun der Maler aufmerksam geworden war, fühlte er erst, daß er der schönen Hände und Augen der Geliebten wegen fast ganz allein den Tisch abgeräumt hatte.

„Eine Hungerkur macht alles gut", sagte er. „Hat man aus Liebe gegessen, kann man aus Liebe auch hungern; ich will es wenigstens versuchen."

26. KAPITEL

Die Unterhaltung war durch dieses kleine Intermezzo noch lebhafter geworden als zuvor und kam zuletzt doch wieder auf den Angelpunkt der ganzen Situation, auf Sternau, um den sich alles drehte.

„Es ist eine unangenehme Fügung, ihn gefunden und sofort wieder verloren zu haben", klagte der Herzog. „Es handelte sich nur um eines Tages Länge, so säße er hier bei uns, ebenso glücklich wie wir, wie ich hoffe. Hat er nicht gesagt, wann seine Seereise beendet sein wird?" - „Nein", antwortete Otto. „Er kann dies selbst nicht wissen. Er hat nämliche eine außerordentlich abenteuerliche Aufgabe zu lösen." - „Welche?" - „Er will einen Seeräuber fangen." - „Einen Seeräuber?" fragte Flora erschrocken. „Mein Gott, welche Gefahr!" - „Unser Otto scherzt!" lächelte der Herzog. „Mit einer kleinen Luxusjacht fängt man keinen Seeräuber."

- „Und dennoch scherze ich nicht“, sagte Otto. „Diese Sache ist ernst, sehr ernst. Es handelt sich um das Glück, ja um die ganze Existenz einer hochgestellten Familie. Hast du einmal von dem berüchtigten Korsarenschiff ‚Lion‘ gehört, Papa?“ - „Von dem ‚Lion‘, Kapitän Grandeprise? Ja, oft. Er soll ein schrecklicher Mensch sein, wie man sich erzählt.“ - „Nun, diesen Grandeprise will Sternau fangen.“ - „Nicht möglich!“ rief Olsunna erbleichend. - „Und doch ist es so.“ - „So ist er verloren.“ - „Ich glaube es nicht. Sternau ist ein Held. Er hat fremde Welten bereist, sich mit Löwen, Panthern, Elefanten, Krokodilen, Kaffern, Arabern und Indianern herumgeschlagen, er ist ein Riese an Kraft und ein Virtuose in Führung der Waffen. Wenn es einen gibt, der Grandeprise fängt, so ist er es.“ - „Oh, nun sinkt mir all mein Mut!“ klagte der Herzog. „Ich werde den Sohn wohl nie wiedersehen.“ - „Aber warum begibt er sich in diese fürchterliche Gefahr?“ fragte Flora. - „Um Geheimnisse zu entdecken, die für ihn sehr wichtig sind, um Menschen zu finden, die man geraubt und versteckt hat, um Verbrecher zu bestrafen, die ihn und seine Familie in das Verderben bringen wollen.“ - „Seine Familie? Also seine Mutter und Schwester?“ - „Ich meine eigentlich die Familie seiner Frau.“ - „Seiner Frau! Ah, er ist verheiratet?“ rief der Herzog, indem er vom Stuhl emporsprang. „An diese Möglichkeit habe ich noch gar nicht gedacht.“ - „Ja, er ist sehr glücklich verheiratet“, sagte Otto, der jetzt ein innerliches Lächeln kaum unterdrücken konnte. - „Das ist unangenehm, höchst unangenehm!“ rief der Herzog. „Ich habe die Absicht, ihn anzuerkennen; er soll der Erbe meiner Titel, meiner Würden und Besitzungen werden, und nun steht zu erwarten, daß ...“ - „Daß er als Arzt keine solche Partie gemacht hat wie ich als Maler, nicht wahr?“ vervollständigte Otto. - „Ja, das meine ich.“ - „Ich kann dich glücklicherweise beruhigen, lieber Papa. Er ist keine Mesalliance eingegangen.“ - „Nach dem Maßstab eines Arztes?“ - „Allerdings, auch nach diesem nicht. Es ist übrigens eigentümlich; auch seine Frau ist eine Spanierin.“ - „Ah! Woher?“ fragte Flora. - „Aus Rodriganda in Aragonien.“ - „Aus Rodriganda, der Besitzung des Grafen Emanuel de Rodriganda y Sevilla?“ - „Ja, mein Herz.“ - „Dort bin ich bekannt. Ich war einmal einige Zeit bei der Gräfin Rosa; sie besuchte dann auch uns in Madrid. Ich war leider älter als sie, sonst wären wir sicher Freundinnen geworden. Sie hatte sich nur einer einzigen Dame angeschlossen, einer Engländerin, die Amy

Lindsay hieß." - „Diesen Namen kenne ich; Sternau nannte ihn mir vorgestern." - „Er kennt sie?" fragte Flora überrascht. - „Sehr gut. Er war zu gleicher Zeit mit ihr auf Rodriganda. Er war aus Paris dorthin gerufen worden, um einen Kranken zu operieren; dabei lernte er die Dame kennen, die jetzt seine Frau ist." - „O weh!" sagte der Herzog enttäuscht. „Rodriganda ist klein. Dort gibt es keine einzige Familie, deren Tochter ich mir als Schwiegertochter wünschte." - „Nicht?" fragte Otto, indem sein inneres Lächeln nun auch äußerlich zutage trat. „Eine Familie gibt es doch wohl dort, lieber Papa!" - „Welche wäre das?" - „Diejenige des Grafen." - „Pah! Graf Emanuel sucht sich für seine Tochter keinen Arzt aus!" - „Warum nicht? Da doch der Herzog von Olsunna sich einen Maler ausgesucht hat?" - „Schelm!" - „Übrigens ist der jetzige Besitzer von Rodriganda nicht mehr Graf Emanuel, sondern dessen Sohn Alfonzo." - „Wirklich?" rief der Herzog bestürzt. „So wäre Graf Emanuel gestorben? Wir haben längere Zeit im Ausland und überdies sehr abgeschieden gelebt; ich konnte also so rein private Ereignisse nicht verfolgen." - „Man sagt allerdings, daß er gestorben sei, Sternau bezweifelt dies. Er reist doch eben deshalb, um den Grafen zu suchen, wie er mir erzählte." - „Das verstehe ich nicht. Steht ihm die Familie des Grafen so nahe?" - „Freilich, lieber Vater! Der Graf ist sein Schwiegervater, und Gräfin Rosa ist seine Frau."

Jetzt war es an Flora und ihrem Vater, überrascht zu sein, jedoch auf freudige Weise.

„Gräfin Rosa, seine Frau!" rief der Herzog. - „Meine gute, süße Rosa, meine Schwägerin!" rief Flora. - „Freilich, freilich!" lachte Otto, ganz entzückt darüber, daß er diesen zwei lieben Menschen eine so fröhliche Nachricht geben konnte. „Oh, Freund Karl hat keine Mesalliance getan; das fällt ihm gar nicht ein! Wir werden Rosa sehen. Sie wohnt jetzt ja in Rheinswalden, sie und Elvira mit ihrem Alim... Mein Gott, was ist das! Dieser Name ...!"

Er war vom Stuhl emporgefahren und starrte verstört ins Leere.

„Was hast du?" fragte Flora. „Du meinst wohl den Kastellan Alimpo, der immer spricht: Das sagt meine Elvira auch?" - „Ja, den meine ich. Ich kenne ihn nicht, aber Sternau hat mir von ihm erzählt. Oh, und an ihn dachte ich nicht. Gott, wäre es möglich!" - „Was denn?" rief Flora fast angstvoll, als sie Ottos erschreckte Züge sah.

Er beantwortete diese Frage nicht, sondern wandte sich zu dem Herzog:

„Lieber Vater, du kennst den Grafen Emanuel?“ - „Ja, sehr gut.“ - „Wann hast du ihn zum letzten Mal gesehen?“ - „Vor zwei Jahren. Er ist blind geworden.“ - „Er ist wieder sehend. Er war eben der Kranke, dessentwegen Sternau aus Paris geholt wurde; er hat ihn glücklich operiert, so daß er wieder sehen kann. Und du, Flora, kennst du den Grafen auch?“ - „Ja, ich war ja bei ihm.“ - „Würdet ihr ihn wiedererkennen, selbst wenn er durch eine abzehrende Krankheit erschreckend hager geworden wäre?“ - „Ich hoffe es“, sagte der Herzog. - „Ich auch“, stimmte Flora bei. „Die Züge, die Graf Emanuel trägt, können sich nicht in der Weise verändern, daß man ihn nicht erkennen könnte. Warum fragst du so, Otto?“

Der junge Maler antwortete abermals nicht. Es war ein beinahe ungeheuerlicher Gedanke, der ihn in Anspruch nahm. Sternau hatte ihm seine Erlebnisse mitgeteilt und dabei auch den treuen Alimpo und seine Elvira erwähnt. Er hatte ferner im Lauf des Gesprächs erwähnt, daß der wahnsinnig gewordene Graf Emanuel nichts gesprochen habe, als einige stereotype Worte; er habe sich für seinen Diener gehalten. Diese stereotype Redensart hatte Sternau leider aber nicht wörtlich angeführt.

Nun war Otto auf dem Leuchtturm gewesen und hatte den Wahnsinnigen gesehen und auch sprechen gehört. Das war ihm eingefallen, aber er hatte die gehörten Worte in keinerlei Beziehung zu der Angelegenheit der Rodrigandas gebracht. Jetzt aber, da er von Sternau gesprochen hatte, war ihm plötzlich der Gedanke gekommen, ob der Wahnsinnige auf dem Leuchtturm nicht Graf Emanuel sein könne. Dieser Gedanke war, wie bereits gesagt, zwar ungeheuerlich, aber es war bisher so Außerordentliches geschehen, daß man alles für möglich halten konnte.

Er faßte einen Entschluß und trat an das kleine Schreibpult, das in dem Zimmer stand, nahm ein weißes Blatt Papier und schrieb darauf:

„Dringendes Telegramm an Frau Doktor Sternau in Rheinswalden bei Mainz.

Welches sind die Worte, die Graf Emanuel immer wiederholte, als er wahnsinnig geworden war? Bitte um sofortige Rückantwort. Sehr eilig und wichtig. Meine Adresse weiß Frau Sternau.“

Er las die Depesche den beiden vor.

„Was soll das bedeuten? Warum fragen Sie an?“ fragte der Herzog. - „Weil es möglich ist, daß ich den Grafen hier gesehen habe.“ - „Hier? Es häufen sich immer mehr Rätsel. Der Graf ist wahnsinnig. Er soll hier sein!“ - „Es ist möglich. Ich werde Ihnen sogleich alles erzählen.“

Otto klingelte und übergab dem Diener die Depesche zur schleunigen Besorgung. Dann fand er Zeit, alles zu erzählen, was Sternau ihm berichtet hatte. Man kann sich denken, mit welcher Spannung die Augen der beiden Zuhörer an seinen Lippen hingen. Wie sie stolz leuchteten, wenn er einen neuen Zug von Sternaus Mut und Tatkraft erwähnte; wie verhielten sie den Atem, wenn er berichtete, daß sein Freund sich in Gefahr befunden habe! Es war so vieles, so Unglaubliches! Und nun war dieser Held gar zur See gegangen, um den Knoten der Verwicklung zu zerhauen, wie einst der mazedonische Alexander.

Hunderte von Ausrufungen der Freude, des Schmerzes, des Staunens, der Bewunderung, des Entzückens, des Schreckens unterbrachen ihn. Es verging weit über eine Stunde, ehe Otto bis an den gestrigen Tag und seinen Besuch auf dem Leuchtturm gelangt war. Als er geendet hatte, schlug der Herzog die Hände zusammen und rief:

„Welch ein Mensch ist dieser Sternau, mein Sohn! Ich werde ihn mit Freuden in meine Arme schließen, wenn Gott mir die Gnade gewährt, ihn wiederzusehen.“ - „Und ich werde stündlich für ihn beten“, fügte Flora bei, „daß der gute Gott ihn beschützen möge auf seinem gefahrvollen Weg. Zürne ihm nicht, mein Vater, daß er sein schönes Weib verlassen hat, um den Bösewicht zu verfolgen.“ - „Zürnen? O nein!“ sagte Olsunna. „Wenn meine Stimme hinaustönen könnte über die weite See, so würde ich ihm nachrufen, daß ich ihn für diesen kühnen Entschluß segne. Nun ich weiß, was ihn auf seiner kleinen Nußschale hinausgetrieben hat in die Wüste des Meeres, bin ich überzeugt, daß er zurückkehren wird. Gott muß einen solchen Mann beschützen; er kann den Gerechten nicht untergehen lassen, um den Ungerechten mit Glück zu überschütten. Jetzt aber liegt uns der Graf Emanuel nahe. Was werden wir tun, mein Sohn?“ - „Wir gehen sofort nach dem Leuchtturm und rekognoszieren den Wahnsinnigen“, erwiderte Flora. „Mann kann nicht begreifen, wie er hierher kommen konnte, aber nun ich deine Erzählung gehört habe, Otto, ist mir selbst das Allerunglaublichste glaubhaft geworden.“

- „Wir wollen nicht unvorsichtig sein“, antwortete der Maler. „Dieser Wärter Gabrillon ist mir sehr verdächtig erschienen, aber...“ - „Ach“, unterbrach ihn der Herzog, dem ein neuer Gedanke kam, „was hat diese Zarba bei ihm gewollt?“ - „Zarba, die Zigeunerin, von der Sternau mir erzählte?“ fragte Otto. - „Ja, dieselbe.“ - „Sie war gestern auf dem Leuchtturm?“ - „Gestern. Sie sprach ja auch mit uns. Ach, das zu erzählen, hatte ich vergessen, mein Sohn.“ - „Da gewinnt meine Vermutung sehr an Wahrscheinlichkeit. Diese Zarba hat überall die Hand im Spiel. Wenn sie hier gewesen ist, so steht zu erwarten, daß sie einen Faden der uns jetzt interessierenden Begebenheiten bis hierher gesponnen hat. Dieser Gabrillon hat ganz das Aussehen eines Zigeuners; sie soll ja die Königin der Gitanos sein. Und warum hat er keine Legitimation über den Wahnsinnigen auf der Mairie niedergelegt?“ - „Wir müssen sofort zu ihm!“ rief Flora. - „Nein, jetzt noch nicht. Wir müssen erst die Antwortdepesche aus Rheinswalden erwarten, dann können wir mit um so größerer Sicherheit auftreten. Wie gut, daß ich mein Telegramm als dringend bezeichnet habe! Wir können die Antwort bereits in zwei Stunden erhalten, und ich werde um diese Zeit mich nach meiner Wohnung verfügen, um sie empfangen zu können.“

Es wurden nun die Einzelheiten besprochen, die vorher nicht ausführlich zu behandeln gewesen waren. Der Herzog fühlte sich gar nicht mehr krank. Durch die Schicksale seines Sohnes hatte sein Geist eine Spannkraft erhalten, die sich auch seinem Körper mitteilte. Er war nicht müde, er sah zwar hager, aber sehr wohl aus, und als die Zeit gekommen war, trieb er selbst den Maler fort, damit die Eröffnung der erwarteten Depesche ja keinen Augenblick verzögert werde.

Otto ging nach seinem Hotel, aber noch war keine Antwort da. Er wartete von Viertelstunde zu Viertelstunde - da endlich klopfte es an, und der Bote des Telegrafenamts trat ein. Er riß, als dieser die Tür kaum hinter sich geschlossen hatte, das Telegramm auf und verschlang die Worte. Ja, da stand, nach vorheriger Angabe der Adresse, die wichtige, verhängnisvolle Antwort:

„‚Ich bin der treue, gute Alimpo.‘

Gott, warum fragen Sie? Haben Sie eine Spur gefunden? Teilen Sie es mir ja sogleich mit.

Rosa Sternau.“

Er steckte das Telegramm ein, nahm den Hut und stürmte zur Tür hinaus und die Treppe hinab, ohne sich erst Zeit zu nehmen, die Tür zu verschließen. Die Leute blickten ihm verwundert oder lächelnd nach, als sie ihn im Sturmschritt vorüberlaufen sahen. Erst vor dem Eingang der Mairie holte er Atem, dann begab er sich nach der Expedition, klopfte an und trat ein, ohne die Aufforderung dazu abzuwarten.

Der Beamte sah ihn halb freundlich, halb mißbilligend an und fragte:

„Sie scheinen es sehr eilig zu haben, Monsieur? Wollen Sie mir vielleicht melden, daß Sie mit der gestrigen Genugtuung zufrieden sind?" - „Ja, das will ich, mein Herr. Also meinen besten Dank! Aber ich komme in einer noch viel, viel wichtigeren Angelegenheit." - „Ah!" sagte der Maire, indem er sich erhob und erwartungsvoll die Brille von der Nase auf die Stirn schob. „Es muß allerdings sehr wichtig sein, denn Sie sind ganz echauffiert!" - „Das hat seinen guten Grund. Ich komme, um mir in einer kriminellen Angelegenheit Ihre amtliche Hilfe zu erbitten." - „Kriminell?" fragte der Beamte, indem er schnell die Brille wieder auf die Nase rückte und den jungen Mann forschend anblickte. „Ach, kriminell! Wissen Sie, was das zu bedeuten hat?" - „Ich denke." - „Kriminell kommt her von crimen, Verbrechen; es handelt sich also um ein Verbrechen?" - „Ja. Sie haben schleunigst eine Zigeunerin namens Zarba verfolgen zu lassen, respektive dem Präfekten sofort telegrafisch Meldung zu tun, daß er diese Verfolgung in seinem ganzen Kreis anbefiehlt. Sie ist gestern hiergewesen. Ferner haben Sie ..." - „Pst, Monsieur!" unterbrach ihn der Maire. „Nicht so hitzig! Was ich tue, oder was ich zu tun habe, das werde ich selbst entscheiden, nachdem ich gehört habe, um was es sich handelt. Bis jetzt hatten Sie nicht die Güte, es mir mitzuteilen."

Otto verbeugte sich ein wenig.

„Verzeihen Sie, Monsieur!" sagte er. „Ich bin so aufgeregt, daß ich wirklich die schuldige Höflichkeit verletzt habe. Gestatten Sie mir also, Ihnen das Nötige in kurzen Worten zu sagen!" - „Gut, setzen wir uns!"

Sie nahmen Platz, und Otto begann:

„Der spanische Graf Emanuel de Rodriganda y Sevilla wurde plötzlich geisteskrank, und einer der bedeutendsten Ärzte konstatierte, daß dies die Folge einer Dosis Kuraregift oder Pohon

Upas sei, die ihm verbrecherischer Weise beigebracht worden war. Es gab Personen, die Veranlassung hatten, den Grafen zu töten, oder wenigstens seiner Selbstbestimmung zu berauben, um sein Erbe anzutreten. Der betreffende Arzt nahm ihn in Behandlung; er hätte ihn hergestellt, aber des anderen Morgens war der Graf verschwunden. Später fand man in einem nahen Abgrund eine Leiche. Die betreffenden Leute rekognoszierten dieselbe als diejenige des Grafen, der Arzt aber behauptete, es sei der Körper eines ganz anderen Menschen. Die Personen, von denen ich spreche, waren mächtig, die Aussage des Arztes wurde nicht berücksichtigt, und man setzte die Leiche als die des Grafen in der Familiengruft bei. Auch Gräfin Rosa, die Tochter des Grafen, war durch eine Dosis des erwähnten Giftes um den Gebrauch ihres Verstandes beraubt worden, der erwähnte Arzt aber entriß sie mit Gewalt den Händen ihrer Feinde, entführte sie in das Ausland und stellte sie vollständig wieder her." - „Parbleu! Das ist ja ein Kriminalroman, wie er im Buche steht! Aber was habe ich als französischer Maire mit einem Verbrechen zu tun, das in Spanien vollbracht wurde?" - „Was ist jetzt sagte, betrifft Sie nicht, mein Herr; es war nur die Einleitung. Der Arzt war überzeugt, daß man eine falsche Leiche untergeschoben und den wahnsinnigen Grafen entfernt habe. Er sucht ihn jetzt überall, sogar auf der See, kann ihn aber nicht finden, denn der Wahnsinnige ist mit Gewalt nach Frankreich geführt worden und wird dort gefangengehalten." - „Donnerwetter! Das ginge uns nun allerdings etwas an! Aber warum kommen Sie gerade zu mir?" - „Weil sich das Versteck in Ihrem Amtsbereich befindet." - „Teufel! Ein crimen, ein ordentliches, regelrechtes crimen! Ich werde sofort einschreiten. Wo befindet sich der Graf?" - „Auf dem Leuchtturm!"

Der Maire fuhr einige Schritte zurück und rief entsetzt:

„Unmöglich!" - „Nein, wirklich! Sie können in arge Verlegenheit geraten, Monsieur! Sie haben einen wahnsinnig Gemachten aufgenommen, ohne nach seiner Legitimation zu fragen. Derjenige, den Gabrillon für seinen Verwandten ausgibt, ist der Graf Emanuel de Rodriganda."

Dem Maire stand bereits der Angstschweiß auf der Stirn.

„Höchst fatal!" sagte er. „Ich werde diesen Gabrillon coram nehmen! Aber, mein Herr, können Sie beweisen, daß dieser Mann wirklich der Graf ist?" - „Ja. Als er vom Wahnsinn befallen wurde, verging ihm das Gedächtnis vollständig; dies ist eine spezifische Wirkung des Gifts. Nur eine Erinnerung ist ihm geblieben. Es befand sich sein Kastellan Alimpo bei ihm, und dies hat er festgehalten; er hält sich für jenen Diener und sagt stets nur die Worte: ‚Ich bin der treue, gute Alimpo.' Sie geben zu, daß kaum die Möglichkeit vorhanden ist, daß ein zweiter Wahnsinniger auf gerade diese Monomanie und ganz dieselben Worte verfällt. Sie sind also ein sichere Erkennungszeichen." - „Wahrscheinlich. Doch müßte zuvor amtlich bestätigt werden, daß der unglückliche Graf sich gerade dieser Worte bedient hat." - „Diese Bestätigung wird mir leicht werden. Aber es gibt hier noch Herrschaften, die den Grafen ganz genau kennen und ihn rekognoszieren werden." - „Das wäre allerdings sehr wesentlich. Aber sind diese Personen nicht etwa gerichtlich zu beanstanden?" - „Nein. Es sind der Herzog von Olsunna und Prinzeß Flora, seine Tochter." - „Das genügt! Das genügt vollständig, mein Herr!" - „Um ganz sicher zu gehen, habe ich an die Gräfin Rosa de Rodriganda depeschiert und um telegrafische Mitteilung jener Worte gebeten. Hier ist die Antwort. Bitte, lesen Sie!" - „Ah! ‚Ich bin der treue, gute Alimpo!' Richtig! Hm! Mein Herr, ich stehe mit allen Kräften zu Diensten, aber ich hoffe, daß Sie diese fatale Angelegenheit in einer Weise behandeln, die mir keinen Schaden wegen meiner kleinen Vergeßlichkeit bringt."

Dieser Mann hatte wirklich Angst.

„Ich werde mich bemühen, Ihren Wunsch zu erfüllen", antwortete der Maler. - „Aber was ist's mit jener Zigeunerin? Zarba heißt sie, nicht wahr?" - „Sie ist jedenfalls diejenige, die in diese Angelegenheit eingeweiht ist. Sie ist vielleicht eine Bekannte Gabrillons und war gestern vormittag hier, ihn zu besuchen. Wir müssen sie finden!" - „Ich werde alles tun, was Sie befehlen." - „So geben Sie sofort Order, daß nach der Zigeunerin gefahndet werde, und sodann kommen Sie mit der nötigen Hilfe zum Herzog. Wir begeben uns nach dem Leuchtturm; das übrige wird sich finden." - „Schön! Gut! Vortrefflich. In einer Viertelstunde werde ich bei Durchlaucht sein. Ich finde Sie dort?" - „Ja, ganz sicher!" - „Sie malen wohl für die Durchlaucht?" - „Nein", antwortete Otto lächelnd. „Ich bin der Verlobte der Prinzessin."

Der Maire schob die Brille zurück, trat beiseite und rief:

„Unmöglich, mein Herr!" - „Warum unmöglich, Monsieur?" - „Sie ein Maler, und die Durchlaucht eine herzogliche Prinzessin?“ - „Überzeugen Sie sich selbst.“ - „Also doch! Also wirklich! Gratuliere demütigst, Monseigneur, gratuliere!“

Er machte die tiefste Reverenz, die er fertigbrachte, und begleitete den Verlobten einer Prinzessin bis auf die Straße, wo er die Brille von der Nase nahm und mit derselben einige Höflichkeitsphrasen in die Luft zeichnete.

Nun eilte Otto zu Olsunna. Dort war seine Rückkehr mit der größten Ungeduld erwartet worden, und als er eintrat, riefen ihm zwei Stimmen zugleich entgegen:

„Wie ist's? Wie steht's?“

Er blieb vor ihnen stehen, faltete die Depesche auseinander und las:

„‚Ich bin der treue, brave Alimpo! Gott, warum fragen Sie? Haben Sie eine Spur gefunden? Teilen Sie es mir ja sogleich mit. Rosa Sternau.‘“ - „Also er ist es!“ rief der Herzog. - „Kein Zweifel!“ - „Nun sogleich nach dem Leuchtturm, vorher aber auf die Mairie!“ sagte Flora. - „Ich war bereits dort. In einer Viertelstunde ist der Maire hier.“ - „Recht so, mein Sohn!“ meinte Olsunna. „Aber werde ich bis zum Leuchtturm gehen können?“ - „Dies wird gar nicht nötig sein, mein lieber Vater. Wir bringen den Grafen her. Der Maire wird ganz gern darauf eingehen.“ - „Aber ich gehe mit!“ sagte Flora entschlossen. „Oh, warum mußte uns der Bruder so schnell verlassen! Er hätte hier einen der Gesuchten gefunden.“

Der Maire stellte sich eher ein, als er gesagt hatte. An dieser Eile war jedenfalls der Rang der Personen schuld, mit denen er es zu tun hatte. Er erging sich in den demütigsten Verbeugungen und Redensarten und meldete, daß er drei Gendarmen und noch fünf handfeste Zivilisten mitgebracht habe.

„So vieler Menschen bedarf es gar nicht“, sagte Otto lächelnd. „Wir wollen kein Aufsehen erregen und uns deshalb verteilen. Wir nähern uns dem Turm in der Art und Weise von absichtslosen Spaziergängern, das übrige wird sich dann ergeben.“

Dieser Vorschlag wurde angenommen, und man entfernte sich. Otto nahm Flora am Arm, die ihm mitteilte, daß auch ihr Diener den Grafen de Rodriganda genau kenne. Er hatte früher sogar in dessen Diensten gestanden und erinnerte sich genau eines kleinen Males, das die Erlaucht gerade unterhalb des linken Ohres habe. Das war ein Zeichen mehr.

27. KAPITEL

Ungefähr eine halbe Stunde bevor sich die Beteiligten in Bewegung setzten, huschte eine Frauengestalt hart am Gestade längs der Küste hin, so daß man sah, daß sie nach dem Turm wollte. Es war Zarba. Sie hatte keine Ahnung von der Gefahr, die ihr drohte, sondern sie schlug diesen abgelegenen Weg nur deshalb ein, weil sie nicht mehr vor dem von dem Herzog bewohnten Häuschen vorüber wollte. Die ihr gestern von Flora und dann von dem Diener gegebene Lektion wollte sie nicht noch erneuert haben.

Als sie den Turm erreichte, trat sie ein, stieg die Treppe empor und wollte eben klingen, als die Tür geöffnet wurde. Gabrillon war es.

„Ich sah dich kommen", sagte er. „Warum kommst du so früh?" - „Es ist besser, ich bin bei dir, wo mich niemand sieht, als draußen auf der Straße oder im Feld, wo man mich bemerken könnte. Es gibt Leute hier, die mich kennen", sagte sie. - „Wann kommen deine Leute?" - „Gleich nach Beginn der Dunkelheit. Sie bringen ein Boot mit. Man hat nichts gesehen, als der Graf gebracht wurde, so soll man auch nichts sehen, wenn wir ihn wieder fortschaffen." - „Es wird Zeit!" brummte der Wärter. „Sogar dieser Fremde schien Verdacht zu schöpfen." - „Wer ist es? Kennst du ihn?" - „Nein, ich habe vom Turm aus beobachtet, daß er in das Haus des Herzogs ging." - „Dann ist er uns gefährlich!" sagte sie rasch. „Hast du die Papiere, die ich dir mit dem Grafen sandte, hervorgesucht?" - „Ja. Sie liegen oben beim Ofen schon bereit." - „So laß sie uns sogleich verbrennen. Man weiß nicht, was geschehen kann. Wie befindet sich der Graf, Gabrillon?" - „Wie immer. Er war mir eine große Last, und ich bin froh, daß ich ihn loswerde."

Sie stiegen empor bis zu dem Gemach, das dem Wärter als Wohnung diente. Dort stand ein Ofen, und auf einem Schemel daneben lag ein altes, geöffnetes Kästchen, in dem sich einige Papiere befanden. Sie enthielten den Ausweis über die Person des Grafen, über den Leichenraub und die Verwechslung des Toten mit dem Grafen. Es wäre daraus manches klargeworden, vor allen Dingen aber die Absicht der Zigeunerin, dem Grafen nicht an Leib und Leben zu schaden, sondern ihn nur zum Werkzeug ihrer Rache zu gebrauchen.

Sie las den Inhalt durch und steckte dann die Papiere in den

Ofen, ein daran gehaltenes Zündhölzchen versetzte sie in lodernden Brand.

„So", sagte sie. „Und wenn selbst in diesem Augenblick etwas passierte, so könnte man uns doch nichts beweisen. Dein Vetter Marcello ist gestorben, ihn können sie nicht anfassen, und so würdest du sagen, daß er es gewesen ist, der dir den Wahnsinnigen brachte. Jetzt komm wieder hinab in die niedere Stube. In dieser schwindelnden Höhe wird es mir angst."

Sie stiegen hinab, und eben, als sie in den Raum kamen, klingelte es, Gabrillon öffnete und blickte hinaus. Er sah Otto, hinter dem Flora auf der steilen Treppe stand.

„Was wollen Sie schon wieder?" fragte er zornig. - „Ich wünsche, dieser Dame von der Höhe des Leuchtturms aus die See zu zeigen", antwortete er und trat ohne alle weiteren Umstände ein und die Dame mit ihm. Er kannte Zarba nicht, er hatte sie noch nie gesehen, darum beachtete er sie mit keinem Blick. Die Zigeunerin aber, die ihre Zurechtweisung nicht vergessen konnte, fühlte sich unter dem Schutz Gabrillons sicher, wandte sich an Flora und sagte:

„Das ist ja die schöne, stolze Dame, die mich nicht anhören wollte! Jetzt wird sie wohl erlauben müssen, daß ich rede. Ihr Vater ist ..."

Otto, der sofort begriff, wen er vor sich hatte, unterbrach sie rasch, indem er die Geliebte fragte:

„Ist diese Person die Zigeunerin Zarba, von der wir sprachen?" - „Ja, ich bin Zarba", antwortete die Alte hastig selbst. „Also der stolze Herr hat bereits von mir gehört? Nun, so werde ich ihn zum Zeugen meiner Mitteilung machen, die ihn sehr interessieren wird." - „Ich verzichte auf deine Mitteilungen, Alte!" antwortete der ihr stolz. „Mach Platz, wir wollen nach oben." - „Ich mache nicht eher Platz, als bis ich gesprochen habe", sagte sie hartnäckig, indem sie vor der zweiten Treppe stehenblieb. „Und wenn der Herr meint, daß das, was ich zu sagen habe, nicht nötig ist, da irrt er sich. Ich könnte diesen Herzog von Olsunna glücklich machen, wenn ich wollte, aber ich tue es nicht. Ich weiß, wer ..." - „Schweig!" gebot er ihr. „Leute deines Gelichters hätten das Zeug, einen Herzog glücklich zu machen." Und in verächtlichem Ton sagte er: „Was du willst, das weiß ich. Wir brauchen deine Mitteilungen nicht; wir kennen Sternau besser als du. Da hast du deine Neuigkeiten. Packe dich fort!"

Otto schob Zarba zur Seite und stieg mit Flora, die die Alte keines Blickes gewürdigt hatte, die Treppe empor. Zarba widerstrebte nicht; sie stand ganz starr da und blickte den beiden mit weitgeöffneten Augen nach. Daß ihr Geheimnis verraten sei, daß der Herzog wußte, wer sein Sohn war, das hatte sie erschreckt, das machte einen großen Teil ihrer Pläne zunichte. Aber bald faßte sie sich und murmelte:

„Und dennoch sollt ihr ihn nicht haben! Der Waldhüter in Rheinswalden wird dafür sorgen!" Und dem Leuchtturmwärter flüsterte sie zu: „War dies der Fremde, der Verdacht gefaßt zu haben schien?" - „Ja", antwortete Gabrillon leise. - „Und den du beim Herzog eintreten sahst?" - „Ja." - „Ist die Tür zu dem Grafen verschlossen?" - „Nein, nur verriegelt." - „So folge ihnen schnell, sie könnten die Absicht haben, ihn zu sehen."

Er gehorchte diesen Worten und holte die beiden jungen Leute bald ein. Diese erreichten eben das dritte Stockwerk, in dem sich die kleine Kammer befand, die der Wahnsinnige bewohnte.

„Hier wird er sein", sagte Otto zu Flora, indem er nach dem Riegel griff. - „Halt!" rief da Gabrillon. „Was wollen Sie hier?" - „Ich will mir nur deinen Vetter ansehen, Alter", lautete die Antwort. - „Der geht Sie nichts an! Gehen Sie!" sagte der Wärter, indem er sich vor die Tür stellte. - „Vielleicht geht er mich doch etwas an! Gib Raum, sonst werde ich mir zu öffnen wissen!" - „Sie?" fragte Gabrillon mit funkelnden Augen. „Sollten Sie es wagen, mich anzugreifen, so werde ich mein Hausrecht zu verteidigen wissen." - „Angreifen? Dich?" sagte Otto. „Pah! Du bist mir zu schmutzig! Wirst du nicht freiwillig öffnen, so wird man, auch ohne daß ich mich mit dir beschmutze, schon erfahren, warum man diesen Unglücklichen nicht sehen darf." - „Nein, öffne nicht!" erklang es von der Tür her.

Zarba war ihnen gefolgt. Die Besorgnis um die Geheimhaltung des Wahnsinnigen hatte ihr keine Ruhe gelassen. Da zog Otto sein Taschentuch heraus und winkte damit durch die Fensteröffnung hinaus.

„Was ist das für ein Zeichen?" fragte Zarba argwöhnisch.

Otto antwortete ihr nicht, sondern horchte nach der Treppe hin, die nach unten führte. Es ließen sich bald rasche Schritte hören. Der Maire erschien.

„Wir treffen es sehr glücklich, Monsieur", sagte der Maler zu ihm. „Dieses Weib ist die Zigeunerin, die wir suchen." - „Ah!

Schon gut!“ erwiderte der Beamte, indem er die Alte durch seine Brille musterte. „Du also bist das Weib, das gestorbene und begrabene Leute versteckt?“

Sie erschrak bei diesen Worten, beherrschte aber ihren Schreck und antwortete:

„Ich verstehe Sie nicht. Wer sind Sie?“ - „Ich bin der Maire und wünsche einige Worte mit dir zu sprechen, Alte. Zuvor aber sollt ihr uns einmal den Wahnsinnigen zeigen. Wo ist er?“

Jetzt sah Zarba ihre Befürchtung eingetroffen, aber sie erkannte auch, daß an eine Gegenwehr gar nicht gedacht werden konnte. Hier war nur ein hartnäckiges Leugnen am Platz, und dann kamen ja heute abend ihre Leute, um den Grafen zu holen und an einen anderen sicheren Ort zu schaffen.

„Da drin ist er“, sagte Gabrillon, auf die Tür deutend.

Er war nicht sehr besorgt, denn er glaubte es nur mit dem Maire zu tun zu haben.

„Also er ist ein Verwandter von dir?“ fragte dieser. „Wie heißt er?“ - „Anselmo Marcello.“ - „Und woher ist er?“ - „Aus Varissa.“ - „Hast du seine Legitimationen in Ordnung?“ - „Mein Vetter brachte ihn zu mir und versprach, mir diese Papiere zu senden. Er ist aber unterdessen gestorben.“ - „So hättest du dir diese Papiere durch einen anderen besorgen lassen sollen. Ich werde mich in Varissa erkundigen, ob dieser Vetter wirklich einmal verreist war, um dir diesen Mann zu bringen. Öffne die Tür!“

Der Wärter gehorchte, und nun sahen sie ein Kämmerchen vor sich, kaum so lang und breit, um für einen Strohsack Raum zu bieten. Auf diesem lag der Wahnsinnige. Als er die Anwesenden sah, erhob er sich. Sein Auge ruhte geistesabwesend auf ihnen, und in klagendem Ton sagte er:

„Ich bin der treue, gute Alimpo.“ - „Hören Sie, Monsieur!“ sprach Otto zu dem Maire. - „Ja, es sind wahrhaftig diese Worte!“ meinte dieser. Und sich zu Flora wendend, fragte er: „Finden Sie eine Ähnlichkeit, Durchlaucht?“

Die Augen der Gefragten hatten erst forschend auf dem Wahnsinnigen geruht, jetzt aber waren sie bereits voller Tränen. Sie trat auf den Kranken zu, faßte seine beiden Hände und fragte unter tiefer Bewegung:

„Erlaucht, Don Emanuel, kennen Sie mich noch?“ - „Ah, er ist es also?“ rief der Maire. „Ja, Monsieur, er ist es!“ beteuerte Flora. „Ich kenne ihn zu gut, es ist der Graf Emanuel und kein anderer. Er ist hagerer geworden, hat sich aber sonst nicht im mindesten verändert, ausgenommen nur, daß er sehen kann. Oh, Don Emanuel, reden Sie doch! Sagen Sie mir doch, ob Sie mich erkennen! Ich bin Flora Olsunna, die Sie in Rodriganda besucht hat."

Der Kranke hielt seine Augen mit einem öden, leeren Blick auf sie gerichtet. Sein Gesicht war bleich, wie aus Wachs geformt, ohne Bewegung, ohne einen einzigen Zug, der auf eine Spur von noch vorhandenem Seelenleben hätte schließen lassen. Nur seine bleichen Lippen öffneten sich, und mit jener Stimme, die dem Erzeugnis einer künstlichen Sprechmaschine glich, sagte er:

„Ich bin der treue, gute Alimpo!"

Otto fühlte sich von diesem Anblick tief ergriffen, auch der Maire räusperte sich, um eine Aufwallung des Mitleids zu bekämpfen, die er mit der Würde seines Amtes nicht vereinbar hielt. Flora aber fühlte ihr ganzes Gemüt in Aufruhr. Ein unendlicher Jammer trieb ihr immer neue Tränen in die Augen, es überkam sie ein so herzliches, so inniges Erbarmen über den Anblick dieses früher so oft gesehenen Mannes, daß sie die Arme um ihn schlang und unter lautem Schluchzen rief:

„Oh, mein guter, unglücklicher Don Emanuel, wie finde ich Sie wieder! Wer Ihnen das angetan hat, wird es in jenem Leben nicht verantworten können."

Zarba war erschrocken, als sie den Grafen erkannt sah. Sie trat jetzt vor und sagte:

„Diese Donna irrt sich. Der Kranke ist Anselmo Marcello, ich kenne ihn." - „Schweig, Betrügerin!" rief Flora. „Herr Maire, ich fordere Sie auf, dieses Weib und den Wärter festzunehmen!" - „Uns?" fragte da Gabrillon mit gut gespielter Entrüstung. „Was habe ich getan? Dieser alte, verrückte Mann ist mein Vetter. Wenn er ein Graf wäre, so wäre er nie wahnsinnig geworden. Die Not und der Hunger haben ihn um den Verstand gebracht. Ich habe ihn aus Mitleid zu mir genommen und soll nun zum Lohn dafür gefangengesetzt werden? Es ich lächerlich!"

Der Maire fühlte sich durch diese Auslassung außerordentlich beleidigt.

„Ruhe!" gebot er. „Was das Gericht und die Polizei tun, das ist niemals lächerlich. Du bist mein Gefangener. Ich verhafte dich und die Zigeunerin im Namen des Gesetzes!" - „Verhaften? Mich?" fragte Gabrillon. „Greift zu, wenn ihr es fertigbringt!"

Er sprang auf den Maire, der das nicht erwartet hatte, zu, stieß ihn zur Seite und flog - nicht die Treppe hinab, wie er beabsichtigt hatte, sondern den Gendarmen in die Arme, die da postiert waren.

„Donnerwetter!“ rief er erschrocken. - „Haltet ihn fest!“ gebot der Maire. „Durch diesen Fluchtversuch hat er seine Schuld bestätigt. Nehmt auch dieses alte Weib fest. Sie soll uns sagen, wie sie den Grafen hergebrach hat!“ - „Ich? Ich soll arretiert werden? Ich, die Unschuldige!“ rief Zarba. „Ich bin die Königin der Gitanos, wer will mich richten! Ihr habt in diesem Augenblick die Gewalt, mich festzunehmen, aber nicht die Macht, mich festzuhalten.“ - „Keine Faselei, Alte!“ sagte der Gendarm, der sie beim Arm faßte. „Dein Königreich ist der Bettel, und deine Untertanen sind Lumpen, man wird wenig Federlesens mit dir machen.“

Sie wurde zur Tür hinausgeschoben und, ebenso wie der Leuchtturmwärter, nach dem Gefängnis gebracht. Als sie fort waren, sagte der Beamte:

„Man wird ihnen wegen dieses crimen einen bösen Prozeß machen. Nun aber bitte ich die Herrschaften, sich zu seiner Durchlaucht, dem gnädigen Herzog, zu bemühen, um auch ihn zu fragen, ob er den Grafen erkennt.“ - „Wir haben noch einen Zeugen, nämlich den Diener des Herzogs“, bemerkte Otto. „Dieser hat früher bei dem Grafen Rodriganda gedient und kennt ihn ebenfalls. Er behauptet, daß Seine Erlaucht unterhalb des linken Ohres ein kleines Mal besitze.“ - „Das können wir ja gleich untersuchen!“ meinte der Maire, indem er zum Grafen trat und die Stelle betrachtete. „Ja wahrhaftig, hier ist es, das Mal! Er ist’s, es ist kein Zweifel mehr. Lassen Sie uns gehen. Ich habe bereits dafür gesorgt, daß der arretierte Wärter sogleich ersetzt wird.“

Der Graf ging ohne alles Widerstreben mit ihnen. Als sie das Fischerhaus erreichten, trat ihnen der Diener entgegen.

„Graf Emanuel!“ rief er, sobald er diesen erblickte. Und nachdem er die linke Seite des Halses betrachtet hatte, fügte er hinzu: „Hier ist das Mal, meine Herren. Sehen Sie es? Das ist der Beweis, wenn Sie mir sonst nicht glauben wollen.“ - „Wir haben das Mal bereits gesehen und glauben Ihnen“, sagte der Maire. „Es ist nur, um gar nichts zu versäumen, daß wir nun auch die Meinung Seiner Durchlaucht hören.“

Als sie beim Herzog eintraten, stand dieser aufrecht mitten in der Stube, und man sah es seinen Zügen an, daß er tief ergriffen war. Er hatte die Männer kommen sehen und den Grafen sogleich erkannt.

„Er ist's!" rief er ihnen entgegen. „Ich erkannte ihn bereits von weitem. O mein Gott, wie muß ich ihn wiedersehen!" - „So sind wir also einig", meinte der Beamte. - „Ja, er ist's!" wiederholte der Herzog in überzeugendem Ton. Und indem er die Hand des Grafen ergriff, sagte er zu ihm: „Don Emanuel, blicken Sie mich an! Erkennen Sie Ihren Freund Olsunna?"

Der Graf schien gar nicht zu bemerken, daß eine Ortsveränderung mit ihm vorgenommen worden sei. Er nahm auch nicht die mindeste Notiz von seiner Umgebung, er merkte nur, daß gesprochen wurde, und erwiderte:

„Ich bin der treue, gute Alimpo!"

Nun wiederholte sich ganz derselbe rührende Auftritt, der bereits auf dem Turm stattgefunden hatte, bis endlich Otto den Maire fragte:

„Sie sind hoffentlich nun überzeugt, daß ein Irrtum nicht obwalten kann?" - „Gewiß, Monseigneur! Ich werde sofort nach meiner Heimkunft das Protokoll abfassen, und dann ist es meine Pflicht, nach Rodriganda zu berichten, daß man einen falschen Toten an Stelle des Grafen beerdigt hat, da derselbe hier bei uns aufgefunden worden sei. Aber, meine Herrschaften, wie verfügen Sie über den Wahnsinnigen? Soll auch hier die Behörde eingreifen, oder ..." - „Nein, er bleibe bei uns!" sagte Flora. „Nicht wahr, lieber Papa?" - „Das versteht sich ganz von selbst", antwortete der Gefragte. „Wir werden uns dann überlegen, was weiter zu geschehen hat." - „Ich rate davon ab, ihn vorläufig wieder nach Spanien zu schicken und dadurch seinen Feinden wieder zu überliefern", warnte Otto. „Wir reisen ja nach Deutschland und nehmen ihn mit, um ihn Donna Rosa, seiner Tochter, zu überbringen." - „Das ist das allerbeste, was wir tun können", stimmte der Herzog bei. - „Nun, dann bin ich beruhigt", meinte der Maire. „Ich gehe jetzt, meine Pflicht zu erfüllen. Zu einem Verhör der Gefangenen ist es heute zu spät, ich werde es indessen morgen früh sofort vornehmen und Ihnen die Stunde anzeigen, da ich mir denken kann, daß Sie dabeisein wollen."

Er empfahl sich, und nun wurde sofort nach der Stadt geschickt, um den Grafen mit anderen Kleidern und Wäsche zu versehen, er war in dieser Beziehung mehr als vernachlässigt worden. Dies war zum Anbruch des Abends geschehen, und nun saß der Graf bei den Freunden, ohne sie zu erkennen, ohne zu ahnen, was mit ihm vorgegangen war.

Sie besprachen sich darüber, ob es ratsam sei, seine Tochter sofort zu benachrichtigen. Nach längerer Überlegung beschlossen sie, es nicht zu tun. Der freudige Schreck hätte auf Rosa eine nachteilige Wirkung ausüben können. Und übrigens war vorauszusehen, daß Rosa die Ankunft nicht erwarten, sondern von ihrer Sehnsucht nach dem Vater getrieben werden würde, die weite Reise nach Frankreich zu unternehmen. Darum schrieb Flora mit Zustimmung der beiden Männer folgenden Brief nach Rheinswalden:

„An Frau Rosa Sternau in Rheinswalden bei Mainz.
Geehrte Dame!
Ich befinde mich meiner leidenden Gesundheit wegen in dem hiesigen Bad, doch haben weder der Brunnen noch die Ärzte es vermocht, den Fortschritt der Krankheit aufzuhalten. Da gefiel es Gott, mir Ihren Herrn Gemahl als Retter zu senden. Er kam auf seiner Jacht aus Greenock in Schottland, um hier Kohlen einzunehmen und dann weiterzufahren. Während seiner Anwesenheit gelang es ihm, mir neue Hoffnung einzuflößen, und ich befinde mich infolge der mir von ihm verabreichten Mittel bedeutend wohler, so daß ich fast die volle Überzeugung habe, durch ihn zu genesen.
Zur Genesung nun hat er mir eine Ortsveränderung anbefohlen. Ich soll mit meiner Tochter nach Deutschland an den Rhein. Und zwar wurde mir von ihm Rheinswalden vorgeschlagen. Er gab mir die Versicherung, daß mein Aufenthalt daselbst keine Beschwerden verursachen werde, und hat mich mit Empfehlungsbriefen an seine Frau Mama und den Herrn Hauptmann von Rodenstein versehen. Dann reiste er ab. Wohin sein Kurs gerichtet ist, darüber werden wohl die beiden Briefe Auskunft erteilen.
Nachdem er uns verlassen hatte, kamen wir zur Kenntnis eines eigentümlichen Umstands, der für ihn wohl von großem Interesse gewesen wäre. Der Maler Otto von Rodenstein, der sich hier aufhält, ist der Verlobte meiner Tochter. Wir sprachen mit ihm von Ihrem Herrn Gemahl und erfuhren so einiges von den Verhältnissen, infolge deren Sie sich gegenwärtig in Deutschland befinden. Wir erfuhren, daß sich an einem Ort ein Wahnsinniger

befinde, den man zu verbergen trachte und der immer nur die Worte sagt. ‚Ich bin der treue, gute Alimpo!'
Herr Rodenstein telegrafierte an Sie, um sogleich zu erfahren, ob es dieselben Worte seien, die Ihr Herr Vater, der Graf Emanuel, ausspreche, und ihre Antwort bestätigte dies. Nun haben wir sogleich mit unseren Recherchen begonnen und werden Ihnen den Erfolg derselben mitteilen.
Wollten Sie uns gestatten, diese Mitteilung mündlich zu machen, so würden wir sehr erfreut sein. Wir werden nach Verlauf einer Woche in Begleitung des Herrn von Rodenstein in Mainz eintreffen und dann auch erfahren, ob die Befolgung der Anordnung des Herrn Doktor Sternau auf Schloß Rheinswalden wirklich nicht mit Belästigungen für Sie verbunden ist.
Indem ich mich und meine Tochter Ihrer Güte empfehle, habe ich die Grüße des Herrn von Rodenstein beizufügen und zeichne

mit der vorzüglichsten Hochachtung
Baron Franz von Haldenberg."

Dieser Brief wurde noch am Abend zur Post gebracht, und es stand zu erwarten, daß er ganz den Eindruck hervorbringen würden, den man beabsichtigte.

28. KAPITEL

Zu derselben Zeit, in der die drei mit diesem Brief beschäftigt waren, geschah etwas, was mit den heutigen Begebenheiten eng zusammenhing.

Es war dunkel, und die gewöhnliche Abendkühle wehte leicht über die Fluten des Meeres dahin. Ein Boot kam um die südliche Landzunge, die die Bucht begrenzt, herumgesteuert. Es saßen sechs Männer in demselben, von denen vier ruderten, einer das Steuer und einer das Kommando führte.

„Das ist das Licht des Leuchtturms", sagte der letztere. „Wir halten gerade auf denselben zu und legen an der Klippe an."

Das geschah. Als das Boot festsaß, stieg nur dieser eine aus und ging nach dem Turm. Er schien hier bekannt zu sein, denn er trat ein und stieg die Treppe empor, um an der ersten Tür zu klingeln.

Der von dem Maire neu angestellte Wärter erschien und fragte nach dem Begehr des Fremden.

„Ich will mit dem Wärter des Leuchtturms sprechen", antwortete dieser. - „Der bin ich." - „Sie? Ich denke, er heißt Gabrillon?"

In seinem Ton drückte sich ein großes Erstaunen aus.

„Gabrillon hatte dieses Amt bis heute, wurde aber von demselben suspendiert." - „Alle Wetter! Warum?" - „Er wurde arretiert."

Wäre der Schein der kleinen Öllampe auf das Gesicht des Fremden gefallen, so hätte der Wärter bemerken können, daß sein scharfgezeichnetes, verbranntes Gesicht den Ausdruck des höchsten Schreckens zeigte.

„Arretiert? Warum?" erklang nach einiger Zeit die gefaßte Frage. - „Hm! Das ist eine sehr schlimme Angelegenheit! Er wird wohl für lebenslang die Galeere erhalten. Sind Sie etwa ein Freund oder gar ein Verwandter von ihm?" - „Nein, er geht mich gar nichts an, als daß er mir eine kleine Summe schuldig ist", log der Fremde. - „Da verzichtet nur! Er ist mit einer Zigeunerin von dem Herrn Maire selbst gefangengenommen worden ..." - „Mit einer Zigeunerin?" fragte der Fremde rasch.

Der Ton seiner Stimme zitterte, und sein Schreck war jetzt jedenfalls noch viel größer als vorher. Der Wärter bemerkte oder beobachtete dies jedoch nicht und antwortete:

„Ja. Dieses Weib heißt Zarba. Gabrillon hat einen spanischen Grafen, den man wahnsinnig gemacht hat, bei sich festgehalten, und die alte Hexe ist seine Mitschuldige." - „Das ist schlimm, verdammt schlimm", sagte der Fremde mehr zu sich selbst als zu dem Wärter. - „Ja", meinte dieser. „Man sollte ihnen den Strick geben, anstatt der Galeere." - „Und was ist mit dem Grafen geworden?" - „Er befindet sich bei dem Herzog von Olsunna, der derjenige ist, durch den die Sache an den Tag kam." - „Ah, der Herzog befindet sich hier?" - „Ja, er ist todkrank und wohnt mit seiner Tochter in dem Haus des Schiffers Jean Foretier. Es ist das erste Haus, wenn man von hier nach der Stadt geht. Wie ich Ihnen sagte: Streichen Sie die Schuld aus, Sie erhalten nichts." - „Und wo ist die alte Frau, die bei Gabrillon war?" - „Niemand weiß es. Sie ist in der Stadt gewesen, als er verhaftet wurde, und seit dieser Zeit nicht wieder gesehen worden. Sie wird von der Verhaftung gehört und sich da gleich aus dem Staub gemacht haben. Aber ich muß nach dem Leuchtapparat sehen und habe keine Zeit mehr. Gute Nacht."

Der Fremde ging und kehrte nach dem Boot zurück. Als man ihn dort allein kommen sah, fragte der, der am Steuer saß:

„Nun, Garbo, wie steht es? Es ist hoffentlich alles in Ordnung."

Der Gefragte war also Garbo, der vertraute Zigeuner Zarbas, der damals die Ausgrabung der Leiche und die Entfernung Don Emanuels geleitet hatte. Er antwortete:

„Es ist vielmehr alles in der verfluchtesten Unordnung. Haltet euch ruhig! Dieser Gabrillon ist ein großer Esel, er ist arretiert worden, und da Zarba bei ihm war, hat man sie mit eingesteckt."

Alle Männer in dem Boot waren Zigeuner. Sie erschraken, vermieden aber jeden Ausruf, der ihre Anwesenheit hätte verraten können. Der Steuerer erkundigte sich leise:

„Weshalb hat man sie denn arretiert?" - „Man hat entdeckt, daß der Wahnsinnige der Graf ist", antwortete Garbo und erzählte alles, was er erfahren hatte.

Die Gitanos hielten nun eine kurze Beratung, deren Ergebnis war, daß man die Königin befreien müsse. Sie zerstreuten sich, um zu rekognoszieren, und nur einer blieb bei dem Boot zurück, um dasselbe zu bewahren.

Als sie sich nach einiger Zeit wieder zusammenfanden, war das Ergebnis ihrer Nachforschung ein nicht ganz unbefriedigendes. Diese Leute waren im Nachspüren alle außerordentlich erfahren, und so wußten sie nach kurzer Zeit, daß der Inspektor des Gefängnisses alle Abende in das Weinhaus gehe und spät nach Mitternacht heimkehre. Seine Familie legte sich zeitig schlafen, und der Schließer, der der einzige war, dem die Bewachung des Gefängnisses oblag, pflegte dann eine gegenüberliegende Absinthkneipe zu besuchen, anstatt seinen Pflichten nachzukommen. Garbo hatte sich sogar nach dem Gefängnis gewagt und sowohl den Inspektor als auch den Schließer gesehen.

Es wurde nun beschlossen, den Ausgang des Gefangenenhauses heimlich zu bewachen. Den Inspektor wollte man passieren lassen, den Schließer aber einfach niederschlagen oder erwürgen, ihm die Schlüssel abnehmen und dann die Gefangenen befreien.

Dies wurde ausgeführt. Bei der herrschenden Dunkelheit hatte kein Mensch eine Ahnung, daß fünf bewaffnete und entschlossene Männer sich in der Nähe des Gefängnisses befanden. Garbo stand dem Ausgang am nächsten. Er sah den Inspektor gehen. Später verlöschten die Lichter in der Wohnung desselben, dies war das Zeichen, das die Seinen schlafen gingen.

Nun verging eine halbe Stunde, dann wurde die Tür leise auf- und zugeschlossen, der Schließer trat seinen heimlichen Kneipweg an. Er hatte kaum einige Schritte getan, da legten sich zwei kraftvolle Hände von hinten um seine Kehle, die so zusammengepreßt wurde, daß er keinen Atem holen und keinen Laut ausstoßen konnte. Die Todesangst riß ihm den Mund weit auf, und sofort wurde ihm ein Knebel zwischen die Zähne geschoben.

„So ist's gut", hörte er eine leise Stimme sagen. „Nun brauchen wir ihn wenigstens nicht zu töten. Schafft ihn beiseite!"

Er wurde nach einem abgelegenen, abends nicht besuchten Ort getragen, wo sein leises Röcheln nicht gehört und zum Verräter werden konnte. Die Schlüssel hatte Garbo ihm abgenommen.

Nun drangen die Zigeuner leise in das Gefängnis ein. Sie hatten ein Fenster erleuchtet gesehen, dies war jedenfalls dasjenige des Raumes, in dem der Schließer eigentlich zu wachen gehabt hatte. Sie begaben sich dorthin und fanden da auf dem Tisch ein Zellenverzeichnis, aus dem sie ganz leicht ersahen, in welcher der Zellen sich die Gesuchten befanden.

Sie wurden herbeigebracht, ohne daß man das geringste Geräusch dabei verursachte. Dann verließen sie das Gefängnis, dessen Schlüssel sie steckenließen.

Erst jetzt fühlten sich die beiden gefangen Gewesenen frei, und Zarba sagte:

„Ich wußte, daß ihr mich holen würdet, und habe es dem Maire gesagt, daß er nicht die Macht besitzen würde, mich festzuhalten." - „Ja, du bist frei", erwiderte Garbo. „Aber hier droht uns Gefahr, wir wollen schnell das Boot aufsuchen und dieses Nest verlassen." - „Ohne den Grafen?" fragte sie. „Das fällt mir nicht ein! Ich bin gekommen, um ihn zu holen, und was ich mir vorgenommen habe, führe ich aus." - „Wir sind einverstanden", meinte Garbo für die anderen. - „Habt ihr erfahren, wo er sich befindet?" - „Beim Herzog von Olsunna. Ich kenne das Haus." - „Ah, beim Herzog! Ich konnte es mir denken! Es freut mich, daß er sich an keinem anderen Ort befindet, denn ich habe mit diesem Olsunna abzurechnen. Kommt, wir wollen uns das Haus betrachten und sehen, wie wir hineingelangen."

Sie schlichen sich aus der Stadt hinaus und nach der Bucht hin, wo die Wohnung lag, der der Überfall gelten sollte.

Um diese Zeit hatte Otto von der Geliebten und von deren Vater Abschied genommen, um nach Hause zu gehen. Am Weg stand eine hohe Ulme, deren Stamm von Rasen umgeben war. Er ging nicht vorüber, sondern setzte sich auf den Rasen. Die Liebe macht träumerisch, und er fand es schön, hier noch ein wenig an das Glück zu denken, das seinem Leben so ganz unerwartet eine neue, glanzvolle Wendung gegeben hatte.

So saß er in der Dunkelheit ganz still und allein, mit dem Rükken an den Stamm des Baumes gelehnt. Infolge dieser Stille mußte ihm das geringste Geräusch auffallen, das auf dem Weg entstand, und so kam es denn auch, daß ihm das leise und vorsichtige Nahen mehrerer Personen auffiel.

Warum gingen diese Leute so leise? Er bückte sich und sah nun sieben Gestalten, die, indem sie an ihm vorüberhuschten, sich gegen den Himmel abzeichneten. Es war eine Frau dabei, fast hatte es ihm geschienen, als ob sie eine Kleidung trüge, wie er sie bei Zarba gesehen hatte. Zarba! Dieser Name rief alle seine Besorgnis wach. Sie hatte gesagt, daß man sie nicht halten könne. War sie entflohen? War sie von Verbündeten befreit worden? Dann galt ihr heimliches Herschleichen ganz sicher dem Grafen.

Dieser Gedanke erschreckte Otto. Er zog die Stiefel aus und huschte ihnen nach. Es gelang ihm, nicht gehört zu werden. Sie hielten vor dem Fischerhaus still. Nun war er überzeugt, daß es auf den Grafen abgesehen sei. Er wußte, daß man hinter ihm die Haustür verschlossen hatte, daß aber die hintere Tür offen gewesen war. Schnell schlich er sich nach dem kleinen Gärtchen, stieg über den Zaun und ging nach der Tür. Sie war noch offen. Man hatte keine Veranlassung gehabt, sie zu verschließen.

Er trat in den Flur, schob den großen, hölzernen Riegel vor, so daß nun wenigstens die beiden Eingänge wohlverwahrt waren und die Bewohner des Hauses sich wenigstens für den Augenblick in Sicherheit befanden. Er kannte die Räumlichkeiten alle. Rechts war die Wohnung des Herzogs, der heute mit dem Grafen auch hier im Parterre schlief. Links wohnte der Diener und in einem anderen Raum Floras Zofe. Flora selbst schlief in einem Stübchen, das eine Treppe hoch lag.

Der Diener hatte noch Licht, er war beschäftigt, sich auszukleiden, und seine Tür war noch unverschlossen. Das war Otto lieb, da er es nicht für geraten hielt, den Lauschenden durch das Anklopfen zu verraten, daß man auf ihren Besuch vorbereitet sei. Otto trat ein, und der Diener war nicht wenig erstaunt, den Maler, hinter dem er vor kaum einer Viertelstunde die Tür verschlossen hatte, jetzt hier im Haus wiederzusehen. Er blickte ihn bestürzt an und wollte eine Frage aussprechen, da aber kam ihm Otto zuvor.

„Pst!“ sagte er leise. „Schweigen Sie! Ich komme durch die hintere Tür wieder zurück. Ich glaube, man hat Zarba und den Leuchtturmwärter befreit. Draußen stehen sieben Personen, die jedenfalls die Absicht haben, den Grafen zu entführen.“

Der Diener war Soldat gewesen und ein entschlossener Mann. Er verlöschte sofort das Licht, damit man von außen nicht bemerken konnte, daß man im Haus noch wach sei.

„Ach“, sagte er dann leise. „Wir werden sie empfangen.“ - „Haben Sie Waffen?“ - „Ja. Zwei Paar Doppelpistolen, die wir auf unseren Reisen stets bei uns führen. Ich habe sie hier im Kasten.“ - „Sind sie geladen?“ - „Ja.“ - „Gut. Geben Sie mir zwei und nehmen Sie die anderen. Können wir den Herzog benachrichtigen, ohne daß man Geräusch von außen bemerkt?“ - „Ja. Den Schlüssel zum Wohnzimmer habe ja ich, denn ich muß stets dort sein, ehe Durchlaucht sich erhebt.“ - „So wecken Sie ihn. Es ist besser, die Herrschaften sind wach und vorbereitet, als daß sie durch unsere Schüsse erschreckt werden. Auch Donna Flora und die Zofe müssen geweckt werden.“ - „Ich werde das besorgen“, sagte der Diener. „Treten Sie einstweilen in den Flur, um alles zu hören, was geschieht. Hier sind Ihre Pistolen, und hier haben Sie auch einige Patronen.“

Sie verließen das Stübchen leise und trennten sich.

Otto lauschte. Er vernahm ein leises Schleichen, und dann probierte man zunächst an der vorderen, dann auch an der hinteren Tür. Da der Diener die Tür zum Wohnzimmer des Herzogs, in welches er jetzt getreten war, offengelassen hatte, so konnte Otto deutlich hören, daß man dort die Läden untersuchte, ob sie fest verschlossen seien.

Unterdessen gelang es, die Schlafenden zu wecken. Die Zofe wurde zu dem Grafen gewiesen, um diesen zu bewachen; Flora war heruntergeschlichen und traf da auch ihren Vater, der eine der Pistolen forderte, um an der Verteidigung teilzunehmen, obgleich er Patient war. Er erhielt von seinem Diener eine der Waffen.

Auch Flora verlangte eine Pistole, ließ sich aber von Otto überzeugen, daß diese in der Hand eines geübten Schützen von größerem Wert sei als in der ihrigen. Da trat sie zu dem offenen

Herd und nahm von dort ein großes Messer zu sich. Man konnte nicht wissen, was geschah.

Man schien mit der Untersuchung zu Ende zu sein. Vor der hinteren Tür hörten die Wartenden flüsternde Stimmen. Otto schlich sich hin und horchte.

„Ohne Lärm kommen wir nicht hinein“, sagte einer. „Es ist alles zu fest verschlossen.“ - „So müssen wir durch eins der oberen Fenster steigen.“ - „Pah! Durch die Fenster eines normannischen Fischerhauses? Die sind ja viel zu klein. Nein, wir müssen etwas anderes finden.“ - „Wenn man nur wüßte, wieviel Menschen das Haus bewohnen.“

Da ließ sich eine weibliche Stimme vernehmen, es war diejenige Zarbas, Otto hörte dies sofort.

„Wer soll denn da wohnen?“ fragte sie. „Kein Mensch, den wir zu fürchten hätten. Da ist Gabrillon, der wird es euch sagen.“

Gabrillon mußte eben erst hinzugetreten sein, denn es dauerte einen Augenblick, ehe man ihm erklärt hatte, um was es sich handelte.

„Ich habe dieses Haus vom Turm aus beobachtet“, flüsterte er. „Jean Foretier, dem es gehört, hat es dem Herzog ganz überlassen und wohnt bei seinem Nachbar; ihn haben wir also nicht zu fürchten. Hier gibt es nur den Herzog, der ist bereits eine halbe Leiche, er tut uns nichts; ferner seine Tochter und eine Zofe, die werden sich unter die Bettdecken verkriechen und wimmern; endlich gibt es einen Diener, der der einzige ist, mit dem wir zu rechnen haben. Aber wir sind ihm sechsfach überlegen.“ - „Da wißt ihr's“, sagte Zarba. „Hört, was ich euch sage: Diese hintere Tür ist nicht so fest wie die vordere; wenn zwei sich dagegen stemmen, so drücken wir sie ein. Wir dringen in das Haus und suchen zunächst Licht. Finden wir dieses, so ist es nicht schwer, auch den Grafen zu finden. Ehe sich die anderen besonnen haben, sind wir fort und wieder auf unserem Boot. Ich freilich darf nicht in das Haus. Euch kennt man nicht, mich aber mehr als genau, und wenn man auch ahnen wird, daß der Plan von mir ausgeht, so soll man mir es doch nicht beweisen können. Also vorwärts! Macht los, ich warte hier!“

Es vergingen einige Augenblicke, dann stemmten sich von draußen mehrere kräftige Schultern gegen die Tür. Diese krachte, erst leise, dann stärker und immer stärker. Otto hatte sich von ihr zurück- und zu den anderen hingeschlichen.

„Sie kommen“, sagte er. „Wir haben acht Kugeln, das genügt vollständig. Doch wollen wir nicht sofort schießen, sondern sie erst anrufen.“

Die Tür wurde vom Riegel gehalten, aber endlich schien er nachzugeben. Es prasselte abermals, dann folgte ein lauter Krach, und die Tür flog auf. Die Zigeuner schickten sich an, einzutreten.

„Halt!“ rief ihnen der Maler entgegen. „Was wollt ihr? Wir schießen!“ - „Drauf!“ gebot als Antwort Garbo, der Anführer der Zigeuner. „Das ist der arme Wicht, der Diener.“

Sie drangen ein, wurden aber von krachenden Schüssen empfangen. Laute Schreie und Flüche erschollen, daneben einige Hilferufe, denen ein schmerzliches Ächzen und Stöhnen folgte. Die Kugeln hatten getroffen.

„Zurück!“ hörte man Garbo kommandieren.

Dann vernahm man, daß die noch Unverwundeten davonrannten. Sie ließen die anderen im Stich, sie wagten nicht, sich mit Fortschaffen der Niedergeschossenen aufzuhalten, da die Pistolensalve sie auf die Vermutung gebracht hatte, daß die Verteidiger zahlreich seien. Diese wiederum standen von einer Verfolgung ab, die bei dem Dunkel der Nacht keinen Erfolg haben konnte.

Es wurde Licht angebrannt, und nun sahen sie, daß drei Zigeuner im Haus lagen, zwei tot und einer schwer verwundet. Otto eilte schleunigst in die Stadt, wo er die Polizei bereits in Aufregung fand. Der Gefängnisinspektor hatte bei seiner Heimkehr die Abwesenheit des Schließers und die Flucht der Gefangenen entdeckt und sofort Anzeige erstattet. Infolgedessen fand der Maler den Maire wach und teilte ihm das Geschehene mit.

Der Beamte begab sich nun sofort in Begleitung seiner Gendarmen nach der Wohnung des Herzogs, um dort den Tatbestand aufzunehmen.

Der verwundete Zigeuner wurde verhört. Seine Verletzung war tödlich, aber selbst die Nähe des Todes bewog ihn nicht, ein offenes Geständnis abzulegen. Er hing an Zarba so sehr, daß er kein Wort sprach, das ihr den geringsten Schaden hätte bereiten können. Nur das sagte er aus, daß der Wahnsinnige wirklich Graf Emanuel Rodriganda sei, den man vom Leuchtturm habe entfernen wollen. Aber wie der Graf dorthin gekommen sei und wohin er hatte gebracht werden sollen, das sagte er nicht. Er behauptete, es nicht zu wissen.

Er wurde mit den beiden Leichen fortgeschafft und starb noch während der Nacht im Gefängnis. Von den entflohenen Zigeunern war keine Spur mehr zu finden. Die Polizei vigilierte vergebens nach ihnen, sie wurden nicht entdeckt. Freilich schienen die Nachforschungen nicht sonderlich angestrengt betrieben zu werden. Es handelte sich ja um Ausländer, und dem Maire nebst seinen Vorgesetzten lag nichts daran, von der ganzen Angelegenheit viel Geschrei zu machen, sie konnten nichts dabei gewinnen. Im übrigen gaben sich auch der Herzog und Otto zufrieden, den Grafen Emanuel als solchen amtlich festgestellt und anerkannt zu sehen. Alles Weitere konnte nur Unbequemlichkeiten für sie mit sich bringen oder gar ihre Abreise verzögern.

Sie machten vor Gericht ihre Aussagen betreffs der Abwehr der Zigeuner, und da sie in berechtigter Selbstverteidigung gehandelt hatten, erwuchsen ihnen aus der Tötung der drei Männer keinerlei Unannehmlichkeiten. Indessen besserte sich die Gesundheit des Herzogs dermaßen, daß er nach der von Sternau angegebenen Zeit seine Reise antreten konnte. Einige Tage Aufenthalt zuerst in Paris und dann in Straßburg übten einen wohltätigen Einfluß auf ihn, und als er Mainz erreichte, hatte er zwar noch ein leidendes Aussehen, aber seine Kräfte waren gestärkt, und er bot einen ganz anderen Anblick als bei Beginn der letzten Woche, die eine so verhängnis- und ereignisvolle gewesen war.

29. KAPITEL

„Ich jage durch die wilde Flut,
Die Wogen sind meine Meute;
Ich sehne mich nach des Feindes Blut,
Vergossen um goldene Beute.

Im Kampf wird doppelt stark die Faust,
Zu Helden werden die Feigen,
Drum, wer meine Flagge erkennt, dem graust,
Er weiß ja, er kann nicht entweichen.

Selbst im Orkan, wenn's andren graut,
Erhebe ich Steuern und Zölle:
Der Sturm ist mein Kumpan, die See meine Braut.
So segle ich kühn in die Hölle."

Sternau war, nachdem er die Bucht verlassen hatte, nach Süden gedampft. Er kam glücklich über den der Seefahrt so gefährlichen Meerbusen von Biskaya, der von den Schiffern der Matrosenkirchhof genannt wird, und legte, um Nachforschungen anzustellen, bei den Kapverdischen Inseln, bei den Kanaren und den Azoren an, konnte aber nichts erfahren.

Nun ging er direkt nach Sankt Helena, wo er seinen Kohlenvorrat ergänzen wollte, und fand hier endlich die erste Spur. Auch Kapitän Landola hatte mit seiner „Pendola“ hier angelegt, um Wasser einzunehmen, und war nach Süden gegangen. Nun stand zu erwarten, daß man in der Kapstadt weiteres von ihm hören werde, und darum hielt Sternau nach dem Kap der Guten Hoffnung zu.

Die Jacht „Rosa“ befand sich einige Grad nördlich vom Kap, und es war früher Morgen, als Helmers, der jetzt nicht mehr Steuermann, sondern Kapitän genannt wurde, in die Kajüte kam, wo Sternau sich befand, und ihm meldete, daß in West ein Dreimaster in Sicht sei.

Man hatte einen Neger an Bord, namens Quimbo, einen ehemaligen Matrosen Landolas, den Helmers zufällig in einer Hafenstadt getroffen und für die „Rosa“ angeheuert hatte. Dieser Neger besaß ein sehr scharfes Auge und hatte das Schiff vom Mast aus mit bloßem Auge eher entdeckt, als es von Helmers mit dem Fernrohr bemerkt worden war.

„Ist es die ‚Pendola‘?“ fragte Sternau. - „Das ist noch nicht zu entscheiden“, antwortete Helmers. „Aber nach der Stellung der Segel scheint es ein Kauffahrer zu sein. Ich werde auf ihn zuhalten lassen.“

Sie gingen miteinander an Deck und nahmen das Fernglas zur Hand. Nach der Zeit von einigen Minuten bemerkten sie, daß der Dreimaster ebenso südlichen Kurs hatte wie sie, doch kamen sie schneller vorwärts als er, denn sie hatten sehr günstigen Wind und konnten das Segelwerk benutzen und damit die Dampfkraft unterstützen.

Während sie so mit erhöhter Geschwindigkeit dahinschossen, stieß der Neger, der immer noch oben im Topp des Mastes hing, einen lauten, scharfen Ruf aus, der halb wie Schreck und halb wie Überraschung klang.

„Was gibt's?“ fragte Sternau hinauf. - „Noch ein Schiff, Massa!“ antwortete der Gefragte. - „Wo?“ - „Da in West. Aber man kann es nicht gut sehen; es hat schwarze Segel." - „Schwarze Segel?" fragte Helmers schnell. „Die hat kein anderes Fahrzeug, das ist der schwarze Kapitän!"

Er richtete das Fernrohr nach der Gegend, die der Neger mit dem ausgestreckten Arm angedeutet hatte, und sah nun allerdings ein zweites Schiff, das mit vollem Wind auf das erste zuhielt. Die dunkle Farbe seiner Segel machte, daß man es nur schwer erkennen konnte.

„Es ist wirklich der Schwarze!" sagte endlich Helmers mit erregter Stimme. - „Täuschen Sie sich nicht?" meinte Sternau. - „Nein. Dieser Landola ist ein schlauer Schurke. Er hat zweierlei Segeltuch. Wenn er einen Hafen anläuft, so hängt er das weiße an, befindet er sich aber auf hoher See, so braucht er das schwarze. Das Umtauschen verursacht eine riesige Arbeit, aber er scheut sie nicht, da sie zu seiner Sicherheit beiträgt. Wie es scheint, hat er es auf den Kauffahrer abgesehen, er hält gerade auf ihn los." - „So kommen wir dem Angegriffenen zu Hilfe!" sagte Sternau. „Endlich, endlich habe ich diesen Landola, und ich hoffe, daß er mir nicht entkommen soll!"

Der Kapitän schüttelte mit sehr ernster Miene den Kopf und erwiderte:

„Wir dürfen nicht vergessen, daß unsere kleine Jacht dem Seeräuber nicht gewachsen ist. Unsere Aufgabe kann nur sein, ihn an Bord zu treffen, bei einem Kampf auf hoher See können wir ihm zwar großen Schaden machen, aber in die Hand bekommen wir ihn nicht. Doch hoffe ich, daß der Kauffahrer sich wehren wird, dann sind wir zwei gegen einen. Ich werde die Segel beschlagen lassen und den Dampf benutzen, damit er uns so spät wie möglich bemerkt."

Es wurden nun alle nötigen Vorbereitungen getroffen. Die Segel, die man sehr weit sehen konnte, wurden einbezogen und die Geschütze geladen. So schoß das kleine Fahrzeug jetzt unbemerkt dem voraussichtlichen Kampf entgegen.

Nach einiger Zeit hatte der Seeräuber sich dem Kauffahrer genügend weit genähert. Er zog die rote Piratenflagge auf und gab durch einen Kanonenschuß das Zeichen beizudrehen. Der Kauffahrer schien sein Schicksal bereits erkannt zu haben. Er hatte alle seine Segel beigesetzt und gab sich Mühe, zu entkommen. Eine rasche Schwenkung brachte ihn aus dem Kugelbereich des Piraten; dieser aber führte sogleich dasselbe Manöver aus und schoß hinter ihm her. Er war ein besserer Segler und holte den anderen bald wieder ein.

Ein zweiter Schuß erdröhnte über die See herüber. Dieses Mal hatte der Pirat scharf geladen, man sah, daß seine Kugel in das Holzwerk des Kauffahrers eindrang und mächtige Splitter aus demselben riß. Ein lauter Jubelschrei erscholl auf dem Seeräuber, und Wut- und Schreckensrufe antworteten vom Kauffahrer her. Dann ließ letzterer plötzlich einige Segel fallen und drehte bei, so daß der Pirat an ihm vorüberflog. In diesem Augenblick kräuselten zwei Wölkchen vom Verdeck des Kauffahrers empor, zwei Schüsse krachten, und sogleich sah man, daß eine augenblickliche Verwirrung an Bord des Piraten entstand; die beiden Schüsse hatten getroffen.

„Ach, sehr gut!“ rief Helmers. „Der Kauffahrer ist ein Engländer; er hat einige Kanonen an Bord und ist entschlossen, sich seiner Haut zu wehren. Seine Jungens können brav zielen. Vorwärts! Wir nehmen den Räuber von der anderen Seite!“

Die beiden Schiffe lagen jetzt einander gegenüber und wechselten Schüsse. Es war klar, daß der Pirat dem Engländer überlegen war, aber eine langweilige Kanonade schien ihm nicht zu behagen. Er setzte nämlich plötzlich die vorher eingezogenen Marssegel wieder bei, um den Wind zu fangen und sich mit dem Kauffahrer Bord an Bord zu legen.

„Er will ihn entern!“ rief Sternau. - „Ja“, antwortete Helmers. „Aber sehen Sie, daß der Engländer auch ein ganz geschickter Junge ist! Auch er fängt den Wind und dreht sich auf dem Kiel! Er zeigt dem Piraten nur den Bug, gerade wie ein Fuchs, der dem Hund nur die Zähne zeigt. Ich gebe vollen Dampf; in fünf Minuten sind wir da und reden ein gewichtiges Wort mit.“

Die Jacht hatte bisher vermieden, Rauch zu machen, und war also von den beiden Schiffen gar nicht bemerkt worden. Jetzt aber zog ein dunkler, langer Streifen aus ihrem Schornstein empor, und sofort erscholl auf dem Engländer ein lauter Ruf der Freude. Auch der Pirat sah den neuen Gegner wohl, hielt es aber gar nicht für nötig, den Zwerg zu beachten, sondern ließ sich in seinem Angriff nicht im mindesten stören.

Da schoß die „Rosa“ bei dem Engländer vorüber. Der Kapitän stand auf dem Quarterdeck und rief herunter:

„Holla, Jacht! Ist's Hilfe oder nicht?“ - „Es ist Hilfe!“ antwortete Sternau. „Ergebt euch nicht!“ - „Fällt uns nicht ein!“

Der Kapitän machte diese Worte auch sofort wahr, indem er dem Räuber eine neue Salve gab, die, nach den Flüchen zu urteilen, die an Deck desselben erschollen, gut gezielt sein mußte. Da hörte man eine laute, zornige Stimme rufen:

„Ruder in See! Kommt an ihn! Fertig zum Entern!“ - „Ah, das ist Landola!“ sagte Helmers. „Diese Stimme kenne ich. Aber wir werden ihm das Entern sofort verleiden.“

Die Jacht steuerte nun einen Bogen und hielt dann gerade vor Backbord des Piraten, an dem sie so nahe beidrehte, daß sie von den Kanonen desselben gar nicht getroffen werden konnte.

„Feuer!“ kommandierte jetzt Helmers.

Da krachten seine Geschütze, und der Räuber erbebte. Die sämtlichen Kugeln hatten ihn in den Rumpf getroffen.

„So ist's recht!“ rief Helmers. „Gebt ihm Kartätschen auf das Deck!“

Während die zwei Mittelgeschütze der Jacht sich bemühten, dem Feind unter der Wasserlinie ein Leck beizubringen, bestrichen die Drehbassen sein Verdeck mit Kartätschen. Der Pirat sah erst jetzt ein, daß der kleine David ein ganz respektabler Gegner sei, und schenkte ihm seine Aufmerksamkeit. Aber seine Geschütze konnten nicht treffen, und gegen die Büchsenkugeln hatte Helmers sein Verdeckt durch Matten geschützt, die längs des Bords aufgehängt waren.

So lag der Pirat zwischen dem Engländer und der Jacht. Beide hielten sich wacker, und er mußte erkennen, daß er sich in keiner angenehmen Lage befand. Es war klar, daß er dem Kauffahrer nicht eher beikommen konnte, als bis er die Jacht von sich abgeschüttelt hatte.

„Entert die verdammte Nußschale!“ rief er.

In Zeit von einigen Minuten waren zwei seiner Boote herabgelassen und bemannt, die Jacht anzugreifen.

„Das ist mir recht!“ lachte Helmers. „Sie sollen sogleich Wasser trinken.“

Er ließ sofort Rückdampf geben, um freies Ziel zu erhalten, und stellte sich selbst an eines der Geschütze. Soeben kam das größere der Boote auf ihn zu. Helmers zielte selbst höchst sorgfältig und gab Feuer. Die Kugel fuhr in den Bug des Bootes, ging durch die ganze Länge desselben und hinten wieder hinaus. Mehrere der Ruderer wurden zerrissen und das Steuer zerschmettert. Das Fahrzeug faßte Wasser und sank. Die Leute sprangen in die

See, und das zweite Boot eilte herbei, sie aufzunehmen, da aber wurde auch dieses von einer Kugel getroffen, erhielt ein großes Leck und schöpfte Wasser.

„So!" rief Helmers. „Gebt ihnen nun Kartätschen. Sie sollen nicht wieder an Bord kommen!"

Dies geschah, und nun erst sah Landola ein, daß die kleine Jacht ein gefährlicherer Gegner sei als das englische Vollschiff. Er bebte vor Wut. Man sah ihn droben am Ruder stehen und hörte seine Stimme deutlich.

„Werft Handgranaten herab!" befahl er. „Wir wollen diesen Zwerg zerreißen."

Jetzt trat Sternau hinter der schützenden Matte hervor und rief hinauf:

„Henrico Landola, ich grüße dich von Cortejo in Rodriganda!"

Da erbleichte der Räuber. Er sah sich entlarvt und brüllte:

„Granaten! Schnell! Schnell! Dieser Kerl darf uns nicht entgehen!"

Aber Helmers ließ die Maschine arbeiten und zog sich in solche Entfernung zurück, daß die Handgranaten die Jacht nicht erreichen konnten; doch nun lagen sie vor den Mündungen der Kanonen des Piraten, die ihnen gefährlich werden konnten; darum legte Helmers sich vor das Steuer des Feindes, wo ihm nur die Sternkanone desselben gefährlich werden konnte, und versuchte, das Steuer zu zerschießen. Gelang dies, so war der Pirat manövrierunfähig gemacht. Dies sah Henrico Landola ein. Er zog daher die Segel auf und trachtete, die Jacht in Grund zu segeln, doch wich sie ihm hurtig und geschwind aus.

Unterdessen war auch der Engländer tätig gewesen. Er war zwar mehrfach beschädigt, aber seine Kugeln hatten bedeutende Spuren zurückgelassen. Dadurch, daß der Pirat seine Aufmerksamkeit und seine Kräfte teilen mußte, kam er in Nachteil. Von einem Entern des Kauffahrers war keine Rede mehr, und als jetzt die Jacht alle ihre Schüsse nach seinem Steuer richtete, sah er sich bedroht, kampfunfähig gemacht zu werden. Er zog also alle seine Segel auf und ging unter dem Wind davon, nachdem er dem Engländer noch eine ganze Breitseite in den Rumpf geschossen hatte.

An Bord des Kauffahrers erhob sich ein lautes Jubelgeschrei, und als jetzt die Jacht sich ihm näherte, um an seinem Fallreep anzulegen, wurde sie mit freudiger Dankbarkeit begrüßt.

Sternau ging mit Helmers an Bord des geretteten Schiffes.

„Das war Hilfe zur rechten Zeit, Sir!“ rief ihnen der Kapitän zu, indem er ihnen die Hände reichte. „Ihre Jacht ist ein verdammt kleiner Held!“ - „Und Sie selbst sind auch kein Feigling, Sir!“ antwortete Sternau. - „Pah, ich tat meine Schuldigkeit! Aber ich bin doch neugierig, ob der Kerl mich wieder angreifen wird.“ - „Das läßt er sicherlich bleiben, denn ich würde Ihnen wieder Gesellschaft leisten.“ - „Ah, das klingt ja, als ob Sie mich begleiten wollten.“ - „Nicht Sie, sondern ihn werde ich begleiten. Ich habe diesen Kerl bereits seit Wochen gesucht und werde ihn nicht wieder aus den Augen lassen.“ - „Wirklich?“ fragte der Kapitän verwundert. „Haben Sie mit ihm vielleicht eine kleine Rechnung abzuschließen?“ - „Oh, nicht eine kleine, sondern eine ziemlich große. Aber sagen Sie, Sir, gehen Sie vielleicht nach Kapstadt?“ - „Ja.“ - „So tun Sie mir den Gefallen und melden Sie, daß Sie mit dem ‚Lion‘, Kapitän Grandeprise, gekämpft haben, daß aber diese Namen falsch sind. Das Schiff heißt ‚La Pendola‘, und der Kapitän ist ein Spanier namens Henrico Landola. So wird man ihn greifen können. Ich werde so tun, als ob ich in Ihrem Kielwasser auch nach Kapstadt gehe, er wird sich dann sicher fühlen und nicht vermuten, daß ich ihm folge.“ - „Aber, was haben Sie mit ihm, Sir?“

Sternau erzählte ihm so viel, als er für nötig hielt, und kehrte dann auf die Jacht zurück, die nach Süden dampfte, während der Räuber den Kurs nach Südwest einhielt. Als er sich so weit entfernt hatte, daß von seinem Verdeck aus die Jacht selbst mit dem besten Fernrohr nicht mehr zu erkennen sein konnte, schlug Helmers dieselbe Richtung ein.

30. KAPITEL

Während also Sternau nach Amerika und der Herzog von Olsunna auf der Eisenbahn nach Deutschland dampften, glaubten die Bewohner von Rheinswalden sicher nicht, daß ihnen eine Gefahr drohe, und dennoch war es so.

Zu Genheim bei Bingen saß Graf Alfonzo am Fenster und blickte hinaus auf die vor ihm sich ausbreitenden Gärten und Felder. Er war sehr lange krank gewesen, trug auch jetzt noch den Arm in der Binde, fühlte sich aber sonst ziemlich wohl und hergestellt.

In seiner Nähe stand Gerard Mason. Auch er trug den Arm in der Binde; der Schlag der Eisenbahnschiene war schlimmer gewesen, als er es vorher eingestanden hatte; doch konnte ihn das nicht mehr hindern, für seinen Herrn tätig zu sein. Er empfing eben jetzt einen Befehl desselben. Er sollte sich nämlich nach Rheinswalden begeben und dort Erkundigungen einziehen.

Graf Alfonzo schärfte ihm alle Einzelheiten ein und machte ihn besonders darauf aufmerksam, daß er ja mit dem Jägerburschen des Oberförsters bereits bekannt sei und sich nur an diesen zu wenden brauche.

Gerard fuhr also mit der Bahn nach Mainz und ging von da nach Rheinswalden, um sich das Opfer anzusehen, das durch ihn sterben sollte. Das Glück war ihm günstig, denn als er so die Straße durch den Wald dahinschritt, trat Ludwig zwischen den Bäumen hervor und erkannte ihn sogleich.

Sie begrüßten sich und sprachen, weiterschreitend, zunächst über den Eisenbahnunfall. Dies gab dem Franzosen Gelegenheit, von den Verletzungen zu sprechen, die er und sein Herr erlitten hatten. Er habe gehört, daß es hier einen Doktor Sternau gäbe, der ein berühmter Arzt sei; zu ihm wolle er gehen, um sich nochmals untersuchen zu lassen, ob sein Arm richtig behandelt worden sei. Auch kenne er den Doktor Sternau bereits von Paris aus.

Er erfuhr nun von dem redseligen Ludwig, daß Sternau nicht mehr hier sei. Der Jagdgehilfe freute sich, einmal so recht von der Leber weg sprechen zu können, und erzählte alles, was er von den Bewohnern des Schlosses wußte. So erfuhr denn der Garotteur von Rodriganda, von Cortejo, von Henrico Landola, der jetzt gesucht wurde, von Sternau und Helmers, die zur See waren.

Sonderbar! Alle diese Namen standen in dem Notizbuch, das Gerard Mason sich abgeschrieben hatte. Dieses Buch mußte mit all den abenteuerlichen Begebenheiten in direkter Beziehung stehen. Es lag ihm sehr daran, den Zusammenhang zu erfahren, doch handelte es sich zunächst nur noch darum, Gräfin Rosa zu sehen, um sein Opfer genau kennenzulernen.

Darum sagte er dem Jäger, daß er Frau Doktor Sternau sprechen wolle, da Sternau selbst nicht zugegen sei, und als sie Rheinswalden erreicht hatten, meldete ihn Ludwig an. Frau Sternau, ihre Tochter und Rosa befanden sich in der Wohnung der ersteren, als Ludwig sagte, daß ein Franzose aus Paris sie zu sprechen wünsche; es sei derjenige, der damals bei dem Eisenbahnunfall von der Schiene verletzt worden sei. Der Fremde erhielt die Erlaubnis, einzutreten; als er drei Damen gegenüberstand anstatt nur einer, überkam ihn eine Art von Verlegenheit, doch überwand er dieselbe und machte eine ziemlich gelungene Verbeugung.

„Verzeihung, Madame", sagte er zu Frau Sternau. „Ich wollte eigentlich mit dem Herrn Doktor Sternau sprechen." - „Der ist leider verreist", entgegnete Rosa in französischer Sprache sehr freundlich zu ihm. - „Ich hörte es; aber ich bringe ein Herz voll Dankbarkeit mit, das ich Ihnen zu Füßen legen möchte, da der Herr Doktor nicht selbst anwesend ist." - „Ah, Sie kennen ihn? Sie sind Franzose, wie mir der Diener sagte?" - „Ja." - „Und wohnen in Paris?" - „Allerdings." - „So hat er Ihnen gewiß in einer Krankheit beigestanden?" - „Nein. Hat der Herr Doktor Ihnen nicht erzählt von der armen Annette Mason?" - „Ich kenne den Namen nicht." - „Welche sich in die Fluten der Seine stürzte?" - „Nein. Mein Gott, welch ein armes Kind!" - „Und der er nachsprang, mitten in der dunkelsten Nacht und in einer der tiefsten und gefährlichsten Stellen?" - „Kein Wort hat er davon erzählt! Er ist ihr nachgesprungen?" - „Ja, und er hat sie herausgeholt und auf seinen Armen zu einer braven Frau getragen. Und dann hat er ihr bei dem Professor Letourbier eine gute Stellung verschafft. Das alles hat er getan." - „Und davon wissen wir nichts, gar nichts!" - „Nun, ich bin zufällig in der Nähe, und so kam ich, um ihn einmal zu sehen und ihm zu danken. Wie schade, daß ich ihn nicht sprechen kann!"

Rosa hatte sich erhoben und war ihm nahe getreten. Ihr schönes Antlitz strahlte von Glück über die Heldentat, die von dem geliebten Mann berichtet wurde.

„Sie müssen ein braver Mann sein, da Sie so dankbar sind", sagte sie. „Wann ist das geschehen, was Sie hier erzählen?" - „Kurz vor seiner Abreise von Paris nach hier."

Gerard blickte in Rosas Augen und fühlte sich überwältigt von dem Strahl, der aus denselben drang. Das also war Sternaus Frau; das war Rosa de Rodriganda, die er verschwinden lassen sollte! Nie, niemals!

„Wir danken Ihnen! Sie haben uns mit Ihrer Erzählung eine große Freude bereitet. Können wir Ihnen irgendeine Bitte erfüllen?" fragte sie. - „Ich habe keinen Wunsch, als daß es Ihnen stets wohlgehen möge, gnädige Frau." - „Ich danke, mein Freund!" - „Es gibt Menschen, die Ihnen das Gegenteil wünschen ..." - „Warum denken Sie dies?"

Gerard, der den Blick nicht von ihr wenden konnte und von ihrem Anblick immer mehr berauscht wurde, fuhr fort:

„Es gibt sogar Leute, die Ihnen nach dem Leben trachten." - „Mein Gott!" rief sie, erschrocken zurückweichend. „Ja, es gibt Leute, die Mörder dingen und bezahlen, um Sie und den Herrn Doktor verschwinden zu lassen, aber Gott hat Sie in seinen besonderen Schutz genommen; er wird nicht zugeben, daß Ihnen ein Haar Ihres Hauptes gekrümmt werde." - „Sie erschrecken mich! Wovon sprechen Sie?" - „Ich will es Ihnen sagen, Madame", antwortete er, ganz trunken von der Nähe eines so herrlichen Wesens. „Hier in der Nähe wohnt Graf Alfonzo de Rodriganda unter einem falschen Namen; er hat aus Paris einen Mörder mitgebracht, der Sie töten soll, aber dieser Mann ist nur mit nach Deutschland gegangen, um Sie zu warnen. Mehr kann ich nicht sagen, adieu!"

Ehe ihn jemand halten oder fragen konnte, war er verschwunden. Die drei Damen standen einander regungslos gegenüber.

„Was war das?" fragte Rosa. - „Gott, bin ich erschrocken!" seufzte die Mutter. - „Ist das Wahrheit oder Mystifikation?" fragte Fräulein Sternau. - „Das war Wahrheit", sagte Rosa. - „Ja, dieser Mann war kein Lügner!" stimmte Frau Sternau bei. - „Aber wer war er?" - „Er nannte den Namen seiner Schwester, Annette Mason." - „War er selbst der gedungene Mörder?" - „Seine Worte machen es wahrscheinlich!" - „Also der Graf ist in der Nähe!" - „Aber wo?" - „Mein Kind, rufe einmal Ludwig!" bat die bedachtsame Mutter.

Die Tochter rief den Gehilfen. Er erschien augenblicklich.

„Wissen Sie, wie der Mann heißt, den Sie eben zu uns brachten?" fragte Frau Sternau. - „Nein." - „Auch nicht, was er ist?" - „Er ist Diener." - „Bei wem?" - „Bei einem italienischen Marchese." - „Wo befindet sich dieser?" - „Beim Lehrer Wilhelmi in Genheim." - „Bei Wilhelmi? Wie kommt ein Marchese in das Schulhaus?" - „Er hat beim letzten Unglück den Arm gebrochen, und der Arzt ließ ihn hinschaffen." - „Hast du ihn gesehen?" - „Nein." - „Oder gehört, ob er jung ist oder alt?" - „Nein." - „Hm! Laß anspannen!" - „Sogleich?" fragte er, als er sah, daß es sich um etwas Wichtiges handeln müsse. - „Sofort!" beschied sie ihn.

Ludwig eilte hinaus, und Rosa fragte die Mutter:

„Sie wollen ausfahren?“ - „Ja, und Sie sollen mit.“ - „Wohin?“ - „Nach Genheim, um uns diesen Marchese anzusehen.“ - „Das ist auffällig, Mama!“ - „Nein. Der Lehrer ist ein Cousin von mir.“ - „Und wenn es der Graf wäre, der sich bei ihm befindet?“ fragte Rosa besorgt. - „So lassen wir ihn auf der Stelle festnehmen.“ - „Aber die Gefahr, in die wir uns begeben! Ich habe einen anderen Vorschlag.“ - „Welchen?“ - „Wir fahren nach Mainz zum Staatsanwalt und nehmen denselben mit.“ - „Kind, das ist ein sehr kluger Einfall. Machen wir schnell Toilette, daß wir keinen Augenblick versäumen.“ - „Ist Eile so dringend nötig?“ - „Ja, sonst fliegt der Vogel aus.“ - „Gerade jetzt?“ - „Gewiß. Dieser brave Mann ist ehrlich. Er hat uns gewarnt, aber er wird es auch dem Grafen sagen, daß er uns gewarnt hat. Und was dann geschieht, das kann man sich denken.“ - „Er wird sofort abreisen.“ - „Und lieber alles andere im Stich lassen, denn wenn er festgenommen würde, so hätte er sein ganzes Spiel verloren. Darum müssen wir eilen!“

Gerard hatte das Zimmer und das Schloß verlassen und wollte nach Mainz zurückkehren, aber er war so entzückt, so aufgeregt, daß er beschloß, nicht die Straße zu gehen, sondern, den Wald durchquerend, die Einsamkeit zu genießen.

So wanderte er langsam in der angenommenen Richtung weiter, als er plötzlich eine Blöße erreichte, auf der ein einsames Häuschen stand. Es war die Wohnung des Waldhüters Tombi.

Dieser baute davor an einem der Läden herum, als er den Fremden kommen sah. Beide standen und blickten einander an.

„Wer sind Sie?“ fragte Tombi. - „Ein Fremder, der durch den Wald nach Mainz will“, antwortete Gerard. „Und wer sind Sie?“ - „Ich bin Forsthüter.“ - „Bei wem?“ - „Beim Herrn Hauptmann von Rodenstein. Haben Sie es so eilig, daß Sie gerade durch den Wald gehen wollen?“ - „Nein, es war eine kleine Laune von mir.“ - „Sie sprechen das Deutsche recht fremd.“ - „Ich bin Franzose.“ - „Ah, und ich Spanier.“ - „Spanier? Ist’s wahr?“ - „Ja, ich bin ein spanischer Zigeuner.“

Gerard dachte sofort an das geschriebene Notizbuch. Was der Waldhüter las, erfuhr sicherlich niemand, denn wer kümmerte sich um einen Zigeuner.

„Darf man bei Ihnen ein bißchen ausruhen?“ fragte er daher. - „Gewiß! Kommen Sie mit herein in die Stube.“

Die Männer traten ein und unterhielten sich dort über alle möglichen Gegenstände. Der Waldhüter erzählte, daß er trotz seiner Jugend in Spanien, Frankreich, Italien, Deutschland, Polen und anderen Ländern gewesen sei, und da fragte Gerard:

„Aber sprechen Sie denn auch die Sprachen dieser Länder?" - „So ziemlich!" - „Und schreiben und lesen?" - „So ziemlich!" - „Lesen Sie spanisch?" - „Ja." - „Ich habe da ein altes Heft gefunden, das spanisch sein muß. Wollen Sie es einmal ansehen?" - „Zeigen Sie!"

Gerard gab dem Hüter das Buch hin, das er bei sich stecken hatte, dieser nahm und las es. Je weiter er hinein kam, desto eifriger wurde er, bis er es endlich, als er ganz damit fertig war, ruhig in seine eigene Tasche steckte.

„Nun?" fragte Gerard. - „Es ist spanisch." - „Was ist der Inhalt?" - „Das ist nichts für Sie." - „Oho! Sie haben wohl die Güte, mir das Heft zurückzugeben!" - „Nein, diese Güte werde ich nicht haben."

Da richtete sich Gerard, der Garotteur, langsam auf und fragte:

„Darf ich erfahren, warum Sie mir die Rückgabe verweigern?" - „Weil dieses Heft nicht Ihr Eigentum ist", antwortete Tombi gleichmütig. - „Ach! Wem sollte es denn sonst gehören?" - „Dem Grafen Alfonzo de Rodriganda. Ich ersehe es aus dem Inhalt." - „Nun gut, so habe ich es ihm wiederzugeben, denn er hat es verloren." - „Das ist nicht wahr!" - „Nicht wahr?" rief Gerard zornig. „Mein Herr, reizen Sie mich nicht; ich bin nicht gewohnt, Widerstand zu finden." - „So haben wir beide ganz dieselben Gewohnheiten, wie es scheint", sagte Tombi ruhig. „Eine solche Handschrift hat kein Graf; man sieht, daß dies hier nur eine Abschrift ist. Sie haben das Buch gefunden und abgeschrieben. Dem Grafen gaben Sie das Original zurück, die Abschrift aber behielten Sie, um sie zu verwerten."

Der einfache Waldhüter stand wie ein Examinator vor dem riesigen Garotteur. Dieser blickte ihn mit zornig glühenden Augen an und erwiderte:

„Und selbst wenn es so wäre, gehörte doch diese Abschrift mir. Sie ist ein Produkt meiner Arbeit, und Sie werden sie mir herausgeben!" - „Nein, das werde ich nicht", antwortete Tombi. - „So werde ich Sie zu zwingen wissen!" rief Gerard, indem er die mächtigen Fäuste ballte und drohend erhob.

Da lächelte der Waldhüter und sagte:

„Sie kennen mich nicht, sonst würden Sie in einem anderen Ton mit mir sprechen. Aber im Gegenteil habe ich das Glück, Sie zu kennen, und das kommt mir sehr zustatten. Sie werden nie wagen, Hand an mich zu legen. Ich erkannte Sie sofort, als ich Sie sah, obgleich ich mich wundere, Sie hier in Deutschland zu sehen." - Ach, wirklich? Sie wollen mit kennen?" fragte Gerard erschrocken. - „Ja. Sie sind ein Schüler unseres famosen Friseurs, den wir Papa Terbillon nennen! Habe ich recht?"

Mason trat einen Schritt zurück und rief:

„Bei Gott, Sie kennen Terbillon?" - „Ja. Sie sind Gerard Mason, der berühmte Garotteur."

Gerard erbleichte; Tombi aber fuhr in beruhigendem Ton fort:

„Erschrecken Sie nicht, wir sind ja Freunde! Papa Terbillon gehört zu uns. Ich bin Zigeuner; ich bin Tombi, der Sohn der Mutter Zarba. Sie kennen Sie doch?" - „Zarba?" rief der Franzose erstaunt. „Oh, wer sollte diese nicht kennen! Sie ist überall und nirgends; sie ist nicht nur die Königin der Zigeuner, sondern sie beherrscht alle Leute, die vom Gesetz aus der Gesellschaft gestoßen sind." - „Ja, sie hat ein Verzeichnis aller ihrer Verbündeten. Ihr Name, Monsieur Gerard, ist auch mit dabei. Ich war längere Zeit in Paris, daher kenne ich Sie. Sie wissen nun, daß Sie mir vertrauen können. Wie sind Sie zu diesem Buch gekommen?" - „Das darf ich nicht sagen." - „Warum nicht?" - „Ich habe nicht das Recht, einem Mann zu schaden, dem ich diene. Sollte ich aber seinen Dienst verlassen, so bin ich bereit, Ihnen alles mitzuteilen." - „Gut. Sie sind mir sicher. Ich will nicht forschen, was Sie nach Deutschland führt, es hat ein jeder das Recht, seine Geheimnisse zu bewahren. Muß ich es dennoch später wissen, so werden Sie es mir doch sagen. Für jetzt genügt mir der Besitz dieses Buches, das für mich sehr wichtig ist, und ich bin überzeugt, daß Sie es mir nun, da Sie mich kennen, freiwillig überlassen werden. Wie lange gedenken Sie, sich in Deutschland aufzuhalten?" - „Ich reise baldigst ab." - „So weiß ich, daß Sie bald in Paris zu finden sind. Der Sohn Zarbas, der zukünftige König der Gitanos, hat das Recht, eine solche Rücksicht zu fordern. Haben Sie sonst noch einen Wunsch oder einen Befehl?" - „Nein. Lassen Sie uns also als Freunde scheiden, nachdem wir uns einen Augenblick lang scheinbar als Feinde gegenübergestanden haben."

Die Männer nahmen Abschied voneinander.

Als der Franzose die Hütte verlassen hatte, schlug Tombi das Buch abermals auf, überflog den Inhalt und sagte mit triumphierender Miene:

„Welch ein Zufall! Welch ein Glück! Da kommt dieser Mason, der mich nicht erkannt hat, weil ich in Paris falsche Frisur trug, aus Frankreich nach Deutschland, weiß nicht, welchen Schatz er besitzt, und gibt mir mit demselben den Schlüssel zu dem Rätsel, das wir bisher vergebens zu lösen trachteten! Jetzt endlich ist es in unsere Hand gegeben, klar zu blicken und mit der Rache zu beginnen. Das muß ich Zarba sofort melden."

Auch Gerard wunderte sich über das Zusammentreffen, obgleich es ihm bereits oft begegnet war, daß er in einem scheinbar völlig fremden Menschen ein Mitglied jener großen Verbrüderung kennengelernt hatte, welche sich über ganze Länder verbreitet hatte und zu der auch Zarba mit den Ihrigen gehörte.

Er ging durch den Wald und dachte an Rosa. Dieses herrliche Weib hatte einen tiefen, nicht sinnlichen, sondern ethischen Eindruck auf ihn gemacht. Diese Frau sollte er ermorden? Nein und abermals nein! Sie war ja noch dazu die Frau desjenigen Mannes, der seine Schwester vom Tod des Ertrinkens errettet hatte.

Aber an seinem gegenwärtigen Herrn wollte er auch nicht zum Verräter werden. Er war ein gewalttätiger Mensch, der vor keinem Raub, vor keinem Mord zurückbebte, aber eine Lüge machte er nicht gern. Darum beschloß er, seinem Herrn alles zu sagen.

Er kam erst spät am Abend nach Hause. In dem Zimmer des Grafen war kein Licht; dieser befand sich bei der Familie des Lehrers.

„Ach!" sagte der Garotteur zu sich. „Das paßt! Töte ich die schöne Frau nicht, so komme ich um die Summe, die ich noch zu erhoffen habe. Dieser sogenannte Marchese d'Acrozza ist ein Schurke, ich trete aus seinem Dienst, und dann ist es keine Untreue, wenn ich mich bezahlt mache."

Er schlich sich also leise zur Wohnung Alfonzos empor und brannte das Licht an. Da stand der Handkoffer, in dem die Wertsachen aufbewahrt wurden, der Schlüssel steckte dran. Gerard öffnete und sah eine gefüllte Brieftasche, deren Inhalt er untersuchte. Sie enthielt sechzigtausend Franken. Daneben lagen zwei Beutel, mit Goldstücken gefüllt.

„Eine schöne Summe!" schmunzelte der Garotteur. „Jetzt kann ich Hochzeit machen und ein ehrlicher Mann werden. Wie wird sich mein Mädchen freuen! Es ist kein Verbrechen, dieses Geld zu nehmen. Der Marchese, der sicherlich nicht d'Acrozza, sondern Rodriganda heißt, benutzt es, um Verbrechen auszuführen, ich aber benutze es, um glücklich zu sein und glücklich zu machen!"

Er steckte darauf alles zu sich, verschloß den Koffer, verlöschte das Licht und schlich sich leise wieder zur Treppe hinab. Nun erst tat er, als ob er von seinem Ausflug zurückkehrte, trat unten ein und wurde von seinem Herrn bedeutet, ihm nach oben zu folgen. Als sie aber aus dem Wohnzimmer des Lehrers in den Hausflur traten, sagte er zu Alfonzo:

„Monsieur, gehen wir nicht hinauf in das Zimmer! Was wir zu sprechen haben, das eignet sich am besten für die dunkle Nacht."

Darauf trat er hinaus ins Freie, und Alfonzo folgte ihm. Als sie sie nun überzeugt hatten, daß kein Lauscher vorhanden sei, fragte Alfonzo:

„Warum führst du mich nach hier? Was gibt es so Geheimnisvolles?"

Der Gefragte stellte sich breitspurig vor ihn hin, steckte die Hände in die Taschen, in denen sich das Geld befand, und sagte im Vollgefühl eines reichen Mannes, der mit einem armen Schlukker spricht:

„Sehr vieles gibt es, sehr vieles, was Sie gar nicht erwarten werden, Monsieur. Unsere Mission ist nämlich gescheitert!" - „Alle Teufel! Ist Rosa de Rodriganda nicht in Rheinswalden?" - „Sie ist da. Ich habe aber von meinem Bekannten, dem Jäger, so vieles gehört, was der Sache eine ganz andere Wendung gibt." - „So rede!" gebot Alfonzo drängend. - „Hören Sie zunächst, daß Rosa de Rodriganda verheiratet ist!" - „Alle Teufel!" rief der Graf. „Mit wem?" - „Mit Herrn Doktor Sternau. Und dieser ist verreist, um einen Seekapitän Landola aufzusuchen." - „Tollheit!" sagte Alfonzo; seiner zitternden Stimme war der Schreck leicht anzumerken. - „Warten Sie, Monsieur, es kommt noch toller! In Rheinswalden weiß man, daß ein gewisser Graf Alfonzo de Rodriganda von Spanien nach Deutschland gekommen ist." - „Bist du verrückt?" - „Nein", kicherte der Franzose listig, „man hat mir kein Gift gegeben, wie der Gräfin Rosa, ich bin also noch nicht wahnsinnig." - „Mensch!" brauste Alfonzo auf. - „Pst, Monsieur, lassen Sie uns leise reden!" warnte Mason in überlegenem Ton. „In Rheinswalden weiß man sogar, daß dieser Don Alfonzo sich bereits in Deutschland befindet, ja, daß er hier unter dem Namen eines Marchese d'Acrozza bei einem Lehrer wohnt."

Alfonzo antwortete nicht. Er brauchte einige Zeit, um sich zu sammeln, dann sagte er:

„Ist das möglich?" - „Ja. Ich glaube sogar, daß man bereits unterwegs ist, um diesen Alfonzo, der aber ein geborener Cortejo ist, festzunehmen."

Da verriet sich der Spanier, indem er sagte:

„Pah, sie mögen kommen! Sie werden mich nicht erkennen, denn ich trage ja die Maske, die mir Papa Terbillon angefertigt hat." - „Oh, diese Maske ist bereits sehr hinfällig geworden, Monsieur. Die Schminke entfärbt sich, die Falten trocknen aus, und der Bart wird von dem natürlichen Haar, welches nachwächst, abgestoßen. Ein leidlicher Polizist wird sofort erkennen, daß alles Kunst ist; ich bin überzeugt davon." - „So gehen wir von hier fort und suchen einen sicherern Ort. Ich verlasse Deutschland jedenfalls nicht eher, als bis diese Rosa tot ist!" - „Sie wird nicht sterben; sie ist bereits gewarnt, Monsieur." - „Ah! Wer sollte sie gewarnt haben? Es weiß niemand von unserem Vorhaben!" - „Ich selbst habe sie gewarnt", sagte Gerard aufrichtig. - „Du?" fragte Alfonzo. „Mensch, fällt es dir ein, Spaß mit mir zu treiben?"

Da trat der Franzose näher, legte ihm seine mächtige Faust auf die Schulter und sagte:

„Monsieur, hören Sie, daß ich im Ernst zu Ihnen spreche! Ich bin Gerard Mason, der Garotteur; man kennt mich in meinen Kreisen als einen braven Kerl, mit dem aber nicht gut zu spaßen ist. Dieser Doktor Sternau hat meine Schwester mit eigener Lebensgefahr aus der Seine gefischt; ich werde es nicht dulden, daß ihm oder einem der Seinigen ein Haar gekrümmt werde. Sie wollen seine Frau töten, die für Ihre Schwester gilt. Wir stehen uns gleichberechtigt gegenüber. Sie sind weder ein Marchese, noch ein Graf. Ich bin Gerard Mason, der Garotteur, und Sie sind Alfonzo Cortejo, der Betrüger, Giftmischer und Mörder. Wir sind uns ebenbürtig, und ich sage Ihnen, daß Doktor Sternau mit all den Seinen unter meinem Schutz steht. Ich war bis jetzt in Ihren Diensten und werde nicht hinterlistig an Ihnen handeln. Ich habe die Familie Sternau zwar gewarnt, aber ich habe Sie nicht verraten. Sie haben Zeit zur Flucht. Kehren Sie augenblicklich nach Spanien zurück! Ich werde Frau Sternau überwachen und sage Ihnen: Geschieht ihr das geringste Leid von Ihnen, so sterben Sie unter den unerbittlichen Fäusten des Garotteurs. Denken Sie nicht, daß Sie mächtiger sind, als ich es bin. Ihre Macht bestand in dem Geld. Sie haben keins mehr; diese Macht befindet sich jetzt in meinen Händen. Vergessen Sie nicht, was ich Ihnen sagte, ich werde Wort halten. Leben Sie wohl, Monsieur!"

Er preßte mit seiner Faust die Schulter Alfonzos, daß diesem ein lauter Schmerzensschrei entfuhr, und trat zurück - um dann im Dunkel des Abends zu verschwinden.

Alfonzo stand da, als hätte ihn der Schlag gerührt. Alles war vergebens. Er erkannte, daß mit diesem schrecklichen Mann nicht zu spaßen sei.

„Diese Macht befindet sich jetzt in meinen Händen! Was wollte er damit sagen?"

Mit diesen Worten kehrte Alfonzo in das Haus zurück und begab sich nach seinem Zimmer. Dort angekommen, zündete er die Lampe an und öffnete den Koffer. Mit einem Ruf des Schreckens fuhr er zurück.

„Fort! Alles fort! Die Brieftasche und die Beutel! Sechzigtausend in Scheinen und zehntausend in Gold! Dieser Dieb!"

Alfonzo starrte mit offenen Augen auf die leeren Stellen, an denen sich das Verschwundene befunden hatte, und murmelte:

„Es bleiben mir noch dreihundert Franken, die ich zufälligerweise in meiner Börse habe. Ich muß fliehen, sogleich! Er sagte ja, daß die Verfolger unterwegs seien. Aber diese kleine Summe wird reichen, bis ich zu einem Bankier komme, dem ich mich ohne Gefahr vorstellen kann. Glücklicherweise habe ich meine Legitimationen nicht im Portefeuille gehabt, sonst wären auch sie verschwunden."

Er packte in den Koffer, was unumgänglich notwendig war, und verließ dann heimlich das Haus. Auch er verschwand ebenso im Dunkel der Nacht, wie vorhin der Garotteur. Rosa Sternau war einer großen Gefahr entgangen.

Nur zwei Stunden später erschien der Mainzer Staatsanwalt in Begleitung mehrerer Gendarmen im Schulhaus, wo sich alles bereits zur Ruhe gelegt hatte. Die Familie des Lehrers wurde geweckt, aber als man die Stube des Marchese untersuchte, fand man die überzeugendsten Beweise, daß beide, er und sein Diener, die Flucht ergriffen hatten. Es wurden sofort alle Maßnahmen getroffen, ihrer habhaft zu werden, aber vergebens, sie waren glücklich entkommen.